Winkler
Weltliteratur

WILLIAM SHAKESPEARE

SONETTE UND VERSEPEN

Zweisprachige Ausgabe

Aus dem Englischen von
Therese Robinson, Gottlob Regis
und Wilhelm Jordan

Mit einem Nachwort
von Jürgen Kamm

Artemis & Winkler

Titel der englischen Originalausgaben:
Sonnets (London 1609, dt. von Therese Robinson), *A Lover's Complaint* (London 1609, dt. von Wilhelm Jordan), *The Passionate Pilgrim* (London 1599, dt. von Gottlob Regis), *The Poenix and the Turtle* (London 1601, dt. von Gottlob Regis), *Venus and Adonis* (London 1593, dt. von Wilhelm Jordan), *The Rape of Lucrece* (London 1594, dt. von Wilhelm Jordan)

Die Deutsche Bibliothek – CIP-Einheitsaufnahme
Ein Titeldatensatz für diese Publikation ist bei
Der Deutschen Bibliothek erhältlich.

Umschlagmotiv aus dem Film „Viel Lärm um Nichts",
© Zorro Film Produktions- und Vertriebs GmbH
Umschlaggestaltung: Groothuis & Consorten, Hamburg
Druck und Bindung: Friedrich Pustet, Regensburg
ISBN 3-538-06913-1

SONETTE

SONNETS

To the only begetter
of these ensuing sonnets,
Mr. W.H.,
alle happiness and that eternity
promised
by
our ever-living poet
wisheth
the well-wishing adventurer
in setting forth.

T. T.

Dem einzigen Inspirator
der folgenden Sonette,
Herrn W. H.,
alles Glück und jene Ewigkeit,
die versprochen ward
durch
unseren unsterblichen Dichter,
wünscht
der wohlmeinende Abenteurer,
der sie herausgibt.

T. T.

I

From fairest creatures we desire increase,
That thereby beauty's rose might never die,
But as the riper should by time decease,
His tender heir might bear his memory;
But thou, contracted to thine own bright eyes,
Feed'st thy light's flame with self-substantial fuel,
Making a famine where abundance lies,
Thyself thy foe, to thy sweet self too cruel.
Thou that art now the world's fresh ornament
And only herald to the gaudy spring,
Within thine own bud buriest thy content,
And, tender churl, mak'st waste in niggarding.
  Pity the world, or else this glutton be,
  To eat the world's due, by the grave and thee.

2

When forty winters shall besiege thy brow,
And dig deep trenches in thy beauty's field,
Thy youth's proud livery, so gaz'd on now,
Will be a tatter'd weed of small worth held.
Then being ask'd where all thy beauty lies,
Where all the treasure of thy lusty days,
To say within thine own deep-sunken eyes
Were an all-eating shame and thriftless praise.
How much more praise deserv'd thy beauty's use,
If thou couldst answer: "This fair child of mine
Shall sum my count, and make my old excuse",
Proving his beauty by succession thine!
  This were to be new made when thou art old,
  And see thy blood warm when thou feel'st it cold.

I

Wir wünschen, daß, was lieblich, sich vermehrt,
Damit nie stirbt der Schönheit rosige Blüte,
Damit, wenn Zeit und Alter sie versehrt,
Ein Erbe zärtlich ihr Gedächtnis hüte.
Doch du, von eigner Augen Glanz verblendet,
Nährst an der eignen Flamme nur die Glut,
Schaffst Hungersnot, wo die Natur verschwendet,
Dein eigner Feind, zu hart zu deinem Blut.
Du, dieser Erde frischste, liebste Zier,
Des bunten Frühlings einziger Verkünder,
Erstickst dein Blühen in der Knospe schier,
Aus Geiz verschwendest du, mein schöner Sünder.
  Verschlemme nicht der Erde Teil. Erbarmen!
  Sie muß durch dich und durch dein Grab verarmen.

2

Wenn vierzig Winter deine Stirn beschweren
Und Furchen ziehn durch deiner Schönheit Flur,
Der Jugend Kleid, das wir jetzt scheu verehren,
Ein wertlos Ding, ein schlechter Lumpen nur,
Wirst du, gefragt nach dem, was einst dir eigen,
Nach Glanz und Schönheit deiner Jugendzeit,
Auf deine eingesunknen Augen zeigen?
Fressende Scham wär's, Lob, das schlecht gedeiht.
Weit besser lohntest du der Schönheit Huld,
Indem du sprächst: „Dies holde Kind ist mein.
Es zahlt die Rechnung, löscht des Alters Schuld."
Denn seine Schönheit war ja einstmals dein.
  So wirst du neu geboren, wenn du alt,
  Warm strömt dein Blut, fühlst du es selbst auch kalt.

3

Look in thy glass, and tell the face thou viewest
Now is the time that face should form another;
Whose fresh repair if now thou not renewest,
Thou dost beguile the world, unbless some mother.
For where is she so fair whose unear'd womb
Disdains the tillage of thy husbandry?
Or who is he so fond will be the tomb
Of his self-love, to stop posterity?
Thou art thy mother's glass, and she in thee
Calls back the lovely April of her prime;
So thou through windows of thine age shalt see,
Despite of wrinkles, this thy golden time.
  But if thou live, remember'd not to be,
  Die single, and thine image dies with thee.

4

Unthrifty loveliness, why dost thou spend
Upon thyself thy beauty's legacy?
Nature's bequest gives nothing, but doth lend,
And, being frank, she lends to those are free.
Then, beauteous niggard, why dost thou abuse
The bounteous largess given thee to give?
Profitless usurer, why dost thou use
So great a sum of sums, yet canst not live?
For having traffic with thyself alone,
Thou of thyself thy sweet self dost deceive.
Then how when nature calls thee to be gone,
What acceptable audit canst thou leave?
  Thy unus'd beauty must be tomb'd with thee,
  Which, used, lives th' executor to be.

3

Zum Antlitz, das im Spiegel dir begegnet,
Sprich: „Nun ist's Zeit, ich schaffe dich aufs neu,
Sonst laß ich eine Mutter ungesegnet,
Versage dieser Erde Pflicht und Treu."
Denn wo lebt sie, die grausam dir und hart
Den Schoß verweigert, kämst du, sie zu gatten,
Und wo lebt er, so in sich selbst vernarrt,
Daß er mit sich die Erben will bestatten?
Du bist der Mutter Spiegel, voll Entzücken
Sieht sie in dir, was ihre Jugend war,
So sollst du durch des Alters Scheiben blicken
Trotz Runzeln froh auf dies dein goldnes Jahr.
  Doch lebst du einsam, nur dir selber hier,
  Stirbst du allein, dein Bild versinkt mit dir.

4

Was häufst du, unfruchtbare Lieblichkeit,
Stets auf dich selbst, was dir verlieh Natur?
Natur verschenkt kein Erbteil, doch sie leiht,
Und freigiebig leiht sie Freigiebigen nur.
Drum, schöner Geiziger, warum mißbrauchst du
Die Güte, die dir gab, damit du gebest,
Warum, fruchtlos Genießender, verbrauchst du
So reicher Schätze Schatz, ohn daß du lebest?
Denn, da du nur mit dir in Handel stehst,
Mußt du mit dir dein süßes Selbst betrügen,
Und ruft Natur dich einst, damit du gehst,
Was hinterläßt du, um ihr zu genügen?
  Die ungenutzte Schönheit stirbt mit dir,
  Genutzt lebt sie, dein Erbvollstrecker, hier.

5

Those hours that with gentle work did frame
The lovely gaze where every eye doth dwell
Will play the tyrants to the very same,
And that unfair which fairly doth excel;
For never-resting time leads summer on
To hideous winter, and confounds him there;
Sap check'd with frost and lusty leaves quite gone,
Beauty o'ersnow'd, and bareness everywhere.
Then, were not summer's distillation left
A liquid prisoner pent in walls of glass,
Beauty's effect with beauty were bereft,
Nor it, nor no remembrance what it was;
  But flowers distill'd, though they with winter meet,
  Leese but their show; their substance still lives sweet.

6

Then let not winter's ragged hand deface
In thee thy summer ere thou be distill'd;
Make sweet some vial; treasure thou some place
With beauty's treasure ere it be self-kill'd.
That use is not forbidden usury,
Which happies those that pay the willing loan –
That's for thyself to breed an other thee,
Or ten times happier, be it ten for one;
Ten times thy self were happier than thou art,
If ten of thine ten times refigur'd thee.
Then what could death do if thou shouldst depart,
Leaving thee living in posterity?
  Be not self-will'd, for thou art much too fair
  To be death's conquest and make worms thine heir

5

Die Stunden, die ein herrlich Werk begannen,
Drauf jedes Auge ruht, vom Schaun geblendet,
Sie werden ihres eignen Werks Tyrannen,
Und sie vernichten es, wenn es vollendet.
So treibt die hastige Zeit den Sommer fort
Greulichem Winter zu, daß er ihn töte;
Der Saft erstarrt, das lustige Blatt verdorrt,
Und weißer Schnee bedeckt des Lebens Röte.
Blieb' uns dann nicht des Sommers rotes Blut,
Gefangner in des engen Glases Haft,
Wär mit der Schönheit uns der Schönheit Glut
Und jed Erinnern selbst an sie entrafft.
  Doch Blumen, deren Saft uns blieb, vertreibt
  Kein Winter; stirbt die Form, die Süße bleibt.

6

Drum sorg, daß nicht des Winters Hand verletze
In dir den Sommer, eh dein Saft gediehn,
Versüß den Kelch, vergeud der Schönheit Schätze,
Soll nicht die Schönheit in sich selbst verglühn.
Der Nutzen ist kein Wucher, kein Erraffen,
Das den beglückt, der willig zahlt das Lehn,
Dir selbst sollst du ein neues Selbst verschaffen,
Zehnmal beglückter, wenn statt eines zehn.
Zehnmal du selbst, beglückter als du bist,
Wenn zehn der Deinen zehnmal dich gestalten.
Was will der Tod von dir? Kein Sterben ist,
Wo Erben treu ein ewig Gut verwalten.
  Nicht störrisch sei, du bist zu schön zum Sterben,
  Wenn Tod dein Herr wird, Würmer deine Erben.

7

Lo, in the orient when the gracious light
Lifts up his burning head, each under eye
Doth homage to his new-appearing sight,
Serving with looks his sacred majesty;
And having climb'd the steep-up heavenly hill,
Resembling strong youth in his middle age,
Yet mortal looks adore his beauty still,
Attending on his golden pilgrimage;
But when from highmost pitch, with weary car,
Like feeble age he reeleth from the day,
The eyes, 'fore duteous, now converted are
From his low tract and look another way;
So thou, thyself outgoing in thy noon,
Unlook'd on diest, unless thou get a son.

8

Music to hear, why hear'st thou music sadly?
Sweets with sweets war not, joy delights in jo:
Why lov'st thou that which thou receiv'st not gladly,
Or else receiv'st with pleasure thine annoy?
If the true concord of well-tuned sounds,
By unions married, do offend thine ear,
They do but sweetly chide thee, who confounds
In singleness the parts that thou shouldst bear.
Mark how one string, sweet husband to another,
Strikes each in each by mutual ordering;
Resembling sire, and child, and happy mother,
Who, all in one, one pleasing note do sing;
Whose speechless song, being many, seeming one,
Sings this to thee: "Thou single wilt prove none."

7

Schau, wenn im Ost das gnadenreiche Licht
Erhebt sein brennend Haupt und leuchtend geht,
Folgt ehrfurchtsvoll ihm jedes Angesicht
Und huldigt seiner heiligen Majestät.
Und wenn es seinen höchsten Flug vollendet,
Gleich einem Jüngling in der Mannheit Kraft,
Blickt unser Aug noch staunend und geblendet
Hinauf zu seiner goldnen Pilgerschaft.
Doch steigt es von der stolzen Höhe nieder,
Wegmüder Greis, der sucht die nächt'ge Ruh,
Dann wandelt sich der Blick und wendet wieder
Vom niedern Pfad sich höhern Bahnen zu.
  Und so empfängst auch du der Selbstsucht Lohn,
  Wenn Abend wird, – erzeugst du keinen Sohn.

8

Du selbst Musik, was stimmt Musik dich trübe?
Hold führt nicht Krieg mit Hold, Lust nicht mit Lust;
Suchst du Genuß, daß er dein Herz betrübe,
Und liebst du das, woran du leiden mußt?
Wenn zauberhaft die Klänge sich vermählen
Zu innigem Bund, beleidigt es dein Ohr;
Sie wollen ja nur zärtlich mit dir schmälen,
Weil deine Einsamkeit zerstört den Chor.
Horch, wie die Töne feierlich, gelinde
Sich hold umschlingen in dem Wechselsang,
Beglückte Eltern, die mit ihrem Kinde
Vereinigt sind zu einem holden Klang.
  Sang ohne Wort, vielstimmig, doch nur einer,
  Er singt dir zu: Einer allein ist keiner.

9

Is it for fear to wet a widow's eye
That thou consum'st thyself in single life?
Ah! if thou issueless shalt hap to die,
The world will wail thee like a makeless wife;
The world will be thy widow, and still weep
That thou no form of thee hast left behind,
When every private widow well may keep,
By children's eyes, her husband's shape in mind.
Look what an unthrift in the world doth spend
Shifts but his place, for still the world enjoys it;
But beauty's waste hath in the world an end,
And kept unus'd, the user so destroys it.
No love toward others in that bosom sits
That on himself such murd'rous shame commits.

10

For shame! deny that thou bear'st love to any,
Who for thy self art so unprovident.
Grant, if thou wilt, thou art belov'd of many,
But that thou none lov'st is most evident;
For thou art so possess'd with murd'rous hate
That 'gainst thyself thou stick'st not to conspire,
Seeking that beauteous roof to ruinate
Which to repair should be thy chief desire.
O, change thy thought, that I may change my mind!
Shall hate be fairer lodg'd than gentle love?
Be, as thy presence is, gracious and kind,
Or to thy self at least kind-hearted prove;
Make thee an other self for love of me,
That beauty still may live in thine or thee.

9

Ist's Furcht, einst einer Witwe Blick zu trüben,
Daß du zur Einsamkeit verdammst den Leib?
Ach, wenn sie ohne Erben dich begrüben,
Beweinte dich die Welt, dein ehlos Weib.
Die Welt ist deine Witwe, ihre Klage,
Daß ihr kein Abbild blieb von dir zurück,
Wenn andern Witwen durch die dunklen Tage
Des Gatten Bild strahlt aus der Kinder Blick.
Sieh, was ein Schlemmer auf der Welt verschwendet,
Das tauscht den Platz nur, weil's der Welt gehört,
Jedoch, was Schönheit bieten kann, das endet,
Und wer es nicht genutzt, hat es zerstört.
  Lieblos und einsam der im Leben steht,
  Der an sich selbst so schnöde Tat begeht.

10

Ach, leugne nicht, daß kalt dein Herz und leer,
Da selbst für dich es jeder Sorge bar;
Gesteh, dich liebt so mancher, nimmermehr
Liebst einen du, das ward mir offenbar.
Du bist so ganz von Eigenhaß besessen,
Daß du dich selber gegen dich verschwörst,
Das herrliche Gebäude pflichtvergessen,
Statt es zu schützen, freventlich zerstörst.
Ach, ändre deinen Sinn und ändre meinen!
Wohnt Haß in schönerm Haus, als Liebe tut?
Sei sanft und hold, wie deine Blicke scheinen,
Wenn nicht zu andern, sei dir selber gut:
  Schaff dir ein andres Selbst, aus Lieb zu mir,
  Daß Schönheit leben kann in ihm, in dir.

11

As fast as thou shalt wane, so fast thou grow'st
In one of thine, from that which thou departest;
And that fresh blood which youngly thou bestow'st
Thou mayst call thine when thou from youth convertest.
Herein lives wisdom, beauty, and increase;
Without this, folly, age, and cold decay.
If all were minded so, the times should cease,
And threescore year would make the world away.
Let those whom Nature hath not made for store,
Harsh, featureless, and rude, barrenly perish.
Look, whom she best endow'd she gave the more;
Which bounteous gift thou shouldst in bounty cherish;
She carv'd thee for her seal, and meant thereby
Thou shouldst print more, not let that copy die.

12

When I do count the clock that tells the time,
And see the brave day sunk in hideous night;
When I behold the violet past prime,
And sable curls, all silver'd o'er with white;
When lofty trees I see barren of leaves,
Which erst from heat did canopy the herd,
And summer's green all girded up in sheaves
Borne on the bier with white and bristly beard;
Then of thy beauty do I question make
That thou among the wastes of time must go,
Since sweets and beauties do themselves forsake,
And die as fast as they see others grow;
And nothing 'gainst Time's scythe can make defence
Save breed, to brave him when he takes thee hence.

11

So schnell wie du verwelkst, sollst du erblühn
Durch das, was du einst von dir selbst entsendet,
Das frische Blut, dem Leben du verliehn,
Ist dein, wenn sich die Jugend von dir wendet.
Darin liegt Weisheit, Schönheit und Gewinn,
Im andern Torheit, Alter und Verfall;
Dächt man wie du, wär bald die Welt dahin,
Und sechzig Jahre löschten aus das All.
Wen die Natur dazu bestimmt, geh leer,
Mürrisch und rauh und unfruchtbar zum Grabe,
Sieh, wem sie hold gesinnt, dem gab sie mehr,
Mit Großmut lohne ihr die große Gabe.
  Ein Siegel schuf sie sich in dir und wollte,
  Daß es ihr mehr der Siegel prägen sollte.

12

Hör ich im Glockenschlag der Stunden Gang,
Versinkt in graus'ge Nacht des Tages Flimmer,
Seh ich das Veilchen, wenn der Lenz verklang,
Auf dunklen Locken silberhellen Schimmer,
Seh ich entlaubte Bäume, deren Grün
Noch jüngst, ein Zelt, die Herden überschattet,
Zu Garben eingeschnürt des Sommers Blühn,
Mit borstigem Bart auf einer Bahr bestattet,
Dann denk ich deiner Schönheit, die vermessen
Durch die Verwüstung dieses Lebens geht,
Denn Schönheit, Süße, die sich selbst vergessen,
Vergehn so schnell, wie Neues neu ersteht.
  Nichts schützt dich vor der Zeiten Sensenhieb,
  Wenn dir nicht, ihr zum Trotz, ein Erbe blieb.

13

O that you were yourself! But, love, you are
No longer yours than you yourself here live.
Against this coming end you should prepare,
And your sweet semblance to some other give.
So should that beauty which you hold in lease
Find no determination; then you were
Your self again, after your self's decease,
When your sweet issue your sweet form should bear.
Who lets so fair a house fall to decay,
Which husbandry in honour might uphold
Against the stormy gusts of winter's day
And barren rage of death's eternal cold?
O, none but unthrifts! Dear my love, you know
You had a father: let your son say so.

14

Not from the stars do I my judgment pluck,
And yet methinks I have astronomy;
But not to tell of good or evil luck,
Of plagues, of dearths, or seasons' quality;
Nor can I fortune to brief minutes tell,
Pointing to each his thunder, rain, and wind,
Or say with princes if it shall go well
By oft predict that I in heaven find;
But from thine eyes my knowledge I derive,
And, constant stars, in them I read such art
As truth and beauty shall together thrive,
If from thy self to store thou wouldst convert.
Or else of thee this I prognosticate:
Thy end is truth's and beauty's doom and date.

13

Daß du dein eigen wärst! Doch, Liebster, dein
Bist du nicht länger, als du hier darfst leben,
Willst du geschützt vor deinem Ende sein,
Mußt du dein süßes Abbild andern geben.
So kann die Schönheit, die dir ward zum Lehn,
Nicht enden mit dir selbst und deinen Tagen,
Und nach dem Tode wirst du auferstehn,
Da holde Erben deine Schönheit tragen.
Wer läßt verfallen solch ein herrlich Haus,
Das treue Sorgfalt weise mag erhalten
Gegen des Winters Sturm, der Wetter Graus,
Des Todes ewige, eisige Gewalten?
  Verschleudrer du! Bei deines Vaters Geist
  Sorg, daß dereinst ein Sohn dich Vater heißt!

14

Nicht von den Sternen pflück ich weise Kunde
Und glaube doch, mir eignet Seherblick,
Künd ich auch nicht die gut' und böse Stunde,
Noch Teurung, Pest und andres Mißgeschick;
Kann ich auch nicht Minuten prophezeien,
Da Regen sein wird, Wetterschlag und Wind,
Noch Fürsten Rat und Wissenschaft verleihen,
Die mir am Himmel aufgezeichnet sind.
Allein aus deinen Augen schöpf ich Wissen,
In diesen treuen Sternen lese ich,
Daß Treu und Schönheit herrlich blühen müssen,
Bekehrst du, Liebster, zur Vermehrung dich.
  Sonst wird dein Tod, laß dies mich prophezein,
  Der Treu und Schönheit Tod und Ende sein.

15

When I consider every thing that grows
Holds in perfection but a little moment,
That this huge stage presenteth nought but shows
Whereon the stars in secret influence comment;
When I perceive that men as plants increase,
Cheered and check'd even by the self-same sky,
Vaunt in their youthful sap, at height decrease,
And wear their brave state out of memory;
Then the conceit of this inconstant stay
Sets you most rich in youth before my sight,
Where wasteful Time debateth with Decay
To change your day of youth to sullied night;
And all in war with Time for love of you,
As he takes from you, I engraft you new.

16

But wherefore do not you a mightier way
Make war upon this bloody tyrant Time?
And fortify your self in your decay
With means more blessed than my barren rhyme?
Now stand you on the top of happy hours,
And many maiden gardens, yet unset,
With virtuous wish would bear your living flowers,
Much liker than your painted counterfeit;
So should the lines of life that life repair,
Which this, Time's pencil or my pupil pen,
Neither in inward worth, nor outward fair,
Can make you live your self in eyes of men.
To give away your self keeps your self still;
And you must live, drawn by your own sweet skill.

15

Seh ich, daß jedem Ding in der Natur
Die Götter eine kurze Frist nur schenken,
Daß diese Welt ein Riesenschauplatz nur
Für Spiele, die die Sterne heimlich lenken;
Seh Menschen ich wie Pflanzen blühn und steigen,
Von gleicher Luft getrieben und gehemmt,
In Jugend prangen, müd sich abwärts neigen,
Von der Vergessenheit hinweggeschwemmt;
Seh ich dies ewige Bilden und Zerstören,
Stehst du vor meinem Geist in Jugendpracht,
Ich fühle, wie sich Zeit und Tod verschwören,
Zu wandeln deinen hellen Tag in Nacht.
    Mit Zeit und Tod kämpf ich dann um dein Leben,
    Was sie dir rauben, will ich neu dir geben.

16

Doch warum zahlst du nicht mit stärkren Waffen
Der Zeit, dem blutigen Tyrannen, heim,
Und schützt dich nicht, eh sie dich macht erschlaffen,
Durch beßre Wehr als meinen armen Reim?
Du stehst am Gipfel von viel heitren Tagen,
Und manchen Mädchens Garten, leer Gefild,
Möcht deines Lebens frische Blumen tragen,
Viel lieber als dein unlebendig Bild.
Im Leben blüht das Leben, nicht in Bildern,
Zu schwach die Zeit, zu schwach mein Pinsel malt,
Um äußern Glanz und innern Wert zu schildern,
Daß hell dein Bild noch für die Nachwelt strahlt.
    Erhalten bleibt nur, wer sich hingegeben,
    Das selbstgeschaffne Bild hält dich am Leben.

17

Who will believe my verse in time to come,
If it were fill'd with your most high deserts?
Though yet, heaven knows, it is but as a tomb
Which hides your life and shows not half your parts.
If I could write the beauty of your eyes
And in fresh numbers number all your graces,
The age to come would say: "This poet lies;
Such heavenly touches ne'er touch'd earthly faces."
So should my papers, yellowed with their age,
Be scorn'd, like old men of less truth than tongue;
And your true rights be term'd a poet's rage,
And stretched metre of an antique song.
  But were some child of yours alive that time,
  You should live twice – in it, and in my rhyme.

18

Shall I compare thee to a summer's day?
Thou art more lovely and more temperate:
Rough winds do shake the darling buds of May,
And summer's lease hath all too short a date:
Sometime too hot the eye of heaven shines,
And often is his gold complexion dimm'd;
And every fair from fair sometime declines,
By chance, or nature's changing course untrimm'd;
But thy eternal summer shall not fade,
Nor lose possession of that fair thou ow'st;
Nor shall Death brag thou wand'rest in his shade,
When in eternal lines to time thou grow'st.
  So long as men can breathe or eyes can see,
  So long lives this, and this gives life to thee.

17

Wer wird einst glauben meiner Worte Fülle,
Daraus dein Lob in vollen Tönen steigt,
Da es – Gott weiß es – nur wie Grabeshülle
Dein Leben birgt, nicht halb dein Wesen zeigt?
Hätt ich die Schönheit deines Augs gemalt,
Die Anmut, die aus deinen Zügen spricht,
Die Nachwelt spräch: „Der Dichter lügt; so strahlt
Voll Himmelsglanz kein irdisch Angesicht."
Und die vergilbten Blätter werden dann
Zum Spott der Nachwelt gleich geschwätz'gen Greisen,
Dein Recht wird Dichtertollheit, Liebesbann,
Altmodische, gespreizte Verse heißen.
  Doch lebt von dir ein Kind, ein Erbe fort,
  Lebst zwiefach du: in ihm, in meinem Wort.

18

Soll ich dich einem Sommertag vergleichen,
Der du viel lieblicher und sanfter bist?
Durch Maienblüten rauhe Winde streichen,
Und Sommers Pracht hat allzu kurze Frist.
Oft fühlst zu heiß des Himmels Aug du brennen,
Oft hüllt zu dunkler Schleier sein Azur,
Und stets muß Schönes sich vom Schönen trennen
Durch Zufall oder Wandel der Natur.
Doch deines Sommers Glanz wird nie ermatten,
Nie von dir fallen deine Herrlichkeit,
Nie wirst du wandeln in des Todes Schatten,
In ewigen Reimen strahlst du durch die Zeit.
  Solange Menschen atmen, Augen sehn,
  Wird dies mein Lied, wirst du in ihm bestehn.

19

Devouring Time, blunt thou the lion's paws,
And make the earth devour her own sweet brood;
Pluck the keen teeth from the fierce tiger's jaws,
And burn the long-liv'd phœnix in her blood;
Make glad and sorry seasons as thou fleet'st,
And do whate'er thou wilt, swift-footed Time,
To the wide world and all her fading sweets;
But I forbid thee one most heinous crime:
O, carve not with thy hours my love's fair brow,
Nor draw no lines there with thine antique pen;
Him in thy course untainted do allow
For beauty's pattern to succeeding men.
  Yet, do thy worst, old Time. Despite thy wrong,
  My love shall in my verse ever live young.

20

A woman's face, with Nature's own hand painted,
Hast thou, the Master Mistress of my passion;
A woman's gentle heart, but not acquainted
With shifting change, as is false women's fashion;
An eye more bright than theirs, less false in rolling,
Gilding the object whereupon it gazeth;
A man in hue all hues in his controlling,
Which steals men's eyes and women's souls amazeth.
And for a woman wert thou first created;
Till Nature, as she wrought thee, fell a-doting,
And by addition me of thee defeated,
By adding one thing to my purpose nothing.
  But since she prick'd thee out for women's pleasure,
  Mine be thy love, and thy love's use their treasure.

19

Zerstörer Zeit, mach stumpf des Löwen Tatze,
Laß Erde schlingen ihre eigne Brut,
Zerbrich den Zahn der stolzen Tigerkatze,
Den Phönix töt in seinem eignen Blut;
Du magst uns frohe, trübe Jahre geben,
Schnellfüß'ge Zeit, vollende deine Bahn,
Zerstör die Welt und alle, die da leben,
Nur ein verruchtes Werk laß ungetan!
O ritze nicht des Liebsten zarte Brauen,
Laß seine Stirn von Furchen unentstellt,
Er gehe unberührt durch Tod und Grauen,
Anbetungswürdig Bild der künft'gen Welt.
Doch tu dein Schlimmstes, Zeit: trotz deiner Mühn
Läßt ihn mein Lied in ewiger Jugend blühn.

20

Ein Mädchenantlitz gab dir die Natur,
Du Herr und Herrin meiner Leidenschaft,
Ein weiblich Herz auch, doch so zärtlich nur,
Nicht falsch wie Weibesherz und flatterhaft.
Und heller strahlt dein Blick, und ruhiger kreist er,
Vergoldend jedes Ding, darauf er ruht,
Und deine Farbe, aller Farben Meister,
Berauscht die Männer, reizt der Frauen Blut.
Als Weib warst du gedacht; im Schaffensspiel
Hat die Natur sich in ihr Werk verliebt,
Sie schenkte dir den einen Reiz zuviel,
Der dich mir raubt, mir keinen Nutzen gibt.
So für die Frau geschaffen, gib denn ihr
Der Liebe Lust und deine Liebe mir.

21

So is it not with me as with that Muse,
Stirr'd by a painted beauty to his verse;
Who heaven itself for ornament doth use,
And every fair with his fair doth rehearse,
Making a couplement of proud compare
With sun and moon, with earth and sea's rich gems,
With April's first-born flowers, and all things rare
That heaven's air in this huge rondure hems.
O, let me, true in love, but truly write,
And then believe me, my love is as fair
As any mother's child, though not so bright
As those gold candles fix'd in heaven's air.
Let them say more that like of hear-say well;
I will not praise that purpose not to sell.

22

My glass shall not persuade me I am old,
So long as youth and thou are of one date;
But when in thee time's furrows I behold,
Then look I death my days should expiate.
For all that beauty that doth cover thee
Is but the seemly raiment of my heart,
Which in thy breast doth live, as thine in me:
How can I then be elder than thou art?
O, therefore, love, be of thyself so wary,
As I not for myself but for thee will;
Bearing thy heart, which I will keep so chary
As tender nurse her babe from faring ill.
Presume not on thy heart when mine is slain;
Thou gav'st me thine, not to give back again.

21

Nein, jenen Reimeschmieden gleich ich nicht,
Die die gemalte Schönheit zart besingen,
Der Erde Pracht, ja selbst des Himmels Licht
Zum Schmuck und Rahmen ihrer Schönheit dingen;
Die ihre schwülstigen Vergleiche breiten
Um Sonne, Mond, um Erd und Meeresgrund,
Um Blütenflor und alle Kostbarkeiten,
Die sich vereinen unterm Himmelsrund.
O laßt mich, treu im Lieben, treu euch sagen,
Glaubt mir, mein Liebster ist so schön fürwahr,
Wie eine Mutter je ein Kind getragen,
Wie Himmelskerzen, doch nicht ganz so klar.
  Der rede mehr, der sucht im Reden Heil,
  Anpreisen will ich nicht, was mir nicht feil.

22

Mein Spiegel soll nicht lügen, ich sei alt,
Solange du noch eins mit Jugend bist,
Doch sehe ich an dir der Zeit Gewalt,
Dann weiß ich, daß mein Tag zu Ende ist;
Denn alle Schönheit, die du tragen mußt,
Deckt nur, ein schicklich Kleid, mein Herze zu,
Das in dir lebt, wie deins in meiner Brust,
Wie könnt ich also älter sein als du?
O darum, Lieb, sei zart zu dir und gut,
Wie ich mich dir zulieb will sorgsam wahren,
Ich trag dein Herz in so getreuer Hut,
Wie man ein Kindlein trägt durch die Gefahren.
  Nimm's nicht zurück, wenn meins nicht mehr kann leben,
  Du gabst es mir auf Nimmerwiedergeben.

23

As an unperfect actor on the stage
Who with his fear is put besides his part,
Or some fierce thing replete with too much rage,
Whose strength's abundance weakens his own heart;
So I, for fear of trust, forget to say
The perfect ceremony of love's rite,
And in mine own love's strength seem to decay,
O'ercharg'd with burthen of mine own love's might.
O, let my books be then the eloquence
And dumb presagers of my speaking breast;
Who plead for love, and look for recompense,
More than that tongue that more hath more express'd.
O, learn to read what silent love hath writ:
To hear with eyes belongs to love's fine wit.

24

Mine eye hath play'd the painter and hath stell'd
Thy beauty's form in table of my heart;
My body is the frame wherein 'tis held,
And perspective it is best painter's art.
For through the painter must you see his skill
To find where your true image pictur'd lies,
Which in my bosom's shop is hanging still,
That hath his windows glazed with thine eyes.
Now see what good turns eyes for eyes have done:
Mine eyes have drawn thy shape, and thine for me
Are windows to my breast, where-through the sun
Delights to peep, to gaze therein on thee;
Yet eyes this cunning want to grace their art:
They draw but what they see, know not the heart.

23

Dem schlechten Spieler gleich, der auf der Bühne
Nur stockend spricht, weil ihn die Angst beklemmt,
Oder zu feurig schleudert Wort und Miene,
Von eignen Herzens Überschwang gehemmt,
So ich, der, zweifelnd an sich selbst, versunken,
Gar oft des Liebesdienstes Pflicht vergaß;
Verglommen schien die Glut, verlöscht die Funken,
Erstickt von meiner Liebe Übermaß.
O lies es dann auf diesen stummen Zetteln,
Und hör sie reden, wo ich selbst versagt,
Hör sie um Liebeslohn und Liebe betteln,
Mehr als der Mund, der mehr schon mehr gesagt.
  O lerne lesen, was mein Herz geschrieben,
  Mit Augen hören ist das schönste Lieben.

24

Zum Künstler ward mein Auge, und es malt
Dein Bildnis hell an meines Herzens Wand,
Mein Leib ist nun sein Haus, darin es strahlt,
Geformt nach Regeln und mit Kunstverstand.
Willst finden du dein treues Bild, so mußt
Du tief hinein in deinen Maler sehn
Bis in die stille Werkstatt seiner Brust,
Drin klare Fenster, deine Augen, stehn.
Sieh, was die Augen Augen Gutes tun:
Die meinen malten dich, und deine, traun,
Sind Fenster meiner Brust, drauf leuchtend ruhn
Der Sonne Strahlen, froh, dein Bild zu schaun.
  Doch schärfstem Aug die eine Kunst gebricht,
  Es malt die Form, die Seele kennt es nicht.

25

Let those who are in favour with their stars
Of public honour and proud titles boast,
Whilst I, whom fortune of such triumph bars,
Unlook'd for joy in that I honour most.
Great princes' favourites their fair leaves spread
But as the marigold at the sun's eye;
And in themselves their pride lies buried,
For at a frown they in their glory die.
The painful warrior famoused for fight,
After a thousand victories once foil'd,
Is from the book of honour razed quite,
And all the rest forgot for which he toil'd.
  Then happy I, that love and am beloved
  Where I may not remove nor be removed.

26

Lord of my love, to whom in vassalage
Thy merit hath my duty strongly knit,
To thee I send this written embassage,
To witness duty, not to show my wit;
Duty so great, which wit so poor as mine
May make seem bare, in wanting words to show it,
But that I hope some good conceit of thine
In thy soul's thought, all naked, will bestow it;
Till whatsoever star that guides my moving
Points on me graciously with fair aspect,
And puts apparel on my tattered loving
To show me worthy of thy sweet respect.
  Then may I dare to boast how I do love thee;
  Till then not show my head where thou mayst prove me.

25

Laß jene prahlen, denen günst'ge Sterne
Ehren verliehn und hohen Rang beschert,
Ich, den das Glück von solchem Ruhm hielt ferne,
Genieße das, was mich am meisten ehrt.
Wie sich die Blumen nach der Sonne wenden,
So nach der Fürsten Gunst die Höflingsschar,
Der Glanz erlischt, und auch ihr Tag muß enden,
Ein Stirnerunzeln, und ihr Leuchten war.
Der Feldherr, der nach tausend Siegen nur
Einmal die Schlacht verlor, ist abgetan,
Im Buch des Ruhms getilgt, und keine Spur
Ließ er zurück von dem, was er getan.
  Wie glücklich ich, der liebt und wird geliebt,
  Wo es kein Wandeln und Verwandeln gibt.

26

O meiner Liebe Herr, in Lehenspflicht
Bin ich durch dein Verdienst mit dir verbündet,
Als Pfand der Treue send ich dies Gedicht,
Nicht, daß es eitel meinen Geist verkündet.
So große Pflicht und, ach, so kleiner Geist!
Noch nackter scheint er, da ihm Worte fehlen,
Doch hoff ich, daß du gütig dich erweist,
Mit deinem Glanz die Armut zu verhehlen;
Bis jener Stern, der mich durchs Leben leitet,
Mir wieder strahlt mit gnadenreichem Schein,
Und Prunk um mein armselig Lieben breitet,
Um deiner zarten Achtung wert zu sein.
  Dann will ich meine Liebe kühn beschreiben,
  Bis dahin laß mein Haupt im Dunkel bleiben.

27

Weary with toil, I haste me to my bed,
The dear repose for limbs with travel tired;
But then begins a journey in my head
To work my mind when body's work's expired;
For then my thoughts, from far where I abide,
Intend a zealous pilgrimage to thee,
And keep my drooping eyelids open wide,
Looking on darkness which the blind do see;
Save that my soul's imaginary sight
Presents thy shadow to my sightless view,
Which, like a jewel hung in ghastly night,
Makes black night beauteous and her old face new.
  Lo, thus, by day my limbs, by night my mind,
  For thee, and for myself, no quiet find.

28

How can I then return in happy plight
That am debarr'd the benefit of rest?
When day's oppression is not eas'd by night,
But day by night and night by day oppress'd?
And each, though enemies to either's reign,
Do in consent shake hands to torture me,
The one by toil, the other to complain
How far I toil, still farther off from thee.
I tell the day, to please him, thou art bright
And dost him grace when clouds do blot the heaven;
So flatter I the swart-complexion'd night,
When sparkling stars twire not, thou gild'st the even.
  But day doth daily draw my sorrows longer,
  And night doth nightly make grief's strength seem stronger.

27

Wenn ich nach Tages Mühn mein Bett gewann,
Die liebe Zuflucht müdgehetzter Glieder,
Da hebt in meinem Sinn ein Wandern an,
Der Geist wird ruhlos, liegt der Leib darnieder.
In frommen Scharen ziehen die Gedanken
Wie Pilger hin zu dir, sei's noch so weit,
Die Augen heben sich, die müd schon sanken,
Und starrn wie Blinde in die Dunkelheit.
Dann steigt, von meiner Seele Kraft beschworen,
Dein Bild empor, so rein und ohne Fehl,
Daß selbst die Nacht hell scheint und neugeboren,
Durchglüht von einem leuchtenden Juwel.
  Sieh, wie mein Geist bei Nacht, mein Leib am Tag
  Für dich und mich nicht Ruhe finden mag.

28

Wie kann ich jemals wieder glücklich werden,
Wenn mir der Ruhe sanfte Tröstung fehlt?
Wenn nachts mich foltern meines Tags Beschwerden,
Der Tag bei Nacht, die Nacht am Tag mich quält?
Wenn beide, um gewaltsam mich zu plagen,
Sind sie auch Feinde, sich die Hand gereicht,
Mit Arbeit drückt der Tag, die Nacht mit Klagen,
Mit Sehnsucht, ach, nach dir, der fern entweicht?
Ich sag dem Tag, du seist für ihn so licht,
Du schmückest ihn, wenn ihn Gewölk umdunkelt,
Und schmeichlerisch mein Mund der Nacht verspricht,
Du wollest leuchten, wenn kein Stern mehr funkelt.
  Doch täglich scheint der Tag mein Leid zu dehnen,
  Und nächtlich stärkt die Nacht mein Nach-dir-Sehnen.

29

When in disgrace with Fortune and men's eyes,
I all alone beweep my outcast state,
And trouble deaf heaven with my bootless cries,
And look upon myself, and curse my fate,
Wishing me like to one more rich in hope,
Featur'd like him, like him with friends possess'd,
Desiring this man's art, and that man's scope,
With what I most enjoy contented least;
Yet in these thoughts myself almost despising,
Haply I think on thee, and then my state,
Like to the lark at break of day arising
From sullen earth, sings hymns at heaven's gate;
For thy sweet love remember'd such wealth brings
That then I scorn to change my state with kings.

30

When to the sessions of sweet silent thought
I summon up remembrance of things past,
I sigh the lack of many a thing I sought,
And with old woes new wail my dear time's waste:
Then can I drown an eye, unus'd to flow,
For precious friends hid in death's dateless night,
And weep afresh love's long since cancell'd woe,
And moan th' expense of many a vanish'd sight.
Then can I grieve at grievances foregone,
And heavily from woe to woe tell o'er
The sad account of fore-bemoaned moan,
Which I new pay as if not paid before.
But if the while I think on thee, dear friend,
All losses are restor'd, and sorrows end.

29

Wenn ich beweine meine Einsamkeit,
Mit dem Geschick, der Welt und mir zerfallen,
Mein Herz zum tauben Himmel nutzlos schreit,
Das Los verfluchend, das auf mich gefallen,
Dann glich' ich jenen gern, die wie im Spiel
Durchs Leben gehn, die Zukunft froh betrachtend,
Wünsch mir des einen Kunst, des andern Ziel,
Am meisten mich und all mein Tun mißachtend.
Wenn so ich in Verzweiflung fast versunken,
Tauchst plötzlich du in meinem Sinn empor,
Und wie die Lerche steig ich sonnentrunken
Und singe Hymnen an des Himmels Tor.
  Der Liebe süß Erinnern macht so reich,
  Und keines Königs Los ist meinem gleich.

30

Wenn ich zum stillen Rat in meiner Brust
Entbiete die Erinnrung alter Tage,
Wein ich um manchen schmerzlichen Verlust
Und füg zu altem Leid die neue Klage.
Dann fließt mein Aug, das selten Tränen trüben,
Um Freunde, die des Todes Nacht verschlang,
Es weint aufs neu um halb vergeßnes Lieben,
Um mancher frohen Hoffnung Untergang.
Und so, beschwert von alter Zeit Beschwerde,
Seh Leid um Leid im Buch ich aufgemalt,
Verwehtes Weh beugt tief mein Haupt zur Erde,
Ich zahle neu, als hätt ich nie gezahlt.
  Doch denk ich dein, fühl ich das Leid entschweben,
  Und, Liebster, nichts verlor ich je im Leben.

31

Thy bosom is endeared with all hearts
Which I by lacking have supposed dead;
And there reigns love and all love's loving parts,
And all those friends which I thought buried.
How many a holy and obsequious tear
Hath dear religious love stol'n from mine eye,
As interest of the dead, which now appear
But things remov'd that hidden in thee lie!
Thou art the grave where buried love doth live,
Hung with the trophies of my lovers gone,
Who all their parts of me to thee did give;
That due of many now is thine alone.
  Their images I lov'd I view in thee,
  And thou, all they, hast all the all of me.

32

If thou survive my well-contented day
When that churl Death my bones with dust shall cover,
And shalt by fortune once more re-survey
These poor rude lines of thy deceased lover,
Compare them with the bett'ring of the time,
And though they be outstripp'd by every pen,
Reserve them for my love, not for their rhyme,
Exceeded by the height of happier men.
O, then vouchsafe me but this loving thought:
"Had my friend's Muse grown with this growing age,
A dearer birth than this his love had brought,
To march in ranks of better equipage;
  But since he died, and poets better prove,
  Theirs for their style I'll read, his for his love."

31

Du trägst im Busen, was ich je beweint,
Was mir, so wähnt ich, einst das Grab geraubt,
Die Liebe und was sich der Liebe eint
Und all die Freunde, die ich tot geglaubt.
Wie flossen willig mir die frommen Zähren,
Wie war der Schmerz mir Pflicht und bittre Lust!
Nun ist's, als ob die Toten fern mir wären,
Es schweigt der Schmerz, sie ruhn in deiner Brust.
Du bist das Grab, drin meine Toten leben,
Geschmückt mit meiner Liebe Widerschein,
Ein jeder gab dir, was ich ihm gegeben,
Der vielen Recht ist nun dein Recht allein.
  Ihr Bild, das ich geliebt, lebt nun in dir,
  Und alles hast (sie alle) du von mir.

32

Wenn du noch lebst nach dem mir günstigen Tag,
Da mich der Rüpel Tod mit Staub bestreute,
Und wenn dein Blick dann nochmals prüfen mag
Den armen Reim des, der dein eigen heute,
Und du ihn mißt am Fortschritt deiner Zeit
Und siehst, daß er von allen überflügelt,
Schätz ihn dann nicht nach Kunst und Fertigkeit,
Nein, nach der Liebe, die sich darin spiegelt.
O schenk mir dann den freundlichen Gedanken:
„Hätt er erlebt der spätern Zeiten Gunst,
Könnt seiner Lieb ich beßre Werke danken,
Und höher stünd er in dem Reich der Kunst;
  Doch da er tot und andre besser schrieben,
  Lieb ich sie um den Stil, ihn um sein Lieben.“

33

Full many a glorious morning have I seen
Flatter the mountain-tops with sovereign eye,
Kissing with golden face the meadows green,
Gilding pale streams with heavenly alchemy;
Anon permit the basest clouds to ride
With ugly rack on his celestial face,
And from the forlorn world his visage hide,
Stealing unseen to west with this disgrace.
Even so my sun one early morn did shine
With all triumphant splendour on my brow;
But out, alack! he was but one hour mine,
The region cloud hath mask'd him from me now.
  Yet him for this my love no whit disdaineth;
  Suns of the world may stain when heaven's sun staineth.

34

Why didst thou promise such a beauteous day,
And make me travel forth without my cloak,
To let base clouds o'ertake me in my way,
Hiding thy brav'ry in their rotten smoke?
'Tis not enough that through the cloud thou break
To dry the rain on my storm-beaten face,
For no man well of such a salve can speak
That heals the wound, and cures not the disgrace.
Nor can thy shame give physic to my grief;
Though thou repent, yet I have still the loss.
Th' offender's sorrow lends but weak relief
To him that bears the strong offence's cross.
  Ah! but those tears are pearl which thy love sheds,
  And they are rich, and ransom all ill deeds.

33

Manch jungen Morgen sah ich flammend steigen,
Mit königlicher Gunst die Höhn umglühn,
Sein leuchtend Antlitz über Wiesen neigen,
Den blassen Strom mit goldnem Glanz besprühn;
Bis niedriges Gewölk sein Angesicht
Mit Qualm umzog, verbergend seinen Strahl,
Und heimlich, schmachvoll sich das Himmelslicht
Von der verlaßnen Welt gen Westen stahl.
So lag auch meiner Sonne warmer Schein
Mir sieghaft leuchtend auf der Stirn am Morgen;
Doch ach! Sie war nur eine Stunde mein,
Nun hält sie hinter Wolken sich verborgen.
Soll ich drum meine Erdensonne hassen,
Da Himmelsangesichte selbst verblassen?

34

Warum versprachst du mir solch schönen Tag,
Daß ich verschmähte meines Mantels Schutz
Und nun den niedren Wolken fast erlag,
Die deine Pracht verhüllt mit Schmach und Schmutz?
Umsonst, daß nun durch Wolken bricht dein Strahl
Und trocknen will mein sturmgepeitscht Gesicht;
Ach, keiner solche Salbe je empfahl,
Die nur die Wunde heilt, die Schande nicht.
Auch deine Scham gießt mir nicht Trost ins Herz,
Trägst du die Reu, ich trage den Verlust,
Des Kränkers Tränen lindern kaum den Schmerz
Des, der die Kränkung trägt in seiner Brust.
Doch sie sind Perlen, draus die Liebe strahlt,
Und sie sind reich – die Schuld ist abgezahlt.

35

No more be griev'd at that which thou hast done:
Roses have thorns, and silver fountains mud;
Clouds and eclipses stain both moon and sun,
And loathsome canker lives in sweetest bud.
All men make faults, and even I in this,
Authorizing thy trespass with compare,
Myself corrupting, salving thy amiss,
Excusing thy sins more than thy sins are;
For to thy sensual fault I bring in sense –
Thy adverse party is thy advocate –
And 'gainst myself a lawful plea commence;
Such civil war is in my love and hate,
   That I an accessary needs must be
   To that sweet thief which sourly robs from me.

36

Let me confess that we two must be twain,
Although our undivided loves are one;
So shall those blots that do with me remain,
Without thy help, by me be borne alone.
In our two loves there is but one respect,
Though in our lives a separable spite,
Which though it alter not love's sole effect,
Yet doth it steal sweet hours from love's delight.
I may not evermore acknowledge thee,
Lest my bewailed guilt should do thee shame;
Nor thou with public kindness honour me,
Unless thou take that honour from thy name.
   But do not so; I love thee in such sort
   As, thou being mine, mine is thy good report.

35

Gräm dich nicht mehr um das, was du begangen,
Rose hat Dornen, Schlamm die Silberflut,
Von Wolken sind oft Sonn und Mond verhangen,
Und ekler Wurm in süßen Knospen ruht.
Ein jeder fehlt, und dieser Fehl ist mein,
Daß ich vergleichend deinen Fehl geduldet,
Mich selbst bestach, dir alles zu verzeihn,
Mehr zu entschuldigen, als du verschuldet.
Denn Sinn bracht ich in deiner Sinne Fehler,
Zugleich Verteidiger und Kläger dir,
Vor dem Gericht des eignen Diebes Hehler;
So führen Lieb und Haß den Kampf in mir,
  Daß ich zum Helfershelfer mich befahl
  Des süßen Diebs, der bitter mich bestahl.

36

Laß mich's gestehn, wenn wir auch eins im Lieben,
So müssen wir doch zwei sein, du und ich,
Damit die Flecken, die mein Leben trüben,
Von mir getragen werden ohne dich.
Wenn auch *ein* Geist nur unsre Liebe führt,
Wir haben doch den Zwiespalt oft empfunden,
Der nicht der Liebe tiefsten Kern berührt,
Doch uns bestiehlt um süße Liebesstunden.
Ich will dich niemals vor der Welt bekennen,
Denn meine Schuld wird deine Schande dort,
Du sollst nicht ehrend meinen Namen nennen,
Sonst nimmst du Ehre deinem Namen fort;
  Doch tu dies nicht. So schließt mein Herz dich ein,
  Daß, da du mein, auch deine Ehre mein.

37

As a decrepit father takes delight
To see his active child do deeds of youth,
So I, made lame by Fortune's dearest spite,
Take all my comfort of thy worth and truth;
For whether beauty, birth, or wealth, or wit,
Or any of these all, or all, or more,
Entitled in thy parts do crowned sit,
I make my love engrafted to this store.
So then I am not lame, poor, nor despis'd,
Whilst that this shadow doth such substance give
That I in thy abundance am suffic'd,
And by a part of all thy glory live.
  Look what is best, that best I wish in thee;
  This wish I have; then ten times happy me!

38

How can my Muse want subject to invent,
While thou dost breathe that pour'st into my verse
Thine own sweet argument, too excellent
For every vulgar paper to rehearse?
O, give thyself the thanks if aught in me
Worthy perusal stand against thy sight;
For who's so dumb that cannot write to thee,
When thou thy self dost give invention light?
Be thou the tenth Muse, ten times more in worth
Than those old nine which rhymers invocate;
And he that calls on thee, let him bring forth
Eternal numbers to outlive long date.
  If my slight Muse do please these curious days,
  The pain be mine, but thine shall be the praise.

37

Ein müder Vater, der Entzückens voll
Auf seines frischen Kindes Spiele blickt,
So schöpfe ich, erschlafft durch Schicksals Groll,
Aus deiner Kraft den Trost, der mich erquickt.
Ob Schönheit, Adel, Reichtum oder Witz,
Ob eins davon, ob alle sich zugleich
In dir errichtet den gekrönten Sitz,
Ich pflanze meine Liebe in dein Reich.
So bin ich nicht verachtet, arm und lahm,
Da mir dein Schatten so viel Kraft verleiht,
Da ich, der nur vom Überflusse nahm,
Teilhaftig bin an deiner Herrlichkeit.
  Sieh, was das Beste ist, wünsch ich für dich,
  Ist es erfüllt, dann zehnmal glücklich ich.

38

Daß mir Erfindung fehlt, wie könnt es sein,
Solang du atmest und in mein Gedicht
Dein süßes Wesen strömt, zu zart und fein,
Als daß es aus so grobem Stoffe spricht?
O dank dir selbst, wenn etwas mir gelingt,
Das lesenswert und deinem Aug gefällt;
Wes Seele wär so stumpf, daß sie nicht klingt,
Wenn du mit deiner Schönheit sie erhellt?
Sei du die zehnte Muse, zehnmal mehr
Als jene neun, des Dichters alt Geleit,
Und schenke ihm, der zu dir ruft, Gewähr
Und seinen Werken die Unsterblichkeit.
  Sollt unsrer Zeit mein schlichter Sang gefallen,
  Sei mein die Müh, das Lob soll dir erschallen.

39

O, how thy worth with manners may I sing,
When thou art all the better part of me?
What can mine own praise to mine own self bring?
And what is't but mine own, when I praise thee?
Even for this let us divided live,
And our dear love lose name of single one,
That by this separation I may give
That due to thee which thou deserv'st alone.
O absence, what a torment wouldst thou prove,
Were it not thy sour leisure gave sweet leave
To entertain the time with thoughts of love;
Which time and thoughts so sweetly doth deceive,
And that thou teachest how to make one twain,
By praising him here who doth hence remain!

40

Take all my loves, my love, yea, take them all;
What hast thou then more than thou hadst before?
No love, my love, that thou mayst true love call;
All mine was thine before thou hadst this more.
Then if for my love thou my love receivest,
I cannot blame thee, for my love thou usest;
But yet be blam'd, if thou thyself deceivest
By wilful taste of what thyself refusest.
I do forgive thy robb'ry, gentle thief,
Although thou steal thee all my poverty;
And yet love knows it is a greater grief
To bear love's wrong than hate's known injury.
Lascivious grace, in whom all ill well shows,
Kill me with spites; yet we must not be foes.

39

Wie soll ich, ach, dein Lob mit Anstand singen,
Da du ja nur mein eignes, schönres Sein?
Was kann mir selbst das eigne Loblied bringen,
Wenn ich dich preise, was ist dann noch mein?
Und deshalb laß getrennt uns fürder leben,
Das Eins in unsrer Liebe sei zerstört,
Denn so nur kann ich dir die Liebe geben
Und alles Lob, das dir allein gehört.
O Trennung, wie müßt deine Qual mich kränken,
Wär süß nicht über bittre Frist verfügt,
Könnt ich nicht Zeit und Sinn in Lieb versenken,
Die, ach so lieblich, Zeit und Sinn betrügt!
  Und lehrtest du mich nicht, wie Eins man teilt
  Und hier ihn lobt, der fern von hier verweilt.

40

Nimm, Lieb, all meine Lieben, nimm sie hin:
Was ist dann mehr dein eigen als vorher?
Nicht Lieb, mein Lieb, nach wahrer Liebe Sinn,
Denn alles Mein war dein vor diesem Mehr.
Daß du statt meiner Lieb mein Lieb empfangen,
Nicht zürn ich des, wenn du nach Lieb begehrt,
Doch zürn ich, wenn du Selbstbetrug begangen,
Aus Laune nahmst, was dir nicht liebenswert.
Der Diebstahl sei verziehn dir holdem Diebe,
Obgleich du nahmst des Armen letztes Gut,
Obgleich weit schmerzlicher mich trifft, weiß Liebe,
Als Hasses Tat, was Lieb mir Schlimmes tut.
  So schön im Schlechten, holder Bösewicht,
  Quäl mich zu Tod, doch feind bin ich dir nicht.

41

Those pretty wrongs that liberty commits
When I am sometime absent from thy heart,
Thy beauty and thy years full well befits,
For still temptation follows where thou art.
Gentle thou art, and therefore to be won,
Beauteous thou art, therefore to be assailed;
And when a woman woos, what woman's son
Will sourly leave her till she have prevailed?
Ay me! but yet thou mightst my seat forbear,
And chide thy beauty and thy straying youth,
Who lead thee in their riot even there
Where thou art forc'd to break a twofold truth:
  Hers, by thy beauty tempting her to thee,
  Thine, by thy beauty being false to me.

42

That thou hast her, it is not all my grief,
And yet it may be said I lov'd her dearly;
That she hath thee is of my wailing chief,
A loss in love that touches me more nearly.
Loving offenders, thus I will excuse ye:
Thou dost love her because thou know'st I love her,
And for my sake even so doth she abuse me,
Suff'ring my friend for my sake to approve her.
If I lose thee, my loss is my love's gain,
And, losing her, my friend hath found that loss;
Both find each other, and I lose both twain,
And both for my sake lay on me this cross.
  But here's the joy: my friend and I are one;
  Sweet flattery! then she loves but me alone.

41

Die artigen Sprünge, die der Leichtsinn macht,
Wenn ich von dir und deinem Herzen fern,
Sie passen gut zu deiner Jugendpracht,
Denn wo du bist, folgt die Versuchung gern.
Sanft bist du, drum gewinnt dich Sanftmut schon,
Schön bist du, drum führt Schönheit um dich Krieg,
Und wo wirbt je ein Weib um Weibes Sohn
Und gibt den Schauplatz frei vor ihrem Sieg?
Doch weh mir! Schonen solltest du, was mein,
Und schmähn die eitle, übermütige Lust,
Die dich gelockt in diese Schwelgerein,
Wo du zwiefache Treue brechen mußt.
  Ihre, die deine Schönheit zu dir zog,
  Deine, da deine Schönheit mich betrog.

42

Daß du sie hast, ist kein so herber Schmerz,
Obgleich ich sagen muß, ich liebt sie sehr,
Daß sie dich hat, das trifft mich bis ins Herz,
Der Lieb-Verlust wird bitter mir und schwer.
Die ihr mich liebend kränkt, seid so verteidigt:
Du liebst sie, weil du weißt, daß sie mich liebt,
Und sie hat mich nur mir zulieb beleidigt,
Gestattend, daß mein Freund ihr Liebe gibt.
Verlier ich dich, dann ist es ihr Gewinn,
Verlier ich sie, gewinnst du meinen Schaden,
Zwei finden sich, und zwei geb ich dahin,
Die mir zulieb dies Kreuz auf mich geladen.
  Doch hier ist Glück! Da eins mein Freund und ich
  – O süße Täuschung! – liebt sie einzig mich.

43

When most I wink, then do mine eyes best see,
For all the day they view things unrespected;
But when I sleep, in dreams they look on thee,
And, darkly bright, are bright in dark directed;
Then thou whose shadow shadows doth make bright,
How would thy shadow's form form happy show
To the clear day with thy much clearer light,
When to unseeing eyes thy shade shines so!
How would, I say, mine eyes be blessed made
By looking on thee in the living day,
When in dead night thy fair imperfect shade
Through heavy sleep on sightless eyes doth stay!
  All days are nights to see till I see thee,
  And nights bright days when dreams do show thee me.

44

If the dull substance of my flesh were thought,
Injurious distance should not stop my way;
For then, despite of space, I would be brought
From limits far remote, where thou dost stay.
No matter then, although my foot did stand
Upon the farthest earth remov'd from thee,
For nimble thought can jump both sea and land
As soon as think the place where he would be.
But ah! thought kills me that I am not thought,
To leap large lengths of miles when thou art gone,
But that, so much of earth and water wrought,
I must attend time's leisure with my moan,
  Receiving nought by elements so slow
  But heavy tears, badges of either's woe.

43

Am besten seh ich, schließt mein Auge sich,
Denn ist es offen, ruht's auf nicht'gen Dingen,
Doch wenn ich träume, seh ich immer dich,
Und sehe nächt'gen Strahl die Nacht durchdringen.
O du, des Schatten Schatten leuchten macht,
Wie würde deines Schattens Form beglücken
Am lichten Tag in ihrer lichten Pracht,
Wenn schon ihr Abglanz strahlt geschloßnen Blicken!
Wie würde, sag ich, dann mein Blick belebt,
Gesegnet schauen in den hellen Tag,
Wenn nachts dein Schatten schon das Dunkel hebt,
Das schwer auf meinen toten Augen lag.
  Der hellste Tag ist Nacht, bis ich bei dir,
  Nacht lichter Tag, bringt dich der Traum zu mir.

44

Wär meines Fleisches dumpfer Stoff Gedanke,
Kein kränkend Hemmnis wär die Trennung mir,
Denn ungehindert über Raum und Schranke
Flög ich dahin, vom fernsten Ort zu dir!
Dann kränkt's mich nicht, daß noch mein träger Fuß
An dieser Erde klebt, und du so weit;
Der schnelle Sinn springt über Land und Fluß,
Er denkt's, und ist am Ziel zur gleichen Zeit.
Ach, Sinnen tötet mich, daß ich nicht Sinn,
Nicht Geist nur, der Entfernung macht zum Traum,
Daß ich aus Erde und aus Wasser bin
Und stöhnend trag die Last von Zeit und Raum;
  Und aus den trägen Elementen beiden
  Strömt nur die Träne, Sinnbild unsrer Leiden.

45

The other two, slight air and purging fire,
Are both with thee, wherever I abide;
The first my thought, the other my desire,
These present-absent with swift motion slide.
For when these quicker elements are gone
In tender embassy of love to thee,
My life, being made of four, with two alone
Sinks down to death, oppress'd with melancholy;
Until life's composition be recured
By those swift messengers return'd from thee,
Who even but now come back again, assured
Of thy fair health, recounting it to me.
  This told, I joy; but then no longer glad,
  I send them back again, and straight grow sad.

46

Mine eye and heart are at a mortal war
How to divide the conquest of thy sight;
Mine eye my heart thy picture's sight would bar,
My heart mine eye the freedom of that right.
My heart doth plead that thou in him dost lie –
A closet never pierc'd with crystal eyes –
But the defendant doth that plea deny,
And says in him thy fair appearance lies.
To 'cide this title is impanelled
A quest of thoughts, all tenants to the heart;
And by their verdict is determined
The clear eye's moiety and the dear heart's part –
  As thus: mine eye's due is thine outward part,
  And my heart's right thine inward love of heart.

45

Feuer und Luft sind jene beiden andern,
Die stets bei dir, wo ich auch immer bin,
Wunsch und Gedanke sind es, und sie wandern
Auf leichten Sohlen zwischen uns dahin.
Wenn diese schnellern Elemente eilen
Von mir zu dir in zärtlichem Verkehr,
Sink ich, dem zwei nur blieben von vier Teilen,
Von Traurigkeit erdrückt, zu Boden schwer.
Bis sich als Ganzes wieder schließt mein Leben,
Wenn meine schnellen Boten mir zurück;
Jetzt nahen sie, Bericht von dir zu geben,
Von deinem Wohlsein, deinem Glanz und Glück.
  Ich hör's voll Freude, sende sie dir wieder
  Und sink von neuem trüb und schwer darnieder.

46

Mein Herz und Auge streiten sich gar wild,
Wie zu verteilen deines Anblicks Glück;
Das Aug verwehrt dem Herzen kühn dein Bild,
Das Herz weist das Verbot des Augs zurück.
Das Herz erklärt, du lägest tief in ihm,
Kristallnes Aug durchbohre nicht den Schrein,
Der Gegner widerspricht mit Ungestüm,
All deine Schönheit läg in ihm allein.
Den Streit zu schlichten, ruf ich die Gedanken
Als Richter, Freund dem Herzen, doch gerecht,
Ihr Spruch verkündet klar und ohne Schwanken
Des hellen Augs, des treuen Herzens Recht:
  Und zwar, daß meinem Aug dein Äußres bliebe,
  Dem Herzen deines Herzens tiefste Liebe.

47

Betwixt mine eye and heart a league is took,
And each doth good turns now unto the other.
When that mine eye is famish'd for a look,
Or heart in love with sighs himself doth smother;
With my love's picture then my eye doth feast,
And to the painted banquet bids my heart;
Another time mine eye is my heart's guest,
And in his thoughts of love doth share a part;
So, either by thy picture or my love,
Thyself away art present still with me;
For thou not farther than my thoughts canst move,
And I am still with them, and they with thee;
Or if they sleep, thy picture in my sight
Awakes my heart to heart's and eye's delight.

48

How careful was I when I took my way,
Each trifle under truest bars to thrust,
That to my use it might unused stay
From hands of falsehood, in sure wards of trust!
But thou, to whom my jewels trifles are,
Most worthy comfort, now my greatest grief,
Thou, best of dearest, and mine only care,
Art left the prey of every vulgar thief.
Thee have I not lock'd up in any chest,
Save where thou art not, though I feel thou art,
Within the gentle closure of my breast,
From whence at pleasure thou mayst come and part;
And even thence thou wilt be stol'n, I fear,
For truth proves thievish for a prize so dear.

47

Mein Herz, mein Auge schlossen einen Bund,
Einander zu erleichtern das Geschick,
Sobald mein Herz von Liebesleiden wund,
Sobald mein Auge lechzt nach einem Blick.
Wenn nun das Aug sich labt an deinem Bild,
Lädt es das Herz zu dem gemalten Mahl,
Und ist das Herz von deinem Glanz erfüllt,
Gönnt es dem Auge deinen lichten Strahl.
So bist du stets in Aug und Herzen drin,
Und gehst du noch so weit, du bleibst bei mir,
Du kannst nicht weiter ziehen als mein Sinn,
Mein Sinn bin ich, und er geht stets mit dir.
Und wenn er schläft, ruft ihn dein Bild zurück
Und weckt das Herz, das Aug zu neuem Glück.

48

Wie sorgsam war ich, ging ich aus dem Haus,
Wie wahrt ich ängstlich den geringsten Tand,
Schloß alles mir zum Nutz vom Nutzen aus,
Schützt es vor jeder ungetreuen Hand!
Doch dich, vor dem Juwelen Flitter sind,
Der stets mein Trost, mein tiefster Kummer heute,
Liebstes vom Lieben, Glück und Sorgenkind,
Dich ließ ich achtlos, jedem Dieb zur Beute.
Dich schloß ich nicht in andre Lade ein,
Als, wo du nicht bist, doch wo ich dich glaubte,
In meines Herzens liebevollen Schrein,
Wo ich zu gehn und kommen dir erlaubte;
Ich fürchte, dich verlor ich, denn ich weiß,
Selbst Tugend wird zum Dieb um solchen Preis.

49

Against that time, if ever that time come,
When I shall see thee frown on my defects,
When as thy love hath cast his utmost sum,
Call'd to that audit by advis'd respects;
Against that time when thou shalt strangely pass
And scarcely greet me with that sun, thine eye,
When love, converted from the thing it was,
Shall reasons find of settled gravity –
Against that time do I ensconce me here
Within the knowledge of mine own desert,
And this my hand against myself uprear,
To guard the lawful reasons on thy part:
  To leave poor me thou hast the strength of laws,
  Since why to love I can allege no cause.

50

How heavy do I journey on the way,
When what I seek – my weary travel's end –
Doth teach that ease and that repose to say:
"Thus far the miles are measur'd from thy friend!"
The beast that bears me, tired with my woe,
Plods dully on, to bear that weight in me,
As if by some instinct the wretch did know
His rider lov'd not speed being made from thee.
The bloody spur cannot provoke him on
That sometimes anger thrusts into his hide,
Which heavily he answers with a groan,
More sharp to me than spurring to his side;
  For that same groan doth put this in my mind:
  My grief lies onward, and my joy behind.

49

Für jene Zeit, wenn je sie kommen sollte,
Da du stirnrunzelnd meine Fehler siehst,
Dein Herz den letzten Rest der Liebe zollte,
Und wohlberaten du die Rechnung ziehst,
Für jene Zeit, da fremd und kühl mich streift
Dein Sonnenblick, mit kurzem Gruß entschwindet,
Dein Herz nichts vom Vergangnen mehr begreift
Und nur für würdigen Ernst noch Anlaß findet;
Für jene Zeit komm ich dir heut zuvor
In dem Bewußtsein des, was mir gebührt,
Und hebe gegen mich die Hand empor,
Dein Recht zu schützen, das dich von mir führt:
  Verlaß mich dann, du darfst's, nichts schützt den Bund,
  Und Liebe hat ja weder Recht noch Grund.

50

Wie geht die Reise mühsam und beschwert,
Da alles mich im Wandern und Verweilen
Nur dieses eine Wort zu sagen lehrt:
„Du bist vom Freund getrennt so viele Meilen!"
Mein Tier trabt hin in müder Lethargie,
Als schleppt' es meines ganzen Jammers Last,
Als wüßte es, wie schwer ich von dir zieh,
Wie mir die Eile, die uns trennt, verhaßt.
Das blutige Eisen selber treibt es nicht,
Das manchmal in die Weiche stößt mein Zorn,
Nur schweres Stöhnen aus der Brust ihm bricht
Und trifft mich tiefer als das Tier mein Sporn;
  Denn aus dem Stöhnen klingt es mir zurück:
  Vor mir das Leid und hinter mir das Glück.

51

Thus can my love excuse the slow offence
Of my dull bearer, when from thee I speed:
From where thou art why should I haste me thence?
Till I return, of posting is no need.
O, what excuse will my poor beast then find,
When swift extremity can seem but slow?
Then should I spur, though mounted on the wind;
In winged speed no motion shall I know:
Then can no horse with my desire keep pace;
Therefore desire, of perfect'st love being made,
Shall neigh no dull flesh in his fiery race;
But love, for love, thus shall excuse my jade:
Since from thee going he went wilful slow,
Towards thee I'll run, and give him leave to go.

52

So am I as the rich whose blessed key
Can bring him to his sweet up-locked treasure,
The which he will not ev'ry hour survey,
For blunting the fine point of seldom pleasure.
Therefore are feasts so solemn and so rare,
Since seldom coming, in the long year set,
Like stones of worth they thinly placed are,
Or captain jewels in the carcanet.
So is the time that keeps you as my chest,
Or as the wardrobe which the robe doth hide,
To make some special instant special blest
By new unfolding his imprison'd pride.
Blessed are you, whose worthiness gives scope,
Being had, to triumph, being lack'd, to hope.

51

Und so verzeiht denn Liebe gern dem Tier
Den dumpfen Eigensinn, den trägen Schritt,
Was sollt es eilen, führt's mich fort von dir?
Nicht frommt mir Eile vor dem Heimkehrritt.
Doch welche Ausflucht wird mein Roß dann finden,
Wenn frohe Hast mich treibt zum Wiedersehn?
Ich gäb die Sporen, ritt' ich mit den Winden,
Und Windeseile schien' mir Stillestehn.
Dann jagt kein Pferd, wie meine Sehnsucht jagt,
Die (reinster Liebe Sproß) mit hellem Schrei
(Kein dumpfes Fleisch) den kühnsten Wettlauf wagt,
Doch Liebe spricht mein armes Rößlein frei;
  Von dir hinweg war mürrisch sein Gehaben,
  Zu dir zurück flieg ich und laß es traben.

52

So reich bin ich, ein Wunderschlüssel kann
Mich führen zu dem lieblichsten Besitze,
Doch nur an seltnem Tag brech ich den Bann,
Damit nicht stumpf wird des Genusses Spitze.
Deshalb sind Feste feierlich und hold,
Weil wenige nur im langen Jahr wir zählen,
Weil sparsam sie geordnet, wie im Gold
Des Diadems die edelsten Juwelen.
So muß die Zeit dich wie ein Schrein bewachen,
Wie eine Truhe Prunk und Feierkleid,
Den Augenblick gesegneter zu machen,
Da sie entfaltet deine Herrlichkeit.
  Gesegnet bist du, der so hoch an Wert,
  Daß uns sein Dasein Glück, sein Fehlen Hoffnung lehrt.

53

What is your substance, whereof are you made,
That millions of strange shadows on you tend?
Since every one hath, every one, one shade,
And you, but one, can every shadow lend.
Describe Adonis, and the counterfeit
Is poorly imitated after you;
On Helen's cheek all art of beauty set,
And you in Grecian tires are painted new.
Speak of the spring and foison of the year:
The one doth shadow of your beauty show,
The other as your bounty doth appear,
And you in every blessed shape we know.
  In all external grace you have some part,
  But you like none, none you, for constant heart.

54

O, how much more doth beauty beauteous seem
By that sweet ornament which truth doth give!
The rose looks fair, but fairer we it deem
For that sweet odour which doth in it live.
The canker-blooms have full as deep a dye
As the perfumed tincture of the roses,
Hang on such thorns, and play as wantonly
When summer's breath their masked buds discloses;
But for their virtue only is their show,
They live unwoo'd, and unrespected fade;
Die to themselves. Sweet roses do not so;
Of their sweet deaths are sweetest odours made.
  And so of you, beauteous and lovely youth,
  When that shall vade, by verse distils your truth.

53

Aus welchem Stoff schuf einst dich die Natur,
Daß so viel fremde Schatten sich dir neigen,
Da jedem sonst ein einziger Schatten nur,
Und dir, dem einen, alle Schatten eigen?
Beschreib Adonis, wie er je gemalt,
Sein Bild hält nicht vor deiner Schönheit stand,
Zeig Helenas Gesicht, von Reiz umstrahlt,
Dein eignes ist's in griechischem Gewand.
Vom Frühling sprich, von Sommers Reifezeit,
Aus beiden lächelt uns dein Bildnis zu,
In Sommers Güte, Lenzes Lieblichkeit,
In jeder seligen Gestalt lebst du.
  In jedem äußern Glanz strahlst du aufs neue,
  Doch du gleichst keinem, keiner dir an Treue.

54

O wieviel schöner strahlt die Schönheit doch,
Wenn Treue sie zum höchsten Schmuck erhebt,
Schön ist die Rose, schöner scheint sie noch
Durch jenen süßen Duft, der in ihr lebt.
Wildrosen haben gleicher Farben Glut,
Die gleichen Dornen wie die duft'gen Rosen,
Sie spielen mit dem gleichen Übermut,
Wenn Winde sie enthüllen und umkosen;
Doch ihre Tugend ist nur ihr Gesicht,
Sie leben ungeliebt, verblühn am Strauch
Und sterben zwecklos – das tun Rosen nicht,
Aus ihrem süßen Tod strömt süßer Hauch.
  So, schöner Liebling, wenn die Jugend flieht,
  Strömt deiner Treue Duft aus meinem Lied.

55

Not marble nor the gilded monuments
Of princes shall outlive this pow'rful rhyme;
But you shall shine more bright in these contents
Than unswept stone, besmear'd with sluttish time.
When wasteful war shall statues overturn,
And broils root out the work of masonry,
Nor Mars his sword nor war's quick fire shall burn
The living record of your memory.
'Gainst death and all-oblivious enmity
Shall you pace forth; your praise shall still find room,
Even in the eyes of all posterity
That wear this world out to the ending doom.
  So, till the judgment that yourself arise,
  You live in this, and dwell in lovers' eyes.

56

Sweet love, renew thy force; be it not said
Thy edge should blunter be than appetite,
Which but to-day by feeding is allay'd,
To-morrow sharp'ned in his former might.
So, love, be thou; although to-day thou fill
Thy hungry eyes, even till they wink with fulness,
To-morrow see again, and do not kill
The spirit of love with a perpetual dulness.
Let this sad int'rim like the ocean be
Which parts the shore where two contracted new
Come daily to the banks, that, when they see
Return of love, more blest may be the view;
  Or call it winter, which, being full of care,
  Makes summer's welcome thrice more wish'd, more rare.

55

Kein goldnes Monument, kein Marmorstein
Wird überleben dieses mächt'ge Lied;
Aus ihm strahlst du in hellerm Glorienschein
Als dumpfer Stein, den Moder überzieht.
Wenn wüster Krieg Denkmale macht zu Staub,
Paläste stürzt und Mauern niederbricht,
Du wirst dem Schwert, dem Feuer nicht zum Raub,
Du lebst in diesem ewigen Gedicht.
Du gehst durch Tod und Allvergessenheit
Lächelnd hindurch, und deine Schönheit ragt
Noch zu den Menschen jener späten Zeit,
Für die das Ende aller Tage tagt.
  Bis du dich selbst wirst aus dem Grab erheben,
  Sollst du durch mich in Menschenherzen leben.

56

Erneue, süße Liebe, deine Macht,
Laß sie nicht schwächer als den Hunger sein,
Der, heut gestillt, schon morgen neu erwacht
Und unerbittlich quält mit neuer Pein.
So sei du, Liebe! Ist auch heut gestillt
Dein schwelgend Auge und vom Schaun fast trunken,
Sieh morgen neu, von Sehnsucht neu erfüllt,
Nie sei dein Geist in Müdigkeit versunken.
Die trübe Zwischenzeit sei wie die Flut,
Die Küsten trennen muß, wo Tag für Tag
Zwei Liebende hinwandern, deren Glut
Der Liebe Prüfung heißer schüren mag.
  Nenn sie auch Winter, dunkle Sorgennacht,
  Die dreimal selig Sommers Leuchten macht.

57

Being your slave, what should I do but tend
Upon the hours and times of your desire?
I have no precious time at all to spend,
Nor services to do, till you require.
Nor dare I chide the world-without-end hour,
Whilst I, my sovereign, watch the clock for you,
Nor think the bitterness of absence sour,
When you have bid your servant once adieu;
Nor dare I question with my jealous thought
Where you may be, or your affairs suppose,
But, like a sad slave, stay and think of nought,
Save where you are how happy you make those.
So true a fool is love that in your will,
Though you do anything, he thinks no ill.

58

That god forbid that made me first your slave
I should in thought control your times of pleasure,
Or at your hand th' account of hours to crave,
Being your vassal bound to stay your leisure!
O, let me suffer, being at your beck,
Th' imprison'd absence of your liberty,
And patience, tame to sufferance, bide each check
Without accusing you of injury.
Be where you list; your charter is so strong
That you yourself may privilege your time
To what you will; to you it doth belong
Your self to pardon of self-doing crime.
I am to wait, though waiting so be hell;
Not blame your pleasure, be it ill or well.

57

Was soll ich tun, da ich dein Sklave bin,
Als deines Rufes harren stillgeduldig,
Nicht mir gehört die Zeit und ihr Gewinn,
Ich bin sie dir und deinem Dienste schuldig.
Nicht schelt ich auf die endlos lange Zeit,
Wenn ich, mein Fürst, für dich gezählt die Stunden,
Noch auf des herben Fernseins Bitterkeit,
Wenn du nach kurzem Lebewohl entschwunden;
Noch folg ich in Gedanken deiner Spur,
Noch quält mich eifersüchtiger Verdacht,
Ein scheuer, müder Sklave, denk ich nur,
Wie glücklich jetzt dein Lächeln andre macht.
So treuer Narr ist Lieb: in deinem Wesen
(Tust du auch andres) muß er Gutes lesen.

58

Verhüte Gott, der mich dir gab zum Knechte,
Daß für die Stunden deiner Fröhlichkeit
Ich Rechenschaft von dir zu fordern dächte,
Ich, dein Vasall, bestellt für müßige Zeit.
O laß mich leiden (stets bereit für dich)
Die Qual des Sträflings, wenn du fern und frei,
Geduld, durch Leid gebändigt, stärke mich,
Kein schmähend Wort für dich, kein Klageschrei.
Tu, was du willst, dein Freibrief ist so groß,
Daß du dir selbst bestimmen magst dein Recht,
Sei, wo du willst, dir ward das Gnadenlos,
Dein eigner Herr zu sein, ob gut, ob schlecht;
Ich hab zu warten, ist's auch Höllenpein,
Nicht deine Lust zu schmähn, mag gut, mag bös sie sein.

59

If there be nothing new, but that which is
Hath been before, how are our brains beguil'd,
Which, labouring for invention, bear amiss
The second burthen of a former child!
O, that record could with a backward look,
Even of five hundred courses of the sun,
Show me your image in some antique book,
Since mind at first in character was done!
That I might see what the old world could say
To this composed wonder of your frame;
Whether we are mended, or whe'er better they,
Or whether revolution be the same.
O, sure I am, the wits of former days
To subjects worse have given admiring praise.

60

Like as the waves make towards the pebbled shore,
So do our minutes hasten to their end;
Each changing place with that which goes before,
In sequent toil all forwards do contend.
Nativity, once in the main of light,
Crawls to maturity, wherewith being crown'd,
Crooked eclipses 'gainst his glory fight,
And Time that gave doth now his gift confound.
Time doth transfix the flourish set on youth,
And delves the parallels in beauty's brow,
Feeds on the rarities of nature's truth,
And nothing stands but for his scythe to mow.
And yet to times in hope my verse shall stand,
Praising thy worth, despite his cruel hand.

59

Wenn nichts hier neu ist, alles war vorher,
Wie dann betrogen unsre Köpfe sind,
Sich mit Erfindung quälend tief und schwer!
Ein Kreißen wär's mit schon gebornem Kind.
O könnte dann mein Blick, zurückgewandt,
Seitdem fünfhundertmal die Sonne kreist,
Dein Bildnis schaun in einem alten Band,
Darin zuerst aus Zeichen sprach der Geist.
Dann könnt ich sehn, was jene Welt gesagt
Zum wundervollen Bauwerk deiner Glieder,
Ob wir voraus, ob sie uns überragt,
Ob das, was einst gegolten, heut gilt wieder.
  Das weiß ich sicher: Geister alter Zeit,
  Sie haben Schlechterem ihr Lob geweiht.

60

Wie Wellen eilen zu dem Kieselstrand,
So unsre Stunden ihrem Ende zu,
Und jede wird im Laufe überrannt
Von jeder nächsten, hastend ohne Ruh.
Einmal geboren in das Meer des Lichts,
Drängt jedes Leben nach der Reife hin,
Und ist's so weit, naht Dunkel schon und Nichts,
Und Zeit, die schuf, wird zur Zerstörerin.
Die Zeit zersticht der Jugend grüne Flur,
Gräbt Linien in die Stirn, wo Schönheit lag,
Zehrt an den Kostbarkeiten der Natur,
Und nichts besteht vor ihrem Sensenschlag.
  Und doch trotz ich der grausam-harten Hand,
  Mein Lied, dein Preis, hält der Zerstörung stand.

61

Is it thy will thy image should keep open
My heavy eyelids to the weary night?
Dost thou desire my slumbers should be broken,
While shadows, like to thee, do mock my sight?
Is it thy spirit that thou send'st from thee
So far from home into my deeds to pry,
To find out shames and idle hours in me,
The scope and tenour of thy jealousy?
O no! thy love, though much, is not so great:
It is my love that keeps mine eye awake;
Mine own true love that doth my rest defeat
To play the watchman ever for thy sake.
  For thee watch I, whilst thou dost wake elsewhere,
  From me far off, with others all too near.

62

Sin of self-love possesseth all mine eye,
And all my soul, and all my every part;
And for this sin there is no remedy,
It is so grounded inward in my heart.
Methinks no face so gracious is as mine,
No shape so true, no truth of such account,
And for myself mine own worth do define
As I all other in all worths surmount.
But when my glass shows me myself indeed,
Beated and chopt with tann'd antiquity,
Mine own self-love quite contrary I read;
Self so self-loving were iniquity.
  'Tis thee, my self, that for myself I praise,
  Painting my age with beauty of thy days.

61

Ist es dein Wunsch, den Schlummer abzuwehren
Von meinen schweren Lidern jede Nacht?
Willst du die Ruh mir durch den Schatten stören,
Der ganz dir gleicht, mein Aug zum Narren macht?
Ist es dein Geist, den du von dir gesandt,
Daß er erspähe meines Treibens Frucht
Und Laster fände, müßig eitlen Tand,
Den Zweck und Inhalt deiner Eifersucht?
O nein, so groß ist deine Liebe nicht,
Mein Herz ist's, das die Lider offen hält,
Mein eignes Lieben, das den Schlaf durchbricht,
Als wär's zum Wächter deines Glücks bestellt.
Ich wache für dich hier, und du wachst da,
Weit fort von mir und andern allzu nah.

62

Die Selbstverliebtheit hält mich so im Bann,
Daß Aug und Geist und jeder Teil von mir
Aus dieser Sünde nie sich lösen kann,
Zu festen Grund hat sie im Herzen hier.
Kein Antlitz scheint wie meins mir liebenswert,
Kein Wuchs hat je so edel sich gezeigt,
Ich selbst bestimme meines Wertes Wert,
Der alle andren Werte übersteigt.
Doch sieht mein Aug im Spiegel wirklich mich,
Bleich und zerfetzt, gebeizt vom Alter schon,
Wie wandelt dann die Selbstverliebtheit sich,
Sich so zu lieben wäre eitler Hohn.
Du bist's (mein Ich), dem all mein Lob ertönt,
Des heller Jugendglanz mein Alter krönt.

63

Against my love shall be as I am now,
With Time's injurious hand crush'd and o'erworn;
When hours have drain'd his blood, and fill'd his brow
With lines and wrinkles; when his youthful morn
Hath travell'd on to age's steepy night;
And all those beauties whereof now he's king
Are vanishing or vanish'd out of sight,
Stealing away the treasure of his spring –
For such a time do I now fortify
Against confounding age's cruel knife,
That he shall never cut from memory
My sweet love's beauty, though my lover's life.
  His beauty shall in these black lines be seen,
  And they shall live, and he in them still green.

64

When I have seen by Time's fell hand defaced
The rich proud cost of outworn buried age;
When sometime lofty towers I see down-rased,
And brass eternal slave to mortal rage;
When I have seen the hungry ocean gain
Advantage on the kingdom of the shore,
And the firm soil win of the wat'ry main,
Increasing store with loss, and loss with store;
When I have seen such interchange of state,
Or state itself confounded to decay;
Ruin hath taught me thus to ruminate –
That Time will come and take my love away.
  This thought is as a death, which cannot choose
  But weep to have that which it fears to lose.

63

Einst wird mein Liebster sein, wie ich jetzt bin,
Wenn ihn die Zeit zermalmt hat und zerrüttet,
Sein Blut verdorrt, durch seine Stirne hin
Runzeln geritzt, und seine Kraft verschüttet;
Wenn seine Jugend sank in jähe Nacht,
Und alle Schönheit, jetzt sein Königsthron,
Vom Alter ausgetilgt und stumpf gemacht,
Des Frühlings Schätze heimlich ihm entflohn.
Für diese Zeit bereit ich meine Kraft,
Daß sie des Alters grimmem Messer wehrt,
Daß seine Schönheit, ist er selbst entrafft,
Durch alle Zeiten lebe unversehrt.
   Hell strahle sie aus diesen schwarzen Zeichen,
   Sie leben fort, nie wird sein Glanz erbleichen.

64

Seh ich von Alters grimmiger Hand entstellt
Den reichen Prunk aus einem frühern Leben,
Den stolzen Turm zu Schutt und Staub zerschellt
Und ewiges Erz Vernichtung preisgegeben,
Seh ich das Meer, des ewiger Hunger nagt
Am Königreich des Strands, die Kampfeslust,
Mit der das feste Land die Flut verjagt,
In ewigem Wechsel so Gewinn, Verlust;
Seh ich dies stete Auf- und Niedergehen
Und jedes Ding schon zum Verfall bestimmt,
Dann lern ich jener Zeit ins Auge sehen,
Die kommen wird und mir mein Lieben nimmt.
   Das ist wie Tod, und bitter weint mein Herz
   Um das, was zu verlieren Todesschmerz.

65

Since brass, nor stone, nor earth, nor boundless sea,
But sad mortality o'ersways their power,
How with this rage shall beauty hold a plea,
Whose action is no stronger than a flower?
O, how shall summer's honey breath hold out
Against the wrackful siege of batt'ring days,
When rocks impregnable are not so stout,
Nor gates of steel so strong, but Time decays?
O fearful meditation! where alack,
Shall Time's best jewel from Time's chest lie hid?
Or what strong hand can hold his swift foot back?
Or who his spoil of beauty can forbid?
O, none, unless this miracle have might,
That in black ink my love may still shine bright.

66

Tir'd with all these, for restful death I cry:
As to behold desert a beggar born,
And needy nothing trimm'd in jollity,
And purest faith unhappily forsworn,
And gilded honour shamefully misplac'd,
And maiden virtue rudely strumpeted,
And right perfection wrongfully disgrac'd,
And strength by limping sway disabled,
And art made tongue-tied by authority,
And folly, doctor-like, controlling skill,
And simple truth miscall'd simplicity,
And captive good attending captain ill –
Tir'd with all these, from these would I be gone,
Save that, to die, I leave my love alone.

65

Kein Erz und Stein ist, Erde nicht und Flut,
Die die Vergänglichkeit nicht schlägt in Trümmer,
Wie trotzt die Schönheit solcher trüben Wut,
Da sie nicht stärker als ein Blütenschimmer?
Ach, wie soll Sommers süßer Hauch bestehn
In dem Zerstörungskampf der vielen Tage,
Da mächtige Felsen selbst in Stücke gehn,
Eherne Gitter brechen von dem Schlage?
O furchtbar Denken! Wie soll ich behüten
Der Zeiten lieblichst Kleinod vor der Zeit?
Wer hemmt den schnellen Fuß, des Alters Wüten?
Wer schützt die Schönheit vor Vergänglichkeit?
  Ach, niemand, wenn dies Wunder nicht geschieht,
  Daß hell aus schwarzer Schrift mein Lieben glüht.

66

All dessen müd, schrei ich nach Todesrast;
Seht hin! Verdienst zum Bettelstab geboren,
Und hohles Nichts in goldnen Glanz gefaßt,
Und reinste Treue Schlechtem zugeschworen,
Und blanke Würde, die den Falschen krönt,
Und Mädchentugend frevelhaft geschändet,
Und rechte Ehre rechtlos und verpönt,
Und Kraft durch schlappen Einfluß abgewendet,
Und Kunst durch Machtspruch zungenlahm gemacht,
Und Narrheit (doktorgleich) verkündend Recht,
Und Einfalt als Einfältigkeit verlacht,
Und alles Gute alles Bösen Knecht:
  Müd alles dessen, wünscht ich tot zu sein,
  Ließ ich dann nicht den Liebsten hier allein.

67

Ah! wherefore with infection should he live
And with his presence grace impiety,
That sin by him advantage should achieve,
And lace itself with his society?
Why should false painting imitate his cheeck,
And steal dead seeing of his living hue?
Why should poor beauty indirectly seek
Roses of shadow, since his rose is true?
Why should he live now Nature bankrupt is,
Beggar'd of blood to blush through lively veins?
For she hath no exchequer now but his,
And, proud of many, lives upon his gains.
O, him she stores, to show what wealth she had
In days long since, before these last so bad.

68

Thus is his cheek the map of days outworn,
When beauty liv'd and died as flowers do now,
Before these bastard signs of fair were born,
Or durst inhabit on a living brow;
Before the golden tresses of the dead,
The right of sepulchres, were shorn away
To live a second life on second head,
Ere beauty's dead fleece made another gay.
In him those holy antique hours are seen,
Without all ornament, itself and true,
Making no summer of another's green,
Robbing no old to dress his beauty new;
And him as for a map doth Nature store,
To show false Art what beauty was of yore.

67

Ach, warum lebt er, wo Verderbnis lebt,
Und schmückt durch seine Lieblichkeit die Schuld,
Daß sich durch ihn das Laster stützt und hebt,
Sich brüstet und verbrämt mit seiner Huld?
Was malt ihm Schminke diese seelenlosen
Und toten Farben auf die Wangen noch?
Was sucht die arme Schönheit Schattenrosen,
Da er so ganz lebendige Rose doch?
Was lebt er, wo Natur am Bettelstab
Für ihre Lebensadern fleht um Blut
Und keinen Schatz besitzt, den er nicht gab,
Und, einst so stolz, nun zehrt von seinem Gut?
  Ihn wahrt sie, daß sie zeigt, wie reich sie war
  Vor dieser Zeit, die so an Schönheit bar.

68

So ist sein Antlitz Bild aus alten Tagen,
Da Schönheit wuchs und starb, wie's Blumen tun,
Eh diese Bastardzeichen sie getragen,
Die jetzt auf den lebendigen Stirnen ruhn;
Eh man der Toten goldnes Haar geraubt,
Die Gräber schändend, und es leben ließ
Ein zweites Mal auf einem zweiten Haupt,
Sich schmückend mit der toten Schönheit Vlies.
In ihm erneuen sich die heiligen Stunden
Prunkloser Zeit, in ihm, der, echt und treu,
Sich nie den Lenz aus andrer Grün gewunden,
Sich nie geschmückt mit alter Schönheit neu.
  Ihn stellt Natur als lebend Beispiel dar,
  Zeigt falscher Kunst, was echte Schönheit war.

69

Those parts of thee that the world's eye doth view
Want nothing that the thought of hearts can mend.
All tongues, the voice of souls, give thee that due,
Utt'ring bare truth, even so as foes commend.
Thine outward thus with outward praise is crown'd;
But those same tongues that give thee so thine own
In other accents do this praise confound
By seeing farther than the eye hath shown.
They look into the beauty of thy mind,
And that, in guess, they measure by thy deeds;
Then, churls, their thoughts, although their eyes were kind,
To thy fair flower add the rank smell of weeds.
  But why thy odour matcheth not thy show,
  The soil is this – that thou dost common grow.

70

That thou art blam'd shall not be thy defect,
For slander's mark was ever yet the fair;
The ornament of beauty is suspect,
A crow that flies in heaven's sweetest air.
So thou be good, slander doth but approve
Thy worth the greater, being woo'd of time;
For canker vice the sweetest buds doth love,
And thou present'st a pure unstained prime.
Thou hast pass'd by the ambush of young days,
Either not assail'd, or victor being charg'd;
Yet this thy praise cannot be so thy praise
To tie up envy, evermore enlarg'd.
  If some suspect of ill mask'd not thy show,
  Then thou alone kingdoms of hearts shouldst owe.

69

Daß deinem Äußern keine Tugend fehle,
Die Menschenherzen hin zum Guten lenkt,
Sagt jede Zunge dir (der Laut der Seele),
Und Wahrheit ist's, die selbst dein Feind dir schenkt.
Dein Äußres trägt des äußern Ruhmes Krone,
Doch jene, die dein Lob verkünden laut,
Sie sprechen heimlich oft mit leisem Hohne,
Wenn tiefer sie als nur ihr Aug geschaut.
Sie forschen nach der Seele Lieblichkeit
Und messen sie an deiner Taten Güte
Und denken, zeigt ihr Blick auch Freundlichkeit,
Daß geil wie Unkraut duftet deine Blüte.
Der Grund, daß so verschieden Duft und Schein:
Wer bei Gemeinem wächst, macht sich gemein.

70

Daß man dich schmäht, das sei dir nicht verdacht,
Wo Schönheit wohnt, fehlt die Verleumdung nicht,
Der Schönheit Zierat ist ja der Verdacht,
Und Krähen fliegen selbst im klarsten Licht.
So mehrt es, wenn du gut bist, deine Güte
Und deinen Wert, geschmäht, geliebt zu sein,
Des Lasters Wurm nagt an der reinsten Blüte,
Und du hast unbefleckter Blüten Schein.
Du gingst in junger Tage Kampf und Toben,
Ob unberührt, ob siegreich aus der Schlacht,
Doch dieses Lob kann nicht so hoch dich loben,
Daß es den Neid besiegt und den Verdacht.
Ja, trübte nicht der Argwohn deinen Schein,
Wär jedes Königreich des Herzens dein.

71

No longer mourn for me when I am dead
Than you shall hear the surly sullen bell
Give warning to the world that I am fled
From this vile world, with vilest worms to dwell.
Nay, if you read this line, remember not
The hand that writ it; for I love you so,
That I in your sweet thoughts would be forgot,
If thinking on me then should make you woe.
O, if, I say, you look upon this verse,
When I perhaps compounded am with clay,
Do not so much as my poor name rehearse,
But let your love even with my life decay;
Lest the wise world should look into your moan,
And mock you with me after I am gone.

72

O, lest the world should task you to recite
What merit liv'd in me, that you should love
After my death, dear love, forget me quite,
For you in me can nothing worthy prove;
Unless you would devise some virtuous lie,
To do more for me than mine own desert,
And hang more praise upon deceased I
Than niggard truth would willingly impart.
O, lest your true love may seem false in this,
That you for love speak well of me untrue,
My name be buried where my body is,
And live no more to shame nor me nor you!
For I am sham'd by that which I bring forth,
And so should you, to love things nothing worth.

71

Nicht länger klag um mich, wenn ich dahin,
Als jene finstre Glocke klagt vom Turm,
Kündend der Welt, daß ich gegangen bin
Aus ihrem eklen Schmutz zum eklen Wurm.
Nein, denke nicht, wenn du dies liest, der Hand,
Die es dir schenkte, denn so lieb ich dich,
Daß lieber ich bei dir Vergessen fand,
Als daß ein Leid dich kränken sollt um mich.
Ach, blickst du, sag ich, dann auf dies Gedicht,
Wenn ich vielleicht schon eins mit Schutt und Graus,
Dann nenne meinen armen Namen nicht,
Mit meinem Leben sei dein Lieben aus;
  Daß nicht die Welt mit ihrem klugen Sinn
  Dein Leid verlacht, wenn ich gegangen bin.

72

Daß dich die Welt nicht fragt, wie ich erworben
Dein Lieben und wie mein Verdienst und Wert,
Vergiß mich, Liebster, ganz, wenn ich gestorben,
Du findest nichts an mir, was rühmenswert.
Du müßtest denn geschickte Lügen finden,
Mehr für mich tun, als ich zu tun vermag,
Mit höherm Lob mein totes Ich umwinden,
Als mir die geizige Wahrheit gönnen mag.
O laß nicht Liebe sich so falsch gebärden,
Daß sie aus Lieb der Wahrheit Treue brach,
Mein Name soll mit mir begraben werden,
Daß er nicht lebe, dir und mir zur Schmach.
  Schmach mir, weil alles, was ich schuf, gering,
  Schmach dir, weil du geliebt so nichtiges Ding.

73

That time of year thou mayst in me behold
When yellow leaves, or none, or few, do hang
Upon those boughs which shake against the cold,
Bare ruin'd choirs where late the sweet birds sang.
In me thou seest the twilight of such day
As after sunset fadeth in the west,
Which by and by black night doth take away,
Death's second self, that seals up all in rest.
In me thou seest the glowing of such fire
That on the ashes of his youth doth lie,
As the death-bed whereon it must expire,
Consum'd with that which it was nourish'd by.
This thou perceiv'st which makes thy love more strong,
To love that well which thou must leave ere long.

74

But be contented: when that fell arrest
Without all bail shall carry me away,
My life hath in this line some interest,
Which for memorial still with thee shall stay.
When thou reviewest this, thou dost review
The very part was consecrate to thee.
The earth can have but earth, which is his due;
My spirit is thine, the better part of me.
So then thou hast but lost the dregs of life,
The prey of worms, my body being dead;
The coward conquest of a wretch's knife,
Too base of thee to be remembered.
The worth of that is that which it contains,
And that is this, and this with thee remains.

73

In mir magst du die Zeit des Jahres sehn,
Da wenig Blätter oder keine hangen
An Bäumen, die vor Frost erschauernd stehn,
Zerfallne Münster, drin einst Stimmen sangen.
In mir siehst Dämmrung du von bleichen Tagen,
Da trüb im West verschimmert letztes Rot,
Von schwarzer Nacht allmählich weggetragen,
Die alles fest umschließt, ein andrer Tod.
In mir siehst du des Feuers letztes Sprühen,
Das, wie auf einer kalten Totenbahr,
Auf seiner Jugend Asche muß verglühen,
Verzehrt durch das, was seine Nahrung war.
  Siehst du mich so, dann wächst in deiner Brust
  Die Lieb zu mir, den bald du lassen mußt.

74

Doch sei getrost! Wenn jener Ruf ergeht,
Der ohne Bürgschaft mich von dannen treibt,
Leb ich in diesem Buch, das fortbesteht,
Als tröstendes Vermächtnis bei dir bleibt.
Siehst du darauf, dann ruht dein lieber Blick
Auf meinem wahren Selbst, ich weih es dir,
Die Erde nahm, was Erde war, zurück,
Mein Geist ist dein, der beßre Teil von mir.
Des Lebens Hefe war's nur, die zerrann,
Der Würmer Beute, da man mich versenkt,
Was jedes Feiglings Messer nehmen kann,
Zu niedrig, daß dein Geist noch sein gedenkt;
  Sein Wert war einzig das, was ihm entschwebt,
  Das ist mein Lied, und sei getrost, es lebt.

75

So are you to my thoughts as food to life,
Or as sweet-season'd showers are to the ground;
And for the peace of you I hold such strife
As 'twixt a miser and his wealth is found:
Now proud as an enjoyer, and anon
Doubting the filching age will steal his treasure;
Now counting best to be with you alone,
Then better'd that the world may see my pleasure;
Sometime all full with feasting on your sight,
And by and by clean starved for a look;
Possessing or pursuing no delight,
Save what is had or must from you be took.
Thus do I pine and surfeit day by day,
Or gluttoning on all, or all away.

76

Why is my verse so barren of new pride?
So far from variation or quick change?
Why, with the time, do I not glance aside
To new-found methods and to compounds strange?
Why write I still all one, ever the same,
And keep invention in a noted weed,
That every word doth almost tell my name,
Showing their birth, and where they did proceed?
O, know, sweet love, I always write of you,
And you and love are still my argument;
So all my best is dressing old words new,
Spending again what is already spent;
For as the sun is daily new and old,
So is my love still telling what is told.

75

So bist du mir, was Brot dem Leben ist,
Was trocknem Grund die süße Regenflut;
Um dich leb ich in einem ewigen Zwist,
Wie nur ein Geizhals um sein Hab und Gut.
Bald stolz wie ein Genießer und bald grollend,
Voll Angst, daß mir die Zeit mein Kleinod raubt,
Jetzt heimlich nur mein Glück genießen wollend,
Jetzt wünschend, daß die Welt das Wunder glaubt.
Manchmal nach deinem Anblick hungernd, bangend,
Schwelgend ein andres Mal und trunken schier,
Kein Glück besitzend und kein Glück verlangend,
Als was ich hab und nehmen muß von dir.
So, bald von Wollust, bald von Not gepackt,
Bin heut ich reich und morgen arm und nackt.

76

Warum mein Vers nicht prunkt mit prächtigem Spiele,
Wechselnder Form und kühner Neuerung,
Warum ich nicht nach jeder Mode schiele,
Nach seltnen Melodien und fremdem Schwung?
Warum mein Lied nur eine Weise kennt,
Erfindung hüllt in hergebracht Gewand,
Daß jedes Wort schon meinen Namen nennt,
Die Herkunft zeigend, und wie es entstand?
O wisse, Lieb, ich schreibe nur von dir,
Und du und Liebe seid mein Sein und Sinn,
So kleid ich altes Wort mit neuer Zier
Und schreib, was oft geschrieben, wieder hin.
Wie alt und neu die Sonne täglich tagt,
So sagt mein Lieben, was schon oft gesagt.

77

Thy glass will show thee how thy beauties wear,
Thy dial how thy precious minutes waste;
The vacant leaves thy mind's imprint will bear,
And of this book this learning mayst thou taste.
The wrinkles which thy glass will truly show
Of mouthed graves will give thee memory;
Thou by thy dial's shady stealth mayst know
Time's thievish progress to eternity.
Look, what thy memory cannot contain,
Commit to these waste blanks, and thou shalt find
Those children nurs'd, deliver'd from thy brain,
To take a new acquaintance of thy mind.
These offices, so oft as thou wilt look,
Shall profit thee, and much enrich thy book.

78

So oft have I invok'd thee for my Muse,
And found such fair assistance in my verse,
As every alien pen hath got my use,
And under thee their poesy disperse.
Thine eyes, that taught the dumb on high to sing
And heavy ignorance aloft to fly,
Have added feathers to the learned's wing
And given grace a double majesty.
Yet be most proud of that which I compile,
Whose influence is thine, and born of thee:
In others' works thou dost but mend the style,
And arts with thy sweet graces graced be;
But thou art all my art, and dost advance
As high as learning my rude ignorance.

77

Dein Spiegel lehrt, wie äußrer Schmuck zerschleißt,
Dein Zifferblatt, wie edle Stunden fliehn,
Prägst in dies leere Buch du deinen Geist,
Wirst du aus ihm einst Nutz und Lehre ziehn.
Die Runzeln, die dein Spiegel zeigt getreu,
Erinnern dich an Gräber gähnend weit,
Und an des Zeigers Gang erkennst du scheu
Den diebischen Schritt der Zeit zur Ewigkeit.
Sieh, was dein Denken nicht hält fest umschlossen,
Gib diesem Buch, und du wirst sicherlich
In jenen Kindern, deiner Stirn entsprossen,
Einst neu erkennen deinen Sinn und dich.
Machst du zu diesem Werk oft den Versuch,
Wird Nutzen dir und Reichtum diesem Buch.

78

Oft rief ich dich als meine Muse an,
Und du hast so viel Kraft dem Lied geschenkt,
Daß manche Feder es mir nachgetan
Und nun zu deinem Preis zu dichten denkt.
Dein Auge lehrt ja selbst den Stummen singen,
Macht träge Dumpfheit schwebend und beredt,
Beflügelt neu des schon Beschwingten Schwingen,
Gibt seiner Anmut Kraft und Majestät.
Doch stolzer sei auf meiner Lieder Spiel,
Aus dir geboren, ziehn sie deine Pfade;
In andrer Werk verschönst du nur den Stil,
Begnadest Kunst mit deiner Schönheit Gnade;
Doch meine Kunst bist du, der mich erhebt,
So hoch, wie Weisheit über Dumpfheit schwebt.

79

Whilst I alone did call upon thy aid,
My verse alone had all thy gentle grace;
But now my gracious numbers are decay'd,
And my sick Muse doth give another place.
I grant, sweet love, thy lovely argument
Deserves the travail of a worthier pen;
Yet what of thee thy poet doth invent
He robs thee of, and pays it thee again.
He lends thee virtue, and he stole that word
From thy behaviour; beauty doth he give,
And found it in thy cheek; he can afford
No praise to thee but what in thee doth live.
  Then thank him not for that which he doth say,
  Since what he owes thee thou thyself dost pay.

80

O, how I faint when I of you do write,
Knowing a better spirit doth use your name,
And in the praise thereof spends all his might
To make me tongue-tied, speaking of your fame!
But since your worth, wide as the ocean is,
The humble as the proudest sail doth bear,
My saucy bark, inferior far to his,
On your broad main doth wilfully appear.
Your shallowest help will hold me up afloat,
Whilst he upon your soundless deep doth ride;
Or, being wreck'd, I am a worthless boat,
He of tall building and of goodly pride.
  Then if he thrive, and I be cast away,
  The worst was this: my love was my decay.

79

Als ich allein rief deinen Beistand nieder,
Schöpft ich allein aus deiner Anmut Schatz,
Doch jetzt verwelken meine zarten Lieder,
Die kranke Muse macht nun andern Platz.
Ich weiß, dein Wesen, Lieb, das mich bezwungen,
Braucht beßrer Dichter Mühe und Geschick,
Doch was ein Sänger je von dir gesungen,
Nahm er von dir und zahlt es nur zurück.
Er will dir Tugend leihn und stiehlt dies Wort
Aus deiner Haltung, will dir Schönheit geben
Und nimmt sie erst von deinen Wangen fort,
Was er auch preist, es hat in dir sein Leben.
  Drum dank ihm nicht, bringt er dir Huldigung dar,
  Du zahltest selbst, was er dir schuldig war.

80

Wie müd ist alles, was ich schreibe jetzt,
Seitdem ein Besserer preist deinen Namen,
Der in dies Werk all seine Kraft gesetzt,
So daß sein Lied mein Singen macht erlahmen.
Doch da dein Wert, weit wie der Ozean,
Bescheidene wie stolze Schiffe trägt,
Muß er es dulden, daß mein schwacher Kahn
Sich keck auf deinen mächt'gen Wellen regt.
Mich hältst du mit der kleinsten Hilfe flott,
Er zieht getrost auf deiner weiten Flut,
Bin ich zerschellt, dann war's ein Kinderspott,
Er wiegt den stolzen Bau voll Kraft und Mut.
  Und wenn er glücklich, ich verworfen bin,
  Ist dies das Schlimmste: Liebe warf mich hin.

81

Or I shall live your epitaph to make,
Or you survive when I in earth am rotten;
From hence your memory death cannot take,
Although in me each part will be forgotten.
Your name from hence immortal life shall have,
Though I, once gone, to all the world must die;
The earth can yield me but a common grave,
When you entombed in men's eyes shall lie.
Your monument shall be my gentle verse,
Which eyes not yet created shall o'er-read;
And tongues to be your being shall rehearse,
When all the breathers of this world are dead.
  You still shall live, such virtue hath my pen,
  Where breath most breathes, even in the mouths of men.

82

I grant thou wert not married to my Muse,
And therefore mayst without attaint o'erlook
The dedicated words which writers use
Of their fair subject, blessing every book.
Thou art as fair in knowledge as in hue,
Finding thy worth a limit past my praise
And therefore art enforc'd to seek anew
Some fresher stamp of the time-bettering days.
And do so, love; yet when they have devis'd
What strained touches rhetoric can lend,
Thou truly fair wert truly sympathiz'd
In true plain words by thy true-telling friend;
  And their gross painting might be better us'd
  Where cheeks need blood; in thee it is abus'd.

81

Ob ich dereinst für dich die Grabschrift dichte,
Ob du noch lebst, wenn mich der Moder frißt,
Kein Tod macht deinen Namen je zunichte,
Wenn jeder Teil von mir vergessen ist.
Dein Angedenken wird unsterblich sein,
Wenn keiner, da ich tot bin, mein gedenkt,
Ein Alltagsgrab wird mir, dein Grabesschrein
Ist aller Menschen Blick, drin du versenkt.
Dein Denkmal ist mein zärtliches Gedicht,
Das einst noch unerschaffne Augen lesen,
Das manche Zunge dir zum Preise spricht,
Wenn alle Atmer dieser Zeit gewesen.
  Du lebst – so stark ist meines Werkes Grund –,
  Wo tiefster Atem lebt, in Menschenmund.

82

Du bist ja meiner Muse nicht vermählt,
Drum schau nach jeder Widmung unverhüllt,
Die sich ein Dichter für sein Buch erwählt,
Zum Preis des Namens, der das Werk erfüllt.
Du bist so reich an innrer, äußrer Zier,
Nie kann mein Wort all deine Schönheit buchen,
Drum mußt du beßrer Dichter Weisen dir
Mit frischerm Klang und neuer Prägung suchen.
Ja tu das, Liebster! – Doch wenn sie gefunden,
Was angespannter Redekunst gelang,
Dann hat dich wahrhaft Schönen wahr empfunden
Doch nur dein wahrer Freund mit schlichtem Sang.
  Ihr grober Stift mach bleiche Wangen jung,
  Dich rosig schminken wäre Lästerung.

83

I never saw that you did painting need,
And therefore to your fair no painting set;
I found, or thought I found, you did exceed
The barren tender of a poet's debt;
And therefore have I slept in your report,
That you yourself, being extant, well might show
How far a modern quill doth come too short,
Speaking of worth, what worth in you doth grow.
This silence for my sin you did impute,
Which shall be most my glory, being dumb;
For I impair not beauty, being mute;
When others would give life, and bring a tomb.
There lives more life in one of your fair eyes
Than both your poets can in praise devise.

84

Who is it that says most which can say more
Than this rich praise – that you alone are you?
In whose confine immured is the store
Which should example where your equal grew?
Lean penury within that pen doth dwell
That to his subject lends not some small glory;
But he that writes of you, if he can tell
That you are you, so dignifies his story.
Let him but copy what in you is writ,
Not making worse what nature made so clear,
And such a counterpart shall fame his wit,
Making his style admired everywhere.
You to your beauteous blessings add a curse,
Being fond on praise, which makes your praises worse.

83

Nie sah ich, daß dir Schminke nötig war,
Hab darum deine Schönheit nie bemalt,
Ich fand, scheint mir, ich fand, du botest dar,
Was dürftige Erfindung überstrahlt.
Und darum schlief ich, tat von dir nichts kund,
Ich wußte ja, dein bloßes Da-Sein zeigt,
Wie schwächlich jedes Modedichters Mund,
Aus dem das Loblied deines Wertes steigt.
Dies Stummsein rechnest du als Schuld mir an,
Und war doch höchste Tugend des, der liebt,
Da Schweigen nie die Schönheit schwächen kann,
Und lautes Wort statt Leben Starre gibt.
  Aus deiner Augen einem strahlt mehr Leben,
  Als deiner beiden Dichter Hymnen geben.

84

Wer sagt am meisten? Was kann höher loben
Als dieses reiche Wort: nur du bist du?
Dies Wort, das dich umfaßt hält und umwoben,
Das deinen Wert gibt und das Maß dazu.
Aus jedes Dichters Schöpfung Armut lies,
Der seinem Gegenstand nicht Glanz verleiht,
Doch wer von dir schreibt, schreibe nichts als dies:
Nur du bist du, so ist sein Lied geweiht.
Laß ihn nur schreiben, was in dir geschrieben,
Und nichts verderben, was Natur erschuf,
So wird die Welt ihn um sein Vorbild lieben
Und überall verkünden seinen Ruf.
  Doch deiner Schönheit Lob verwelkt, erstarrt
  Durch diesen Fluch, daß du ins Lob vernarrt.

85

My tongue-tied Muse in manners holds her still,
While comments of your praise, richly compil'd,
Reserve their character with golden quill
And precious phrase by all the Muses fil'd.
I think good thoughts, whilst others write good words,
And, like unlettered clerk, still cry 'Amen'
To every hymn that able spirit affords
In polish'd form of well-refined pen.
Hearing you prais'd, I say: "'Tis so, 'tis true",
And to the most of praise add something more;
But that is in my thought, whose love to you,
Though words come hindmost, holds his rank before.
  Then others for the breath of words respect,
  Me for my dumb thoughts, speaking in effect.

86

Was it the proud full sail of his great verse,
Bound for the prize of all-too-precious you,
That did my ripe thoughts in my brain inhearse,
Making their tomb the womb wherein they grew?
Was it his spirit, by spirits taught to write
Above a mortal pitch, that struck me dead?
No, neither he, nor his compeers by night
Giving him aid, my verse astonished.
He nor that affable familiar ghost
Which nightly gulls him with intelligence,
As victors, of my silence cannot boast:
I was not sick of any fear from thence.
  But when your countenance fill'd up his line,
  Then lack'd I matter; that enfeebled mine.

85

Voll Takt schweigt meine Muse zu dem Spiel,
Wenn die Berichte deines Lobes steigen,
Treu ihrer Art, geführt von goldnem Kiel,
Mit Phrasenschmuck, dem sich die Musen neigen.
Ich denke gut von dir, sie schreiben gut,
Und wie ein armer Küster ruf ich Amen
Zu jeder Hymne, die ein kluges Blut
In glatte Form gebracht und edlen Rahmen.
Und sprech zu jedem Lob: „So ist's – 's ist wahr",
Und hab oft manches noch hinzugesetzt,
Doch nur im Herzen, dessen Lieb fürwahr
Zuvörderst steht, kommt auch ihr Wort zuletzt.
So magst du sie um alles, was sie schrieben,
Mich um mein stummes, wahres Denken lieben.

86

War es sein Lied, das stolz die Segel straffte
Zu deinem Preis, zu allzu prächt'gem Flug,
Das die Gedanken mir im Hirn erschlaffte,
Zur Gruft den Schoß gemacht, der Reife trug?
War es sein Geist, den hohe Geister lehrten,
Was über Menschenkunst, der mich zerbrach?
Nein, weder er noch seine Nachtgefährten,
Die Helfer, legten meine Lieder brach.
Nicht er, noch sein vertrauter Geist, der ihn
Nächtlich mit allzu kluger Einsicht narrt,
Besiegte mich und meine Melodien;
Nicht dorther kam die Angst, die mich erstarrt;
Jedoch als du dich seinem Lied geneigt,
Schwand meine Kraft, und all mein Denken schweigt.

87

Farewell! thou art too dear for my possessing,
And like enough thou know'st thy estimate.
The charter of thy worth gives thee releasing;
My bonds in thee are all determinate.
For how do I hold thee but by thy granting?
And for that riches where is my deserving?
The cause of this fair gift in me is wanting,
And so my patent back again is swerving.
Thy self thou gav'st, thy own worth then not knowing,
Or me, to whom thou gav'st it, else mistaking;
So thy great gift, upon misprision growing,
Comes home again, on better judgment making.
  Thus have I had thee, as a dream doth flatter:
  In sleep a king, but waking no such matter.

88

When thou shalt be dispos'd to set me light,
And place my merit in the eye of scorn,
Upon thy side against myself I'll fight,
And prove thee virtuous, though thou art forsworn.
With mine own weakness being best acquainted,
Upon thy part I can set down a story
Of faults conceal'd, wherein I am attainted;
That thou, in losing me, shall win much glory.
And I by this will be a gainer too;
For bending all my loving thoughts on thee,
The injuries that to myself I do,
Doing thee vantage, double-vantage me.
  Such is my love, to thee I so belong,
  That for thy right myself will bear all wrong.

87

Leb wohl! Dich mein zu nennen wär Entweihung,
Und du weißt wohl, wie hoch du stehst im Wert,
Die Kenntnis deiner selbst gibt dir Befreiung;
Mein Recht an dich hat völlig aufgehört.
Wie halt ich dich, wenn nicht durch deine Schenkung?
Und wo wär mein Verdienst für solch ein Glück?
Ich finde keins, und so ist's keine Kränkung,
Nimmst du das Gnadenlehn an dich zurück.
Du gabst dich mir, vielleicht in Selbstverkennung,
Vielleicht weil den Beschenkten du verkannt;
Des Irrtums Gabe kehrt nach kurzer Trennung
Zu dir zurück, da sich dein Sinn gewandt.
  So warst du mein wie Träume, die entschweben,
  König war ich im Schlaf und nichts im Leben.

88

Wenn dich mich zu mißachten Lust beschlich,
Und mein Verdienst zum Spott dir Anlaß leiht,
Kämpf ich an deiner Seite gegen mich
Und nenn dich treu trotz deinem falschen Eid.
Mit meinen eignen Schwächen wohlvertraut,
Will ich dein Recht durch ein Bekenntnis mehren,
Geheime Laster eingestehen laut,
Daß du, verlierend mich, gewinnst an Ehren.
Und so werd ich zugleich Gewinner sein,
Denn da sich all mein Wesen neigt zu dir,
Wird selbst aus meinen schlimmsten Schmäherein,
Da sie dir Vorteil, doppelt Vorteil mir.
  So bin ich dein, so innig lieb ich dich:
  Daß du im Recht, nehm ich die Schmach auf mich.

89

Say that thou didst forsake me for some fault,
And I will comment upon that offence;
Speak of my lameness, and I straight will halt,
Against thy reasons making no defence.
Thou canst not, love, disgrace me half so ill,
To set a form upon desired change,
As I'll myself disgrace, knowing thy will.
I will acquaintance strangle and look strange,
Be absent from thy walks, and in my tongue
Thy sweet beloved name no more shall dwell,
Lest I, too much profane, should do it wrong,
And haply of our old acquaintance tell.
  For thee, against myself I'll vow debate,
  For I must ne'er love him whom thou dost hate.

90

Then hate me when thou wilt; if ever, now;
Now while the world is bent my deeds to cross,
Join with the spite of fortune, make me bow,
And do not drop in for an after-loss.
Ah, do not, when my heart hath 'scap'd this sorrow,
Come in the rearward of a conquer'd woe;
Give not a windy night a rainy morrow,
To linger out a purpos'd overthrow.
If thou wilt leave me, do not leave me last,
When other petty griefs have done their spite,
But in the onset come; so shall I taste
At first the very worst of fortune's might;
  And other strains of woe, which now seem woe,
  Compar'd with loss of thee will not seem so.

89

Sag, daß du mich um einen Fehl läßt sinken,
Und eingestehn will ich die Schuld sofort,
Sag, daß ich lahm sei, und ich werde hinken,
Damit mein Gang nicht Lügen straft dein Wort.
Du kannst mich, Lieb, nicht halb so tief entehren,
Erwünschtem Tausch zu geben Form und Halt,
Wie ich mich selbst, denn kennend dein Begehren,
Verleugn ich dich und blicke fremd und kalt;
Ich meide deinen Weg, und meinem Munde
Wird fremd dein Name, den ich so geliebt,
Damit er nicht, entweihend, frohe Kunde
Von altem Glück und alter Freundschaft gibt.
  Für dich sag ich mir selber Fehde an,
  Weil, wo du haßt, ich nimmer lieben kann.

90

Doch hasse mich, willst du mich hassen, gleich,
Jetzt, da mich alle Welt verfolgt mit Groll,
Verbünde dich dem Schicksal, führ den Streich,
Komm nicht als letzter Stoß, der kommen soll.
Ach gib nicht, wenn mein Herz zermürbt von Sorgen,
Müd von besiegtem Leid und Überdruß,
Der stürmischen Nacht den finstren Regenmorgen,
Verzögre nicht den Schlag, der kommen muß.
Willst du mich lassen, laß mich nicht zuletzt,
Wenn kleine Leiden schon ihr Werk vollbracht,
Geh du als erster, denn dann weiß ich, jetzt
Traf mich das Schwerste, was mir zugedacht.
  Und jedes andre Leid, schmerzt's noch so sehr,
  Vergleich ich's diesem, ist kein Leiden mehr.

91

Some glory in their birth, some in their skill,
Some in their wealth, some in their body's force;
Some in their garments, though new-fangled ill;
Some in their hawks and hounds, some in their horse;
And every humour hath his adjunct pleasure,
Wherein it finds a joy above the rest;
But these particulars are not my measure:
All these I better in one general best.
Thy love is better than high birth to me,
Richer than wealth, prouder than garments' cost,
Of more delight than hawks or horses be;
And, having thee, of all men's pride I boast –
  Wretched in this alone, that thou mayst take
  All this away, and me most wretched make.

92

But do thy worst to steal thyself away,
For term of life thou art assured mine;
And life no longer than thy love will stay,
For it depends upon that love of thine.
Then need I not to fear the worst of wrongs,
When in the least of them my life hath end.
I see a better state to me belongs
Than that which on thy humour doth depend.
Thou canst not vex me with inconstant mind,
Since that my life on thy revolt doth lie.
O what a happy title do I find,
Happy to have thy love, happy to die!
  But what's so blessed-fair that fears no blot?
  Thou mayst be false, and yet I know it not.

91

Manch einer prahlt mit Reichtum oder Kraft,
Mancher mit Kunst und mancher mit Geblüt,
Mancher mit seinem Kleid, das geckenhaft,
Mancher mit Falken, Hunden und Gestüt.
Ein jeder hat sein eignes Maß an Freuden,
Drin seines Lebens Sinn und Inhalt ruht,
Doch mir kann alles dieses nichts bedeuten,
Weil einzig gut für mich ein einzig Gut.
Weil mich dein Lieben mehr als Adel ehrt,
Mich reicher schmückt als Reichtum und Gewand,
Mich inniger erfreut als Falk und Pferd,
Weil, dich besitzend, ich die Welt empfand.
  Mein Elend ist nur: nimmst du mir dein Lieben,
  Bin ich ganz elend, hilflos und vertrieben.

92

Doch tu dein Schlimmstes, stiehl dich fort von mir,
Solang ich lebe, bist du sicher mein,
Denn da mein Leben einzig hängt an dir,
Muß deiner Liebe Tod mein Sterben sein.
So fürcht ich nicht die schlimmste der Gewalten,
Da in dem kleinen Leid mein Tod schon ruht,
Und seh mein Leben leichter sich gestalten,
Kein Spiel für Launen mehr und Übermut.
Nicht quält mich mehr dein unbeständ'ger Sinn,
Seitdem in dir mein Leben und Verderben;
Wie glücklich ich durch diese Lösung bin,
In deiner Liebe froh und froh im Sterben!
  Doch wo ist Glück, das nicht mit Schatten ficht?
  Du magst mich täuschen, und ich weiß es nicht.

93

So shall I live, supposing thou art true,
Like a deceived husband; so love's face
May still seem love to me, though alter'd new –
Thy looks with me, thy heart in other place.
For there can live no hatred in thine eye;
Therefore in that I cannot know thy change.
In many's looks the false heart's history
Is writ in moods and frowns and wrinkles strange;
But heaven in thy creation did decree
That in thy face sweet love should ever dwell;
Whate'er thy thoughts or thy heart's workings be,
Thy looks should nothing thence but sweetness tell.
  How like Eve's apple doth thy beauty grow,
  If thy sweet virtue answer not thy show!

94

They that have power to hurt and will do none,
That do not do the thing they most do show,
Who, moving others, are themselves as stone,
Unmoved, cold, and to temptation slow –
They rightly do inherit Heaven's graces,
And husband nature's riches from expense;
They are the lords and owners of their faces,
Others but stewards of their excellence.
The summer's flow'r is to the summer sweet
Though to itself it only live and die;
But if that flow'r with base infection meet,
The basest weed outbraves his dignity.
  For sweetest things turn sourest by their deeds:
  Lilies that fester smell far worse than weeds.

93

So werd ich leben, glaubend, du seist treu,
Betrognem Gatten gleich; dein hold Gesicht,
Scheint's auch verändert, lächle stets aufs neu,
Dein Blick sei bei mir, ist's dein Herz auch nicht.
Kein Groll entstellt je deine lichten Züge,
Drum weiß ich nicht, ob alles noch, wie's war;
Bei andern liest man leicht des Herzens Lüge,
Aus Blick und Miene wird sie offenbar.
Doch Gott beschloß, da er dich schuf: nie soll
Auf deinem Antlitz Lieb und Anmut fehlen,
Welcher Gedanken auch die Seele voll,
Dein Blick soll immer Holdes nur erzählen.
  Doch Evas Apfel gleicht die Lieblichkeit,
  Wenn süße Tugend ihr nicht Wert verleiht.

94

Die schaden können und es doch nicht tun,
Die immer anders handeln, als sie scheinen,
Die, andere bewegend, reglos ruhn,
Kalt, unverführbar, fühllos gleich den Steinen,
Die erben stets mit Recht des Himmels Gaben
Und wahren vor Verschwendung die Natur,
Sind Herren über alles, was sie haben,
Wo andre Diener und Verwalter nur.
Der Sommer liebt des Sommers lichte Blüte,
Obgleich sie für sich selbst nur lebt und stirbt,
Doch es beschämt das Unkraut sie an Güte,
Wenn gift'ger Hauch sie anrührt und verdirbt.
  Süßes, das schlecht ward, schmeckt am herbsten immer,
  Und Lilie, die verdirbt – kein Sumpf riecht schlimmer.

95

How sweet and lovely dost thou make the shame
Which, like a canker in the fragrant rose,
Doth spot the beauty of thy budding name!
O, in what sweets dost thou thy sins enclose!
That tongue that tells the story of thy days,
Making lascivious comments on thy sport,
Cannot dispraise but in a kind of praise:
Naming thy name blesses an ill report.
O, what a mansion have those vices got
Which for their habitation chose out thee,
Where beauty's veil doth cover every blot,
And all things turns to fair that eyes can see!
Take heed, dear heart, of this large privilege;
The hardest knife ill-us'd doth lose his edge.

96

Some say thy fault is youth, some wantonness;
Some say thy grace is youth and gentle sport;
Both grace and faults are lov'd of more and less:
Thou mak'st faults graces that to thee resort.
As on the finger of a throned queen
The basest jewel will be well esteem'd;
So are those errors that in thee are seen
To truths translated and for true things deem'd.
How many lambs might the stern wolf betray,
If like a lamb he could his looks translate!
How many gazers mightst thou lead away,
If thou wouldst use the strength of all thy state!
But do not so; I love thee in such sort,
As, thou being mine, mine is thy good report.

95

Wie lieblich deine Schande selbst betört,
Die, wie ein Wurm im rosigen Kelch versteckt,
Die junge Schönheit deines Rufs zerstört,
Wie hold hast du das Laster zugedeckt!
Die Zunge, die dein loses Tun berichtet
Und es durch lüsterne Erklärung mehrt,
Sie muß dich preisen, während sie dich richtet,
Weil schon dein Name jedes Wort verklärt.
O welch ein Schloß erwählte sich die Sünde,
Da sie zu ihrem Wohnsitz dich gewollt,
Hier deckt die Schönheit tiefsten Lasters Gründe,
Und was das Auge sieht, wird licht und hold!
  Doch, liebes Herz, dies große Vorrecht hüte,
  Mißbrauch stumpft selbst des schärfsten Messers Güte.

96

Der nennt dein Laster Jugend, Lüsternheit,
Der deinen Liebreiz Jugend, edles Spiel;
Liebreiz und Laster liebt man weit und breit,
Und Laster wird zum Reiz, wenn's dir gefiel.
Wie man am Finger einer Königin
Geringen Schmuck als hohen Wert erachtet,
So nimmt, was falsch an dir, man gläubig hin,
Indem man es als echt und wahr betrachtet.
So manches Lamm möcht wohl der Wolf betören,
Blickt' wie ein Lamm er sanft und tugendhaft,
Wieviel Bewundrer müßten dir gehören,
Benutztest du des Zaubers volle Kraft.
  Doch tu dies nicht; so schließt mein Herz dich ein,
  Daß, da du mein bist, auch dein Ruf ist mein.

97

How like a winter hath my absence been
From thee, the pleasure of the fleeting year!
What freezings have I felt, what dark days seen!
What old December's bareness everywhere!
And yet this time remov'd was summer's time,
The teeming autumn, big with rich increase,
Bearing the wanton burden of the prime,
Like widowed wombs after their lord's decease;
Yet this abundant issue seem'd to me
But hope of orphans, and unfathered fruit;
For summer and his pleasures wait on thee,
And, thou away, the very birds are mute;
Or, if they sing, 'tis with so dull a cheer
That leaves look pale, dreading the winter's near.

98

From you have I been absent in the spring,
When proud-pied April, dress'd in all his trim,
Hath put a spirit of youth in every thing,
That heavy Saturn laugh'd and leap'd with him.
Yet nor the lays of birds, nor the sweet smell
Of different flowers in odour and in hue,
Could make me any summer's story tell,
Or from their proud lap pluck them where they grew;
Nor did I wonder at the lily's white,
Nor praise the deep vermilion in the rose:
They were but sweet, but figures of delight,
Drawn after you, you pattern of all those.
Yet seem'd it winter still, and, you away,
As with your shadow I with these did play.

97

Wie glich dem Winter doch dies Fern von dir,
Lust und Entzücken du des flücht'gen Jahres!
Wie kalt die Luft, wie grau die Tage mir,
Und wie dezemberkahl und öde war es!
Und doch, ich weiß, es war ja Sommerszeit,
Der schwellend reiche Herbst kam mir entgegen
Und trug des Frühlings üppige Herrlichkeit
Wie einer Witwe Schoß den Muttersegen.
Doch dieser Überfluß selbst deuchte mir
Nur Waisenhoffnung, vaterlos und bang,
Denn Glück und Sommer sind ja nur bei dir,
Und wo du fern bist, schweigt der Vögel Sang;
Und wenn er klingt, ist trüb und dumpf der Ton,
Das Laub erblaßt, als fühlt's den Winter schon.

98

Von dir war ich entfernt, als Frühling war,
April lief buntgescheckt den Weg entlang,
Warf Jugend über jedes Ding, sogar
Saturn, der schwere, lachte mit und sprang.
Doch weder Vogellied noch Wiesenhauch,
Noch Blüten leuchtend bunt an Duft und Farben,
Sie weckten mir den Sommer, und am Strauch
Ließ ich die Blumen blühn, bis sie verdarben.
Nicht stand ich staunend vor der Lilien Weiß,
Nicht vor der Rosen glühend tiefem Rot,
Sie waren schön und licht, allein ich weiß,
Daß deine Schönheit erst das Vorbild bot.
Und Winter war der Frühling ohne dich,
Wie deine Schatten spielten sie um mich.

99

The forward violet thus did I chide:
Sweet thief, whence didst thou steal thy sweet that smells,
If not from my love's breath? The purple pride
Which on thy soft cheek for complexion dwells
In my love's veins thou hast too grossly dy'd.
The lily I condemned for thy hand,
And buds of marjoram had stol'n thy hair;
The roses fearfully on thorns did stand,
One blushing shame, another white despair;
A third, nor red nor white, had stol'n of both,
And to his robb'ry had annex'd thy breath;
But, for his theft, in pride of all his growth
A vengeful canker eat him up to death.
  More flowers I noted, yet I none could see
  But sweet or colour it had stol'n from thee.

100

Where art thou, Muse, that thou forget'st so long
To speak of that which gives thee all thy might?
Spend'st thou thy fury on some worthless song,
Dark'ning thy power to lend base subjects light?
Return, forgetful Muse, and straight redeem
In gentle numbers time so idly spent;
Sing to the ear that doth thy lays esteem
And gives thy pen both skill and argument.
Rise, resty Muse, my love's sweet face survey,
If Time have any wrinkle graven there;
If any, be a satire to decay,
And make Time's spoils despised everywhere.
  Give my love fame faster than Time wastes life;
  So thou prevent'st his scythe and crooked knife.

99

Das übermütige Veilchen schalt ich so:
„Wo hast du, süßer Dieb, den Duft gefangen,
Wenn nicht von des Geliebten Atem? Wo
Den samtnen Hauch, wenn nicht von seinen Wangen?
In seiner Schönheit wühltest du zu roh."
Der Lilie zürnt ich wegen deiner Hand,
Der Majoran schaut deinen Haaren gleich,
Am dornigen Strauch ich Rosen zitternd fand,
Die rot vor Scham, die vor Verzweiflung bleich;
Und die nicht rot noch weiß, sie stahl von beiden,
Hat deinen Hauch zu nehmen selbst gewagt,
Für diesen Diebstahl muß die Stolze leiden,
Daß rachbegieriger Wurm sie früh zernagt.
  Viel Blumen sah ich, keine war vollkommen,
  Die Duft und Farbe nicht von dir genommen.

100

Wo bist du, Muse, und was säumst du lang,
Für den, der Kraft dir gibt, dich zu entfalten?
Was leihst du deine Glut wertlosem Sang,
Verklärst, dich trübend, niedere Gestalten?
Kehr um, Vergeßliche, und hole jetzt
In edlem Lied verlorne Stunden ein
Und sing zu ihm, der deine Lieder schätzt,
Und ihnen Kraft und Inhalt wird verleihn.
Auf, blicke in des Liebsten hold Gesicht,
Und grub die Zeit ihm Falt und Runzeln schon,
So singe auf die Zeit ein Spottgedicht
Und mach ihr Spiel vor aller Welt zum Hohn.
  Gib Ruhm dem Liebsten, eh ihn Zeit versehrt,
  Schütz vor der Sense ihn, dem krummen Schwert.

101

O truant Muse, what shall be thy amends
For thy neglect of truth in beauty dy'd?
Both truth and beauty on my love depends;
So dost thou too, and therein dignified.
Make answer, Muse. Wilt thou not haply say:
"Truth needs no colour with his colour fix'd;
Beauty no pencil, beauty's truth to lay;
But best is best, if never intermix'd"?
Because he needs no praise, wilt thou be dumb?
Excuse not silence so; for 't lies in thee
To make him much outlive a gilded tomb,
And to be prais'd of ages yet to be.
  Then do thy office, Muse. I teach thee how
  To make him seem long hence as he shows now.

102

My love is strengthen'd, though more weak in seeming;
I love not less, though less the show appear;
That love is merchandiz'd whose rich esteeming
The owner's tongue doth publish everywhere.
Our love was new, and then but in the spring,
When I was wont to greet it with my lays;
As Philomel in summer's front doth sing,
And stops her pipe in growth of riper days.
Not that the summer is less pleasant now
Than when her mournful hymns did hush the night,
But that wild music burthens every bough,
And sweets grown common lose their dear delight.
  Therefore, like her, I sometime hold my tongue,
  Because I would not dull you with my song.

101

O träge Muse! Sprich, wie willst du's sühnen,
Daß Wahrheit du mit Schönheit nicht verklärt?
Wahrheit und Schönheit muß dem Liebsten dienen,
Auch du dienst ihm, und das gibt dir den Wert.
Antworte, Muse! Sagst du etwa: „Wahrheit
Braucht keinen Glanz, der ihren Glanz erfrischt,
Wer Schönheit übermalt, trübt ihre Klarheit,
Das Beste bleibt am besten unvermischt."
Schweigst du, weil er kein Lob braucht, das erhebt?
Nicht diese Ausflucht; denn es liegt an dir,
Daß er sein golden Grabmal überlebt
Und leuchtend ragt, der fernsten Zeiten Zier.
  Darum ans Werk; ich lehre dich ihn malen,
  Daß er noch lange wird wie heute strahlen.

102

Stark ist mein Lieben, ob es gleich entbehrt
Des hellen Scheins, im Wort sich schwach erweist;
Zur Ware wird die Liebe, deren Wert
Auf Markt und Gassen der Besitzer preist.
Als jung die Liebe, Frühling überall,
Da grüßt ich täglich sie mit neuem Lied;
So singt im Lenzesrausch die Nachtigall
Und schweigt, wenn erster Sommerglanz entflieht.
Nicht daß der Sommer nun an Liebreiz leer,
Seit sie der Nacht kein Klagelied mehr weiht,
Doch wenn ein jeder Ast von Liedern schwer,
Wird Süßes reizlos durch Alltäglichkeit.
  Darum, gleich ihr, verstumme ich so lang,
  Daß nie dein Herz wird taub für meinen Sang.

103

Alack, what poverty my Muse brings forth,
That, having such a scope to show her pride,
The argument all bare is of more worth
Than when it hath my added praise beside!
O blame me not, if I no more can write!
Look in your glass, and there appears a face
That over-goes my blunt invention quite,
Dulling my lines, and doing me disgrace.
Were it not sinful then, striving to mend,
To mar the subject that before was well?
For to no other pass my verses tend
Than of your graces and your gifts to tell;
  And more, much more, than in my verse can sit,
  Your own glass shows you, when you look in it.

104

To me, fair friend, you never can be old,
For as you were when first your eye I ey'd,
Such seems your beauty still. Three winters cold
Have from the forests shook three summers' pride,
Three beauteous springs to yellow autumn turn'd
In process of the seasons have I seen,
Three April perfumes in three hot Junes burn'd,
Since first I saw you fresh, which yet are green.
Ah, yet doth beauty, like a dial-hand,
Steal from his figure, and no pace perceiv'd;
So your sweet hue, which methinks still doth stand,
Hath motion, and mine eye may be deceiv'd.
  For fear of which, hear this, thou age unbred:
  Ere you were born was beauty's summer dead.

103

Wie ärmlich meine Muse sich bewährt,
Obwohl ihr Gegenstand so herrlich strahlt,
Daß er allein schon bietet höhern Wert,
Als wenn mein Lob ihn schmückt und übermalt.
O schilt nicht, daß ich nicht mehr schreiben kann;
Zum Spiegel tritt, da schaut in lichter Pracht,
Mein Lob beschämend, dich ein Antlitz an,
Das stumpf mein Wort, arm die Erfindung macht.
Wär es nicht sündhaft, die Vollkommenheit
Zu stören, da man sie zu bessern sucht?
Und zu nichts andrem ist mein Lied bereit,
Als daß es dich und deine Schönheit bucht.
  Und mehr, viel mehr, als je mein Vers enthält,
  Zeigt dir dein Spiegel, wenn dein Bild drauf fällt.

104

Mir, schöner Freund, kannst du nie älter werden,
Als da wir uns zum erstenmal gesehn,
So strahlst du noch. Und dreimal sank zur Erden
Des Sommers Pracht in dreier Winter Wehn.
Drei lichte Lenze haben sich gewandt
Zum bunten Herbst im raschen Jahresschwung,
Dreimal ist Mai in Juniglut verbrannt,
Seit ich dich jung gesehn, wie heute jung.
Doch Schönheit muß ja wie der Zeiger gehn
Am Zifferblatt unmerklich, unbeirrt,
So scheint sie nur vielleicht bei dir zu stehn
Und wandelt doch, und nur mein Auge irrt.
  Wenn dies so ist, hört's, die ihr ungeboren:
  Vor eurer Zeit war Schönheit schon verloren.

105

Let not my love be call'd idolatry,
Nor my beloved as an idol show,
Since all alike my songs and praises be
To one, of one, still such, and ever so.
Kind is my love to-day, to-morrow kind,
Still constant in a wondrous excellence;
Therefore my verse, to constancy confin'd,
One thing expressing, leaves out difference.
"Fair, kind, and true", is all my argument,
"Fair, kind, and true", varying to other words;
And in this change is my invention spent,
Three themes in one, which wondrous scope affords.
  Fair, kind, and true, have often liv'd alone,
  Which three, till now, never kept seat in one.

106

When in the chronicle of wasted time
I see descriptions of the fairest wights,
And beauty making beautiful old rhyme
In praise of ladies dead and lovely knights,
Then, in the blazon of sweet beauty's best,
Of hand, of foot, of lip, of eye, of brow,
I see their antique pen would have express'd
Even such a beauty as you master now.
So all their praises are but prophecies
Of this our time, all you prefiguring;
And, for they look'd but with divining eyes,
They had not skill enough your worth to sing;
  For we, which now behold these present days,
  Have eyes to wonder, but lack tongues to praise.

105

Nennt meine Liebe nicht Abgötterei,
Sagt nicht, daß ich ein Götzenbild errichtet,
Weil meiner Lobgesänge Einerlei
Nur einen preist, an einen nur gerichtet.
Da heut mein Lieben gut und morgen gut
In wandelloser Treue immerdar,
So ist mein Lied, das engumschlossen ruht
In Treue, wandellos, an Wechsel bar.
Schön, gut und treu, mein Anfang und mein Schluß,
Schön, gut und treu in immer neuem Wort,
Drin mein Erfinden sich verschwenden muß,
In einem drei – welch herrlicher Akkord!
Schön, gut und treu, vereinzelt lebten sie,
Jedoch vereint sah man vor heut sie nie.

106

Wenn ich in einem alten Chronikband
Lieblicher Wesen Bilder durfte schauen,
Manch schönes Lied zum Lob der Schönheit fand,
Das Ritter pries und längst verblichne Frauen,
Dann sah ich, wo sich immer Schönheit kündet
An Hand und Blick und Mund, zu jeder Frist
Hat sich des alten Bildners Stift entzündet
An solcher Schönheit, wie die deine ist.
So war ihr Lied nur Ahnung unsrer Zeit,
Und jedes Bild dein vorgeahntes Bild,
Und jeder Seherblick war dir geweiht,
Doch niemals ward dein ganzer Wert enthüllt.
Und unsre Zeit hat zum Bewundern Augen,
Doch keine Zungen, die zum Singen taugen.

107

Not mine own fears, nor the prophetic soul
Of the wide world dreaming on things to come,
Can yet the lease of my true love control,
Suppos'd as forfeit to a confin'd doom.
The mortal moon hath her eclipse endur'd,
And the sad augurs mock their own presage;
Incertainties now crown themselves assur'd,
And peace proclaims olives of endless age.
Now with the drops of this most balmy time
My love looks fresh, and Death to me subscribes,
Since spite of him I'll live in this poor rhyme,
While he insults o'er dull and speechless tribes.
  And thou in this shalt find thy monument,
  When tyrants' crests and tombs of brass are spent.

108

What's in the brain that ink may character
Which hath not figur'd to thee my true spirit?
What's new to speak, what new to register,
That may express my love or thy dear merit?
Nothing, sweet boy; but yet, like prayers divine,
I must each day say o'er the very same;
Counting no old thing old, thou mine, I thine,
Even as when first I hallowed thy fair name.
So that eternal love in love's fresh case
Weighs not the dust and injury of age,
Nor gives to necessary wrinkles place,
But makes antiquity for aye his page;
  Finding the first conceit of love there bred,
  Where time and outward form would show it dead.

107

Nicht eigne Furcht, noch der prophet'sche Sinn
Der weiten Welt, die voller Träume ist,
Weist auf das Ende meiner Liebe hin,
Als auf ein Schicksal von begrenzter Frist.
Nach Finsternissen strahlt der Mond aufs neu,
Und ihres Spruchs die trüben Magier lächeln,
Was schwankend war, wird wieder stark und treu,
Und ewig werden Friedenspalmen fächeln.
Erfrischt vom Tropfen der balsamischen Zeit,
Strahlt meine Liebe, es verspricht der Tod,
Daß meinem armen Lied er Schonung leiht
Und nur, was stumm und dumpf und lahm, bedroht.
  Und in dem Lied wirst du dein Denkmal finden,
  Wenn Herrscherkronen, ehrne Gräber schwinden.

108

Was lebt im Geist, das Schrift verkünden kann,
Und das mein treuer Sinn dir nicht beschert?
Was sag ich, welche Töne schlag ich an,
Zu schildern neu mein Lieben, deinen Wert?
Nichts, süßer Knabe. – Doch wie Litanein
Sag täglich Gleiches ich auf gleiche Art,
Da ist nichts Altes alt, du mein, ich dein,
Wie da zuerst dein Name heilig ward.
Die ewige Liebe, die stets neu erblüht,
Wägt nicht des Alters gut und böses Recht,
Sieht nicht die Striche, die sein Griffel zieht,
Und macht sich selbst die schlimme Zeit zum Knecht;
  Und glaubt, daß höher stets die Liebe steigt,
  Wo Zeit und Äußres schon ihr Sterben zeigt.

109

O, never say that I was false of heart,
Though absence seem'd my flame to qualify!
As easy might I from my self depart
As from my soul, which in thy breast doth lie:
That is my home of love. If I have rang'd,
Like him that travels, I return again,
Just to the time, not with the time exchang'd,
So that my self bring water for my stain.
Never believe, though in my nature reign'd
All frailties that besiege all kinds of blood,
That it could so preposterously be stain'd
To leave for nothing all thy sum of good;
For nothing this wide universe I call
Save thou, my rose; in it thou art my all.

110

Alas, 'tis true I have gone here and there
And made myself a motley to the view,
Gor'd mine own thoughts, sold cheap what is most dear,
Made old offences of affections new.
Most true it is that I have look'd on truth
Askance and strangely; but, by all above,
These blenches gave my heart another youth,
And worse essays prov'd thee my best of love.
Now all is done, save what shall have no end;
Mine appetite I never more will grind
On newer proof, to try an older friend,
A god in love, to whom I am confin'd.
Then give me welcome, next my heaven the best,
Even to thy pure and most most loving breast.

109

O sag nicht, daß ich falsch und treulos bin,
Weil, als ich fern, gedämpft schien meine Glut;
Ich schiede von mir selbst, gäb ich dahin
Mein Herz, das tief in deinem Herzen ruht.
Das ist der Liebe Heimat. Wie der Wandrer
Kehr ich zu ihr zurück mit schnellem Schritt,
Zur rechten Zeit, und durch die Zeit kein andrer,
Und bring für alle Flecken Wasser mit.
Glaub nicht, obwohl der Sinne Tyrannei
Manchmal besiegt das leicht verführte Blut,
Daß ich so töricht und verworfen sei,
Dich um ein Nichts zu lassen, höchstes Gut!
Denn Nichts nenn ich den weiten Erdenball,
Du, meine Rose, bist mein All im All.

110

Ach, es ist wahr, ich rannte kreuz und quer,
Machte den Narren, den die Welt begafft,
Verriet mich selbst, gab Teures billig her,
Schuf altes Leid aus neuer Leidenschaft.
Auch wahr ist's, daß ich fremd und frech auf Treu
Und Tugend blickte, doch, beim Himmel droben,
Dies Irren schenkte mir die Jugend neu,
Als Bestes konnt ich Besten, dich, erproben.
Nun ist's vorbei, es blieb nur, was ohn Ende:
Nie mehr sei meine Lust darauf gelenkt,
Zu prüfen, wo ich beßre Liebe fände
Als bei dem Gott, dem ich mich ganz geschenkt.
So nimm mich, nächst dem Himmel höchste Lust,
An deine reine liebevolle Brust.

111

O, for my sake do you with Fortune chide,
The guilty goddess of my harmful deeds,
That did not better for my life provide
Than public means which public manners breeds.
Thence comes it that my name receives a brand,
And almost thence my nature is subdu'd
To what it works in, like the dyer's hand.
Pity me then, and wish I were renew'd;
Whilst, like a willing patient, I will drink
Potions of eisel, 'gainst my strong infection;
No bitterness that I will bitter think,
No double penance, to correct correction.
  Pity me then, dear friend, and I assure ye,
  Even that your pity is enough to cure me.

112

Your love and pity doth th' impression fill
Which vulgar scandal stamp'd upon my brow;
For what care I who calls me well or ill,
So you o'ergreen my bad, my good allow?
You are my all the world, and I must strive
To know my shames and praises from your tongue;
None else to me, nor I to none alive,
That my steel'd sense or changes right or wrong.
In so profound abysm I throw all care
Of others' voices that my adder's sense
To critic and to flatterer stopped are.
Mark how with my neglect I do dispense:
  You are so strongly in my purpose bred
  That all the world besides methinks are dead.

111

O schilt um meinethalben mit dem Glück,
Der Gottheit, die mein traurig Tun verschuldet
Und Pöbeldienst mir schenkte als Geschick,
Das Pöbelsitten leicht erzeugt und duldet.
Daher ist jenes Mal mir eingebrannt,
Daher mein Wesen untilgbar gefärbt,
Wie von der schmutzigen Arbeit Färbers Hand;
Hab Mitleid! Wünsch mich rein und unverderbt.
Indes trink ich, ein williger Patient,
Zu heilen mein Gebrechen, jeden Trank,
Nichts gibt es, was mein Mund zu bitter nennt,
Doppelter Buße schuld ich doppelt Dank.
  Hab Mitleid du! Und glaub mir, liebstes Wesen,
  An deinem Mitleid schon werd ich genesen.

112

Dein Lieben und dein Mitleid löschen still
Von meiner Stirn das Brandmal niedrer Schmach;
Was frag ich, wer mir gut, wer böse will,
Liebst du mein Gutes, siehst mir Böses nach.
Du bist mir alle Welt, drum strebe ich
Nach Lob und Tadel, die dein Mund mir spendet,
Für niemand sonst und niemand sonst für mich,
Kein andrer, der den harten Sinn mir wendet.
In tiefen Abgrund werf ich jede Acht
Auf andre Stimmen, so daß Aug und Ohr
Für Schmeichelei und Tadel stumpf gemacht,
Und bringe dafür die Entschuldigung vor:
  Du bist so innig meinem Zweck vereint,
  Daß außer dir mir nichts zu leben scheint.

113

Since I left you, mine eye is in my mind;
And that which governs me to go about
Doth part his function, and is partly blind,
Seems seeing, but effectually is out;
For it no form delivers to the heart
Of bird, of flow'r, or shape, which it doth latch;
Of his quick objects hath the mind no part,
Nor his own vision holds what it doth catch;
For if it see the rud'st or gentlest sight,
The most sweet favour of deformed'st creature,
The mountain or the sea, the day or night,
The crow or dove, it shapes them to your feature:
  Incapable of more, replete with you,
  My most true mind thus mak'th mine eye untrue.

114

Or whether doth my mind, being crown'd with you,
Drink up the monarch's plague, this flattery?
Or whether shall I say mine eye saith true,
And that your love taught it this alchemy
To make of monsters and things indigest
Such cherubins as your sweet self resemble,
Creating every bad a perfect best
As fast as objects to his beams assemble?
O, 'tis the first; 'tis flatt'ry in my seeing,
And my great mind most kingly drinks it up.
Mine eye well knows what with his gust is 'greeing,
And to his palate doth prepare the cup.
  If it be poison'd, 'tis the lesser sin
  That mine eye loves it, and doth first begin.

113

Mein Auge wohnt, seit es dich nicht mehr findet,
In meinem Geist – und das sonst für mich wacht,
Tut halb sein Werk nur, halb ist es erblindet,
Es scheint zu sehn und ist versenkt in Nacht.
Denn keine Form reicht es dem Herzen dar
Von Vögeln, Blumen, keinerlei Gestalt,
Nichts von den Dingen wird der Geist gewahr,
Noch hat er über innre Schau Gewalt.
Denn alles, was ihm je begegnen mag,
Ob hold an Form, ob mißgestalt und krumm,
Ob Berg, ob See, ob Dunkel oder Tag,
Ob Kräh, ob Taube, formt er nach dir um.
  Er kann nichts andres, ganz erfüllt von dir,
  Macht so mein treuster Sinn mich treulos mir.

114

Sag ich vielleicht: mein Geist, gekrönt mit dir,
Hat Fürstengift getrunken, Schmeichelei?
Sag ich vielmehr, treu ist mein Auge mir,
Und deine Liebe lehrt es Zauberei,
Daß es aus Ungeheuern Engel schafft,
So hold, daß deinem süßen Selbst sie gleich,
Daß alles gut wird, was da lasterhaft,
Tritt es in meines Auges Lichtbereich?
Das erste ist's, ach, Schmeichelei im Auge;
Und königlich schlürft sie mein großer Geist,
Mein Blick, wohl wissend, welcher Trank ihm tauge,
Sorgt, daß dem Gaumen er sich hold erweist.
  Ist Gift darin, so mildre dies den Trug:
  Mein Auge liebt und tut den ersten Zug.

115

Those lines that I before have writ do lie;
Even those that said I could not love you dearer;
Yet then my judgment knew no reason why
My most full flame should afterwards burn clearer.
But reckoning Time, whose million'd accidents
Creep in 'twixt vows and change decrees of kings,
Tan sacred beauty, blunt the sharp'st intents,
Divert strong minds to th' course of alt'ring things –
Alas, why, fearing of Time's tyranny,
Might I not then say: "Now I love you best",
When I was certain o'er incertainty,
Crowning the present, doubting of the rest?
  Love is a babe; then might I not say so,
  To give full growth to that which still doth grow?

116

Let me not to the marriage of true minds
Admit impediments. Love is not love
Which alters when it alteration finds,
Or bends with the remover to remove.
O, no! it is an ever-fixed mark,
That looks on tempests and is never shaken;
It is the star to every wand'ring bark,
Whose worth's unknown, although his height be taken.
Love's not Time's fool, though rosy lips and cheeks
Within his bending sickle's compass come;
Love alters not with his brief hours and weeks,
But bears it out even to the edge of doom.
  If this be error, and upon me prov'd,
  I never writ, nor no man ever lov'd.

115

Die Zeilen lügen, die ich einst dir schrieb:
„Nie werde ich dich heißer lieben können."
Ich wußte nicht, durch welchen Grund und Trieb
Die hohe Flamme sollte höher brennen.
Doch wissend nun, daß tausendfach die Zeit
In Schwüre kriecht, der Fürsten Willen wendet,
Die Schönheit gilbt, die Spitze hämmert breit,
Den Großen lenkt, daß er im Kleinen endet,
So bangend vor der Zeit tyrannischem Sinn,
Was sag ich nicht: „Am tiefsten lieb ich jetzt",
Da ich gewiß des Ungewissen bin,
Kröne das Heut und zweifle am Zuletzt?
  Ein Kind ist Liebe, drum hätt ich geirrt,
  Das reif zu nennen, was stets wächst und wird.

116

Sprecht nicht, wo treue Geister eng verschlungen,
Von Hindernissen, denn das ist nicht Lieb,
Die sich verändert durch Veränderungen,
Und die getrieben wird durch äußren Trieb.
O nein, sie ist der ewig feste Turm,
Der jeder Barke leuchtet durch die Nacht,
Der unzerstörbar steht in jedem Sturm,
Erreichbar seine Höh, unmeßbar seine Macht.
Und Lieb ist nimmermehr der Narr der Zeit,
Trifft rosige Wangen selbst der Sichel Schlag,
Lieb wechselt nicht mit Stund und Woche, weit
Reicht ihre Kraft bis zu dem letzten Tag.
  Wenn durch mich selbst sich dies als falsch ergibt,
  Dann löscht dies aus, dann hat kein Mann geliebt.

117

Accuse me thus: that I have scanted all
Wherein I should your great deserts repay;
Forgot upon your dearest love to call,
Whereto all bonds do tie me day by day;
That I have frequent been with unknown minds,
And given to time your own dear-purchas'd right;
That I have hoisted sail to all the winds
Which should transport me farthest from your sight.
Book both my wilfulness and errors down,
And on just proof surmise accumulate;
Bring me within the level of your frown,
But shoot not at me in your wakened hate;
  Since my appeal says I did strive to prove
  The constancy and virtue of your love.

118

Like as to make our appetites more keen
With eager compounds we our palate urge,
As to prevent our maladies unseen
We sicken to shun sickness when we purge;
Even so, being full of your ne'er-cloying sweetness,
To bitter sauces did I frame my feeding,
And, sick of welfare, found a kind of meetness
To be diseas'd ere that there was true needing.
Thus policy in love, t' anticipate
The ills that were not, grew to faults assured,
And brought to medicine a healthful state,
Which, rank of goodness, would by ill be cured.
  But thence I learn, and find the lesson true,
  Drugs poison him that so fell sick of you.

117

Verzeih mir dies: ich habe oft versäumt,
Dir abzuzahlen meine große Schuld,
Der Liebe würdigen Platz nicht eingeräumt,
Dran täglich mahnt die Pflicht und deine Huld.
Ich ging mit Geistern, die unwürdig sind,
Und gab der Welt, was dein nach Recht und Fug,
Ich segelte mit jedem Strom und Wind,
Der mich von dir an ferne Ufer trug.
Ja, buch die Fehler und den Eigensinn,
Und wenn, gerecht geprüft, dein Argwohn schwoll,
Tritt zürnend dann, stirnrunzelnd vor mich hin,
Doch töt mich nicht im neuerwachten Groll.
Mein Einwand sagt: ich hab es so getrieben,
Um zu erproben deine Treu, dein Lieben.

118

Wie wir genießen scharfgewürzte Kost,
Daß Zung und Gaumen nicht zu schnell erschlaffen,
Wie wir zum Schutz vor Fiebers Hitz und Frost
Zur Reinigung des Bluts uns Krankheit schaffen,
So, deiner Süße voll, doch nimmer satt,
Nahm Zuflucht ich zu scharfer Bitternis,
Aus Furcht vor Krankheit, von Genüssen matt,
Macht ich das Übel, das ich floh, gewiß.
So ward aus Liebe allzu klug gehandelt,
Geahntes Weh in sichres Leid verkehrt,
Zu Siechtum die Gesundheit umgewandelt,
Die allzu üppig nach dem Schmerz begehrt.
Doch eine Lehre hier mein Denken trifft:
Für den, der krank an dir, wird Heilung Gift.

119

What potions have I drunk of Siren tears,
Distill'd from limbecks foul as hell within,
Applying fears to hopes, and hopes to fears,
Still losing when I saw my self to win!
What wretched errors hath my heart committed,
Whilst it hath thought itself so blessed never!
How have mine eyes out of their spheres been fitted
In the distraction of this madding fever!
O benefit of ill! Now I find true
That better is by evil still made better;
And ruin'd love, when it is built anew,
Grows fairer than at first, more strong, far greater.
So I return rebuk'd to my content,
And gain by ill thrice more than I have spent.

120

That you were once unkind befriends me now,
And for that sorrow which I then did feel
Needs must I under my transgression bow,
Unless my nerves were brass or hammered steel.
For if you were by my unkindness shaken,
As I by yours, y'have pass'd a hell of time;
And I, a tyrant, have no leisure taken
To weigh how once I suffered in your crime.
O that our night of woe might have remember'd
My deepest sense how hard true sorrow hits,
And soon to you, as you to me, then tender'd
The humble salve which wounded bosoms fits!
But that your trespass now becomes a fee;
Mine ransoms yours, and yours must ransom me.

119

Wie trank ich heuchlerischer Tränen Saft,
Trübes Gebräu aus höllischen Retorten,
Wie ist mir Hoffnung stets in Angst erschlafft,
Wie ist Gewinn mir stets Verlust geworden!
Welch dumpfer Irrtum hielt mein Herz umhüllt,
Als ich mich glücklich wähnte wie noch nie,
Wie raste irr mein Blick und wahnerfüllt
In der Zerrüttung Fieberphantasie!
O Glück des Unglücks! Wahr hab ich's erschaut,
Daß Gut aus Schlimm stets besser geht hervor,
Zerbrochne Liebe, wenn sie neu erbaut,
Wird schöner, stärker, größer als zuvor.
  So kehre ich bestraft, doch froh zurück,
  Durch Leid gewann ich dreifach hohes Glück.

120

Daß du einst unfreund, dank ich heute dir;
Doch wenn ich denke der erlittnen Qual,
Beugt mein Verbrechen mich zur Erde schier,
Denn meine Nerven sind nicht Erz und Stahl.
Konnt dich mein Fehl so bis ins Tiefste kränken,
Wie deiner mich, durch Hölle ging dein Schritt,
Ich, ein Tyrann, nahm mir nicht Zeit zu denken,
Wie ich dereinst durch dein Vergehen litt.
Hätt mich gemahnt doch unsre Schmerzensnacht
Im tiefsten Sinn, wie weh solch Leiden tut,
Ich hätte dich, du mich gesund gemacht
Mit sanfter Salbe, die für Wunden gut.
  Doch so muß unsre Schuld als Lösung dienen,
  Und deine mich, die meine dich entsühnen.

121

'Tis better to be vile than vile esteemed,
When not to be receives reproach of being,
And the just pleasure lost, which is so deemed
Not by our feeling, but by others' seeing.
For why should others' false adulterate eyes
Give salutation to my sportive blood?
Or on my frailties why are frailer spies,
Which in their wills count bad what I think good?
No; I am that I am; and they that level
At my abuses reckon up their own.
I may be straight though they themselves be bevel;
By their rank thoughts my deeds must not be shown
  Unless this general evil they maintain:
  All men are bad, and in their badness reign.

122

Thy gift, thy tables, are within my brain
Full character'd with lasting memory,
Which shall above that idle rank remain
Beyond all date, even to eternity;
Or at the least so long as brain and heart
Have faculty by nature to subsist;
Till each to raz'd oblivion yield his part
Of thee, thy record never can be miss'd.
That poor retention could not so much hold,
Nor need I tallies thy dear love to score;
Therefore to give them from me was I bold,
To trust those tables that receive thee more.
  To keep an adjunct to remember thee
  Were to import forgetfulness in me.

121

Besser ist's, schlecht zu sein, als schlecht zu scheinen,
Wenn unser Anderssein, als schlecht verpönt,
Uns Tadel bringen muß, die Lust verneinen,
Die uns nicht Lust, doch andrer Welt verschönt.
Was sollen mir die tückisch falschen Augen,
Die schielen auf mein froh bewegtes Blut,
Was meinen Schwächen schwächre Späher taugen,
Die böse nennen, was mein Herz nennt gut?
Nein, ich bin, der ich bin, und die darum
Mir übeltun, sie können sich nur kränken,
Denn bin ich grade, wohl, so sind sie krumm,
Man messe nicht mein Tun an ihrem Denken.
  Doch diesem Unrecht helfen sie zum Recht:
  Das Schlechte herrscht, weil alle Menschen schlecht.

122

Das Buch, das du mir schenktest, lebt in mir,
Gefüllt mit der Erinnrung lieben Zeichen,
Die überdauern Tinte und Papier
Und bis in fernste Zeit hinüberreichen.
Zum wenigsten so lange, als mein Geist
Nach der Natur Gesetzen kann bestehen,
Und eh mein Sterben ihm dich nicht entreißt,
Wird dein Gedenken nicht in mir vergehen.
Das arme Merkbuch hält nicht so viel Leben,
Noch brauch ich etwas, was dein Lieben bucht,
Drum war ich kühn genug, es wegzugeben,
Und hab's mit dem, das mehr dich hält, versucht.
  Es hieß' Vergeßlichkeit ins Herz mir senken,
  Nähm äußren Beistand ich, dein zu gedenken.

123

No, Time, thou shalt not boast that I do change.
Thy pyramids built up with newer might
To me are nothing novel, nothing strange;
They are but dressings of a former sight.
Our dates are brief, and therefore we admire
What thou dost foist upon us that is old,
And rather make them born to our desire
Than think that we before have heard them told.
Thy registers and thee I both defy,
Not wond'ring at the present nor the past,
For thy records and what we see doth lie,
Made more or less by thy continual haste.
  This I do vow, and this shall ever be:
  I will be true, despite thy scythe and thee.

124

If my dear love were but the child of state,
It might for Fortune's bastard be unfather'd,
As subject to Time's love or to Time's hate,
Weeds among weeds, or flowers with flowers gather'd.
No, it was builded far from accident;
It suffers not in smiling pomp, nor falls
Under the blow of thralled discontent,
Whereto th' inviting time our fashion calls.
It fears not Policy, that heretic,
Which works on leases of short-number'd hours,
But all alone stands hugely politic,
That it nor grows with heat nor drowns with show'rs.
  To this I witness call the fools of time,
  Which die for goodness, who have liv'd for crime.

123

Rühm dich nicht, Zeit, auch ich sei wandelbar:
Der Pyramiden ewig neue Macht
Ist meinem Blick nicht fremd noch wunderbar,
Ist nur verschollner Jahre Schmuck und Tracht.
Und da die Frist uns kurz, bestaunen wir,
Was du als alt uns preist, und glauben gern,
Daß es erstand zu unsres Lebens Zier,
Ob es schon war in Tagen fremd und fern.
Dir trotz ich, Zeit, und deinen Federzügen,
Geh ohne Staunen durch das Einst und Jetzt
Und sehe dich und deine Chronik lügen,
Und was du tust, von ewiger Hast gehetzt.
  Doch ich, dies schwör ich, was auch kommen mag,
  Bleib treu trotz dir und deinem Sensenschlag.

124

Wär meine Liebe nur ein Kind von Stand,
Ein Glücksbastard wär sie und vaterlos,
Ein Spiel in gut und böser Zeiten Hand,
Blüte bei Blüten, Gras bei Gräsern bloß.
Doch sie ward fern dem Zufall aufgerichtet,
Nicht stört sie Prunk, noch beugt sie sklavisch sich,
Von jedem mürrischen Windstoß schon vernichtet,
Wie allzu oft durch unsre Zeit er strich.
Die Ketzerin scheut nicht die Politik,
Die Werke schafft von allzu kurzer Dauer,
Weitschauend ist und klug und hell ihr Blick,
Und sie besteht in Glut und Regenschauer.
  Gebt Zeugnis, Narrn der Zeit, die ihr im Leben
  Dem Unrecht und im Tod dem Recht ergeben.

125

Were't aught to me I bore the canopy,
With my extern the outward honouring,
Or laid great bases for eternity,
Which proves more short than waste or ruining?
Have I not seen dwellers on form and favour
Lose all, and more, by paying too much rent,
For compound sweet foregoing simple savour –
Pitiful thrivers, in their gazing spent?
No, let me be obsequious in thy heart,
And take thou my oblation, poor but free,
Which is not mix'd with seconds, knows no art
But mutual render, only me for thee.
  Hence, thou suborn'd informer! A true soul,
  When most impeach'd, stands least in thy control.

126

O thou, my lovely boy, who in thy power
Dost hold Time's fickle glass, his sickle hour;
Who hast by waning grown, and therein show'st
Thy lovers withering as thy sweet self grow'st;
If Nature, sovereign mistress over wrack,
As thou goest onwards, still will pluck thee back,
She keeps thee to this purpose, that her skill
May time disgrace, and wretched minutes kill.
Yet fear her, O thou minion of her pleasure!
She may detain, but not still keep, her treasure;
  Her audit, though delay'd, answer'd must be,
  And her quietus is to render thee.

125

Es wär umsonst, trüg ich den Baldachin,
Um äußerlich zu huldigen äußrem Schein,
Es wär umsonst – nur Spielzeug dem Ruin,
Baut Monumente ich aus Erz und Stein.
Sah ich nicht viele Reichtum und Paläste
Und mehr verlieren, weil zu hoch der Zins,
Für schlichte Kost eintauschen Prunk und Feste,
Klägliche Händler, Opfer des Gewinns!
Nein, laß mich treu in deinem Herzen knien,
Nimm meine Opfergabe, arm, doch frei,
Der ich nicht Kunst noch falschen Schein geliehn,
Die wechselseitig Geben, Nehmen sei.
  Hinweg, Verleumder! Treuer Herzen Band,
  Je mehr bekämpft, hält um so fester stand.

126

Du, holder Knabe, hast der Zeit entwunden
Sanduhr und Sense und den Lauf der Stunden,
Dich stärkt Verfall, und die dich lieben, sehn
Dein Blühn und Wachsen, während sie vergehn.
Wenn dich Natur, die über Trümmern kreist,
Sobald du vorwärts schreitest, rückwärts reißt,
Will sie, daß ihre List beschämt die Zeit
Und tötet der Minuten Widrigkeit.
Doch fürchte sie, du Spielzeug ihrer Huld,
Noch zögert sie, zu zahlen ihre Schuld,
  Doch einmal kommt der langen Rechnung Schluß,
  Da sie mit dir die Schuld begleichen muß.

127

In the old age black was not counted fair,
Or if it were, it bore not beauty's name;
But now is black beauty's successive heir,
And beauty slander'd with a bastard shame;
For since each hand hath put on nature's power,
Fairing the foul with art's false borrow'd face,
Sweet beauty hath no name, no holy bower,
But is profan'd, if not lives in disgrace.
Therefore my mistress' brows are raven black,
Her eyes so suited, and they mourners seem
At such who, not born fair, no beauty lack,
Sland'ring creation with a false esteem.
  Yet so they mourn, becoming of their woe,
  That every tongue says beauty should look so.

128

How oft, when thou, my music, music play'st
Upon that blessed wood whose motion sounds
With thy sweet fingers, when thou gently sway'st
The wiry concord that mine ear confounds,
Do I envy those jacks that nimble leap
To kiss the tender inward of thy hand,
Whilst my poor lips, which should that harvest reap,
At the wood's boldness by thee blushing stand!
To be so tickled, they would change their state
And situation with those dancing chips
O'er whom thy fingers walk with gentle gait,
Making dead wood more blest than living lips.
  Since saucy jacks so happy are in this,
  Give them thy fingers, me thy lips to kiss.

127

In alter Zeit ward Schwarz nicht sehr geschätzt,
Zum mindesten galt's nicht für schön im Lande,
Doch Schwarz ist aller Schönheit Erbe jetzt,
Und Schönheit ward beschimpft durch Bastardschande;
Denn seitdem man versucht, in fader Glätte
Natur zu fälschen, Maskenkunst ihr leiht,
Hat Schönheit Namen nicht noch heilige Stätte,
Sie lebt in Schande, und sie ist entweiht.
Darum sind rabenschwarz der Herrin Augen,
Als hüllten sie in Trauerflor sich ein
Um jene, die zur Schönheit nimmer taugen
Und nun die Schöpfung schmähn durch falschen Schein.
Doch ihre Trauer weiß so zu bestricken,
Daß jeder spricht, so müßte Schönheit blicken.

128

Wenn du, mein Wohllaut, Wohllaut läßt erklingen
Aus dem geweihten Holz, das tönend wird,
Wenn deine süßen Finger sanft beschwingen
Der Drähte Einklang, der mein Herz verwirrt,
Zürn ich den Tasten, die im Tanz berührt
Zu hast'gem Kuß das Innre deiner Hand,
Indes mein armer Mund, dem dies gebührt,
Errötend ob des Holzes Kühnheit stand.
Gern hätt Gestalt und Wesen er getauscht
Mit den Gesellen, die da tanzend wippen,
Da deine Hand das tote Holz berauscht
Und mehr beglückt als die lebendigen Lippen.
Doch wenn die Kecken schon verwöhnt von dir,
Gib ihnen deine Hand, den Mund gib mir.

129

Th' expense of spirit in a waste of shame
Is lust in action; and till action, lust
Is perjur'd, murd'rous, bloody, full of blame,
Savage, extreme, rude, cruel, not to trust;
Enjoy'd no sooner but despised straight;
Past reason hunted, and, no sooner had,
Past reason hated, as a swallowed bait,
On purpose laid to make the taker mad –
Mad in pursuit, and in possession so;
Had, having, and in quest to have, extreme;
A bliss in proof, and prov'd, a very woe;
Before, a joy propos'd; behind, a dream.
  All this the world well knows; yet none knows well
  To shun the heaven that leads men to this hell.

130

My mistress' eyes are nothing like the sun;
Coral is far more red than her lips' red;
If snow be white, why then her breasts are dun;
If hairs be wires, black wires grow on her head.
I have seen roses damask'd, red and white,
But no such roses see I in her cheeks;
And in some perfumes is there more delight
Than in the breath that from my mistress reeks.
I love to hear her speak, yet well I know
That music hath a far more pleasing sound;
I grant I never saw a goddess go –
My mistress when she walks treads on the ground.
  And yet, by heaven, I think my love as rare
  As any she belied with false compare.

129

Wollust, die Tat wird, geistiges Verprassen
In einem Pfuhl der Schmach; und vor der Tat
Meineidig, mörderisch und ehrverlassen,
Wild, grausam, blutig, roh und voll Verrat.
Wollust, die, kaum gestillt, Verachtung trifft,
Die sinnlos wird erjagt und, kaum erhascht,
Sinnlos verabscheut wie verschlungnes Gift,
Ein Köder, daran toll wird, wer ihn nascht.
Toll nach Besitz und im Besitz noch toll,
Ersehnt, erreicht, verloren stets Begehr,
Lust beim Versuch, versucht von Qualen voll,
Ersehnte Wonne erst, ein Traum nachher.
  Wir wissen's alle, aber keiner flieht
  Den Himmel, drin solch höllisch Feuer glüht.

130

In ihrem Aug glänzt nichts von Sonnenlust,
Korall ist röter als ihr Lippenpaar,
Wenn weiß der Schnee, ist bräunlich ihre Brust,
Wenn Haar Metall, ist schwarz Metall ihr Haar.
Oft sah ich Rosen rot und weiß erblühn,
Doch ihre Wangen sind kein Rosenstrauch,
Und Düfte gibt es, die berauschend glühn,
Weit süßer als der Herrin Atemhauch.
Hold ist die Stimme, doch ich muß gestehn,
Holde Musik tut größre Wonnen kund,
Ich sah noch niemals eine Göttin gehn,
Doch meiner Herrin Fuß berührt den Grund.
  Und doch kann keine sie an Reiz erreichen,
  Von der man lügt in schwülstigen Vergleichen.

131

Thou art as tyrannous, so as thou art,
As those whose beauties proudly make them cruel;
For well thou know'st to my dear doting heart
Thou art the fairest and most precious jewel.
Yet, in good faith, some say that thee behold
Thy face hath not the power to make love groan,
To say they err I dare not be so bold,
Although I swear it to myself alone.
And, to be sure that is not false I swear,
A thousand groans, but thinking on thy face,
One on another's neck, do witness bear
Thy black is fairest in my judgment's place.
  In nothing art thou black save in thy deeds,
  And thence this slander, as I think, proceeds.

132

Thine eyes I love, and they, as pitying me,
Knowing thy heart torments me with disdain,
Have put on black, and loving mourners be,
Looking with pretty ruth upon my pain.
And truly not the morning sun of heaven
Better becomes the grey cheeks of the east,
Nor that full star that ushers in the even
Doth half that glory to the sober west,
As those two mourning eyes become thy face.
O, let it then as well beseem thy heart
To mourn for me, since mourning doth thee grace,
And suit thy pity like in every part.
  Then will I swear beauty herself is black,
  And all they foul that thy complexion lack.

131

Du bist so herrisch und so rätselvoll,
Wie alle, die die Schönheit grausam macht,
Denn du weißt wohl, mein Herz ist liebestoll,
Und du sein Kleinod von erlesener Pracht.
Zwar mancher sagt, in deinem Angesicht
Sei nichts, was Liebe qualvoll seufzen läßt,
Nicht sag ich, daß der lügt, der also spricht,
Allein für mich stell ich's als Lüge fest.
Als Zeugnis, daß nicht falsch ist, was ich schwur,
Ziehn tausend Seufzer wohl aus meiner Brust,
Ja, denk ich an dein dunkles Antlitz nur,
Weiß ich, dein Schwarz ist meine höchste Lust.
  Doch nichts an dir ist schwarz wie deine Taten,
  Und die Verleumdung blüht aus diesen Saaten.

132

Ich liebe deine Augen, die voll Leid,
Wohl wissend, daß dein Herz mich muß verachten,
Wie Trauernde in ihrem schwarzen Kleid
Mit sanfter Wehmut meinen Schmerz betrachten.
Wahr ist's, daß nicht der Morgensonne Glühen
Des Ostens graue Wang so leuchten läßt,
Daß nicht der Abendstern mit sanftem Sprühen
So lieblich schmückt den fahl gewordnen West,
Wie diese Trauernden dein Angesicht.
Und ach, da Schmerzen dich so lieblich kleiden,
Verschließe ihnen deine Seele nicht
Und laß dein ganzes Wesen mit mir leiden.
  Dann schwör ich, Schönheit sei nur schwarz geprägt,
  Und häßlich sei, wer andre Farbe trägt.

133

Beshrew that heart that makes my heart to groan
For that deep wound it gives my friend and me!
Is't not enough to torture me alone,
But slave to slavery my sweet'st friend must be?
Me from my self thy cruel eye hath taken,
And my next self thou harder hast engrossed;
Of him, my self, and thee, I am forsaken;
A torment thrice three-fold thus to be crossed.
Prison my heart in thy steel bosom's ward,
But then my friend's heart let my poor heart bail;
Whoe'er keeps me, let my heart be his guard;
Thou canst not then use rigour in my jail.
  And yet thou wilt; for I, being pent in thee,
  Perforce am thine, and all that is in me.

134

So now I have confess'd that he is thine,
And I myself am mortgag'd to thy will;
My self I'll forfeit, so that other mine
Thou wilt restore to be my comfort still.
But thou wilt not, nor he will not be free,
For thou art covetous, and he is kind;
He learn'd but surety-like to write for me
Under that bond that him as fast doth bind.
The statute of thy beauty thou wilt take,
Thou usurer that put'st forth all to use,
And sue a friend came debtor for my sake;
So him I lose through my unkind abuse.
  Him have I lost; thou hast both him and me;
  He pays the whole, and yet am I not free.

133

Verwünscht das Herz, das meins so stöhnen macht
Um meine und des liebsten Freundes Pein!
Ist's nicht genug, daß du mir Qual gebracht,
Muß auch der Freund ein Knecht der Knechtschaft sein?
Dein grausam Aug hat mich mir selbst entzogen,
Und nun reißt du mein andres Selbst an dich,
Um ihn, um mich und dich bin ich betrogen,
Dreifache Qual, dreimal gekreuzigt ich.
Verschließ mich denn in deiner Brust aus Erz,
Laß mich sein Bürge sein und gib ihn frei;
Wo ich auch bin, umschließt ihn ja mein Herz,
So trifft nicht hart ihn deine Tyrannei.
  Und doch vielleicht, denn ganz umhüllt von dir,
  Bin ganz ich dein, mit allem, was in mir.

134

Nun hab ich's zugestanden, daß er dein,
Und gab mich selbst als Bürgen für dein Glück;
Mich selbst nimm hin, doch jenes andre Mein
Gib mir zum Trost in meine Hand zurück.
Du willst es nicht, und er bleibt gern gefangen,
Da du begehrlich, allzu willig er;
Für mich schrieb er, da er zu dir gegangen,
Den Schuldbrief, und die Fessel bindet schwer.
Auf deiner Schönheit Rechte stützt du dich,
Wucherst mit jedem Reiz und jeder Huld,
Belangst den Freund, der Schuldner ward für mich,
Und den ich nun verlor um meine Schuld.
  Ja, ihn verlor ich, und du hast nun zwei,
  Er zahlt das Ganze, doch ich bin nicht frei.

135

Whoever hath her wish, thou hast thy Will,
And Will to boot, and Will in over-plus;
More than enough am I that vex thee still,
To thy sweet will making addition thus.
Wilt thou, whose will is large and spacious,
Not once vouchsafe to hide my will in thine?
Shall will in others seem right gracious,
And in my will no fair acceptance shine?
The sea, all water, yet receives rain still,
And in abundance addeth to his store;
So thou, being rich in Will, add to thy Will
One will of mine, to make thy large Will more.
Let no unkind, no fair beseechers kill;
Think all but one, and me in that one Will.

136

If thy soul check thee that I come so near,
Swear to thy blind soul that I was thy Will,
And will, thy soul knows, is admitted there;
Thus far for love my love-suit, sweet, fulfil.
Will will fulfil the treasure of thy love,
Ay, fill it full with wills, and my will one.
In things of great receipt with ease we prove
Among a number one is reckon'd none.
Then in the number let me pass untold,
Though in thy store's account I one must be;
For nothing hold me, so it please thee hold
That nothing me, a something sweet to thee;
Make but my name thy love, and love that still,
And then thou lov'st me, for my name is Will.

135

Manch Weib hat Wünsche, aber du hast Willen,
Und Will im Überfluß und Will dazu;
Schon ich allein könnt dich mit Schmerz erfüllen,
Fügt deinem Willen ich den meinen zu.
Und willst du, deren Willen groß und weit,
Nicht meinen Willen in dem deinen tragen,
Bist du für andrer Willen stets bereit
Und willst nur meinem dieses Glück versagen?
Das Meer und alle Flüsse bergen still
Des Regens Überfluß in ihrem Schoß,
Nimm du zum Überfluß noch meinen Will,
Dann wird dein großer Will erst wirklich groß.
  Nicht grausam sei, der Bettler Flehn erfüll,
  Doch fühl in allen einen, meinen Will.

136

Wenn deine Seele schilt, daß ich zu nah,
So schwör der blinden Seel, ich sei dein Will,
Und Wille, weiß sie, ist willkommen da,
So dulde, Süße, meine Liebe still.
Will will vermehren deiner Liebe Schatz
Mit Willen, und mein Will sei davon einer,
In großer Schar hat stets noch einer Platz,
Wo viele sind, gilt einer so wie keiner.
So laß mich ungerechnet in der Schar,
Doch zählst du deine Güter, zähle mich,
Halt mich für nichts, doch dieses Nichts fürwahr
Sei doch ein Etwas, lieb und hold für dich.
  Gib meinem Namen nur dein Lieben still,
  Dann liebst du mich – mein Name ist ja Will.

137

Thou blind fool, Love, what dost thou to mine eyes
That they behold, and see not what they see?
They know what beauty is, see where it lies,
Yet what the best is take the worst to be.
If eyes, corrupt by over-partial looks,
Be anchor'd in the bay where all men ride,
Why of eyes' falsehood hast thou forged hooks,
Whereto the judgment of my heart is tied?
Why should my heart think that a several plot,
Which my heart knows the wide world's common place?
Or mine eyes, seeing this, say this is not,
To put fair truth upon so foul a face?
In things right true my heart and eyes have erred,
And to this false plague are they now transferred.

138

When my love swears that she is made of truth,
I do believe her, though I know she lies,
That she might think me some untutor'd youth,
Unlearned in the world's false subtleties.
Thus vainly thinking that she thinks me young,
Although she knows my days are past the best,
Simply I credit her false-speaking tongue;
On both sides thus is simple truth suppress'd.
But wherefore says she not she is unjust?
And wherefore say not I that I am old?
O, love's best habit is in seeming trust,
And age in love loves not to have years told.
Therefore I lie with her, and she with me,
And in our faults by lies we flattered be.

137

O Liebe, blinder Narr, was tatst du mir,
Daß meine Augen sehn und doch nicht sehn?
Sie kennen Schönheit, kennen jede Zier
Und halten doch das Häßlichste für schön.
Wenn Augen, die, verführt durch Sinnenlug,
Da Anker werfen, wohin jeder lenkt,
Warum mir Klammern schmieden aus dem Trug,
Daran das Urteil meines Herzens hängt?
Wie hält mein Herz für seinen eignen Raum,
Was es als Platz für alle Welt erkannt?
Die Augen sehen's, doch sie nennen's Traum,
Schaun wahrste Treu, wo jeder Falschheit fand.
  Im Wahren haben Herz und Aug geirrt,
  Drum sind sie nun durch tück'schen Wahn verwirrt.

138

Schwört mir die Liebste, sie sei ganz aus Tugend,
Weiß ich, sie lügt, und trau ihr doch zum Schein,
Damit sie glaube, meine keusche Jugend
Sei fremd in dieser Welt der Heuchelein.
So eitel, hoffend, daß sie jung mich wähne,
Die weiß, daß meine beste Zeit entflohn,
Glaub töricht ich an Liebesschwur und Träne,
Und beide sprechen wir der Wahrheit Hohn.
Doch was gesteht sie nicht die Sünden ein?
Was berg mein Alter ich in Schweigsamkeit?
Ach, erste Liebespflicht heißt: trau dem Schein,
Und wer da alt verliebt, spricht nicht von Zeit.
  So lüg ich denn, laß mich vom Trug umstricken,
  Denn Lug und Trug sind's ja, die uns beglücken.

139

O, call not me to justify the wrong
That thy unkindness lays upon my heart;
Wound me not with thine eye, but with thy tongue;
Use power with power, and slay me not by art.
Tell me thou lov'st elsewhere; but in my sight,
Dear heart, forbear to glance thine eye aside.
What need'st thou wound with cunning, when thy might
Is more than my o'erpress'd defence can bide?
Let me excuse thee: ah! my love well knows
Her pretty looks have been mine enemies;
And therefore from my face she turns my foes,
That they elsewhere might dart their injuries.
 Yet do not so; but since I am near slain,
 Kill me outright with looks and rid my pain.

140

Be wise as thou art cruel; do not press
My tongue-tied patience with too much disdain;
Lest sorrow lend me words, and words express
The manner of my pity-wanting pain.
If I might teach thee wit, better it were,
Though not to love, yet, love, to tell me so;
As testy sick men, when their deaths be near,
No news but health from their physicians know.
For, if I should despair, I should grow mad,
And in my madness might speak ill of thee.
Now this ill-wresting world is grown so bad,
Mad slanderers by mad ears believed be.
 That I may not be so, nor thou belied,
 Bear thine eyes straight, though thy proud heart go wide.

139

Heiß mich nicht dir verzeihn die schwere Wunde,
Die deine Grausamkeit dem Herzen schlug,
Kränk mich nicht mit dem Blick, nur mit dem Munde,
Miß Macht an Macht, nur triff mich nicht durch Trug.
Sag, du liebst andre, aber, bin ich da,
Lieb Herz, lock nicht mit Blicken andre an.
Wozu die Künste? Deine Macht ist ja
Schon schwerer, als mein Herz ertragen kann.
Doch sei verteidigt, Lieb: bewußt ist dir,
Daß deine Blicke meine Feinde waren,
Drum wendest du die Feinde ab von mir
Und läßt Gefahr nun andern widerfahren.
　Tu's nicht; fast tödlich traf mich schon ihr Strahl,
　So töt mich ganz und löse meine Qual.

140

Sei weise, wie du grausam bist. Quäl nicht
Mein stummes Dulden mit zu spitzem Hohn,
Sonst leiht die Qual mir Worte, und es bricht
Das Leid aus mir mit der Verzweiflung Ton.
Könnt ich dich Klugheit lehren, wollt ich dich
Zu lieben nicht, doch Lieb zu heucheln lehren,
So will der Kranke, naht das Ende sich,
Vom Arzt nichts andres mehr als Rettung hören.
Doch läßt du mich verzweifeln, werd ich toll
Und sprech in meiner Tollheit von dir schlecht,
Und diese Welt ist so von Bosheit voll,
Daß ihrem Ohr die kranken Worte recht.
　Daß dies nicht kommt, daß niemand dich bespeit,
　Schenk deinen Blick mir, ist dein Herz auch weit.

141

In faith, I do not love thee with mine eyes,
For they in thee a thousand errors note;
But 'tis my heart that loves what they despise,
Who in despite of view is pleas'd to dote.
Nor are mine ears with thy tongue's tune delighted;
Nor tender feeling to base touches prone,
Nor taste nor smell desire to be invited
To any sensual feast with thee alone;
But my five wits nor my five senses can
Dissuade one foolish heart from serving thee,
Who leaves unsway'd the likeness of a man,
Thy proud heart's slave and vassal wretch to be.
  Only my plague thus far I count my gain,
  That she that makes me sin awards me pain.

142

Love is my sin, and thy dear virtue hate,
Hate of my sin, grounded on sinful loving.
O, but with mine compare thou thine own state,
And thou shalt find it merits not reproving;
Or, if it do, not from those lips of thine,
That have profan'd their scarlet ornaments,
And seal'd false bonds of love as oft as mine;
Robb'd others' beds' revenues of their rents.
Be it lawful I love thee as thou lov'st those
Whom thine eyes woo as mine importune thee.
Root pity in thy heart, that, when it grows,
Thy pity may deserve to pitied be.
  If thou dost seek to have what thou dost hide,
  By self-example mayst thou be denied!

141

Wahrlich, ich lieb dich mit den Augen nicht,
Die deine tausend Fehler kühl betrachten,
Mein Herz ist's, das den Augen widerspricht,
Sinnlos verliebt in das, was sie verachten.
Und kein Entzücken ist's mir, dir zu lauschen,
Mit schmeichelndem Betasten nah zu sein,
Geschmack, Geruch, nichts lockt, mich zu berauschen
An einem Sinnenfest mit dir allein.
Doch Klugheit löst das Herz nicht aus dem Bann,
Nicht können die fünf Sinne mich erretten,
Da, kläglich Scheinbild ich von einem Mann,
Dein Sklave ward und Knecht in deinen Ketten.
 In alle Kümmernis fällt nur ein Strahl:
 Die mich in Sünde stieß, kennt meine Qual.

142

Mein Laster Liebe, deine Tugend Haß,
Haß meines Lasters, meiner sündigen Liebe,
Vergleichst du dein und meiner Fehler Maß,
Weiß ich, daß nichts an mir zu tadeln bliebe.
Oder wenn doch, dann nicht von deinem Mund,
Der seiner Lippen Purpur hat entweiht
Und oft, wie ich, besiegelt falschen Bund
Und oft sich fremder Betten Lust erfreut.
So laß dich lieben, wie du jene liebst,
Die *dein* Blick lockt, wie meiner dich begehrt,
Ins Herz pflanz Mitleid – wenn du Mitleid gibst,
Dann wächst dein Herz, wird andrer Mitleid wert.
 Doch suchst du, was du selber nicht läßt sehn,
 Hast du's verwirkt durch eigenes Vergehn.

143

Lo as a careful huswife runs to catch
One of her feathered creatures broke away,
Sets down her babe, and makes all swift dispatch
In pursuit of the thing she would have stay;
Whilst her neglected child holds her in chase,
Cries to catch her whose busy care is bent
To follow that which flies before her face,
Not prizing her poor infant's discontent;
So run'st thou after that which flies from thee,
Whilst I thy babe chase thee afar behind;
But if thou catch thy hope, turn back to me,
And play the mother's part, kiss me, be kind.
  So will I pray that thou mayst have thy Will,
  If thou turn back and my loud crying still.

144

Two loves I have, of comfort and despair,
Which like two spirits do suggest me still;
The better angel is a man right fair,
The worser spirit a woman colour'd ill.
To win me soon to hell, my female evil
Tempteth my better angel from my side,
And would corrupt my saint to be a devil,
Wooing his purity with her foul pride.
And whether that my angel be turn'd fiend,
Suspect I may, yet not directly tell;
But being both from me, both to each friend,
I guess one angel in another's hell.
  Yet this shall I ne'er know, but live in doubt,
  Till my bad angel fire my good one out.

143

Sieh, wie ein sorglich Hausweib jagt und rennt
Nach einem Huhn, das ihrer Hand entfloh,
Ihr Kind zur Erde setzt, nichts andres kennt,
Als das entsprungne fangen irgendwo,
Indes das Kind, an ihrem Rocke henkend,
Laut weinend ihren tollen Eifer stört,
Sie, an nichts andres als den Flüchtling denkend,
Des armen Kindes Jammerschrei nicht hört,
So rennst du hinter dem, der flieht vor dir,
So folg ich dir und deiner blinden Wut;
Doch ist dein Ziel erreicht, kehr dich zu mir
Und spiel die Mutter, küß mich und sei gut.
So will ich beten, daß dir wird dein Will,
Komm nur zurück, und mach mein Weinen still.

144

Zwei Lieben hab ich, quälend und beglückend,
Die meine Seele lenken, Geistern gleich,
Der gute Geist ein Mann, licht, heiter blickend,
Ein Weib der böse, dunkelfarb und bleich.
Um mich für ihre Hölle zu erringen,
Lockt sie den guten Engel weg von mir,
Die schwüle Brunst könnt einen Heiligen zwingen,
Zum Teufel ihn zu wandeln, glückte ihr.
Ob diesen Weg mein Engel wird getrieben,
Vermut ich nur, weiß es nicht sicherlich,
Doch da die zwei, wie mich, einander lieben,
Ahn einen in des andern Hölle ich.
In Zweifel leb ich so, bis ich's erkannt:
Mein Engel ist in Höllenglut verbrannt.

145

Those lips that Love's own hand did make
Breath'd forth the sound that said: "I hate"
To me that languish'd for her sake;
But when she saw my woeful state,
Straight in her heart did mercy come,
Chiding that tongue that ever sweet
Was us'd in giving gentle doom;
And taught it thus anew to greet:
"I hate" she alter'd with an end
That follow'd it as gentle day
Doth follow night, who like a fiend
From heaven to hell is flown away:
"I hate" from hate away she threw,
And sav'd my life, saying "not you".

146

Poor soul, the centre of my sinful earth,
[Fool'd by] these rebel pow'rs that thee array,
Why dost thou pine within and suffer dearth,
Painting thy outward walls so costly gay?
Why so large cost, having so short a lease,
Dost thou upon thy fading mansion spend?
Shall worms, inheritors of this excess,
Eat up thy charge? Is this thy body's end?
Then, soul, live thou upon thy servant's loss,
And let that pine to aggravate thy store;
Buy terms divine in selling hours of dross;
Within be fed, without be rich no more.
So shalt thou feed on Death, that feeds on men,
And, Death once dead, there's no more dying then.

145

Der Mund, den einst der Liebe Hand
Selber erschuf, sprach leis: „Ich hasse“
Zu mir, der matt vor Sehnsucht stand,
Da sah mein Antlitz sie, das blasse,
Und Mitleid füllte schnell ihr Herz
Und schalt die Lippen, jene süßen,
Die sonst nur spenden sanften Scherz,
Und lehrte sie, mich anders grüßen.
„Ich hasse“, doch dann kam ein Schluß,
Der folgte wie der sonnige Tag
Der schwarzen Nacht, die fliehen muß,
Bis sie die Hölle decken mag.
„Ich hasse“, doch der Haß entwich,
Als sie, mich rettend, sprach: „nicht dich.“

146

Kern sündigen Staubs, du arme Seele mein,
Von den rebellischen Kräften stets genarrt,
Was härmst du dich und leidest Not und Pein,
Indes dein Äußeres von Reichtum starrt?
Was härmst du dich und leidest Not und Pein,
So hohe Kosten bei so kurzer Pacht?
Wird alles einst des Wurms Besitz und Schmaus?
So kläglich Ende deinem Leib gemacht?
Dann, Seele, leb auf deines Knechts Verlust,
Sein Darben mache deine Kammern reich,
Gib Erdenschlamm dahin für Götterlust,
Schweig innerlich, ist arm dein Äußres gleich.
So nähr am Tod dich, wie an Menschen er,
Ist Tod erst tot, kein Sterben gibt es mehr.

147

My love is as a fever, longing still
For that which longer nurseth the disease;
Feeding on that which doth preserve the ill,
Th' uncertain sickly appetite to please.
My Reason, the physician to my Love,
Angry that his prescriptions are not kept,
Hath left me, and I desperate now approve
Desire is death, which physic did except.
Past cure I am, now reason is past care,
And frantic mad with evermore unrest;
My thoughts and my discourse as madmen's are,
At random from the truth vainly express'd;
For I have sworn thee fair, and thought thee bright,
Who art as black as hell, as dark as night.

148

O me, what eyes hath Love put in my head,
Which have no correspondence with true sight!
Or, if they have, where is my judgment fled,
That censures falsely what they see aright?
If that be fair whereon my false eyes dote,
What means the world to say it is not so?
If it be not, then love doth well denote
Love's eye is not so true as all men's – no.
How can it? O, how can Love's eye be true,
That is so vex'd with watching and with tears?
No marvel then though I mistake my view:
The sun itself sees not till heaven clears.
O cunning Love! with tears thou keep'st me blind,
Lest eyes well seeing thy foul faults should find.

147

Wie Fieber ist mein Lieben, sich verzehrend
Nach dem, was Fieberhitze steigern muß,
Sich stets das giftige Naschwerk selbst gewährend,
Die kranke Gier zu stillen im Genuß.
Verstand, der meiner Liebe Arzt gewesen,
Er ging, weil ich verachtet sein Gebot,
Verzweifelnd fühl ich's, nie werd ich genesen,
Kein Mittel hilft, Begierde ist der Tod.
Verloren, da ich die Vernunft verlor,
Und toll gemacht von wilder Unrast Qual,
Denk ich und sprech ich wie ein irrer Tor,
Sinnlose Worte, lügenhaft und schal,
  Und schwör auf deiner Schönheit lichte Pracht,
  Die schwarz wie Hölle, finster wie die Nacht.

148

O was für Augen gab mir Leidenschaft?
Ihr Schaun kann vor der Wahrheit nicht bestehen;
Es sei denn, mir entfloh des Urteils Kraft,
Das falsch erklärt, was sie als richtig sehen.
Doch wenn das schön, was meinen Augen strahlt,
Warum hat's vor der Welt so trüben Schein?
Und ist es häßlicher, als Liebe malt,
Muß sie gestehn, ihr Blick ist trübe? Nein,
Unmöglich! Doch wie könnt er deutlich schaun,
Da er ja wund vom Wachen und vom Weinen?
Ja, es ist klar, ich muß dem Blick mißtraun,
Die Sonne selbst kann nicht durch Wolken scheinen.
  O schlaues Lieb, daß ich dich rein soll wähnen
  Und fehlerlos, machst du mich blind durch Tränen.

149

Canst thou, O cruel! say I love thee not,
When I against myself with thee partake?
Do I not think on thee when I forgot
Am of myself, all tyrant for thy sake?
Who hateth thee that I do call my friend?
On whom frown'st thou that I do fawn upon?
Nay, if thou lour'st on me, do I not spend
Revenge upon myself with present moan?
What merit do I in myself respect
That is so proud thy service to despise,
When all my best doth worship thy defect,
Commanded by the motion of thine eyes?
But, love, hate on, for now I know thy mind:
Those that can see thou lov'st, and I am blind.

150

O, from what pow'r hast thou this pow'rful might
With insufficiency my heart to sway?
To make me give the lie to my true sight,
And swear that brightness doth not grace the day?
Whence hast thou this becoming of things ill,
That in the very refuse of thy deeds
There is such strength and warrantise of skill
That in my mind thy worst all best exceeds?
Who taught thee how to make me love thee more,
The more I hear and see just cause of hate?
O, though I love what others do abhor,
With others thou shouldst not abhor my state;
If thy unworthiness rais'd love in me,
More worthy I to be belov'd of thee.

149

Sagst du mir, Grausame, ich lieb dich nicht,
Der doch mit dir sich gegen sich verband!
Ist all mein Denken nicht ein Selbstverzicht,
Heb ich für dich nicht gegen mich die Hand?
Wer haßte dich, dem Freundschaft ich geschenkt?
Und wen verachtest du, den ich nicht mied?
Und bin ich nicht, zürnst du mir, ganz versenkt
In Haß auf mich, in zorniges Klagelied?
Welch ein Verdienst hob mich so hoch an Wert,
Daß ich nicht stets zu deinem Dienst bereit?
Mein Bestes ist's, das noch dein Schlimmstes ehrt,
Dein Augenwink ist meine Obrigkeit.
  Doch hasse mich. Ich weiß nun, dich gewinnt,
  Wer sehend ist, und, Liebste, ich bin blind.

150

O welche Kraft gab dir so starke Kraft,
Mit Unzulänglichkeit mich zu berücken,
Den Blick zu wandeln, bis er lügenhaft
Und schwört, daß Glanz und Licht den Tag nicht schmücken?
Wie ist dein Laster selbst so wohlgeraten,
Wie fühl ich Kraft und stolze Anmut sprühn
Noch in den letzten Schlacken schlimmer Taten,
Daß heißer sie als Tugend mich durchglühn!
Wo lerntest du, stets mehr dich lieben lassen,
Je mehr der Missetaten auf dir ruhn?
Ach, da ich liebe, wo die andern hassen,
Haß du mich nicht, wie es die andern tun.
  Ja, daß dein Unwert meine Liebe mehrt,
  Das mache mehr dich deiner Liebe wert.

151

Love is too young to know what conscience is;
Yet who knows not conscience is born of love?
Then, gentle cheater, urge not my amiss,
Lest guilty of my faults thy sweet self prove.
For thou betraying me, I do betray
My nobler part to my gross body's treason;
My soul doth tell my body that he may
Triumph in love; flesh stays no farther reason,
But, rising at thy name, doth point out thee
As his triumphant prize. Proud of this pride,
He is contented thy poor drudge to be,
To stand in thy affairs, fall by thy side.
  No want of conscience hold it that I call
  Her "love" for whose dear love I rise and fall.

152

In loving thee thou know'st I am forsworn,
But thou art twice forsworn, to me love swearing;
In act thy bed-vow broke, and new faith torn
In vowing new hate after new love bearing.
But why of two oaths' breach do I accuse thee,
When I break twenty? I am perjur'd most;
For all my vows are oaths but to misuse thee,
And all my honest faith in thee is lost,
For I have sworn deep oaths of thy deep kindness,
Oaths of thy love, thy truth, thy constancy;
And, to enlighten thee, gave eyes to blindness,
Or made them swear against the thing they see;
  For I have sworn thee fair – more perjur'd I,
  To swear against the truth so foul a lie!

151

Zu jung ist Liebe, kennt Gewissen nicht,
Das doch, wie jeder weiß, von Liebe stammt,
Drum geh mit mir zu streng nicht ins Gericht,
Sonst, holde Schuldige, wirst du mit verdammt,
Denn wie du mich betrogst, mußt ich betrügen
Mein edler Selbst zu meines gröbern Glück;
Die Seele sagt dem Fleisch, es werde siegen
Im Liebeskampf. Nichts hält das Fleisch zurück,
Bei deinem Namen steht es auf und zeigt
Voll Stolz auf dich als feine Siegesbeute;
Beglückt, dein Knecht zu sein, dient's dir und neigt
Ermattet sich und fällt an deiner Seite.
Drum nennt's gewissenlos nicht, wenn ich lalle
Von ihr, für deren Lieb ich steh und falle.

152

Dich liebend, schwur ich falsch, ich sag es frei,
Doch du schwurst doppelt falsch, mir Liebe schwörend,
Zerbrachst die Eh, rißt unsern Bund entzwei,
Stets neue Lieb durch neuen Haß zerstörend.
Doch klag ich um zwei Eide, die verloren,
Da ich schier zwanzigfach meineidig bin!
Ach, jeder Schwur für dich war falsch geschworen,
Und treuste Treue leer und ohne Sinn.
Denn ich schwur heilig, was du frech geschändet,
Ich schwur, daß Lieb und Treue dich beseelt,
Damit du strahlst, hab ich mein Aug geblendet,
Das Licht gemieden und den Glanz verhehlt.
Ich schwur, daß rein und lieblich deine Züge,
Nie schändete die Wahrheit gröbre Lüge.

153

Cupid laid by his brand, and fell asleep.
A maid of Dian's this advantage found,
And his love-kindling fire did quickly steep
In a cold valley-fountain of that ground;
Which borrow'd from this holy fire of Love
A dateless lively heat, still to endure,
And grew a seething bath, which yet men prove
Against strange maladies a sovereign cure.
But at my mistress' eye Love's brand new-fired,
The boy for trial needs would touch my breast;
I, sick withal, the help of bath desired,
And thither hied, a sad distemper'd guest,
  But found no cure. The bath for my help lies
  Where Cupid got new fire – my mistress' eyes.

154

The little love-god, lying once asleep,
Laid by his side his heart-inflaming brand,
Whilst many nymphs that vow'd chaste life to keep
Came tripping by; but in her maiden hand
The fairest votary took up that fire
Which many legions of true hearts had warm'd;
And so the general of hot desire
Was sleeping by a virgin hand disarm'd.
This brand she quenched in a cool well by,
Which from Love's fire took heat perpetual,
Growing a bath and healthful remedy
For men diseas'd; but I, my mistress' thrall,
  Came there for cure, and this by that I prove:
  Love's fire heats water, water cools not love.

153

Bei seiner Fackel Amor lag und schlief,
Da eilt Dianas Dienerin zur Stelle,
Ersieht den Vorteil, taucht die Fackel tief,
Die liebentzündende, in eine Quelle.
Und aus dem heiligen Liebesfeuer sank
In jenen Quell ewig lebendige Glut,
Er ward ein siedend Bad, und wer da krank,
Heilt sein Gebrechen in der linden Flut.
Jedoch der Knab entfachte neu den Brand
Am Blick der Liebsten und versengte mich;
Krank zog ich hin, wo mancher Heilung fand,
Ein trüber Gast, der krank von dannen schlich.
Denn nur ein einzig Bad kann für mich taugen:
Wo Amor Feuer fand, der Liebsten Augen.

154

Der kleine Liebesgott lag schlafverloren,
Zur Seite ihm der Liebesfackel Brand,
Da kamen, die der Keuschheit sich verschworen,
Die Nymphen trippelnd an. Der Schönsten Hand
Ergriff die Fackel, die der Liebe Kummer,
Der Liebe Glut schon tausendmal entfacht;
So ward der Liebeswünsche Herr im Schlummer
Wehrlos durch einer Jungfrau Hand gemacht.
Das Feuer löschte sie in kühler Quelle,
In die nun ewige Wärme niedersank,
Ein heilend Bad ward, wundertätige Welle;
Doch ich, der Liebsten Knecht, blieb liebeskrank.
Denn eher heizt die Liebe eisige Flut,
Als Wasser löschen mag der Liebe Glut.

EINER LIEBENDEN KLAGE

A LOVER'S COMPLAINT

From off a hill whose concave womb reworded
A plaintful story from a sist'ring vale,
My spirits t' attend this double voice accorded,
And down I laid to list the sad-tun'd tale;
Ere long espied a fickle maid full pale,
Tearing of papers, breaking rings a-twain,
Storming her world with sorrow's wind and rain.

Upon her head a platted hive of straw,
Which fortified her visage from the sun,
Whereon the thought might think sometime it saw
The carcass of a beauty spent and done:
Time had not scythed all that youth begun,
Nor youth all quit; but, spite of heaven's fell rage,
Some beauty peep'd through lattice of sear'd age.

Oft did she heave her napkin to her eyne,
Which on it had conceited characters,
Laund'ring the silken figures in the brine
That seasoned woe had pelleted in tears,
And often reading what contents it bears
As often shrieking undistinguish'd woe,
In clamours of all size, both high and low.

Sometimes her levell'd eyes their carriage ride,
As they did batt'ry to the spheres intend;
Sometime diverted their poor balls are tied
To th' orbed earth; sometimes they do extend
Their view right on; anon their gazes lend
To every place at once, and nowhere fix'd,
The mind and sight distractedly commix'd.

Des Hügels hohle Flanke hallte wider
Den Klagelaut vom Schwestertale her;
Ich legte mich, den Klängen lauschend, nieder,
Und bald vernahm ich eine Trauermär.
Ein Mädchen sah ich, bleich und kummerschwer,
Zerstückeln Briefe, goldne Liebesringe,
Als ob für sie die Welt in Trümmer ginge.

Ein flacher Hut von Stroh bedeckt ihr Haupt
Und schützt ihr Antlitz vor der Glut von oben;
Der Schönheit Leiche zu gewahren glaubt,
Wer dies betrachtet; noch nicht ganz zerstoben
Ist durch die Zeit, was Jugend einst gewoben;
Das Faltengitterwerk durchstrahlt noch immer
Ein Rest von Reiz mit seinem letzten Schimmer.

Ihr Tüchlein hebt sie oft empor zum Auge,
Das auf die eingewebten Bilder schaut;
Die seidnen Zeichen netzt sie mit der Lauge,
In der der Schmerz von ihren Wimpern taut;
Sie liest die Schrift darauf, dann bricht sie laut,
Doch unverständlich aus in banges Stöhnen
Und schwelgt sich satt in allen Klagetönen.

Bald scheint ihr Auge himmelwärts zu zielen,
Als wollt es Breschen schießen in die Sphären,
Bald muß es rings den Horizont umspielen,
Von Osten rasch zurück nach Westen kehren,
Bald haftet's starr gedankenlos im Leeren,
Sieht dies und das zugleich und schweift und irrt –
Gesicht und Geist sind hoffnungslos verwirrt.

Her hair, nor loose nor tied in formal plat,
Proclaim'd in her a careless hand of pride;
For some, untuck'd, descended her sheav'd hat,
Hanging her pale and pined cheek beside;
Some in her threaden fillet still did bide,
And, true to bondage, would not break from thence,
Though slackly braided in loose negligence.

A thousand favours from a maund she drew
Of amber, crystal, and of beaded jet,
Which one by one she in a river threw,
Upon whose weeping margent she was set;
Like usury, applying wet to wet,
Or monarch's hands that let not bounty fall
Where want cries some, but where excess begs all.

Of folded schedules had she many a one,
Which she perus'd, sigh'd, tore, and gave the flood;
Crack'd many a ring of posied gold and bone,
Bidding them find their sepulchres in mud;
Found yet more letters sadly penn'd in blood,
With sleided silk feat and affectedly
Enswath'd and seal'd to curious secrecy.

These often bath'd she in her fluxive eyes,
And often kiss'd, and often 'gan to tear;
Cried: "O false blood, thou register of lies,
What unapproved witness dost thou bear!
Ink would have seem'd more black and damned here!"
This said, in top of rage the lines she rents,
Big discontent so breaking their contents.

Ihr Haar, das, weder los noch fest gebunden,
Des Stolzes unbesorgte Hand verrät,
Hat sich dem Zwang des Hutes hier entwunden,
Wo es in Locken um die Wange weht,
Dort hält sich's noch geflochten und gedreht
Und will der Knechtschaft Banden nicht entrinnen,
So schwach und lässig diese es umspinnen.

Sie nimmt aus einem Körbchen Angedenken
Von Bernstein, von Achat und Bergkristallen,
Sie in den Fluß, an dem sie sitzt, zu senken,
In dessen Wellen ihre Tränen fallen,
Als wolle sie die Wasserfülle tränken;
So reicht ein Fürst dem Bettler keine Spende
Und füllt mit Gold der Schranzen gierige Hände.

Sie faltet auseinander manches Blatt,
Durchliest, zerreißt und wirft es in die Flut;
Im Schlamme findet seine Ruhestatt
Manch Ringlein mit der Inschrift: „Sei mir gut!"
Dann folgen Briefchen, deren Tinte Blut,
Mit seidnen Bändern künstlich und geziert
Umwickelt und geheimnisvoll petschiert.

Sie küßt die Briefe, macht sie tränenfeucht,
Sie möcht – und kann sie nicht sogleich zerreißen.
„Nur Lügen", ruft sie, „hat dies Blut bezeugt,
Gebrochen hat er, was er mir verheißen,
Sein Herz war tintenschwarz – er wollte gleißen."
So muß sie sich zuerst in Zorn versetzen,
Um diese Liebeszeilen zu zerfetzen.

A reverend man that graz'd his cattle nigh,
Sometime a blusterer that the ruffle knew
Of court, of city, and had let go by
The swiftest hours observed as they flew,
Towards this afflicted fancy fastly drew,
And, privileg'd by age, desires to know
In brief the grounds and motives of her woe.

So slides he down upon his grained bat,
And comely distant sits he by her side;
When he again desires her, being sat,
Her grievance with his hearing to divide.
If that from him there may be aught applied
Which may her suffering ecstasy assuage,
'Tis promis'd in the charity of age.

"Father", she says, "though in me you behold
The injury of many a blasting hour,
Let it not tell your judgment I am old:
Not age, but sorrow, over me hath power.
I might as yet have been a spreading flower,
Fresh to myself, if I had self-applied
Love to myself, and to no love beside.

But woe is me! too early I attended
A youthful suit – it was to gain my grace –
O! one by nature's outwards so commended
That maidens' eyes stuck over all his face.
Love lack'd a dwelling and made him her place;
And when in his fair parts she did abide,
She was new lodg'd and newly deified.

Die Stücke fliegen sah ein würd'ger Greis,
Der in der Nähe seine Herde trieb
(Er hatte seine Jugend wild und heiß
Verlebt am Hof als lust'ger Tagedieb).
Er naht sich ihr. „Du siehst, mein Haar ist weiß",
Beginnt er, „so geziemt mir wohl die Frage,
Was dich bewegen kann zu solcher Klage."

Er kommt herab, auf seinen Stock gelehnt,
Und setzt sich, schicklich weit, an ihre Seite.
„Was ist dir", fragt er, „daß dein Auge tränt?
Die Hälfte deines schweren Kummers leite
Ab in mein Ohr; mein Mitgefühl bereite
Dir Trost und Linderung; ich bin erfahren,
Ich richte mild, vertraue meinen Jahren."

„Ihr seht an mir", beginnt sie, „die Gewalt
So mancher langen kummervollen Stunde,
Doch glaubt deswegen nicht, ich sei schon alt,
Mich richtet Gram und nicht die Zeit zugrunde.
Auch jetzt noch blühte meine Wohlgestalt,
Wenn meine Liebe, nur auf mich beschränkt,
Sich nicht an einen anderen verschenkt.

Ich ließ mich leider allzu früh bestricken
Von Liebe – treu erschien sie meinem Wahn.
Ihn wußte die Natur so reich zu schmücken,
Daß nur auf ihn der Mädchen Augen sahn.
Längst hatte Amor schon sich umgetan
Nach einer Wohnung – denn die Götter ziehn
In schöne Tempel nur –, da fand er ihn.

His browny locks did hang in crooked curls;
And every light occasion of the wind
Upon his lips their silken parcels hurls.
What's sweet to do, to do will aptly find:
Each eye that saw him did enchant the mind;
For on his visage was in little drawn
What largeness thinks in Paradise was sawn.

Small show of man was yet upon his chin;
His phœnix down began but to appear,
Like unshorn velvet, on that termless skin,
Whose bare out-bragg'd the web it seem'd to wear,
Yet show'd his visage by that cost more dear;
And nice affections wavering stood in doubt
If best were as it was, or best without.

His qualities were beauteous as his form,
For maiden-tongu'd he was, and thereof free:
Yet, if men mov'd him, was he such a storm
As oft 'twixt May and April is to see,
When winds breathe sweet, unruly though they be.
His rudeness so with his authoriz'd youth
Did livery falseness in a pride of truth.

Well could he ride, and often men would say
'That horse his mettle from his rider takes:
Proud of subjection, noble by the sway,
What rounds, what bounds, what course, what stop he makes!'
And controversy hence a question takes,
Whether the horse by him became his deed,
Or he his manage by th' well-doing steed.

In braunen Ringeln hing sein Kräuselhaar,
Und seinen Lippen reichte jeder Wind
Zum Kusse diese seidnen Locken dar.
Was süß zu tun ist, das geschieht geschwind;
Sein Auge rasch ein jedes Herz gewinnt,
Denn was die Seele hofft in Edens Auen,
Das läßt sein Angesicht im Kleinen schauen.

Auf seinem Kinn erscheint der Mannheit Zeichen,
Der Bart, in seinen ersten Spuren kaum,
Mit ungeschornem Sammet zu vergleichen,
So zart und undicht sproßt der weiche Flaum;
Er läßt gerade noch dem Zweifel Raum,
Ob voller Haarwuchs oder weiße Glätte
Die Schönheit dieses Kinns gesteigert hätte.

Die schöne Seele paßte zur Gestalt,
Die Sprache, mädchensanft, doch leicht und frei,
Gewann im Streit mit Männern Sturmgewalt,
Den Lüften gleich, die nicht mehr scharf und kalt,
Doch kraftvoll wehen vom April zum Mai;
Sein Ungestüm erschien als Recht der Jugend
Und lieh der Falschheit selbst den Schein der Tugend.

Im Sattel saß er, daß das schönste Roß
Von ihm zu borgen schien den besten Schmuck.
Wie stolz es unter ihm von dannen schoß,
Sobald es spürte seinen Schenkeldruck,
Und plötzlich hielt auf einen Zügelruck!
Die Leute fragten sich, ob er vom Pferde,
Ob dies von ihm so stolz gehoben werde.

But quickly on this side the verdict went:
His real habitude gave life and grace
To appertainings and to ornament,
Accomplish'd in himself, not in his case.
All aids, themselves made fairer by their place,
Came for additions; yet their purpos'd trim
Piec'd not his grace, but were all grac'd by him.

So on the tip of his subduing tongue
All kind of arguments and question deep,
All replication prompt, and reason strong,
For his advantage still did wake and sleep.
To make the weeper laugh, the laugher weep,
He had the dialect and different skill,
Catching all passions in his craft of will;

That he did in the general bosom reign
Of young, of old, and sexes both enchanted,
To dwell with him in thoughts, or to remain
In personal duty, following where he haunted
Consents bewitch'd, ere he desire, have granted,
And dialogu'd for him what he would say,
Ask'd their own wills, and made their wills obey.

Many there were that did his picture get,
To serve their eyes and in it put their mind;
Like fools that in th' imagination set
The goodly objects which abroad they find
Of lands and mansions, theirs in thought assign'd;
And labouring in more pleasures to bestow them
Than the true gouty landlord which doth owe them.

Doch ohne Zaudern gab man sich Bescheid:
Der Quell der Anmut ist sein innres Leben;
Nur von der Schönheit seines Wesens leiht
Sein äußrer Schmuck, sein edles Roß, sein Kleid
Den Reiz, um sich und ihn damit zu heben;
Sein Anzug ist kein stutzerhaftes Prangen,
Er scheint von selbst aus ihm hervorgegangen.

Auf seiner Zunge wachten oder schliefen
Die Gründe zur Entscheidung schwerer Fragen,
Sein Blick durchmaß im Nu des Denkens Tiefen,
Er wußte rasch das rechte Wort zu sagen;
Der Hörer weinte, lachte vor Behagen,
Wie's *ihm* gefiel, denn seines Geistes Kraft
Beherrschte spielend jede Leidenschaft.

Ein Herzenskönig über jung und alt,
Beherrscht' er jedes Weib und jeden Mann;
Wer ihn gesehn, den zog es mit Gewalt
Fortwährend hin zu seinem Aufenthalt,
Der blieb, auch fern, in seinem Zauberbann.
Man sträubte sich und – tat, was er befahl,
Gehorsam ward zu freier Willenswahl.

Ich weiß, daß manche Leute sich sein Bild
Besorgten, um sich sterblich zu vergaffen,
Wie mancher Narr sein Sehnen damit stillt,
Sich Güter in Gedanken anzuschaffen
Und sich um Schloß und Äcker, Park und Wild
Mehr als der Eigentümer – den die Gicht
In allen Gliedern zwickt – den Kopf zerbricht.

So many have, that never touch'd his hand,
Sweetly suppos'd them mistress of his heart.
My woeful self, that did in freedom stand,
And was my own fee-simple, not in part,
What with his art in youth, and youth in art,
Threw my affections in his charmed power,
Reserv'd the stalk and gave him all my flower.

Yet did I not, as some my equals did,
Demand of him, nor being desired yielded;
Finding myself in honour so forbid,
With safest distance I mine honour shielded.
Experience for me many bulwarks builded
Of proofs new-bleeding, which remain'd the foil
Of this false jewel, and his amorous spoil.

But ah! who ever shunn'd by precedent
The destin'd ill she must herself assay?
Or forc'd examples, 'gainst her own content,
To put the by-past perils in her way?
Counsel may stop awhile what will not stay;
For when we rage, advice is often seen
By blunting us to make our wits more keen.

Nor gives it satisfaction to our blood
That we must curb it upon other's proof,
To be forbod the sweets that seem so good
For fear of harms that preach in our behoof.
O appetite, from judgment stand aloof!
The one a palate hath that needs will taste,
Though Reason weep, and cry: 'It is thy last.'

Es faßte manche nie nur seine Hand
Und – schien sich seines Herzens Königin.
Mein armes Herz, ein Freilehn ohne Pfand,
Gab ungeteilt sich an den Zauber hin,
Der Kunst und Jugend hold in ihm verband;
So nahm er mich zu seinem Eigentume,
Ließ mir den Stengel, pflückte meine Blume.

Doch tat ich nicht, was andere getan;
Ich lockte nicht und ließ mich nicht verlocken,
Die Ehre hielt mich auf der Tugendbahn,
Ich ließ ihn mir nicht ungeziemend nahn;
Erfahrung ward mein Wall; ich sah erschrocken
Manch blutend Herz dem falschen Edelstein
Als Folie Rubinenschimmer leihn.

Doch ach, wem gibt ein Beispiel Kraft genug,
Sich abzuwehren ein verhängtes Leiden?
Wen macht Erfahrung andrer jemals klug,
Gefahr auf seinem Lebenspfad zu meiden?
Ein guter Rat wirkt bestenfalls Verzug,
Doch wird die Glut, wo Leidenschaften rasen,
Von ihm zu lichten Flammen angeblasen.

Versuch es, deinem aufgeregten Blut
Als Fessel fremde Weisheit aufzudringen!
Verbotnes eben scheint ihm süß und gut,
Gleichviel, ob andre dran zugrunde gingen.
Wie soll Vernunft den Wunsch der Lust bezwingen?
Sie weint, sie ruft: das ist dein letzter Bissen!
Der Gaumen schmeckt's – und kostet hingerissen.

For further I could say: 'This man's untrue',
And knew the patterns of his foul beguiling;
Heard where his plants in others' orchards grew;
Saw how deceits were gilded in his smiling;
Knew vows were ever brokers to defiling;
Thought characters and words merely but art,
And bastards of his foul adulterate heart.

And long upon these terms I held my city,
Till thus he 'gan besiege me: 'Gentle maid,
Have of my suffering youth some feeling pity
And be not of my holy vows afraid,
That's to ye sworn to none was ever said;
For feasts of love I have been call'd unto,
Till now did ne'er invite nor never woo.

All my offences that abroad you see
Are errors of the blood, none of the mind;
Love made them not; with acture they may be,
Where neither party is nor true nor kind.
They sought their shame that so their shame did find;
And so much less of shame in me remains,
By how much of me their reproach contains.

Among the many that mine eyes have seen,
Not one whose flame my heart so much as warmed,
Or my affection put to th' smallest teen,
Or any of my leisures ever charmed.
Harm have I done to them, but ne'er was harmed;
Kept hearts in liveries, but mine own was free,
And reign'd commanding in his monarchy.

Ich konnte nur Verrat von ihm erwarten,
Ich kannte ja die Opfer seiner Lügen,
Sah seine Saat in manchem fremden Garten,
Das Lächeln arger List in seinen Zügen;
Sein Eid war nur ein Mittel zum Betrügen,
Sein falsches Herz ergoß in Wort und Schrift
Und in Gedanken nichts als Buhlergift.

So hielt sich meine Festung lange Zeit,
Bis er den Sturm begann: ‚O laß dich rühren
Vom Schmerze meiner Jugend, holde Maid,
Und schrecke nicht zurück vor meinen Schwüren;
Noch keinem Weibe schwur ich diesen Eid;
Wohl hab ich mich als Liebesgast verirrt –
Nie bat, nie lud ich selber ein als Wirt.

Ich ließ mich nur von meinem Blut verleiten,
Mein Geist war unbeteiligt, wenn ich fiel;
Wo treue Liebe fehlt auf beiden Seiten,
Da treibt man bis zuletzt ein leichtes Spiel;
Die Schande suchten, kamen an ihr Ziel,
Und die das lauteste Geschrei erheben,
Die haben sich am leichtesten ergeben.

Mein Herz vermochte keine zu erwärmen
Von allen denen, die ich noch erblickt;
Sie härmten sich, ich konnte mich nicht härmen,
Nicht eine hat mit Neigung mich umstrickt.
Ich durfte hin und her gefahrlos schwärmen,
Gar manches Herz trug meine Liverei,
Das meinige blieb königlich und frei.

Look here what tributes wounded fancies sent me,
Of pallid pearls and rubies red as blood;
Figuring that they their passions likewise lent me
Of grief and blushes, aptly understood
In bloodless white and the encrimson'd mood –
Effects of terror and dear modesty,
Encamp'd in hearts, but fighting outwardly.

And, lo, behold these talents of their hair,
With twisted metal amorously empleach'd,
I have receiv'd from many a several fair,
Their kind acceptance weepingly beseech'd,
With the annexions of fair gems enrich'd,
And deep-brain'd sonnets that did amplify
Each stone's dear nature, worth, and quality.

The diamond – why, 'twas beautiful and hard,
Whereto his invis'd properties did tend;
The deep-green em'rald, in whose fresh regard
Weak sights their sickly radiance do amend;
The heaven-hu'd sapphire and the opal blend
With objects manifold; each several stone,
With wit well blazon'd, smil'd, or made some moan.

Lo, all these trophies of affections hot,
Of pensiv'd and subdu'd desires the tender,
Nature hath charg'd me that I hoard them not,
But yield them up where I myself must render –
That is, to you, my origin and ender;
For these, of force, must your oblations be,
Since I their altar, you enpatron me.

Sieh diese bleichen Perlen. Als Tribut
Besiegter Herzen wurden sie entrichtet.
Hier schimmern auch Rubine, rot wie Blut.
Bedeuten jene, daß man weint, verzichtet,
So zeigen diese des Verlangens Glut
Und sagen: komm, ich sträubte mich zum Schein,
Du triumphierst, ich will die Deine sein.

Betrachte diesen Schatz von Haargeweben,
Von Löckchen, hold umknüpft mit goldnem Draht.
Manch schönes Mädchen hat sie mir gegeben,
Das mich mit Tränen sie zu nehmen bat.
Juwelen prangen strahlenreich daneben,
Sonette deuten, mühsam ausgedacht,
Von jedem Stein den Wert, die Farbenpracht.

Der Demant ward mir zum Geschenk gemacht,
Weil er so hart ist wie von schönem Schein;
Der dunkelgrüne liebliche Smaragd,
Er sagte mir: in Hoffnung denk ich dein;
Opal, Saphir und jeder Edelstein
Erhielt nach Eigenschaft und Farbenblitz
Ein Botenamt vom zarten Liebeswitz.

Nicht länger will ich diese Siegeszeichen
Der heißen Liebesglut für mich behalten;
Ich will sie dir, der Herrin, überreichen,
Dir muß der Sieger als Besiegter weichen,
Du sollst auch über seine Schätze schalten,
Ich bringe dir mit mir, dem Weihaltar,
Zugleich die heiligen Kleinodien dar.

O, then, advance of yours that phraseless hand
Whose white weighs down the airy scale of praise:
Take all these similes to your own command,
Hallowed with sighs that burning lungs did raise;
What me, your minister, for you obeys,
Works under you; and to your audit comes
Their distract parcels in combined sums.

Lo, this device was sent me from a nun,
Or sister sanctified, of holiest note,
Which late her noble suit in court did shun,
Whose rarest havings made the blossoms dote;
For she was sought by spirits of richest coat,
But kept cold distance, and did thence remove
To spend her living in eternal love.

But, O my sweet, what labour is't to leave
The things we have not, mast'ring what not strives,
Paling the place which did no form receive,
Playing patient sports in unconstrained gyves!
She that her fame so to herself contrives,
The scars of battle 'scapeth by the flight,
And makes her absence valiant, not her might.

O, pardon me, in that my boast is true!
The accident which brought me to her eye
Upon the moment did her force subdue,
And now she would the caged cloister fly.
Religious love put out religion's eye.
Not to be tempted, would she be immur'd,
And now, to tempt all, liberty procur'd.

Ich lege sie in deine weiße Hand,
Vor der das Lob in Scham verstummen muß.
Nimm jedes Sinnbild, jedes Unterpfand,
Das ich empfing mit einem Sehnsuchtsgruß.
Ich bin dein Priester; was man mir gesandt,
Allmählich füllend meine Opferschale,
Das schütt ich aus vor dir mit einem Male.

Dies Angebinde kommt von einer Nonne,
Die strenger Ordensregel sich geweiht;
An ihr verlor der Hof die hellste Sonne,
Denn ihre Schönheit weckt der Blumen Neid,
Und ihr Verehrer trug ein Fürstenkleid;
Doch kalt und stolz verwarf sie jeden Freier
Und nahm als keusche Himmelsbraut den Schleier.

Doch *das* Verdienst, mein Liebchen, ist gering,
Das Niegenoßne kampflos zu entbehren.
Was braucht ein öder Acker Wall und Ring?
Entsagen ist ein Spiel, ein leichtes Ding,
Wo freigewählte Ketten uns beschweren.
Ihr hatte nur die Flucht den Ruhm gewonnen,
Daß sie dem Kampfe narbenlos entronnen.

Vergib mir, daß ich mit der Wahrheit prahle.
Als mich der Zufall ihr vor Augen brachte,
War ihre Kraft dahin mit einem Male;
Die Frömmigkeit schlief ein, die Lust erwachte,
Bis nur an Flucht die Braut des Himmels dachte.
Versuchungsflucht, ihr erstes Streben, schlug
Nun plötzlich um in einen Fluchtversuch.

How mighty then you are, O, hear me tell!
The broken bosoms that to me belong
Have emptied all their fountains in my well,
And mine I pour your ocean all among.
I strong o'er them, and you o'er me being strong,
Must for your victory us all congest,
As compound love to physic your cold breast.

My parts had pow'r to charm a sacred nun,
Who, disciplin'd, ay, dieted in grace,
Believ'd her eyes when they t' assail begun,
All vows and consecrations giving place.
O most potential love! vow, bond, nor space,
In thee hath neither sting, knot, nor confine,
For thou art all, and all things else are thine.

When thou impressest, what are precepts worth
Of stale example? When thou wilt inflame,
How coldly those impediments stand forth,
Of wealth, of filial fear, law, kindred, fame!
Love's arms are peace, 'gainst rule, 'gainst sense, 'gainst shame,
And sweetens, in the suff'ring pangs it bears,
The aloes of all forces, shocks, and fears.

Now all these hearts that do on mine depend,
Feeling it break, with bleeding groans they pine,
And supplicant their sighs to you extend,
To leave the batt'ry that you make 'gainst mine,
Lending soft audience to my sweet design,
And credent soul to that strong-bonded oath,
That shall prefer and undertake my troth.'

Wie kann ich lauter deine Macht verkünden?
Die Herzen, welche mein geworden, ließen
In meine Strömung ihre Bäche münden,
Ich muß die Flut nun in dein Meer ergießen,
Der Sieger liegt besiegt zu deinen Füßen;
Nimm diese Lieben all in dir zusammen,
Um deinen kalten Busen zu entflammen.

Bezaubert hab ich eine Himmelsbraut,
Die mit Gebet und Fasten sich kasteite;
Wie traten rasch, sobald sie mich erschaut,
Gelübd' und fromme Pflichten auf die Seite.
Du, Macht der Liebe, siegst in jedem Streite,
Dir muß sich jede Kraft in Ohnmacht neigen,
Denn du bist alles und die Welt dein eigen.

Wo du gebietest – was verschlägt die Lehre
Des schalen Beispiels? Lodern deine Flammen,
Was setzt sich ungeschmolzen noch zur Wehre?
Du willst – es ist – ob auch Gesetz und Ehre,
Verwandtschaft, Elternehrfurcht es verdammen;
Es mag uns noch so bittre Qual bereiten,
Du würzest sie mit holden Süßigkeiten.

Die Herzen alle, die in meinem leben,
Sie fühlen, wie dies blutend bricht vor Pein;
Vernimm die Klagen, welche sie erheben,
Und wolle nicht noch länger grausam sein;
Laß meinen Wunsch zu deiner Seele ein,
Und schenke Glauben meinem Treueschwur,
Denn er gelobt die reinste Wahrheit nur.'

This said, his wat'ry eyes he did dismount,
Whose sights till then were levell'd on my face;
Each cheek a river running from a fount
With brinish current downward flow'd apace.
O, how the channel to the stream gave grace!
Who glaz'd with crystal gate the glowing roses
That flame through water which their hue encloses.

O father, what a hell of witchcraft lies
In the small orb of one particular tear!
But with the inundation of the eyes
What rocky heart to water will not wear?
What breast so cold that is not warmed here?
O cleft effect! cold modesty, hot wrath,
Both fire from hence and chill extincture hath.

For lo, his passion, but an art of craft,
Even there resolv'd my reason into tears;
There my white stole of chastity I daff'd,
Shook off my sober guards and civil fears;
Appear to him as he to me appears
All melting; though our drops this diff'rence bore:
His poison'd me, and mine did him restore.

In him a plenitude of subtle matter,
Applied to cautels, all strange forms receives,
Of burning blushes or of weeping water,
Or sounding paleness; and he takes and leaves,
In either's aptness, as it best deceives,
To blush at speeches rank, to weep at woes,
Or to turn white and sound at tragic shows;

Sein Auge hatte scharf bisher und hell
Auf meinem Antlitz unverwandt geruht;
Nun sank es feucht, und jedes ward ein Quell;
Die Wangen strömten von der salz'gen Flut.
Wie stand dem Strom das Strombett doch so gut!
Ein Rosenschein durchschimmerte die Wogen,
Wie Feuer mit Kristallen überzogen.

Ein Tränenkügelchen, o Vater, schließt
Den Zauber einer ganzen Hölle ein;
Vor solcher Augen-Überschwemmung fließt
Verwitternd hin ein Herz von Kieselstein,
Und eine Brust von Eis fühlt Flammenpein.
O Doppelwirkung! heißer Zorn wird kühl
Und Herzenskälte loderndes Gefühl.

Nur List war seine Rührung, doch sie löste
In Tränen auf, was ich von Zweifeln hegte,
Daß ich des Unschuldskleides mich entblößte,
Die Furcht, die Wachsamkeit beiseite legte
Und offen sehn ließ, was mein Herz bewegte.
Er sog aus meinen Tränen neues Leben,
Die seinen hatten mir nur Gift gegeben.

Er ist ein Inbegriff von feinen Stoffen,
Die sich in jede Form beliebig fügen;
Bald wild und kühn, bald blaß und wie betroffen,
Bald schlau versteckt, bald ungestüm und offen,
Versteht er's, stets aufs beste zu betrügen.
Ihm stehen Schamrot, Ohnmacht, bleicher Schreck
Sogleich zu Diensten, je nach seinem Zweck.

That not a heart which in his level came
Could scape the hail of his all-hurting aim,
Showing fair nature is both kind and tame;
And, veil'd in them, did win whom he would maim.
Against the thing he sought he would exclaim;
When he most burn'd in heart-wish'd luxury,
He preach'd pure maid and prais'd cold chastity.

Thus merely with the garment of a Grace
The naked and concealed fiend he cover'd,
That th' unexperient gave the tempter place,
Which, like a cherubin, above them hover'd.
Who, young and simple, would not be so lover'd?
Ay me! I fell; and yet do question make
What I should do again for such a sake.

O, that infected moisture of his eye,
O, that false fire which in his cheek so glowed,
O, that forc'd thunder from his heart did fly,
O, that sad breath his spongy lungs bestowed,
O, all that borrowed motion, seeming owed,
Would yet again betray the fore-betray'd,
And new pervert a reconciled maid!"

Es kam kein Herz in seines Schusses Weite,
Das nicht erlag vor seinem sichern Pfeil.
Voll Anmut zeigt er seine sanfte Seite,
Und so vermummt ergreift er seine Beute.
Sein Wort ist stets des Wunsches Gegenteil,
Und wenn sein Herz der Wollust Glut verzehrt,
So spricht er von der Keuschheit hohem Wert.

Nur eine Maske war der Anmutschleier,
Der nackte Teufel steckte hinter ihm,
Den Unerfahrnen schien der Herzensgeier
Herabzuschweben als ein Cherubim;
Kein junges Herz entginge solchem Freier.
Weh mir, ich fiel – und weiß nicht, was ich täte,
Wenn er mich drum zum zweiten Male bäte.

Ich weiß, nur Gift ist seines Auges Naß,
Nur Todesblitze schleudert seine Zunge,
Nur Arglist macht sein Antlitz rot und blaß,
Betäubend einzig atmet seine Lunge,
Und Liebe heuchelnd ist er nichts als Haß;
Doch könnte mich das alles nochmals rühren
Und selbst die fromme Büßerin verführen.“

AUS: DER VERLIEBTE PILGER

FROM: THE PASSIONATE PILGRIM

4

Sweet Cytherea, sitting by a brook
With young Adonis, lovely, fresh and green,
Did court the lad with many a lovely look,
Such looks as none could look but beauty's queen.
She told him stories to delight his ear;
She show'd him favours to allure his eye;
To win his heart she touch'd him here and there:
Touches so soft still conquer chastity.
But whether unripe years did want conceit,
Or he refus'd to take her figured proffer,
The tender nibbler would not touch the bait,
But smile and jest at every gentle offer.
  Then fell she on her back, fair queen, and toward:
  He rose and ran away; ah, fool too froward!

6

Scarce had the sun dried up the dewy morn,
And scarce the herd gone to the hedge for shade,
When Cytherea, all in love forlorn,
A longing tarriance for Adonis made
Under an osier growing by a brook,
A brook where Adon us'd to cool his spleen.
Hot was the day; she hotter that did look
For his approach that often there had been.
Anon he comes, and throws his mantle by,
And stood stark naked on the brook's green brim.
The sun look'd on the world with glorious eye,
Yet not so wistly as this queen on him.
  He, spying her, bounc'd in whereas he stood;
  "O Jove", quoth she, "why was not I a flood?"

4

An einem Bache saß die reizende Cythere,
Von ihrem jungen Freund Adonis hoch entzückt.
Mit manchem süßen Blick liebäugelt ihm die Hehre,
Mit Blicken, wie nur sie, der Schönheit Fürstin, blickt.
Dem Ohr zur Lust erzählt sie Märlein ihm,
Zeigt Liebliches, die Augen zu versuchen;
Berührt ihn hie und da, sein Herz an sich zu ziehn:
So schmeichelndes Getast wird oft das Grab der Tugend. –
Doch, ob den frühen Jahren Sinn gebricht,
Ob er verschmähet ihr verblümtes Deuten,
Der junge Gründling schluckt den Hamen nicht,
Und lacht und spottet aller Artigkeiten.
  Da fiel die gnäd'ge Göttin rücklings hin:
  Und er sprang auf und lief. – O Eigensinn!

6

Kaum war der Tau vom Frühlicht aufgetrunken,
Kaum ruht' die Herd umzäumt im Schattendach,
Als Cypria, in Liebe ganz versunken,
Voll Sehnsucht des Adonis harrt' am Bach,
Bei einem Weidenbaum. Adonis war
Im Bach gewohnt sein Feuer abzukühlen.
Heiß schien die Sonne, heißer noch fürwahr,
Die seiner harrt'; oft pflegt' er dort zu spielen.
Und sieh! er kommt und wirft den Mantel ab,
Steht mutternackt auf grünem Wiesenplan.
Mit Herrscheraugen blickt die Sonn herab;
Noch brünstiger blickt ihn die Göttin an.
  Kaum sah er sie, sprang er hinab. Sie sprach:
  „O Jupiter! o wär ich doch der Bach!"

7

Fair is my love, but not so fair as fickle;
Mild as a dove, but neither true nor trusty;
Brighter than glass, and yet, as glass is, brittle;
Softer than wax, and yet, as iron, rusty;
  A lily pale, with damask dye to grace her;
  None fairer, nor none falser to deface her.

Her lips to mine how often hath she joined,
Between each kiss her oaths of true love swearing!
How many tales to please me hath she coined,
Dreading my love, the loss whereof still fearing!
  Yet, in the midst of all her pure protestings,
  Her faith, her oaths, her tears, and all, were jestings.

She burn'd with love, as straw with fire flameth,
She burn'd out love, as soon as straw outburneth;
She fram'd the love, and yet she foil'd the framing,
She bade love last, and yet she fell a-turning.
  Was this a lover, or a lecher whether?
  Bad in the best, though excellent in neither.

7

Mein Lieb ist schön, doch nicht so schön wie schnöde:
Wie Tauben sanft, doch schlangenglatt und frostig;
Heller als Glas und doch wie Glas so spröde,
Weicher als Wachs und doch wie Eisen rostig:
  Ein wenig bleich, mit etwas Rosenröte,
  So schön wie keine und so falsch wie jede.

Wie hat sie mich mit Lippen schier verschlungen,
Auf jeden Kuß ein Heer von Liebesschwüren.
Wie hat sie mich mit Märchen eingesungen,
Als bräch ihr Herz, das meine zu verlieren!
  Und doch, im Schwung der höchsten Seelenflüge
  War Eid und Treu und Trän und alles Lüge.

Sie brannt in Liebe wie das Stroh in Flammen,
Verbrannt in Liebe schnell, wie Stroh verbrennet,
Erbaute Lieb und riß sie wild zusammen;
Schwur ew'ge Lieb und hat sie rasch zertrennet.
  Soll sie als Buhl, als Liebchen mir gefallen,
  Zu schlecht zum Guten und gering in allem?

9

Fair was the morn, when the fair queen of love,
. . . .
Paler for sorrow than her milk-white dove,
For Adon's sake, a youngster proud and wild,
Her stand she takes upon a steep-up hill.
Anon Adonis comes with horns and hounds;
She, silly queen, with more than love's good will,
Forbade the boy he should not pass those grounds.
"Once", quoth she, "did I see a fair sweet youth
Here in these brakes deep-wounded with a boar,
Deep in the thigh, a spectacle of ruth!
See, in my thigh", quoth she, "here was the sore."
  She showed hers; he saw more wounds than one,
  And blushing fled, and left her all alone.

10

Sweet rose, fair flower, untimely pluck'd, soon vaded,
Pluck'd in the bud, and vaded in the spring!
Bright orient pearl, alack, too timely shaded!
Fair creature, kill'd too soon by death's sharp sting!
  Like a green plum that hangs upon a tree,
  And falls, through wind, before the fall should be.

I weep for thee, and yet no cause I have;
For why thou left'st me nothing in thy will.
And yet thou left'st me more than I did crave;
For why I craved nothing of thee still.
  O yes, dear friend, I pardon crave of thee!
  Thy discontent thou didst bequeath to me.

9

Der Morgen lächelte: die schöne Venus war
. . . .
Vor Kummer bleicher als ihr schneeweiß Taubenpaar,
Des wilden Springinsfeld Adonis wegen.
Sie tritt auf einen jähen Holm. Geschwind
Sieht sie den Knaben nahn mit Horn und Hunde.
Die Gute warnt ihn, mehr als wohlgesinnt:
„O weiche nicht von diesem sichern Grunde.
Wohl früher sah ich schon so holden Kleinen
Von einem Eber schwer verletzt im Tal,
Tief in der Hüft, ein Anblick war's zum Weinen;
Sieh meine Hüfte, sieh, hier war das Mal."
  Sie zeigt es ihm, und er wird rot und flieht,
  Weil er mehr Wunden dort als eine sieht.

10

Lieb Röslein, vor der Zeit gepflückt, zu bald erblichen,
Gepflückt als zarte Knosp, im Lenz erblichen; ach,
Des Ostens Perle du, vom Moder früh beschlichen,
O Kleinod, das so schnell des Todes Stachel stach,
  Wie grüne Pflaumen, die in Windes Wallen,
  Eh sie der Herbst gereift, vom Baume fallen.

Ich wein um dich, der doch nicht Anlaß hat:
Warum? Im Testament hast du mich übergangen,
Und mir doch mehr vermacht, als je ich von dir bat;
Warum? Nie hab ich dich um etwas angegangen,
  Und doch, verzeih, mein Herz! ich muß mich fassen;
  Dein Mißvergnügen hast du mir gelassen.

12

Crabbed age and youth cannot live together:
Youth is full of pleasance, age is full of care;
Youth like summer morn, age like winter weather;
Youth like summer brave, age like winter bare.
Youth is full of sport, age's breath is short;
Youth is nimble, age is lame;
Youth is hot and bold, age is weak and cold;
Youth is wild, and age is tame.
Age, I do abhor thee; youth, I do adore thee.
O, my love, my love is young:
Age, I do defy thee.
O sweet shepherd, hie thee,
For methinks thou stay too long.

13

Beauty is but a vain and doubtful good,
A shining gloss that vadeth suddenly;
A flower that dies when first it 'gins to bud;
A brittle glass that's broken presently;
  A doubtful good, a gloss, a glass, a flower,
  Lost, vaded, broken, dead within an hour.

And as goods lost are seld or never found,
As vaded gloss no rubbing will refresh,
As flowers dead lie withered on the ground,
As broken glass no cement can redress;
  So beauty blemish'd once's for ever lost,
  In spite of physic, painting, pain, and cost.

12

Saures Alter, frohe Jugend können nicht zusammen dauern:
Jugend ist voll muntrer Launen, Alter voller Sorg und Qual.
Jugend wie ein Sommermorgen, Alter gleicht den Winterschauern.
Jugend pranget wie der Sommer, Alter winterdürr und kahl.
Wenn der Jugend Scherze frommen, Alters Odem bleibt [beklommen.
Jugend eilet, Alter schleicht.
Jugend feurig, kühn, verwegen, Alter lahm, will nur sich [pflegen;
Jugend schäumet, Alter keucht.
Jugend, Jugend, dich umfang ich; Alter, Alter, vor dir bang [ich.
O mein Lieb, mein Lieb ist jung.
Alter schlag ich in die Winde:
Süßer Schäfer, komm geschwinde!
Eilest lang mir nicht genung.

13

Schönheit, o eitles Glück, wie bald verloren!
Du bist ein bunter Schmelz, der schnell verfliegt,
Ein Blümlein, früh dahin, sowie geboren,
Ein mürbes Glas, das in der Hand zerbricht.
  Schmelz, Blume, Glas, hinfällig eitles Glück,
  Verwelkt, verschwunden, tot im Augenblick.

Und wie verlornes Glück sich selten findet,
Verflognen Schmelz kein Reiben wiederbringt,
Verwelkte Blume tot zur Erde schwindet,
Zerbrochnes Glas kein Kitt zusammenzwingt:
  So kann befleckte Schönheit nichts erneuen,
  Nicht Mühen, Sorgen, Schminken, Arzeneien.

14

"Good night, good rest." Ah, neither be my share!
She bade good night that kept my rest away,
And daff'd me to a cabin hang'd with care,
To descant on the doubts of my decay.
"Farewell", quoth she, "and come again to-morrow."
Fare well I could not, for I supp'd with sorrow.

Yet at my parting sweetly did she smile,
In scorn or friendship, nill I construe whether:
'T may be she joy'd to jest at my exile;
'T may be again to make me wander thither –
"Wander", a word for shadows like myself,
As take the pain but cannot pluck the pelf.

Lord, how mine eyes throw gazes to the east!
My heart doth charge the watch; the morning rise
Doth cite each moving sense from idle rest,
Not daring trust the office of mine eyes.
While Philomela sits and sings, I sit and mark,
And wish her lays were tuned like the lark;

For she doth welcome daylight with her ditty,
And drives away dark dismal-dreaming night.
The night so pack'd, I post unto my pretty;
Heart hath his hope, and eyes their wished sight;
Sorrow chang'd to solace, and solace mix'd with sorrow;
For why she sigh'd, and bade me come to-morrow.

Were I with her, the night would post too soon;
But now are minutes added to the hours;
To spite me now, each minute seems a moon;
Yet not for me, shine sun to succour flowers!
Pack night, peep day; good day, of night now borrow;
Short, night, to-night, and length thyself to-morrow.

14

„Gut Nacht! ruh sanft!“ – Ach, beides mir verleidet!
Sie beut mir gute Nacht, die meine Ruh verscheucht
Und in mein Bett mich treibt, mit Qualen überbreitet,
Wo meines Unglücks Zweifel mich beschleicht.
„Leb wohl“, sprach sie, „gut Nacht! wir sehn uns morgen.“–
Wohl leben konnt ich nicht; ich aß zur Nacht mit Sorgen.

Doch als wir schieden, lächelt' sie so süß:
War's Freundschaft oder Hohn? ich mag's nicht deuten:
Vielleicht vor Freude, daß sie mich verstieß?
Vielleicht mich Irren wieder hinzuleiten?
Irr! auf uns luft'ge Schemen paßt das Wort;
Wir mühn uns viel und heben nie den Hort.

Wie starrt ich unverwandt nach Osten hin!
Mein Herz zürnt mit der Uhr; das frühe Licht
Erweckt aus trägem Schlummer jeden Sinn:
Der eignen Augen Zeugnis glaub ich nicht;
Ich sitze lauschend, horch auf Philomelen
Und wollt, es wär ein Lied aus Lerchenkehlen.

Denn das begrüßt den Tag mit muntern Lauten
Und zwingt die lichtlos bange Nacht zur Flucht;
Und flieht die Nacht, eil ich zu meiner Trauten;
Dort findet Herz und Auge, was es sucht.
Sorg ist in Lust verwandelt, Lust hegt Sorgen,
Denn seufzend sagte sie zu mir: „Komm morgen!“

Wär ich mit ihr, zu schnell wär Nacht entflohn;
Nun aber reihn Minuten sich an Stunden:
Minuten werden Monde mir zum Hohn.
Nicht mir, o Tag! den Blumen scheine drunten.
Flieh, Nacht! komm, lieber Tag! laß Nacht uns borgen;
Und, Nacht, sei kurz, erhole dich am Morgen.

15

It was a lording's daughter, the fairest one of three,
That liked of her master as well as well might be,
Till looking on an Englishman, the fairest that eye could see,
  Her fancy fell a-turning.
Long was the combat doubtful that love with love did fight,
To leave the master loveless, or kill the gallant knight;
To put in practice either, alas, it was a spite
  Unto the silly damsel!
But one must be refused; more mickle was the pain
That nothing could be used to turn them both to gain,
For of the two the trusty knight was wounded with disdain,
  Alas, she could not help it!
Thus art with arms contending was victor of the day,
Which by a gift of learning did bear the maid away.
Then, lullaby, the learned man hath got the lady gay;
  For now my song is ended.

15

Es war 'nes Junkers Tochter, die schönste von den drei'n,
Die liebte ihren Präzeptor von ganzem Herzelein,
Bis sie einen Engelländer sah, gar außer Maßen fein;
  Da ward's im Kopf ihr trübe.
Lang war der Kampf im Schweben, den Lieb und Liebe stritt,
Präzeptorn aufzugeben oder dem kühnen Rit-
Tersmann das Herz zu brechen, das nahm sie grausam mit,
  Das arme junge Fräulein.
Doch einen muß sie kränken, je größer war ihr Leid,
Daß sie nichts konnt erdenken, sie zu behalten beid.
Da hat den kühnen Rittersmann zuletzt verschmäht die Maid,
  Denn ach! sie konnt nicht helfen.
So Feder mit dem Degen behielt im Streit den Sieg;
Daß Weisheit ganz verwegen der Dame Bett erstieg
Und, heißa! der gelahrte Mann das feine Maidlein kriegt':
  Denn hier schließt die Geschichte.

18

Whenas thine eye hath chose the dame,
And stall'd the deer that thou shouldst strike,
Let reason rule things worthy blame,
As well as fancy, partial wight;
  Take counsel of some wiser head,
  Neither too young nor yet unwed.

And when thou com'st thy tale to tell,
Smooth not thy tongue with filed talk,
Lest she some subtle practice smell –
A cripple soon can find a halt;
  But plainly say thou lov'st her well,
  And set her person forth to sell.

And to her will frame all thy ways;
Spare not to spend, and chiefly there
Where thy desert may merit praise
By ringing in thy lady's ear.
  The strongest castle, tower, and town,
  The golden bullet beats it down.

Serve always with assured trust,
And in thy suit be humble-true;
Unless thy lady prove unjust,
Press never thou to choose a new.
  When time shall serve, be thou not slack
  To proffer, though she put thee back.

What though her frowning brows be bent,
Her cloudy looks will calm ere night;
And then too late she will repent
That thus dissembled her delight;
  And twice desire, ere it be day,
  That which with scorn she put away.

18

Wenn du die Schöne willst erreichen,
Das Wild, das schußrecht vor dir sitzt,
Dann schütze dich Vernunft vor Streichen,
So gut sie blinde Liebe schützt.
  Ein kluger Rat, er wär dir nötig;
  Doch sei er nicht zu jung noch ledig.

Und bringst du nun dein Sprüchlein an,
Laß glatter Zungen Wortgeflinker:
Sonst merkt sie Trug, du hast vertan;
Der Lahme wittert leicht den Hinker.
  Sprich nur: Dich lieb ich, treu und schlicht,
  Und setz ihr Schönes hell ins Licht.

Und ihren Wünschen allerweise
Mit vollen Händen komm zuvor:
Daß dein Verdienst sich hell erweise,
Laß aufgehn, klingl ihr um das Ohr.
  Die stärkste Festung, Turm und Maur
  Ergibt sich goldnem Regenschaur.

Sei immerdar ihr treuer Knecht,
Dein Werben ehrlich und bescheiden:
Solang sie dir nicht ungerecht,
Laß dich zum Wechsel nicht verleiten.
  Verdrieße dich kein gutes Wort,
  Und stieße sie dich zehnmal fort.

Und schmollt sie gleich und senkt den Blick,
Vor Abend noch gibt sich dies Toben:
Dann wünscht sie dich zu spät zurück,
Bereut, daß sie ihr Glück verschoben;
  Zweimal verlangt sie, eh es tagt,
  Nach dem, was sie mit Hohn versagt.

What though she strive to try her strength,
And ban and brawl, and say thee nay?
Her feeble force will yield at length,
When craft hath taught her thus to say:
"Had women been so strong as men,
In faith, you had not had it then."

The wiles and guiles that women work,
Dissembled with an outward show,
The tricks and toys that in them lurk,
The cock that treads them shall not know.
Have you not heard it said full oft,
A woman's nay doth stand for nought?

Think women still to strive with men
To sin, and never for to saint;
There is no heaven – be holy then –
When time with age shall them attaint.
Were kisses all the joys in bed,
One woman would another wed.

But soft; enough – too much, I fear;
Lest that my mistress hear my song;
She will not stick to round me on th' ear,
To teach my tongue to be so long.
Yet will she blush, here be it said,
To hear her secrets so bewray'd.

Laß sie nur ringen, keifen, zanken,
Sich mit dir messen, schelten, schmähn;
Die schwache Kraft wird endlich wanken,
Sie wird gewitzigt eingestehn:
„Wär Weib so stark wie Mann geboren,
Du hättest, meiner Treu, verloren!“

Wie Frauenlist sich ränkevoll
Mit falschem Außenschein umzieht,
All ihre Schlich und Launen soll
Der Hahn nicht wissen, der sie tritt.
Hat man dir nicht schon oft bericht:
Ein Weiber-Nein hat leicht Gewicht?

Bedenk, mit Männern ficht kein Weib
Um Märtyrtum, es ficht um Sünden.
Wenn Zeit und Alter sie bestäubt,
Beim Kreuz! dann liegt ihr Himmel hinten.
Gäb's nichts als Küß im Bett, fürwahr,
Weib ging' mit Weib zum Traualtar.

Doch still! genug und schon zuviel,
Daß mich mein Mädchen nicht vernimmt,
Ins Ohr mir raunt: nun schweige still!
Und meine Zunge zahmer stimmt. –
Doch wird sie rot (traut meinem Lied),
Wenn sie sich so verraten sieht.

PHÖNIX UND TAUBE

PHŒNIX AND TURTLE

Let the bird of loudest lay,
On the sole Arabian tree,
Herald sad and trumpet be,
To whose sound chaste wings obey.

But thou shrieking harbinger,
Foul precurrer of the fiend,
Augur of the fever's end,
To this troop come thou not near.

From this session interdict
Every fowl of tyrant wing,
Save the eagle, feather'd king:
Keep the obsequy so strict.

Let the priest in surplice white,
That defunctive music can,
Be the death-divining swan,
Lest the requiem lack his right.

And thou treble-dated crow,
That thy sable gender mak'st
With the breath thou giv'st and tak'st,
'Mongst our mourners shalt thou go.

Here the anthem doth commence:
Love and constancy is dead;
Phœnix and the turtle fled
In a mutual flame from hence.

So they lov'd as love in twain
Had the essence but in one;
Two distincts, division none:
Number there in love was slain.

Sei der Vogel hellsten Lautes,
Horstend in Arabiens Öde,
Banger Herold und Trommete!
Fromm Geflügel, auf ihn schaut es.

Doch du kreischender Gefährte,
Bösen Feindes Eingeweihter,
Fieberendes arger Deuter,
Bleibe fern von dieser Herde!

Sei aus unserm Rat verwiesen
Jeder Vogel rauh und arg;
Nur der Aar, des Flugs Monarch,
Müsse dies Begängnis grüßen.

Priester sei, weiß infuliert,
Der die Sterbelieder kann,
Todesprophezeier Schwan,
Wie dem Requiem gebührt.

Und du, Krähe, dreifach alte,
Die ihr schwarz Geschlecht erzielt
Mit Atem, den sie gibt und stiehlt,
Zu dem Trauerzug dich halte!

Hier beginnt der Chor. – Zusammen
Tönet's: Lieb und Treu ist hin;
Turteltaub und Phönix fliehn
Aus der Welt in Wechselflammen.

Liebten sich, wie wenn, verdichtet
Lieb in zwein zu einem Wesen,
Trennungslos geteilt gewesen.
Da hat Liebe Zahl vernichtet.

Hearts remote, yet not asunder;
Distance, and no space was seen
'Twixt this turtle and his queen;
But in them it were a wonder.

So between them love did shine
That the turtle saw his right
Flaming in the phœnix' sight:
Either was the other's mine.

Property was thus appalled,
That the self was not the same;
Single nature's double name
Neither two nor one was called.

Reason, in itself confounded,
Saw division grow together,
To themselves yet either neither,
Simple were so well compounded,

That it cried: "How true a twain
Seemeth this concordant one!
Love hath reason, reason none,
If what parts can so remain."

Whereupon it made this threne
To the phœnix and the dove,
Co-supremes and stars of love,
As chorus to their tragic scene.

Herzen nah im Weiten schienen;
Denn nicht Raum war, und doch Ferne
Zwischen Taub und ihrem Sterne:
Allen Wunder außer ihnen.

Liebesstrahl durchzuckte so sie,
Daß der Phönix all sein Glück
Flammen sah im Turtelblick;
Jedes jedem ein Potosi.

Eigentum sich so verließ,
Daß im Selbst das Selbst verschwand,
Einzelwesen, zwiebenannt,
Weder zwei noch eines hieß.

Selbst Vernunft, sie schien bedrängt,
Sah Getrenntes sich vereinen,
An sich selbst wie nichts erscheinen:
Schlichtes war so wohl vermengt,

Daß sie rief: „Wie treu gepaart
Hier in Eintracht ein Geschlecht!
Recht hat Liebe nun, nicht Recht,
Wo Entfernung so beharrt."

Und erhub dann diese Klage
Um der Liebe Stern und Helden,
Taub und Phönix, die Entseelten,
Als Choral am Sarkophage:

Threnos

Beauty, truth, and rarity,
Grace in all simplicity,
Here enclos'd in cinders lie.

Death is now the phœnix' nest;
And the turtle's loyal breast
To eternity doth rest,

Leaving no posterity –
'Twas not their infirmity,
It was married chastity.

Truth may seem, but cannot be;
Beauty brag, but 'tis not she:
Truth and beauty buried be.

To this urn let those repair
That are either true or fair;
For these dead birds sigh a prayer.

Klage

Schönheit, Treu und Seltenheit,
Anmut in Einfältigkeit
Schlummern hier, dem Staub geweiht.

Nun versiecht des Phönix Blut;
Täubleins Herz, so fromm und gut,
Für Ewigkeiten fühllos ruht.

Ach der kinderlos Verschwundnen!
Nicht ohnmächtig drum Erfundnen:
Keuschheit war es der Verbundnen.

Wahrheit scheint nun, hat nicht Wesen.
Schönheit prahlt nun, ist gewesen.
Wahrheit, Schönheit, sie verwesen.

Alle, die ihr schön und wahr,
Kommt zur Urne, bringet dar
Ein Gebet dem Totenpaar!

VENUS UND ADONIS

VENUS AND ADONIS

Vilia miretur vulgus, mihi flavus Apollo
Pocula Castalia plena ministret aqua.

TO THE

RIGHT HONOURABLE HENRY WRIOTHESLEY,

EARL OF SOUTHAMPTON, AND BARON OF TICHFIELD.

Right Honourable,

I know not how I shall offend in dedicating my unpolisht lines to your Lordship, nor how the world will censure me for choosing so strong a prop to support so weak a burthen, only if your Honour seem but pleased, I account myself highly praised, and vow to take advantage of all idle hours, till I have honoured you with some graver labour. But if the first heir of my invention prove deformed, I shall be sorry it had so noble a godfather: and never after ear so barren a land, for fear it yield me still so bad a harvest, I leave it to your Honourable survey, and your Honour to your heart's content which I wish may always answer your own wish, and the world's hopeful expectation.

Your Honour's in all duty,
William Shakespeare

Vilia miretur vulgus, mihi flavus Apollo
Pocula Castalia plena ministret aqua.

DEM

HOCHGEBORENEN HERRN HEINRICH WRIOTHESLEY,

GRAFEN VON SOUTHAMPTON UND BARON VON TICHFIELD.

Hochgeborener Herr,

Ich weiß nicht, ob ich Sie nicht beleidige durch die Zueignung meiner ungefeilten Verse und ob mich die Welt nicht dafür tadeln wird, daß ich einen so starken Pfeiler wähle, um eine so schwache Last zu stützen. Wenn ich aber Ew. Gnaden Beifall erlangen kann, so werde ich das für das höchste Lob halten und ein Gelübde tun, alle meine Mußestunden zu nutzen, bis ich Ihnen meine Ehrerbietung durch ein Werk von größerer Bedeutung bewiesen habe. Sollte sich indes dieser erstgeborne Sprößling meiner Erfindung als mißgestaltet erweisen, so würde es mich bekümmern, demselben einen so edlen Paten gewählt zu haben, und ich würde aus Furcht vor einer gleich schlechten Ernte einen so unfruchtbaren Boden niemals wieder beackern. Ich überlasse es Ew. Gnaden zur Prüfung und Ew. Gnaden selbst der Zufriedenheit Ihres Herzens, von der ich wünsche, daß sie stets Ihrem eigenen Wunsche und der hoffnungsvollen Erwartung der Welt entsprechen möge.

Euer Gnaden ergebenster

William Shakespeare

Even as the sun with purple-colour'd face
Had ta'en his last leave of the weeping morn,
Rose-cheek'd Adonis hied him to the chase;
Hunting he lov'd, but love he laugh'd to scorn.
  Sick-thoughted Venus makes amain unto him,
  And like a bold-fac'd suitor 'gins to woo him.

"Thrice fairer than myself", thus she began,
"The field's chief flower, sweet above compare,
Stain to all nymphs, more lovely than a man,
More white and red than doves or roses are;
  Nature that made thee, with herself at strife,
  Saith that the world hath ending with thy life.

Vouchsafe, thou wonder, to alight thy steed,
And rein his proud head to the saddle-bow;
If thou wilt deign this favour, for thy meed
A thousand honey secrets shalt thou know.
  Here come and sit, where never serpent hisses,
  And being set, I'll smother thee with kisses;

And yet not cloy thy lips with loath'd satiety,
But rather famish them amid their plenty,
Making them red and pale with fresh variety –
Ten kisses short as one, one long as twenty.
  A summer's day will seem an hour but short,
  Being wasted in such time-beguiling sport."

With this she seizeth on his sweating palm,
The precedent of pith and livelihood,
And, trembling in her passion, calls it balm,
Earth's sovereign salve to do a goddess good.
  Being so enrag'd, desire doth lend her force
  Courageously to pluck him from his horse.

Aus tränenvollen Morgenwolken lacht
Hervor das Purpurangesicht der Sonne.
Adonis geht ans Weidwerk; denn die Jagd
Ist seine Lust, sein Spott die Liebeswonne.
  Ihm nach eilt Venus, lodernd von Begehren,
  Ihm offen ihre Liebe zu erklären.

„Wie bist du schön! Die schönste Blume kann,
Ich selber kann mich nicht mit dir vergleichen,
Du Neid der Nymphen, Wunderbild von Mann,
Dem rote Rosen, weiße Tauben weichen;
  Dich schaffend schalt ihr eigenes Verschwenden
  Natur und sprach: mit ihm soll alles enden.

Steig ab von deinem Hengst, mein holder Knabe,
Den Zügel binde fest am Satteleisen,
Dann will ich dich, bereit zur Gegengabe,
In süß geheimen Künsten unterweisen.
  Hier setze dich, hier zischen keine Schlangen;
  Mit Küssen decken will ich deine Wangen.

Dein Mund befürchte keinen Überdruß;
Noch Mangel soll er in der Fülle fühlen,
Bald glühn von zwanzig Küsse langem Kuß,
Bald unter Zehntelsküßchen schnell verkühlen;
  Bewirken soll das süße Spiel der Minne,
  Daß stundenschnell der Sommertag verrinne.“

Ergriffen hat sie seine feuchte Hand
Und fühlt in ihr der Mannheit Mark und Kraft.
Ihr Bestes hat die Erde mir gesandt,
So denkt sie und erbebt vor Leidenschaft,
  Und Mut und Stärke leiht ihr die Begier,
  Ihn dreist herabzuziehn von seinem Tier.

Over one arm the lusty courser's rein,
Under her other was the tender boy,
Who blush'd and pouted in a dull disdain,
With leaden appetite, unapt to toy;
  She red and hot as coals of glowing fire,
  He red for shame, but frosty in desire.

The studded bridle on a ragged bough
Nimbly she fastens – O, how quick is love!
The steed is stalled up, and even now
To tie the rider she begins to prove:
  Backward she push'd him, as she would be thrust,
  And govern'd him in strength, though not in lust.

So soon was she along as he was down,
Each leaning on their elbows and their hips;
Now doth she stroke his cheek, now doth he frown,
And 'gins to chide, but soon she stops his lips,
  And kissing speaks, with lustful language broken:
  "If thou wilt chide, thy lips shall never open."

He burns with bashful shame; she with her tears
Doth quench the maiden burning of his cheeks;
Then with her windy sighs and golden hairs
To fan and blow them dry again she seeks.
  He saith she is immodest, blames her miss;
  What follows more she murders with a kiss.

Even as an empty eagle, sharp by fast,
Tires with her beak on feathers, flesh, and bone,
Shaking her wings, devouring all in haste,
Till either gorge be stuff'd, or prey be gone;
  Even so she kiss'd his brow, his cheek, his chin,
  And where she ends she doth anew begin.

Den Zügel um den linken Arm geschlungen,
Umfängt sie mit dem rechten ihre Beute,
Den allerliebsten, doch verblüfften Jungen,
Der schüchtern, rot und keuchend rückwärts scheute.
Von Lust erglüht ihr Antlitz kohlenheiß,
Seins nur von Scham, sein Herz ist kalt wie Eis.

Den schmucken Zügel hat die flinke Hand
Der Liebe rasch um einen Ast geknüpft,
Das Roß ist fest; nun sorgt sie, gleich gewandt,
Daß ihr der schöne Reiter nicht entschlüpft.
Sie ließe lieber sich von ihm besiegen
Und muß ihn selber rückwärts niederbiegen.

Sogleich den Platz an seiner Seite wählt
Im Rasen sie und streichelt seine Wangen;
Er grollt und murrt; doch eh die Lippe schmält,
Hat schon ein Kuß das Wort ihr abgefangen.
„Den Worten“, stammelt sie, „die mich verdrießen,
Muß ich sogleich die bösen Lippen schließen.“

Ihm flammt das Antlitz mädchenhaft erschrocken,
Sie netzt es kühl mit Tränen, die nur lächeln,
Um seufzend dann mit ihren goldnen Locken
Dies Naß von seinen Wangen fortzufächeln.
Er nennt sie dreist, er nennt sie unbescheiden,
Sie – küßt ihn, um sein Schelten abzuschneiden.

Dem Adler gleicht sie, der nach langem Fasten
Wild flatternd stillt des Hungers scharfe Pein
Und rasch den Raub, den seine Krallen faßten,
Hinunterschlingt mit Federn, Fleisch und Bein.
Sie küßt den Mund, die Stirn, die Augenlider,
Und wo sie aufhört, da beginnt sie wieder.

Forc'd to content, but never to obey,
Panting he lies and breatheth in her face;
She feedeth on the steam as on a prey,
And calls it heavenly moisture, air of grace,
  Wishing her cheeks were gardens full of flowers,
  So they were dew'd with such distilling showers.

Look how a bird lies tangled in a net,
So fasten'd in her arms Adonis lies;
Pure shame and aw'd resistance made him fret,
Which bred more beauty in his angry eyes.
  Rain added to a river that is rank
  Perforce will force it overflow the bank.

Still she entreats, and prettily entreats,
For to a pretty ear she tunes her tale;
Still is he sullen, still he lours and frets,
'Twixt crimson shame and anger ashy-pale;
  Being red, she loves him best; and being white,
  Her best is better'd with a more delight.

Look how he can, she cannot choose but love;
And by her fair immortal hand she swears
From his soft bosom never to remove
Till he take truce with her contending tears,
  Which long have rain'd, making her cheeks all wet;
  And one sweet kiss shall pay this countless debt.

Upon this promise did he raise his chin,
Like a dive-dapper peering through a wave,
Who, being look'd on, ducks as quickly in;
So offers he to give what she did crave;
  But when her lips were ready for his pay,
  He winks, and turns his lips another way.

Er muß es grollend und gezwungen leiden,
Er bläst ihr ins Gesicht und ringt nach Luft;
Sie scheint an seinem Atem sich zu weiden
Und nennt ihn Himmelstau und Balsamduft,
  Sie wünscht sich statt der Wangen Blütenauen,
  Mit diesem Hauch die Blumen zu betauen.

Dem Vogel ähnlich, den das Netz umstrickte,
Adonis in der Göttin Armen ruht;
Noch glänzender vor Zorn sein Auge blickte,
Noch schöner macht ihn seine scheue Wut.
  So wird ein voller Fluß nach Regenfällen
  Gewaltig über seine Ufer schwellen.

Sie fleht ihn an – ihr Flehen klingt so hold;
Denn seine Schönheit modelt ihren Ton,
Indessen er noch immer murrt und schmollt,
Bald blaß wie Schnee, bald rot wie Purpurmohn;
  Die Röte scheint am schönsten ihn zu schmücken,
  Doch wird er weiß, dann ist es zum Entzücken.

Gleichviel, er mag erröten, mag erbleichen,
Sie liebt ihn stets, sie hebt die Götterhand
Und schwört, von seinem Herzen nie zu weichen,
Bis er das Ziel der Tränen zugestand,
  Die lange schon von ihren Wimpern strahlen:
  Ein süßer Kuß soll diese Schuld bezahlen.

Das scheue Wasserhuhn, kaum aufgetaucht,
Geht schnell, sobald es jemand sieht, zu Grunde;
So kommt er, da sie diese List gebraucht,
Ihr schon entgegen mit gespitztem Munde –
  Kaum will sie von dem süßen Kelche nippen,
  So zuckt er blinzelnd und verbirgt die Lippen.

Never did passenger in summer's heat
More thirst for drink than she for this good turn:
Her help she sees, but help she cannot get;
She bathes in water, yet her fire must burn.
  "O, pity", 'gan she cry, "flint-hearted boy!
  'Tis but a kiss I beg; why art thou coy?

I have been wooed, as I entreat thee now,
Even by the stern and direful god of war,
Whose sinewy neck in battle ne'er did bow,
Who conquers where he comes in every jar;
  Yet hath he been my captive and my slave,
  And begg'd for that which thou unask'd shalt have.

Over my altars hath he hung his lance,
His batter'd shield, his uncontrolled crest,
And for my sake hath learn'd to sport and dance,
To toy, to wanton, dally, smile, and jest,
  Scorning his churlish drum and ensign red,
  Making my arms his field, his tent my bed.

Thus he that overrul'd I overswayed,
Leading him prisoner in a red-rose chain;
Strong-temper'd steel his stronger strength obeyed,
Yet was he servile to my coy disdain.
  O, be not proud, nor brag not of thy might,
  For mast'ring her that foil'd the god of fight!

Touch but my lips with those fair lips of thine;
Though mine be not so fair, yet are they red –
The kiss shall be thine own as well as mine.
What seest thou in the ground? Hold up thy head;
  Look in mine eyeballs; there thy beauty lies.
  Then why not lips on lips, since eyes in eyes?

Der Durst des Wandrers in der Mittagsglut
Ist nicht mit ihrem Lechzen zu vergleichen;
Sie badet in der heißersehnten Flut
Und kann sie mit dem Munde nicht erreichen.
  „O Knabe Kieselherz, sei nicht so spröde!
  Ich will nur einen Kuß – was bist du blöde!

Wie dir das meine, galt einst mir das Schmachten
Des wilden Mars, der nie den Nacken bog
Vor einem Feind, der sich ergötzt an Schlachten,
Aus jedem Streit hervor als Sieger zog.
  Er gab sich mir, um endlich zu erlangen,
  Was dir ich schenken will, als Sklav gefangen.

In meinen Tempel hängt' er seine Lanze,
Den beulenvollen Schild, den Siegeshelm,
Für mich ergab er sich dem Spiel, dem Tanze,
Dem eitlen Tand und ward ein loser Schelm;
  Der Bogenspanner ward ein Brustumspanner,
  Mein Bett sein Zelt, mein Nachtgewand sein Banner.

So wußt ich den, der alle Welt besiegt,
Mit meinen Rosenketten zu umflechten,
Die Kraft, vor der der stärkste Stahl sich biegt,
Durch meiner Launen Sprödigkeit zu knechten.
  Nicht stolzem Übermut gib du dich hin,
  Weil du besiegtest seine Siegerin.

Berühre nur mit deinen Lippen meine,
Rot sind auch sie, obschon nicht ganz so reizend,
Der Kuß ist dann der meine wie der deine.
Was schaust du nieder, mit den Augen geizend?
  Wie meine Augen deine Schönheit spiegeln,
  Laß deinen Mund sich in den meinen siegeln.

Art thou asham'd to kiss? Then wink again,
And I will wink; so shall the day seem night.
Love keeps his revels where there are but twain;
Be bold to play; our sport is not in sight.
These blue-vein'd violets whereon we lean
Never can blab, nor know not what we mean.

The tender spring upon thy tempting lip
Shows thee unripe; yet mayst thou well be tasted.
Make use of time, let not advantage slip;
Beauty within itself should not be wasted.
Fair flowers that are not gather'd in their prime
Rot and consume themselves in little time.

Were I hard-favour'd, foul, or wrinkled-old,
Ill-nurtur'd, crooked, churlish, harsh in voice,
O'er-worn, despised, rheumatic, and cold,
Thick-sighted, barren, lean, and lacking juice,
Then mightst thou pause, for then I were not for thee;
But having no defects, why dost abhor me?

Thou canst not see one wrinkle in my brow;
Mine eyes are grey, and bright, and quick in turning;
My beauty as the spring doth yearly grow,
My flesh is soft and plump, my marrow burning;
My smooth moist hand, were it with thy hand felt,
Would in thy palm dissolve or seem to melt.

Bid me discourse, I will enchant thine ear,
Or, like a fairy, trip upon the green,
Or, like a nymph, with long dishevelled hair,
Dance on the sands, and yet no footing seen.
Love is a spirit all compact of fire,
Not gross to sink, but light, and will aspire.

Du schämst dich? – Tu, wie wenn du schliefst; ich schlage
Mein Auge nieder – dann umgibt uns Nacht.
Die Liebe hält zu zweit nur ihr Gelage –
So sei doch dreist – wir scherzen unbewacht;
  Die Veilchen hier im Rasen, wo wir ruhn,
  Sind stumm und ahnen schwerlich, was wir tun.

Der Flaum auf deiner Lippe nennt dich zwar
Noch unreif, doch schon angenehm zum Kosten;
Nimm doch die Zeit, nimm deinen Vorteil wahr,
Die Schönheit soll nicht in sich selbst verrosten.
  Man pflückt zur Zeit der höchsten Wohlgestalt
  Die Blumen ab, denn sie verwelken bald.

Ich bin ja nicht vergilbt und mißgestaltet,
Verwachsen, plump, engbrüstig oder heiser;
Das Alter hat mein Antlitz nicht gefaltet,
Noch bin ich saftlos wie verdorrte Reiser.
  Ich würde dann zu dir mitnichten passen;
  Doch ich bin makellos – weshalb mich hassen?

Ein Fältchen zeigt dir meine Stirne schwerlich,
Mein blaues Auge funkelt strahlenreich,
Mein Reiz erneut sich wie der Frühling jährlich,
Mein Mark ist heiß, mein Fleisch ist voll und weich,
  Und nimmst du meine Hände in die deinen,
  So werden sie dir feucht zu schmelzen scheinen.

Mein Plaudern soll dein lauschend Ohr entzücken,
Die Locken lösend, schweb ich auf der Flur
Im Feenschritt, und meine Sohlen drücken
Im grünen Gras, im Sande keine Spur,
  Weil gleich den Flammen, überirdisch leicht,
  Der Liebe Feuergeist nach oben steigt.

Witness this primrose bank whereon I lie:
These forceless flowers like sturdy trees support me;
Two strengthless doves will draw me through the sky
From morn till night, even where I list to sport me.
  Is love so light, sweet boy, and may it be
  That thou should think it heavy unto thee?

Is thine own heart to thine own face affected?
Can thy right hand seize love upon thy left?
Then woo thyself, be of thyself rejected;
Steal thine own freedom, and complain on theft.
  Narcissus so himself himself forsook,
  And died to kiss his shadow in the brook.

Torches are made to light, jewels to wear,
Dainties to taste, fresh beauty for the use,
Herbs for their smell, and sappy plants to bear:
Things growing to themselves are growth's abuse.
  Seeds spring from seeds, and beauty breedeth beauty;
  Thou wast begot – to get it is thy duty.

Upon the earth's increase why shouldst thou feed,
Unless the earth with thy increase be fed?
By law of nature thou art bound to breed,
That thine may live when thou thyself art dead;
  And so in spite of death thou dost survive,
  In that thy likeness still is left alive."

By this the love-sick queen began to sweat,
For where they lay the shadow had forsook them,
And Titan, tired in the mid-day heat,
With burning eye did hotly overlook them;
  Wishing Adonis had his team to guide,
  So he were like him, and by Venus' side.

Sieh, diese Primeln stützen meine Hüfte,
Und keine biegt sich unter meiner Last;
Zwei schwache Tauben ziehn mich durch die Lüfte
Vom frühen Morgen bis zur Abendrast. –
  Kann Liebe dir, du süßer Knabe, schaden?
  Sie ist so leicht, sie wird dich nicht beladen.

Hat dein Gesicht dir selbst den Kopf verdreht?
Kann deine rechte Hand die linke lieben?
So wirb um dich, sei von dir selbst verschmäht,
Dir selbst die Freiheit stehlend, sprich von Dieben;
  So sprang Narziß verliebt sich selber nach
  Und sank, sein Bild zu küssen, in den Bach.

Die Fackel scheine, und die Perle schmücke,
Die frische Schönheit labe mit Genuß,
Es trägt der Baum, daß man die Früchte pflücke;
Was nur für sich ist, das ist Überfluß.
  Der Same keimt, die Schönheit treibe Sprossen –
  Du bist erzeugt – was hältst du dich verschlossen?

Wie darfst du dich vom Erdenwachstum nähren,
Wenn du der Erde keine Früchte trägst?
Du bist geboren – laß dich fort gebären
Und lebe, wenn du dich zum Sterben legst;
  Denn erbt ein Ebenbild von dir die Züge,
  So wird des Todes Macht an dir zur Lüge."

Die Liebeskönigin fing an zu schwitzen,
Denn ihren Ruheplatz verließ der Schatten;
Voll Eifersucht begann herabzublitzen
Der Sonnengott auf diese Blumenmatten;
  Er wünscht, Adonis lenkte seine Rosse,
  Er selber wäre Cyprias Genosse.

And now Adonis, with a lazy spright,
And with a heavy, dark, disliking eye,
His louring brows o'erwhelming his fair sight,
Like mistry vapours when they blot the sky,
  Souring his cheeks, cries: "Fie, no more of love!
  The sun doth burn my face; I must remove."

"Ay me", quoth Venus, "young, and so unkind!
What bare excuses mak'st thou to be gone!
I'll sigh celestial breath, whose gentle wind
Shall cool the heat of this descending sun;
  I'll make a shadow for thee of my hairs;
  If they burn too, I'll quench them with my tears.

The sun that shines from heaven shines but warm,
And lo, I lie between that sun and thee;
The heat I have from thence doth little harm;
Thine eye darts forth the fire that burneth me;
  And were I not immortal, life were done
  Between this heavenly and earthly sun.

Art thou obdurate, flinty, hard as steel?
Nay, more than flint, for stone at rain relenteth.
Art thou a woman's son, and canst not feel
What 'tis to love? how want of love tormenteth?
  O, had thy mother borne so hard a mind,
  She had not brought forth thee, but died unkind!

What am I, that thou shouldst contemn me this?
Or what great danger dwells upon my suit?
What were thy lips the worse for one poor kiss?
Speak, fair; but speak fair words, or else be mute.
  Give me one kiss; I'll give it thee again,
  And one for int'rest, if thou wilt have twain.

Wie, wenn der Himmel sich in Wolken hüllt,
Die Sonne taucht in eine Nebelschicht,
So ward Adonis finster; Trotz erfüllt
Den hellen Blick und trübt sein Angesicht.
„Pfui", ruft er aus, „kein weiter Liebeswort –
Die Sonne brennt so heiß – nun muß ich fort."

„Du bist so jung, und doch so hart gesinnt?"
Versetzt die Göttin. „Willst du wirklich scheiden?
Mein Götteratem soll als kühler Wind
Die Spitzen stumpf den Sonnenstrahlen schneiden;
Ich will mein Haar als Schirm dazwischenhängen
Und dich mit meinen Tränen kühl besprengen.

Die Sonne scheint ja doch nur eben warm,
Ich liege zwischen dir und ihren Strahlen,
Ihr Licht empfind ich als den kleinsten Harm,
Dein Blick entzündet mich mit andern Qualen;
Ich wäre, sterblich, lange schon zerronnen
Von diesen Doppelgluten zweier Sonnen.

Bist du denn wirklich hart wie Stahl und Stein?
Ja härter noch – denn diesen höhlt der Regen.
Du bist ein Weibersohn – kann dich die Pein
Der unerhörten Liebe nicht bewegen?
So hart wie du war deine Mutter schwerlich,
Sonst wäre mir dein Dasein unerklärlich.

Bin ich dir nichts, du störrischer Verächter?
Du denkst wohl, meine Liebe bringt dich um?
Macht deinen Mund ein armes Küßchen schlechter?
Sprich, Holder – aber hold – sonst bleibe stumm;
Gib mir den Kuß, daß mit dem Kapitale
Ich dir als Zins noch einen zweiten zahle.

Fie, lifeless picture, cold and senseless stone,
Well-painted idol, image dull and dead,
Statue contenting but the eye alone,
Thing like a man, but of no woman bred!
   Thou art no man, though of a man's complexion,
   For men will kiss even by their own direction."

This said, impatience chokes her pleading tongue,
And swelling passion doth provoke a pause;
Red cheeks and fiery eyes blaze forth her wrong;
Being judge in love, she cannot right her cause;
   And now she weeps, and now she fain would speak,
   And now her sobs do her intendments break.

Sometime she shakes her head, and then his hand;
Now gazeth she on him, now on the ground;
Sometime her arms infold him like a band;
She would, he will not in her arms be bound;
   And when from thence he struggles to be gone,
   She locks her lily fingers one in one.

"Fondling", she saith, "since I have hemm'd thee here
Within the circuit of this ivory pale,
I'll be a park, and thou shalt be my deer;
Feed where thou wilt, on mountain or in dale;
   Graze on my lips; and if those hills be dry,
   Stray lower, where the pleasant fountains lie.

Within this limit is relief enough,
Sweet bottom-grass, and high delightful plain,
Round rising hillocks, brakes obscure and rough,
To shelter thee from tempest and from rain;
   Then be my deer, since I am such a park;
   No dog shall rouse thee, though a thousand bark."

Pfui, totes Bild, empfindungsleerer Stein!
Ein Götze bist du, bunt, doch regungslos,
Ein schöner Marmor für den Augenschein.
Du bist kein Mann, dich trug kein Weib im Schoß,
  Du scheinst es nur, denn echte Männer müssen
  Ein schönes Weib aus eignem Antrieb küssen."

Die Zung, ihr Anwalt, kommt in Leidenschaft
Und bricht die Rede ab vor Ungeduld;
Die Richterin ist selbst in Liebeshaft,
Das Auge blitzt, die Wange glüht von Schuld;
  Sie möchte sprechen, doch die Tränen rinnen,
  Und seufzend bleibt sie stecken im Beginnen.

Sie schüttelt bald ihr Haupt, bald seine Hand,
Muß bald auf ihn, bald vor sich niederblicken;
Die Arme schlingt sie wie ein weißes Band
Um ihn herum – er läßt sich nicht umstricken,
  Und wenn er ihr entschlüpft gleich einem Ringer,
  Krampft sie zusammen ihre Lilienfinger.

„Mein Schatz, mit diesem Zaun von Elfenbein
Umheg ich dich und hindre deine Flucht,
Du sollst der Hirsch in meinem Wildpark sein,
Sollst äsen auf den Höhn, in tiefer Schlucht;
  Erst grase diese Lippenhügel kahl,
  Dann lösche deinen Durst im Quellental.

Das freiste Spiel in diesem Raum gestatt ich,
Da kannst du dich an süßer Weide pflegen;
Gewölbte Hügel, Büsche, dicht und schattig,
Beschirmen dich vor jedem Sturm und Regen;
  Ja, sei der Hirsch auf diesem Weidegrunde,
  Da stört dich nirgends das Gebell der Hunde."

At this Adonis smiles as in disdain,
That in each cheek appears a pretty dimple.
Love made those hollows, if himself were slain,
He might be buried in a tomb so simple;
Foreknowing well, if there he came to lie,
Why, there Love liv'd and there he could not die.

These lovely caves, these round enchanting pits,
Open'd their mouths to swallow Venus' liking.
Being mad before, how doth she now for wits?
Struck dead at first, what needs a second striking?
Poor queen of love, in thine own law forlorn,
To love a cheek that smiles at thee in scorn!

Now which way shall she turn? What shall she say?
Her words are done, her woes the more increasing;
The time is spent, her object will away,
And from her twining arms doth urge releasing.
"Pity!" she cries. "Some favour, some remorse!"
Away he springs, and hasteth to his horse.

But, lo, from forth a copse that neighbours by,
A breeding jennet, lusty, young, and proud,
Adonis' trampling courser doth espy,
And forth she rushes, snorts, and neighs aloud;
The strong-neck'd steed, being tied unto a tree,
Breaketh his rein, and to her straight goes he.

Imperiously he leaps, he neighs, he bounds,
And now his woven girths he breaks asunder;
The bearing earth with his hard hoof he wounds,
Whose hollow womb resounds like heaven's thunder;
The iron bit he crusheth 'tween his teeth,
Controlling what he was controlled with.

Doch spöttisch lacht hierzu der schöne Knabe,
Daß ihm ein Grübchen beide Wangen ziert,
Das ganz gewiß die Liebe selbst zum Grabe
Sich wählt, wenn sie das Leben einst verliert.
  Sie wüßte wohl, sich diese Gruft erwerben,
  Drin Liebe lebt, das hieße niemals sterben.

Bezaubert muß in dieses Höhlenpaar
Hinab der Sinn der Liebesgöttin gleiten.
Sie, die betäubt vom ersten Schlage war,
Wozu bedarf sie jetzt noch dieses zweiten?
  Ach, nur ihr eigenes Gesetz umstrickt sie:
  Ein Lächeln der Verachtung selbst entzückt sie.

Was soll sie weiter sagen, was beginnen?
Das Wort verstummt, ihr Leid ist doppelt groß;
Die Zeit verstrich, nun will auch er von hinnen
Und windet sich aus ihren Armen los.
  „Ein freundlich Wort nur, eine Gunstgebärde!"
  So ruft sie, doch er springt zu seinem Pferde.

Doch sieh, im nahen Waldesdickicht wittert
Adonis' Renner eine Stute längst;
Er bäumt sich, schnaubt, er wiehert, stampft und zittert,
Entgegen eilt die Stute schon dem Hengst.
  Nun sieht er sie – gefesselt an den Baum,
  Erhebt er sich und reißt entzwei den Zaum.

Stolz schwingt er sich empor zu weiten Sätzen,
Ein mächtig Wiehern ist sein Liebesruf,
Zur Seite fliegt der Sattelgurt in Fetzen,
Die Erde dröhnt von seinem harten Huf;
  Er zwingt, womit die Menschen ihn bezwangen,
  Sein Zahn zerknirscht den Stahl der Zügelstangen.

His ears up-prick'd; his braided hanging mane
Upon his compass'd crest now stand on end;
His nostrils drink the air, and forth again,
As from a furnace, vapours doth he send;
  His eye, which scornfully glisters like fire,
  Shows his hot courage and his high desire.

Sometime he trots, as if he told the steps,
With gentle majesty and modest pride;
Anon he rears upright, curvets, and leaps,
As who should say: "Lo, thus my strength is tried,
  And this I do to captivate the eye
  Of the fair breeder that is standing by."

What recketh he his rider's angry stir,
His flattering "Holla" or his "Stand, I say"?
What cares he now for curb, or pricking spur?
For rich caparisons, or trapping gay?
  He sees his love, and nothing else he sees,
  Nor nothing else with his proud sight agrees.

Look when a painter would surpass the life
In limning out a well-proportioned steed,
His art with nature's workmanship at strife,
As if the dead the living should exceed;
  So did this horse excel a common one
  In shape, in courage, colour, pace, and bone.

Round-hoof'd, short-jointed, fetlocks shag and long,
Broad breast, full eye, small head, and nostril wide,
High crest, short ears, straight legs and passing strong,
Thin mane, thick tail, broad buttock, tender hide;
  Look, what a horse should have he did not lack,
  Save a proud rider on so proud a back.

Er spitzt das Ohr; die glattgekämmte Mähne
Des krummen Halses sträubt sich starr empor,
Die Nüstern bilden eine Rauchfontäne
Und blasen Dämpfe wie ein Ofenrohr,
  Die Augen sprühen wilde Zornesfunken,
  Er ist von Mut und von Verlangen trunken.

Bald trabt er, stolz auf seine Zierlichkeit,
Als ob er jeden seiner Schritte mäße,
Bald bäumt er sich zu Sätzen klafterweit,
Als frűg er, wer wohl solche Kraft besäße.
  Was ist bei diesem ganzen Spiel sein Sinnen?
  Die Gunst der schönen Stute zu gewinnen.

Was kümmert jetzt ihn seines Reiters Zorn,
Sein Schmeichelruf, sein Holla oder Halt;
Was fragt er jetzt nach Stangenzaum und Sporn,
Nach buntem Schmuck für seine Wohlgestalt?
  Die Buhle sieht er, die er heiß begehrt,
  Denn weiter scheint ihm nichts mehr sehenswert.

Ein Maler wagt mit seiner Meisterschaft
Wohl über die Natur hinauszustreben
Und malt ein Pferd, so ganz untadelhaft,
Wie nirgends eins gefunden wird im Leben;
  Hier hat Natur nach gleichem Ziel gerungen,
  Das Pferdemuster selbst ist ihr gelungen.

Huf rundlich; Köten lang und haarbedeckt;
Groß Aug und Nüster, zierlich Kopf und Ohren;
Kamm hoch; Brust voll; Kreuz breit; Gang weit gestreckt;
Schweif buschig; Hauthaar sammetkurz geschoren:
  Kein Merkmal fehlt, und man vermißt nichts weiter
  Als auf dem stolzen Hengst den stolzen Reiter.

Sometime he scunds far off, and there he stares;
Anon he starts at stirring of a feather;
To bid the wind a base he now prepares,
And whe'r he run or fly they know not whether;
For through his mane and tail the high wind sings,
Fanning the hairs, who wave like feather'd wings.

He looks upon his love and neighs unto her;
She answers him as if she knew his mind;
Being proud, as females are, to see him woo her,
She puts on outward strangeness, seems unkind,
Spurns at his love, and scorns the heat he feels,
Beating his kind embracements with her heels.

Then, like a melancholy malcontent,
He vails his tail, that, like a falling plume,
Cool shadow to his melting buttock lent;
He stamps, and bites the poor flies in his fume.
His love, perceiving how he was enrag'd,
Grew kinder, and his fury was assuag'd.

His testy master goeth about to take him,
When, lo, the unback'd breeder, full of fear,
Jealous of catching, swiftly doth forsake him,
With her the horse, and left Adonis there.
As they were mad, unto the wood they hie them,
Out-stripping crows that strive to overfly them.

All swol'n with chafing, down Adonis sits,
Banning his boist'rous and unruly beast;
And now the happy season once more fits
That love-sick Love by pleading may be blest;
For lovers say the heart hath treble wrong,
When it is barr'd the aidance of the tongue.

Jetzt schießt er fort, jetzt steht er lauschend still,
Jetzt kracht ein trockner Zweig und schreckt ihn auf;
Als ob er mit dem Winde wetten will,
Kehrt er zurück, es ist mehr Flug als Lauf,
  Daß in den Lüften flatternd Schweif und Mähnen
  Den Flügelfedern eines Vogels ähnen.

Er blickt auf sie und wiehert ihr entgegen,
Ihr Wiehern sagt, sie wisse, was er meine,
Doch spröde tut sie noch, wie Weiber pflegen,
Und zeigt ihm neckisch ihre Hinterbeine.
  Sie spottet sein: bald scheint sie ihn zu rufen,
  Bald, wird er zärtlich, droht sie mit den Hufen.

Das scheint ihn zu verstimmen und ermatten;
Gleich einem Federbusch sich seitwärts biegen
Läßt er den Schweif, die Lende kühl beschatten,
Und stampft und beißt in seinem Grimm nach – Fliegen;
  Sie sieht ihn toben, ihre Neigung regt sich,
  Ihr Sträuben schwindet, seine Wildheit legt sich.

Da kommt sein Herr und denkt ihn einzufangen;
Kaum aber nimmt die Stute diesen wahr,
So reißt sie vor ihm aus, und durchgegangen
Ist auch der Hengst. Adonis sieht das Paar
  Im Lauf den Flug der Krähen überwinden,
  Die mit ihm ziehn, und fern im Wald verschwinden.

Er setzt sich matt und außer Atem nieder
Und murmelt vor sich hin: „Verwünschtes Tier."
Doch hoffen darf die Liebesgöttin wieder
Und Worte leihn der flammenden Begier.
  Denn dreifach, sagt man, sei der Liebe Gram,
  Wenn harter Zwang ihr auch das Wort benahm.

An oven that is stopp'd, or river stay'd,
Burneth more hotly, swelleth with more rage;
So of concealed sorrow may be said:
Free vent of words love's fire doth assuage;
But when the heart's attorney once is mute,
The client breaks, as desperate in his suit.

He sees her coming, and begins to glow,
Even as a dying coal revives with wind,
And with his bonnet hides his angry brow,
Looks on the dull earth with disturbed mind,
Taking no notice that she is so nigh,
For all askance he holds her in his eye.

O what a sight it was, wistly to view
How she came stealing to the wayward boy!
To note the fighting conflict of her hue!
How white and red each other did destroy!
But now her cheek was pale, and by and by
It flash'd forth fire, as lightning from the sky.

Now was she just before him as he sat,
And like a lowly lover down she kneels;
With one fair hand she heaveth up his hat,
Her other tender hand his fair cheek feels;
His tend'rer cheek receives her soft hand's print
As apt as new-fall'n snow takes any dint.

O, what a war of looks was then between them,
Her eyes, petitioners, to his eyes suing;
His eyes saw her eyes as they had not seen them;
Her eyes woo'd still, his eyes disdain'd the wooing;
And all this dumb play had his acts made plain
With tears which chorus-like her eyes did rain.

Gedämmte Ströme schwellen wilder an,
Verschloßne Öfen doppelt heiß erglühn;
So steigt der Kummer durch des Schweigens Bann,
Und Worte lindern unsre Liebesmühn;
  Doch wird der Mund, des Herzens Anwalt, stumm,
  So kommt sein Schützling vor Verzweiflung um.

Er sieht sie kommen und beginnt zu glühn,
Wie fast verglimmte Kohlen, wenn wir blasen,
Sucht sich die Mütze ins Gesicht zu ziehn
Und schaut verlegen vor sich auf den Rasen,
  Als ob er nicht auf ihre Nähe achtet,
  Obgleich sein Auge schielend sie betrachtet.

Ein köstlich Bild! Sie nähert sich verstohlen
Mit leichtem Schritt dem täppisch blöden Knaben;
Jetzt flammt ihr Angesicht wie rote Kohlen,
Jetzt liegt die Röte unter Schnee begraben;
  Es spielt ein Wechselsturm auf ihren Wangen,
  Schon haben sie zu blitzen angefangen.

Nun steht sie, wo Adonis sitzend ruht,
Nun kniet sie nieder schwärmerischerweise;
Die holde Rechte lüftet seinen Hut,
Die Linke streichelt seine Wange leise,
  Die rasch ein Bild von jedem Finger trägt,
  Wie jede Spur in frischen Schnee sich prägt.

Die beiden führen einen Krieg mit Blicken;
So hat er ihre Augen nie gesehn,
Und eine Regung strebt er zu ersticken,
Sich endlich hinzugeben ihrem Flehn;
  Auf ihre Wimpern tritt ein Tränenregen,
  Als Chor die stumme Handlung auszulegen.

Full gently now she takes him by the hand,
A lily prison'd in a gaol of snow,
Or ivory in an alabaster band;
So white a friend engirts so white a foe.
  This beauteous combat, wilful and unwilling,
  Showed like two silver doves that sit a-billing.

Once more the engine of her thoughts began:
"O fairest mover on this mortal round,
Would thou wert as I am, and I a man,
My heart all whole as thine, thy heart my wound!
  For one sweet look thy help I would assure thee,
  Though nothing but my body's bane would cure thee."

"Give me my hand", saith he. "Why dost thou feel it?"
"Give me my heart", saith she, "and thou shalt have it.
O, give it me, lest thy hard heart do steel it,
And being steel'd, soft sighs can never grave it;
  Then love's deep groans I never shall regard,
  Because Adonis' heart hath made mine hard."

"For shame", he cries, "let go, and let me go;
My day's delight is past, my horse is gone,
And 'tis your fault I am bereft him so.
I pray you hence, and leave me here alone;
  For all my mind, my thought, my busy care,
  Is how to get my palfrey from the mare."

Thus she replies: "Thy palfrey, as he should,
Welcomes the warm approach of sweet desire.
Affection is a coal that must be cool'd;
Else, suffer'd, it will set the heart on fire.
  The sea hath bounds, but deep desire hath none,
  Therefore no marvel though thy horse be gone.

Voll Zärtlichkeit ergreift sie seine Hand,
Daß schneeumschlossen diese Lilie scheint,
Ein Elfenbein mit Alabasterrand,
Ein weißer Freund umfaßt vom weißen Feind;
Sie hält sie fest – er will es nicht erlauben –
So schnäbeln sich zwei silberweiße Tauben.

Ihr Denkwerk hebt zu spielen wieder an:
„Du schönster Pilger auf dem Erdenrund,
Wärst du doch ich und ich statt deiner Mann,
Ich herzensheil wie du, du herzenswund –
Ein Blick von dir, so heilt ich deine Qualen,
Und müßt ich's auch mit meinem Leben zahlen."

„Laß los die Hand! Wozu sie so befühlen?"
„Laß los mein Herz, dann will ich's dir versprechen;
Deins würde meins zu hartem Stahl verkühlen;
Kein weicher Seufzer könnte Bilder stechen
  In diesen Stahl, und unerwidert bliebe
  Durch dich hinfort der Sehnsuchtsruf der Liebe."

„Pfui, schäme dich! Die Hand und mich laß frei!
Mein Pferd ist fort; es ist für heut mit Jagen
Und aller Lust durch deine Schuld vorbei;
Laß mich allein, hör auf, mich hier zu plagen.
Dies ist das einzige, was ich begehre:
Erlöse meinen Hengst von jener Mähre."

„Dein Hengst erfüllt, was die Natur bestimmt,
Und weiß der Lust Gelegenheit zu schätzen;
Wenn ungelöscht der Neigung Kohle glimmt,
Muß sie das ganze Herz in Brand versetzen.
  Ein Ufer hat das Meer, keins das Verlangen,
  Kein Wunder, daß dein Renner durchgegangen.

How like a jade he stood, tied to the tree,
Servilely master'd with a leathern rein!
But when he saw his love, his youth's fair fee,
He held such petty bondage in disdain,
  Throwing the base thong from his bending crest,
  Enfranchising his mouth, his back, his breast.

Who sees his true-love in her naked bed,
Teaching the sheets a whiter hue than white,
But, when his glutton eye so full hath fed,
His other agents aim at like delight?
  Who is so faint that dares not be so bold
  To touch the fire, the weather being cold?

Let me excuse thy courser, gentle boy;
And learn of him, I heartily beseech thee,
To take advantage on presented joy;
Though I were dumb, yet his proceedings teach thee.
  O, learn to love! The lesson is but plain,
  And once made perfect never lost again."

"I know not love", quoth he, "nor will not know it,
Unless it be a boar, and then I chase it.
'Tis much to borrow, and I will not owe it.
My love to love is love but to disgrace it;
  For I have heard it is a life in death,
  That laughs, and weeps, and all but with a breath.

Who wears a garment shapeless and unfinish'd?
Who plucks the bud before one leaf put forth?
If springing things be any jot diminish'd,
They wither in their prime, prove nothing worth.
  The colt that's back'd and burden'd being young
  Loseth his pride and never waxeth strong.

Gleich einem Klepper stand er dort am Baum,
Mit Lederfesseln wie ein Sklav gebunden;
Die Buhle schauend, hat er seinen Zaum
Als unerträglich harte Schmach empfunden;
  In Fetzen warf er ihn zur Erde nieder
  Und regt' in stolzer Freiheit seine Glieder.

Wer sieht im Bett sein Liebchen unverhüllt
Noch weißer schimmern als das weiße Linnen
Und trachtet nicht, wenn sich sein Blick gefüllt,
Nach gleicher Lust mit allen seinen Sinnen?
  Wer ist so zaghaft, daß er nicht im Kalten
  Die Hände wagt hart an den Herd zu halten?

Du sollst verzeihn und – lernen, süßer Knabe,
Von deinem Hengst, ich bitte dich darum.
Genieße gern die dargebotne Gabe,
Das lehrt' er, blieb auch meine Lippe stumm.
  Ja, lerne lieben. Dieser Unterricht
  Ist leicht. Wer's einmal kann, verlernt es nicht."

„Von Liebe weiß ich, will ich auch nichts wissen,
Sie müßte denn ein Eber sein und hetzbar.
Wer liebt, der muß; ich aber mag nicht müssen;
Als Ziel des Spotts nur dünkt mir Liebe schätzbar.
  Sie soll ein Sterben sein, das Leben scheint
  Und in demselben Atem lacht und weint.

Wer trüge wohl ein halbgenähtes Kleid,
Wer pflückt die Knospen, die sich noch nicht färben?
Nimm dem, was sproßt, nur eine Kleinigkeit,
So wird's im Lenz schon welken und verderben.
  Wenn man ein Füllen reitet und beschwert,
  So wird aus ihm ein schlechtes, schwaches Pferd.

You hurt my hand with wringing; let us part,
And leave this idle theme, this bootless chat;
Remove your siege from my unyielding heart;
To love's alarms it will not ope the gate.
Dismiss your vows, your feigned tears, your flatt'ry;
For where a heart is hard they make no batt'ry."

"What! canst thou talk?" quoth she. "Hast thou a tongue?
O, would thou hadst not, or I had no hearing!
Thy mermaid's voice hath done me double wrong;
I had my load before, now press'd with bearing:
Melodious discord, heavenly tune harsh-sounding,
Ear's deep-sweet music, and heart's deep-sore wounding.

Had I no eyes, but ears, my ears would love
That inward beauty and invisible;
Or were I deaf, thy outward parts would move
Each part in me that were but sensible.
Though neither eyes nor ears, to hear nor see,
Yet should I be in love by touching thee.

Say that the sense of feeling were bereft me,
And that I could not see, nor hear, nor touch,
And nothing but the very smell were left me,
Yet would my love to thee be still as much;
For from the stillitory of thy face excelling
Comes breath perfum'd, that breedeth love by smelling.

But, o, what banquet wert thou to the taste,
Being nurse and feeder of the other four!
Would they not wish the feast might ever last,
And bid Suspicion double-lock the door,
Lest Jealousy, that sour unwelcome guest,
Should, by his stealing in, disturb the feast?"

Au! Laß mich los! – Nun müssen wir uns trennen,
Dein Plaudern findet doch nur taube Ohren.
Wozu mein Herz noch länger so berennen?
Du schlägst umsonst Alarm vor seinen Toren;
  Dein Schmeichelwort, dein falscher Tränenregen
  Wird nie den harten Wall in Bresche legen."

„Auch reden kannst du? Dacht ich doch, dir fehle
Die Zunge! – Hätt ich lieber keine Ohren;
Denn beim Sirenenton aus deiner Kehle
Geht ganz und gar mein armes Herz verloren;
  Ach, böse Worte, die mich grausam höhnen,
  Vernahm ich zwischen süßen Himmelstönen.

Erblindet, würd ich deine unsichtbare
Inwend'ge Schönheit mit den Ohren lieben,
Und wär ich taub – was tastend ich gewahre,
Erfüllte meine Brust mit gleichen Trieben;
  Ob taub und blind, der Wunsch, dich zu besitzen,
  Ergriffe mich durch meine Fingerspitzen.

Ja, wär ich blind und taub und obendrein
Auch in den Fingern ganz empfindungslos
Und hätte nur noch den Geruch allein,
Die Liebe wäre doch nicht minder groß,
  Weil die Retorte deiner Wangenhaut
  Berauschend feine Liebesdüfte braut.

Wie wonnig vollends wär es, dich zu schmecken,
Indes die andern Sinne mit genössen
Und, um die Tafel gar nicht abzudecken,
Die Tür durch ihren Diener Argwohn schlössen,
  Daß nicht der unwillkommenste der Gäste,
  Die Eifersucht, sie störe bei dem Feste."

Once more the ruby-colour'd portal open'd
Which to his speech did honey passage yield;
Like a red morn, that ever yet betoken'd
Wreck to the seaman, tempest to the field,
  Sorrow to shepherds, woe unto the birds,
  Gusts and foul flaws to herdmen and to herds.

This ill presage advisedly she marketh.
Even as the wind is hush'd before it raineth,
Or as the wolf doth grin before he barketh,
Or as the berry breaks before it staineth,
  Or like the deadly bullet of a gun,
  His meaning struck her ere his words begun.

And at his look she flatly falleth down,
For looks kill love, and love by looks reviveth;
A smile recures the wounding of a frown.
But blessed bankrupt that by love so thriveth!
  The silly boy, believing she is dead,
  Claps her pale cheek till clapping makes it red;

And all-amaz'd brake off his late intent,
For sharply he did think to reprehend her,
Which cunning love did wittily prevent.
Fair fall the wit that can so well defend her!
  For on the grass she lies as she were slain,
  Till his breath breatheth life in her again.

He wrings her nose, he strikes her on the cheeks,
He bends her fingers, holds her pulses hard,
He chafes her lips, a thousand ways he seeks
To mend the hurt that his unkindness marr'd;
  He kisses her; and she, by her good will,
  Will never rise, so he will kiss her still.

Er öffnet nochmals die Rubinenpforten,
Durch die sein Wort hervor wie Honig dringt,
Dem roten Morgen gleich, der allerorten
Dem Seemann Schiffbruch, Sturm dem Felde bringt,
  Dem Schäfer Not, den Vögeln viel Beschwerden
  Und Sturm und Guß den Hirten und den Herden.

Sie merkt sogleich dies böse Wetterzeichen;
Die Beere droht zu platzen und beflecken,
Bald regnet's, denn der Wind ist schon im Weichen,
Des Wolfs Geheul folgt rasch dem Zähneblecken;
  So weiß sie, was er meint, nur allzu gut,
  Obgleich im Laufe noch die Kugel ruht.

Sie sinkt wie tot vor seinem Blicke nieder;
Denn Liebe lebt und stirbt durch einen Blick,
Was Zorn verwundet, heilt ein Lächeln wieder,
Und Seligkeit wird dann das Mißgeschick.
  In seiner Einfalt hält er sie für tot,
  Klopft ihre Wangen, macht sie klopfend rot.

Wie rasch er nun in seiner Angst vergißt
Die schon beschlossene Beleidigung!
Dem Angriff kam der schlauen Liebe List
Zuvor mit glücklicher Verteidigung.
  Gleich einer Toten liegt sie auf dem Rasen,
  Er sucht ihr Atem, Leben einzublasen.

Wie zart er Nase, Wangen reibt und streichelt
Und fühlt, ob ihre Pulse nicht erwachen,
Die Lippen wärmt und freundlich kost und schmeichelt,
Um seine Härte wiedergutzumachen!
  Er küßt sie gar – und führ er fort zu küssen,
  Sie würde wahrlich liegen bleiben müssen.

The night of sorrow now is turn'd to day:
Her two blue windows faintly she upheaveth,
Like the fair sun when in his fresh array
He cheers the morn and all the earth relieveth;
  And as the bright sun glorifies the sky,
  So is her face illumin'd with her eye;

Whose beams upon his hairless face are fix'd,
As if from thence they borrowed all their shine.
Were never four such lamps together mix'd,
Had not his clouded with his brows' repine;
  But hers, which through the crystal tears gave light,
  Shone like the moon in water seen by night.

"O, where am I?" quoth she, "in earth or heaven,
Or in the ocean drench'd, or in the fire?
What hour is this? or morn, or weary even?
Do I delight to die, or life desire?
  But now I liv'd, and life was death's annoy;
  But now I died, and death was lively joy.

O, thou didst kill me! Kill me once again.
Thy eyes' shrewd tutor, that hard heart of thine,
Hath taught them scornful tricks, and such disdain
That they have murder'd this poor heart of mine;
  And these mine eyes, true leaders to their queen,
  But for thy piteous lips no more had seen.

Long may they kiss each other, for this cure!
O, never let their crimson liveries wear!
And as they last, their verdure still endure,
To drive infection from the dangerous year!
  That the star-gazers, having writ on death,
  May say the plague is banish'd by thy breath.

Der blauen Augenfenster Vorhang weicht,
Und ihres Kummers Nacht beginnt zu tagen,
Wie wenn die Sonne strahlenprangend steigt,
Den Erdkreis anzufüllen mit Behagen.
  Und wie der Sonnenstrahl das Himmelszelt,
  Ihr Augenpaar ihr Angesicht erhellt.

Es ruht auf seinem glatten Angesicht,
Als ob es diesem allen Glanz entborge.
Vier Augensterne paaren jetzt ihr Licht –
Die seinigen umwölkt noch bange Sorge,
  Indes ihr Glanzblick durch die Tränen schimmert,
  Wie nachts des Mondes Bild im Wasser flimmert.

„Bin ich im Himmel oder noch auf Erden,
Im Flammenäther oder tief im Meere?
Will's eben Morgen oder Abend werden?
Ist's Leben oder Tod, was ich begehre?
  Noch eben lebt ich – Tod war dieses Leben;
  Und eben starb ich – 's war ein Wonnebeben.

Du warst mein Mörder – oh, so sei es wieder!
Dein Auge blickte, weil dein Herz befahl,
So hart auf mich und voll Verachtung nieder,
Daß sich das meine wand in Todesqual.
  Mein Auge hätte nie mehr aufgeblickt,
  Doch deine Lippen haben mich erquickt.

Noch lange mögen sie einander küssen
Für diese Kur, in scharlachroter Tracht,
Unangewelkt von schädlichen Genüssen,
Bewahren ihre frische Frühlingspracht;
  Die Sternendeuter, die den Tod verschreiben,
  Behaupten dann, daß sie die Pest vertreiben.

Pure lips, sweet seals in my soft lips imprinted,
What bargains may I make, still to be sealing?
To sell myself I can be well contented,
So thou wilt buy, and pay, and use good dealing;
  Which purchase if thou make, for fear of slips
  Set thy seal-manual on my wax-red lips.

A thousand kisses buys my heart from me;
And pay them at thy leisure, one by one.
What is ten hundred touches unto thee?
Are they not quickly told, and quickly gone?
  Say for non-payment that the debt should double,
  Is twenty hundred kisses such a trouble?"

"Fair queen", quoth he, "if any love you owe me,
Measure my strangeness with my unripe years;
Before I know myself, seek not to know me;
No fisher but the ungrown fry forbears.
  The mellow plum doth fall, the green sticks fast,
  Or being early pluck'd is sour to taste.

Look, the world's comforter, with weary gait,
His day's hot task hath ended in the west;
The owl, night's herald, shrieks; 'tis very late;
The sheep are gone to fold, birds to their nest;
  And coal-black clouds that shadow heaven's light
  Do summon us to part and bid good night.

Now let me say good night, and so say you,
If you will say so, you shall have a kiss."
"Good night", quoth she; and, ere he says "adieu",
The honey fee of parting tender'd is:
  Her arms do lend his neck a sweet embrace;
  Incorporate then they seem; face grows to face.

Ihr süßes Siegel, meinen aufgedrückt,
Macht sie nach gleicher Ware nun begehrlich;
Mich selbst in Zahlung gäb ich hochbeglückt. –
So laß uns handeln, kauf und zahle ehrlich;
 Dein Eigentum zu sichern setze stracks
 Dein Petschaft auf mein Lippen-Siegelwachs.

Mein Herz ist dir für tausend Küsse feil,
Die Frist der Zahlung wähle nach Belieben;
Einhundert sind ja schon der zehnte Teil,
Und schneller noch gegeben als beschrieben;
 Doch säumst du mit der Zahlung gar zu sehr,
 So nehm ich Zögerzinsen, tausend mehr."

„Miß meine Schüchternheit, o Königin,
Wenn du mich liebst, nach meinen jungen Jahren.
Versuche nicht den arglos blöden Sinn! –
Die junge Brut wird jeder Fischer sparen.
 Von selber fällt die reife Frucht vom Baume,
 Und herbe schmeckt die grün gebrochne Pflaume.

Die Sonne hat vollendet ihre Bahn
Und ruht im Westen von des Tages Bürde,
Der Uhu meldet schon des Abends Nahn,
Der Vogel sucht das Nest, das Lamm die Hürde;
 Schon kommt die Nacht, in Wolken schwarz gekleidet,
 Und ruft uns zu: nun ist es Zeit, nun scheidet.

Ich sage gute Nacht; so sprich auch du,
Dann geb ich dir noch einen Kuß zum Lohn."
Sie flüstert: „Gute Nacht!" er: „Sanfte Ruh!"
Und ihre süße Löhnung hat sie schon;
 Die weichen Arme seinen Hals umschließen,
 Als wolle sie mit ihm in eins zerfließen.

Till, breathless, he disjoin'd, and backward drew
The heavenly moisture, that sweet coral mouth,
Whose precious taste her thirsty lips well knew,
Whereon they surfeit, yet complain on drouth.
He with her plenty press'd, she faint with dearth,
Their lips together glued, fall to the earth.

Now quick desire hath caught the yielding prey,
And glutton-like she feeds, yet never filleth;
Her lips are conquerors, his lips obey,
Paying what ransom the insulter willeth;
Whose vulture thought doth pitch the price so high
That she will draw his lips' rich treasure dry.

And having felt the sweetness of the spoil,
With blindfold fury she begins to forage;
Her face doth reek and smoke, her blood doth boil,
And careless lust stirs up a desperate courage;
Planting oblivion, beating reason back,
Forgetting shame's pure blush, and honour's wrack.

Hot, faint, and weary, with her hard embracing,
Like a wild bird being tam'd with too much handling,
Or as the fleet-foot roe that's tir'd with chasing,
Or like the froward infant still'd with dandling,
He now obeys and now no more resisteth,
While she takes all she can, not all she listeth.

What wax so frozen but dissolves with temp'ring,
And yields at last to every light impression?
Things out of hope are compass'd oft with vent'ring,
Chiefly in love, whose leave exceeds commission.
Affection faints not like a pale-fac'd coward,
But then woos best when most his choice is froward.

Jetzt hat er atemlos zurückgezogen
Den süßen Mund, von dem den Nektarkuß
Der Göttin brennend heiße Lippen sogen,
Denn hungrig schwelgt sie sich im Überfluß;
So, Mund an Mund geleimt, er wie betrunken,
Sie durstgepeinigt – sind sie hingesunken.

Begierde hält nun ihren Raub umflochten
Und schwelgt und schlingt, doch nimmer wird sie satt,
Mit Siegerlippen von den unterjochten
Tribut erpressend; er bezahlt ihn matt,
Es droht ihr geiermäßiges Begehren
Selbst seiner Lippen Reichtum aufzuzehren.

Mit solcher süßen Beute nicht zufrieden,
Beginnt sie jetzt in blinder Wut zu plündern;
Ihr Antlitz dampft, ihr Blut gerät ins Sieden,
Nichts kann den Sturmlauf ihrer Wollust hindern;
Vergessenheit muß ihr das Banner tragen,
Vernunft und Scham und Ehre fliehn geschlagen.

Ein flinkes Reh, ermüdet von der Jagd,
Ein wilder Vogel, endlich doch gekirrt,
Ein schreiend Kind, durch Wiegen stillgemacht,
Gehorcht er nun, ermattet und verwirrt
Von ihrer Glut, und fügt sich ihrem Willen,
Um ihr Verlangen – doch nur halb zu stillen.

Das Feuer kann den spröden Lack erweichen,
Dann schmiegt er sich in jegliches Gepräge;
Die tapfre Liebe kann ihr Ziel erreichen,
Und wenn es jenseits aller Hoffnung läge;
Je weiter, schwieriger der Weg zum Glück,
Um desto minder bebt sie feig zurück.

When he did frown, o, had she then gave over,
Such nectar from his lips she had not suck'd.
Foul words and frowns must not repel a lover;
What though the rose have prickles, yet 'tis pluck'd.
  Were beauty under twenty locks kept fast,
  Yet love breaks through and picks them all at last.

For pity now she can no more detain him;
The poor fool prays her that he may depart.
She is resolv'd no longer to restrain him;
Bids him farewell, and look well to her heart,
  The which, by Cupid's bow she doth protest,
  He carries thence incaged in his breast.

"Sweet boy", she says, "this night I'll waste in sorrow,
For my sick heart commands mine eyes to watch.
Tell me, love's master, shall we meet to-morrow?
Say, shall we? shall we? wilt thou make the match?"
  He tells her no; to-morrow he intends
  To hunt the boar with certain of his friends.

"The boar!" quoth she, whereat a sudden pale,
Like lawn being spread upon the blushing rose,
Usurps her cheek; she trembles at his tale,
And on his neck her yoking arms she throws;
  She sinketh down, still hanging by his neck,
  He on her belly falls, she on her back.

Now is she in the very lists of love,
Her champion mounted for the hot encounter.
All is imaginary she doth prove;
He will not manage her, although he mount her.
  That worse than Tantalus' is her annoy,
  To clip Elysium and to lack her joy.

Sie durfte nie den süßen Nektar schmecken,
Wenn sie gewichen einem Wort des Zornes;
Ein Blick, ein Laut soll nie die Liebe schrecken,
Man pflückt die Rose trotz des scharfen Dornes.
Die Schönheit unter zwanzig Schlösser lege,
Die Liebe bahnt sich dennoch ihre Wege.

Schon fleht der arme Tropf, ihn ziehn zu lassen;
Sie gibt ihm nach, ihr Mitleid ist erwacht,
Nicht länger soll ihn jetzt ihr Arm umfassen,
Und zärtlich flüsternd sagt sie: „Gute Nacht!
Du nimmst mein Herz mit; bei Cupidos Bogen,
Hinüber ist's in deine Brust gezogen.

Die Nacht, mein süßer Schatz, wird mir in Sorgen
Vergehn und eine schlummerlose sein.
Doch sage mir, wo treffen wir uns morgen?
Versprichst du mir ein zweites Stelldichein?"
Doch er verneint's; er hat mit den Genossen
Auf morgen eine Eberjagd beschlossen.

Kaum trifft dies Wort vom Eber ihre Ohren,
Als auch die roten Rosen ihrer Wangen
Mit weißem Schleier plötzlich sich umfloren;
Rasch hat sie wieder seinen Hals umfangen,
An seinem Nacken hängend, sinkt sie nieder
Auf ihren Rücken – er auf ihre Glieder.

So hält die Liebe nun erst recht Turnier,
Der Ritter steht zum Anlauf in den Bügeln,
So denkt sie – doch beim Denken bleibt es hier –,
Was fällt ihm ein, *sich*, statt sein Roß, zu zügeln?
Sie hält Elysium im Arm und muß
Entbehren, ärger noch als Tantalus.

Even as poor birds, deceiv'd with painted grapes,
Do surfeit by the eye and pine the maw;
Even so she languisheth in her mishaps,
As those poor birds that helpless berries saw.
  The warm effects which she in him finds missing
  She seeks to kindle with continual kissing.

But all in vain; good queen, it will not be.
She hath assay'd as much as may be prov'd;
Her pleading hath deserv'd a greater fee;
She's Love, she loves, and yet she is not lov'd.
  "Fie, fie", he says, "you crush me; let me go;
  You have no reason to withhold me so."

"Thou hadst been gone", quoth she, "sweet boy, ere this,
But that thou told'st me thou wouldst hunt the boar.
O, be advis'd! Thou know'st not what it is
With javelin's point a churlish swine to gore,
  Whose tushes never sheath'd he whetteth still,
  Like to a mortal butcher bent to kill.

On his bow-back he hath a battle set
Of bristly pikes that ever threat his foes;
His eyes like glow-worms shine when he doth fret;
His snout digs sepulchres where'er he goes;
  Being mov'd, he strikes whate'er is in his way,
  And whom he strikes his cruel tushes slay.

His brawny sides, with hairy bristles armed,
Are better proof than thy spear's point can enter;
His short thick neck cannot be easily harmed;
Being ireful, on the lion he will venture.
  The thorny brambles and embracing bushes,
  As fearful of him, part; through whom he rushes.

Wie Vögel einer Traube Bild betrachten –
Ihr Auge schwelgt, ihr Magen muß entbehren,
So muß die Göttin unbefriedigt schmachten,
Auch sie verhöhnt ein Schaugericht von Beeren.
  Will keine Glut in seiner Brust erwachen?
  Ihr steter Kuß versucht sie anzufachen.

Umsonst, es geht nicht, gute Königin!
Was gibt es noch, das zu versuchen bliebe?
Dein Mühn verdiente besseren Gewinn –
Die Liebe selbst bleibt ohne Gegenliebe.
  „Ach, laß mich“, ruft er, „Zeit ist's heimzukehren,
  Was kannst du jetzt von mir noch mehr begehren?“

„Du wärst schon fort, wenn du mir nicht erzählt,
Du wolltest morgen einen Eber hetzen.
Bedenk es doch, wie leicht ein Wurfspieß fehlt;
Gefährlich ist's, ein Wildschwein zu verletzen;
  Die scharfen Hauer schleift's in einem fort,
  Wie Fleischer ihren Stahl, erpicht auf Mord.

Die Borsten seines Rückens starren dichter
Als Lanzen, wo der Feind zum Sturme reitet;
Glühwürmchen ähnlich flammen seine Lichter,
Und Gräber wühlt sein Rüssel, wo er schreitet.
  Dem Jäger stürzt er wutentbrannt entgegen
  Und tötet ihn mit seiner Hauer Schlägen.

Sogar den Löwen weiß er abzuwehren,
Denn einen Borstenpanzer hat er um,
Sein kurzer Nacken läßt sich schwer versehren,
Er biegt die Spitze deines Speeres krumm;
  Zur Seite rauscht, als fühlt es auch ein Bangen,
  Das Dorngestrüpp, kommt er einhergegangen.

Alas, he nought esteems that face of thine,
To which Love's eyes pays tributary gazes;
Nor thy soft hands, sweet lips, and crystal eyne,
Whose full perfection all the world amazes;
  But having thee at vantage – wondrous dread! –
  Would root these beauties as he roots the mead.

O, let him keep his loathsome cabin still!
Beauty hath nought to do with such foul fiends.
Come not within his danger by thy will.
They that thrive well take counsel of their friends.
  When thou didst name the boar, not to dissemble,
  I fear'd thy fortune, and my joints did tremble.

Didst thou not mark my face? Was it not white?
Sawest thou not signs of fear lurk in mine eye?
Grew I not faint? And fell I not downright?
Within my bosom, whereon thou dost lie,
  My boding heart pants, beats, and takes no rest,
  But, like an earthquake, shakes thee on my breast.

For where Love reigns, disturbing Jealousy
Doth call himself Affection's sentinel;
Gives false alarms, suggesteth mutiny,
And in a peaceful hour doth cry: 'Kill, kill!'
  Distemp'ring gentle Love in his desire,
  As air and water do abate the fire.

This sour informer, this bate-breeding spy,
This canker that eats up Love's tender spring,
This carry-tale, dissentious Jealousy,
That sometime true news, sometime false doth bring,
  Knocks at my heart, and whispers in mine ear,
  That if I love thee, I thy death should fear;

Was deine Wangen, deine Augen schmückt
Und jedes Herz erfüllt mit süßem Schmachten,
Die Musterschönheit, die die Welt entzückt –
Der Eber würde sie für gar nichts achten;
  Den Sieg gewinnend, würd er dich – o Grauen! –
  Zerwühlen wie den Blumenschmuck der Auen.

Begib dich nicht freiwillig in Gefahr,
Befolge Freundesrat und sei nicht töricht,
Du, Schönster, und ein – Eber! Welches Paar
Von Gegnern! Laß ihn ruhn in seinem Röhricht!
  Ein Unheilahnen hat mein Herz durchstochen,
  Da du des Untiers Namen ausgesprochen.

Du sahst es, Schrecken löste meine Glieder,
Aus meiner Wange wich das rote Blut,
Ich wurde blaß, ich stürzte plötzlich nieder –
Fühlst du die Brust, an der die deine ruht,
  Nicht immer noch vom Schlag des Herzens zittern,
  Wie wenn der Boden bebt von Erdgewittern?

Wo Liebe herrscht, da nennt sich Eifersucht
Den Posten, der den Dienst der Wache tut,
Schlägt falschen Lärm, verführt zu Trotz und Flucht
Und ruft im tiefsten Frieden: ‚Mord und Blut‘,
  Das holde Glück der Liebe zu verhindern,
  Wie Luft und Wasser eine Flamme mindern.

Ja, diese klatschende Vergifterin,
Der Liebesknospe zehrnde Gallenfliege,
Die Eifersucht, die Haderstifterin,
Die schlau das Körnchen Wahrheit mischt zur Lüge,
  Klopft an mein Herz und flüstert in mein Ohr:
  ‚Du liebst ihn – beuge seinem Tode vor.‘

And, more than so, presenteth to mine eye
The picture of an angry-chafing boar,
Under whose sharp fangs on his back doth lie
An image like thyself, all stain'd with gore;
  Whose blood upon the fresh flowers being shed
  Doth make them droop with grief and hang the head.

What should I do, seeing thee so indeed,
That tremble at th' imagination?
The thought of it doth make my faint heart bleed,
And fear doth teach it divination:
  I prophesy thy death, my living sorrow,
  If thou encounter with the boar to-morrow.

But if thou needs wilt hunt, be rul'd by me;
Uncouple at the timorous flying hare,
Or at the fox which lives by subtlety,
Or at the roe which no encounter dare.
  Pursue these fearful creatures o'er the downs,
  And on thy well-breath'd horse keep with thy hounds.

And when thou hast on foot the purblind hare,
Mark the poor wretch, to overshoot his troubles,
How he outruns the wind, and with what care
He cranks and crosses with a thousand doubles.
  The many musits through the which he goes
  Are like a labyrinth to amaze his foes.

Sometime he runs among a flock of sheep,
To make the cunning hounds mistake their smell,
And sometime where earth-delving conies keep,
To stop the loud pursuers in their yell;
  And sometime sorteth with a herd of deer.
  Danger deviseth shifts; wit waits on fear.

Vor Augen stellt sie mir ein Bild der Trauer,
Den grimmen Eber seh ich wutentbrannt,
Und die Gestalt, die seine scharfen Hauer
Mit Blut besudeln, ist mir wohlbekannt;
  Der Rasen ist mit rotem Tau besprengt,
  Daß jede Blume traurig niederhängt.

Schon beim Gedanken will mein Herz verbluten,
Indem ich fürchtend in die Zukunft sehe,
Und unerträglich wär's, wenn mein Vermuten
Zur Wahrheit würde, wenn das Leid geschähe.
  O wolle nicht den Eber morgen jagen,
  Es brächte dir den Tod, mir ew'ge Klagen.

Wenn keine Bitte deine Jagdlust dämpft,
So richt auf scheue Hasen deine Pfeile,
Den schlauen Fuchs, der nur mit Listen kämpft,
Beschleich am Bau, das schnelle Reh ereile;
  Gefahrlos folge solcher leichten Beute
  Auf deinem edlen Renner mit der Meute.

Hast du den blöden Löffler aufgescheucht,
Dann gib wohl acht, sonst läßt er dich im Stiche;
Schnell wie der Wind entläuft er, bis er keucht,
Dann schlägt er Haken, weiß er tausend Schliche;
  Ein jedes Schlupfloch sucht er zu gewinnen
  Und kreuz und quer dem Feinde zu entrinnen.

Bald schlüpft er mitten in die Lämmerherde,
Den Hunden seine Fährte zu verschlagen,
Bald flieht er zum Kaninchen in die Erde
Und hofft, die Meute soll vorüberjagen,
  Ja, zwischen Hirschen sucht er zu entweichen –
  So schärft Gefahr die List zu tausend Streichen.

For there his smell with others being mingled,
The hot scent-snuffing hounds are driven to doubt,
Ceasing their clamorous cry till they have singled
With much ado the cold fault cleanly out.
  Then do they spend their mouths; echo replies,
  As if another chase were in the skies.

By this, poor Wat, far off upon a hill,
Stands on his hinder legs with list'ning ear,
To hearken if his foes pursue him still;
Anon their loud alarums he doth hear;
  And now his grief may be compared well
  To one sore sick that hears the passing-bell.

Then shalt thou see the dew-bedabbled wretch
Turn and return, indenting with the way;
Each envious briar his weary legs doth scratch,
Each shadow makes him stop, each murmur stay;
  For misery is trodden on by many,
  And being low never reliev'd by any.

Lie quietly and hear a little more;
Nay, do not struggle, for thou shalt not rise.
To make thee hate the hunting of the boar,
Unlike myself thou hear'st me moralize,
  Applying this to that, and so to so;
  For love can comment upon every woe.

Where did I leave?" "No matter where", quoth he.
"Leave me, and then the story aptly ends.
The night is spent." "Why, what of that?" quoth she.
"I am", quoth he, "expected of my friends;
  And now 'tis dark, and going I shall fall."
  "In night", quoth she, "desire sees best of all.

Hier, wo so viele Spuren sich verschlingen,
Verfolgt der Hund gar häufig die verkehrte,
Durchstöbert stumm das Feld in weiten Ringen
Und nimmt dann endlich auf die rechte Fährte;
  Nun gibt er Laut; das Echo rings erwacht,
  Als ras am Himmel eine zweite Jagd.

Auf seinen Hinterläufen kauernd, sitzt
Herr Lampe längst weit ab an hoher Stelle;
Wie bange lauschend er die Löffel spitzt!
Verziehen, hofft er, soll sich das Gebelle.
  Doch nah und näher plötzlich kläfft die Meute,
  Ihm ist, als hör er schon sein Grabgeläute.

Wie flitzt der arme taudurchnäßte Wicht
Bald rechts, bald links umher im Zickzacklauf!
Wie jeder Dornbusch boshaft ihn zersticht!
Ein Laut, ein Schatten hält ihn plötzlich auf;
  Er weiß, nun ist er rettungslos verloren,
  Die ganze Welt ist gegen ihn verschworen. –

Verlängre noch ein Weilchen deine Rast.
Was zuckst du? Nein, du darfst dich nicht erheben!
Ich mache dir die Eberjagd verhaßt,
Ich, Venus, will dir weise Lehren geben.
  Ich habe dir noch dies und das zu sagen,
  Denn Liebe knüpft an alles ihre Klagen.

Wo blieb ich stehn?“ – „Das ist mir gleich. Nun laß mich,
Dann hast du deine Rede gut geschlossen;
Bald ist die Nacht nun um.“ – „Was kümmert das dich?“
„Schon harren werden mein die Jagdgenossen;
  Ich werde fallen bei der Finsternis.“
  „Die Liebe weiß den Weg bei Nacht gewiß.

But if thou fall, o, then imagine this,
The earth, in love with thee, thy footing trips,
And all is but to rob thee of a kiss.
Rich preys make true-men thieves; so do thy lips
  Make modest Dian cloudy and forlorn,
  Lest she should steal a kiss, and die forsworn.

Now of this dark night I perceive the reason:
Cynthia sor shame obscures her silver shine,
Till forging Nature be condemn'd of treason
For stealing moulds from heaven that were divine;
  Wherein she fram'd thee in high heaven's despite,
  To shame the sun by day and her by night.

And therefore hath she brib'd the Destinies
To cross the curious workmanship of Nature,
To mingle beauty with infirmities,
And pure perfection with impure defeature,
  Making it subject to the tyranny
  Of mad mischances and much misery:

As burning fevers, agues pale and faint,
Life-poisoning pestilence, and frenzies wood,
The marrow-eating sickness whose attaint
Disorder breeds by heating of the blood,
  Surfeits, imposthumes, grief, and damn'd despair.
  Swear Nature's death for framing thee so fair.

And not the least of all these maladies
But in one minute's fight brings beauty under.
Both favour, savour, hue, and qualities,
Whereat th' impartial gazer late did wonder,
  Are on the sudden wasted, thaw'd, and done,
  As mountain snow melts with the midday sun.

Doch wenn du fallen solltest, magst du glauben,
Daß auch die Erde sich in dich verliebe,
Dich an sich ziehe, dir 'nen Kuß zu rauben;
Ein Schatz macht auch den Ehrlichsten zum Diebe.
  Diana selbst hat sich verhüllen müssen,
  Sie würde schwurvergessen sonst dich küssen.

Erst jetzt erkenn ich dieses Dunkels Gründe:
Diana birgt aus Scham den Silberstrahl,
Bis die Natur bestraft ist für die Sünde,
Daß sie dem Himmel Götterformen stahl,
  Dem Himmel trotzend dich hineinzukleiden,
  Daß Sonn und Mond dich Tag und Nacht beneiden.

Die Parzen ließen sich von ihr bestechen,
Die Meisterarbeit der Natur zu kreuzen;
Die Schönheit untermischten sie mit Schwächen
Und legten Makel zu den höchsten Reizen;
  Infolgedessen ist ihr holdes Leben
  Dem Zufall und dem Unglück preisgegeben.

Des Fiebers Hitze, Bleichsucht, böse Schwären,
Entzündung, Aussatz, Pest und Wahnsinnswut,
Die Leiden, die das Knochenmark verzehren,
Erkälten und versengen unser Blut,
  Sie haben der Natur den Tod geschworen
  Aus Rache, weil sie dich so schön geboren.

Das kleinste dieser Übel hat die Kraft,
Die Schönheit in Minuten zu vernichten;
Duft, Farbe, Form und jede Eigenschaft,
Auf die sich staunend unsre Blicke richten,
  Sie schwinden plötzlich hin in Leid und Weh,
  Wie vor der Mittagsglut der Bergesschnee.

Therefore, despite of fruitless chastity,
Love-lacking vestals, and self-loving nuns,
That on the earth would breed a scarcity
And barren dearth of daughters and of sons,
  Be prodigal: the lamp that burns by night
  Dries up his oil to lend the world his light.

What is thy body but a swallowing grave,
Seeming to bury that posterity
Which by the rights of time thou needs must have,
If thou destroy them not in dark obscurity?
  If so, the world will hold thee in disdain,
  Sith in thy pride so fair a hope is slain.

So in thyself thyself art made away –
A mischief worse than civil home-bred strife,
Or theirs whose desperate hands themselves do slay,
Or butcher-sire that reaves his son of life.
  Foul-cank'ring rust the hidden treasure frets,
  But gold that's put to use more gold begets."

"Nay, then", quoth Adon,"you will fall again
Into your idle over-handled theme;
The kiss I gave you is bestow'd in vain,
And all in vain you strive against the stream;
  For, by this black-fac'd night, desire's foul nurse,
  Your treatise makes me like you worse and worse.

If love have lent you twenty thousand tongues,
And every tongue more moving than your own,
Bewitching like the wanton mermaid's songs,
Yet from mine ear the tempting tune is blown;
  For know, my heart stands armed in mine ear,
  And will not let a false sound enter there,

Die dürre Keuschheit laß uns drum verlachen,
Denn ging' es nach der frostigen Vestalin,
Wir würden wüst und leer die Erde machen,
Und jedem Manne fehlte die Gemahlin.
Mit deinem Lampenöle geize nicht,
Indem es sich verzehrt, erzeugt es Licht.

Dein Körper ist nur ein verschlingend Grab,
In welchem deine Sprossen du verbirgst;
Einst zweigen sie sich dennoch von dir ab,
Falls du sie nicht in Finsternis erwürgst;
Und wagst du's, stolz ihr Hoffen hinzuschlachten,
So wird die Welt deswegen dich verachten.

So ließest du dich selbst in dir verschwinden,
Ein Frevel, ärger noch denn Hochverrat,
Denn mit dem Selbstmord hieße das verbinden
Den Kindermord, die schlimmste Greueltat.
Vergrabne Schätze muß der Rost verzehren,
Das ausgegebne Gold wird Gold gebären."

„Schon wieder", ruft Adonis voll Verdruß,
„Suchst du die alte Leier anzustimmen?
Vergebens also gab ich dir den Kuß?
Umsonst bemühst du dich, stromauf zu schwimmen.
Beim Schoß der Nacht, der Mutter aller Laster,
Durch dein Geschwätz wirst du mir nur verhaßter.

Und wenn dir Liebe zwanzigtausend Zungen,
Beredter als die deine noch, verliehen,
Es würden die Sirenenhuldigungen
Doch wirkungslos an mir vorüberziehen;
Denn wohlgerüstet steht mein Herz im Ohre
Und sperrt dem falschen Ton die Seelentore;

Lest the deceiving harmony should run
Into the quiet closure of my breast;
And then my little heart were quite undone,
In his bedchamber to be barr'd of rest.
No, lady, no; my heart longs not to groan,
But soundly sleeps, while now it sleeps alone.

What have you urg'd that I cannot reprove?
The path is smooth that leadeth on to danger;
I hate not love, but your device in love,
That lends embracements unto every stranger.
You do it for increase! O strange excuse,
When reason is the bawd to lust's abuse!

Call it not love, for Love to heaven is fled,
Since sweating lust on earth usurp'd his name;
Under whose simple semblance he hath fed
Upon fresh beauty, blotting it with blame;
Which the hot tyrant stains and soon bereaves,
As caterpillars do the tender leaves.

Love comforteth like sunshine after rain,
But Lust's effect is tempest after sun;
Love's gentle spring doth always fresh remain:
Lust's winter comes ere summer half be done.
Love surfeits not: Lust like a glutton dies.
Love is all truth: Lust full of forged lies.

More I could tell, but more I dare not say;
The text is old, the orator too green.
Therefore, in sadness, now I will away;
My face is full of shame, my heart of teen;
Mine ears that to your wanton talk attended
Do burn themselves for having so offended."

Sonst schlichen der Verführung Zauberklänge
In meines Busens stilles Schlafgemach;
Mein armes Herz geriete ins Gedränge,
Und Sorgen hielten es beständig wach;
  Es will nichts wissen von der Liebe Pein,
  Es liebt gesunden Schlaf und schläft allein.

Leicht widerlegen kann ich deine Gründe.
Die Lust nur, nicht die Liebe muß ich hassen;
Du zeigst mir glatt und breit den Pfad der Sünde;
Du möchtest jeden Fremdling gleich umfassen;
  Du tust es einzig – der Vermehrung wegen,
  Das heißt: Vernunft soll sich aufs Kuppeln legen.

Gen Himmel ist die Liebe längst entwichen,
Seit hier die Lust in ihrem Namen steckt;
Die kommt zur Schönheit, so vermummt, geschlichen,
Und was sie nicht verzehrt, das ist befleckt.
  Der Raupe gleicht sie, die den Baum entlaubt
  Und ihm den Schmuck der grünen Krone raubt.

Die Lieb erquickt wie Sonnenschein auf Regen,
Die Lust ist Sturm auf kurzen Sonnenschein;
Die Lieb ist steter Lenz, die Lust dagegen
Läßt mitten im August schon frieren, schnein.
  Die Lieb ist wahr und mäßig; Wollust praßt
  Und wird erstickt von ihrer Lügen Last.

Verschweigen lieber will ich manches Wort;
Der Text ist alt, der Pred'ger gar zu grün.
Ich gehe mit verstimmtem Herzen fort,
Ich fühl vor Groll, vor Scham die Wange glühn;
  Die Ohren flammen mir; sie sind verdrossen,
  Daß deinen Reden sie sich nicht verschlossen."

With this he breaketh from the sweet embrace
Of those fair arms which bound him to her breast,
And homeward through the dark laund runs apace;
Leaves Love upon her back, deeply distress'd.
  Look how a bright star shooteth from the sky,
  So glides he in the night from Venus' eye;

Which after him she darts, as one on shore
Gazing upon a late-embarked friend,
Till the wild waves will have him seen no more,
Whose ridges with the meeting clouds contend;
  So did the merciless and pitchy night
  Fold in the object that did feed her sight.

Whereat amaz'd, as one that unaware
Hath dropp'd a precious jewel in the flood,
Or 'stonish'd as night-wand'rers often are,
Their light blown out in some mistrustful wood.
  Even so confounded in the dark she lay,
  Having lost the fair discovery of her way.

And now she beats her heart, whereat it groans,
That all the neighbour caves, as seeming troubled,
Make verbal repetition of her moans;
Passion on passion deeply is redoubled:
  "Ay me!" she cries, and twenty times: "Woe, woe!"
  And twenty echoes twenty times cry so.

She, marking them, begins a wailing note,
And sings extemporally a woeful ditty –
How love makes young men thrall, and old men dote;
How love is wise in folly, foolish-witty.
  Her heavy anthem still concludes in woe,
  And still the choir of echoes answer so.

So rief er aus, indem er sich entriß
Den Armen, die ihn warm und weich umschlangen.
Nach Hause eilt er durch die Finsternis
Und überläßt die Göttin ihrem Bangen.
  Verschwunden ist er, wie vom Himmelszelt
  Ein heller Stern erlöschend niederfällt.

Sie schaut ihm nach. So steht man wohl am Strande,
An dem ein Freund sich eben eingeschifft,
Bis auch der Mast versinkt am fernen Rande,
Wo Meer mit Himmelsblau zusammentrifft.
  So hat ihr nun, was ihren Blick entzückt,
  Die mitleidlose schwarze Nacht entrückt.

Wie jemand, dem bei Nacht im Waldesdunkel
Der Wind sein Licht aus der Laterne blies;
Wie jemand, der 'nen köstlichen Karfunkel
Aus Unvorsicht ins Wasser fallen ließ,
  So liegt sie dort bestürzt und völlig ratlos,
  Die Finsternis ringsum erscheint ihr pfadlos.

Sie schlägt sich auf die Brust mit bangem Stöhnen,
Daß alle Höhlen, alle Felsenmauern
Den Klagelaut getreulich widertönen,
Sie hört's, und immer wilder wird ihr Trauern;
  „Weh", ruft sie, „wehe mir!" – und zwanzigfach
  Ruft jeden Schmerzenston das Echo nach.

Sie hört auf diesen Widerhall und singt
Ein Lied der Trauer, eben erst erdacht,
Wie jung und alt ins Joch die Liebe zwingt,
Die Weisen töricht, Toren weise macht;
  Der Strophe Schluß ist allemal ein Ach,
  Das singen dann des Echos Chöre nach.

Her song was tedious, and outwore the night,
For lovers' hours are long, though seeming short;
If pleas'd themselves, others, they think, delight
In such-like circumstance, with such-like sport.
  Their copious stories, oftentimes begun,
  End without audience and are never done.

For who hath she to spend the night withal
But idle sounds resembling parasits,
Like shrill-tongu'd tapsters answering every call,
Soothing the humour of fantastic wits?
  She says: "'Tis so"; they answer all: "'Tis so";
  And would say after her, if she said: "No."

Lo, here the gentle lark, weary of rest,
From his moist cabinet mounts up on high,
And wakes the morning, from whose silver breast
The sun ariseth in his majesty;
  Who doth the world so gloriously behold
  That cedar-tops and hills seem burnish'd gold.

Venus salutes him with this fair good-morrow:
"O thou clear god, and patron of all light,
From whom each lamp and shining star doth borrow
The beauteous influence that makes him bright,
  There lives a son that suck'd an earthly mother,
  May lend thee light, as thou dost lend to other."

This said, she hasteth to a myrtle grove,
Musing the morning is so much o'erworn,
And yet she hears no tidings of her love;
She hearkens for his hounds and for his horn.
  Anon she hears them chant it lustily,
  And all in haste she coasteth to the cry.

Ihr endlos Lied durchdauerte die Nacht;
Verliebte haben niemals lange Weile
Und glauben, weil es ihnen Freude macht,
Ein jeder ziehe gern am Narrenseile;
  Sie können ihr Gefabel niemals enden
  Und schließen ohne Schluß vor leeren Wänden.

Wen hat sie hier zu ihrem Nachtgenossen?
Den Ton des Echos nur, den Speichellecker,
Der die gewünschte Antwort unverdrossen
Erteilt, wie zungenfert'ge Tafeldecker;
  Sagt sie: „Jawohl", „Jawohl" das Echo spricht,
  Sagt sie: „So ist es nicht", so ruft es: „Nicht."

Die holde Lerche schwingt sich ausgeruht
Aus feuchtem Nest und weckt den Morgen auf,
Die Sonne teilt der Wolken Rosenglut
Und steigt empor zum stolzen Tageslauf;
  Von ihren Strahlen übergoldet, blitzen
  Der Zedern Wipfel und der Berge Spitzen.

„Du Gott des Lichtes, ewig klar und rein",
So ruft ihn Venus an zum Morgengruß,
„Von dem sich alles einen Widerschein,
Die Lampe wie der Stern, erst borgen muß,
  Hienieden lebt gleichwohl ein junger Mann,
  Der dir von seinem Licht noch leihen kann."

Sie tritt hierauf in einen Myrtenhain
Und grollt der Eile dieser Morgenstunde.
Wo mag nur, fragt sie sich, mein Liebster sein?
Wo tönt sein Horn, wo bellen seine Hunde?
  Da hört sie plötzlich seine Rüden kläffen
  Und folgt dem Tone rasch, um ihn zu treffen.

And as she runs, the bushes in the way
Some catch her by the neck, some kiss her face.
Some twine about her thigh to make her stay;
She wildly breaketh from their strict embrace,
  Like a milch doe whose swelling dugs do ache
  Hasting to feed her fawn hid in some brake.

By this, she hears the hounds are at a bay;
Whereat she starts, like one that spies an adder
Wreath'd up in fatal folds just in his way,
The fear whereof doth make him shake and shudder;
  Even so the timorous yelping of the hounds
  Appals her senses and her spirit confounds.

For now she knows it is no gentle chase,
But the blunt boar, rough bear, or lion proud,
Because the cry remaineth in one place,
Where fearfully the dogs exclaim aloud.
  Finding their enemy to be so curst,
  They all strain court'sy who shall cope him first.

This dismal cry rings sadly in her ear,
Through which it enters to surprise her heart,
Who, overcome by doubt and bloodless fear,
With cold-pale weakness numbs each feeling part;
  Like soldiers, when their captain once doth yield,
  They basely fly and dare not stay the field.

Thus stands she in a trembling ecstasy;
Till, cheering up her senses all dismay'd,
She tells them 'tis a causeless fantasy,
And childish error that they are afraid;
  Bids them leave quaking, bids them fear no more –
  And with that word she spied the hunted boar,

Das Dickicht aber wirft sich ihr entgegen;
Den Nacken küssen will der eine Zweig,
Ein andrer Schlingen um die Hüfte legen;
Sie drängt sich wild hindurch, der Hindin gleich,
  Die nach dem Kälbchen sucht, um ihre schweren,
  Von Milch geschwollnen Euter auszuleeren.

Sie hört's, die Meute stellt in Gegenwehr
Ein starkes Wild. Sie bebt und zittert bange,
Als läge hier auf ihrem Pfad verquer
In grausen Ringeln eine gift'ge Schlange.
  Die Rüden bellen so verzagt und feig,
  Ihr Antlitz ist von Angst und Schrecken bleich.

Die Töne bleiben an derselben Stelle,
Sie merkt's, die Hunde haben sich zu wehren.
Das ist kein Reh, kein Hirsch, nein, dies Gebelle
Verrät den Löwen, Eber oder Bären.
  Den Vortritt will ein Hund dem andern lassen,
  Ein solcher Feind ist nicht so leicht zu fassen.

Erschreckend dringt ihr dieser Lärm ins Ohr,
Und auch das Herz läßt sich gefangennehmen;
Auf ihre Augen fällt ein trüber Flor,
Und willenlos läßt jedes Glied sich lähmen;
  Denn überkommt den Feldherrn Furcht und Zagen,
  So sind auch die Soldaten bald geschlagen.

So bleibt sie stehen, zitternd und erstarrt,
Bis endlich ihre Sinne sich erholen.
„Ein Traumbild“, ruft sie, „hat mein Herz genarrt,
Fort, Kinderfurcht, die sich hineingestohlen,
  Hinaus mit dir, nun bin ich fest entschlossen –“
  Da kommt der Eber plötzlich angeschossen.

Whose frothy mouth, bepainted all with red,
Like milk and blood being mingled both together,
A second fear through all her sinews spread,
Which madly hurries her she knows not whither:
  This way she runs, and now she will no further,
  But back retires to rate the boar for murther.

A thousand spleens bear her a thousand ways;
She treads the path that she untreads again;
Her more than haste is mated with delays,
Like the proceedings of a drunken brain,
  Full of respects, yet nought at all respecting,
  In hand with all things, nought at all effecting.

Here kennell'd in a brake she finds a hound,
And asks the weary caitiff for his master;
And there another licking of his wound,
'Gainst venom'd sores the only sovereign plaster;
  And here she meets another sadly scowling,
  To whom she speaks, and he replies with howling.

When he hath ceas'd his ill-resounding noise,
Another flap-mouth'd mourner, black and grim,
Against the welkin volleys out his voice;
Another and another answer him,
  Clapping their proud tails to the ground below,
  Shaking their scratch'd ears, bleeding as they go.

Look how the world's poor people are amazed
At apparitions, signs, and prodigies,
Whereon with fearful eyes they long have gazed,
Infusing them with dreadful prophecies;
  So she at these sad signs draws up her breath,
  And, sighing it again, exclaims on Death.

Das rote Maul voll weiß umschäumter Zähne
Sieht aus wie ein Gemisch von Milch und Blut,
Und nochmals zuckt ihr Schreck in jede Sehne,
Sie flieht entsetzt, sie weiß nicht, was sie tut,
  Bald will sie fort, bald ihm entgegenrennen
  Und diesen Eber einen Mörder nennen.

Dem Vorsatz treulos, den sie kaum gefaßt,
Läuft sie dieselben Pfade hin und her,
Bald zögernd, bald voll atemloser Hast
Und taumelnd, wie von süßem Weine schwer;
  Vor lauter Vorsicht äußerst unvorsichtig,
  Versucht sie alles, doch ihr Tun ist nichtig.

Da liegt ein Hund im Dickicht hingestreckt;
Sie fragt das Tier, wo sein Gebieter sei,
Ein zweiter dort, der seine Wunde leckt
(Bei gift'gem Biß die beste Arzenei),
  Dort kriecht ein dritter voll von Blut und Beulen;
  Sie ruft ihn an – die Antwort ist ein Heulen.

Dort bellt mit hängenden Lefzen schwarz und grimmig
Ein vierter traurig zum Gewölk empor,
Und bald begleitet ihn wohl zwanzigstimmig
Aus dem Gebüsch ringsum der ganze Chor;
  Am Boden schleifen sie die stolzen Ruten
  Und schlaffen Ohren, die zerrissen bluten.

Es ist die Art der Welt, mit Furcht und Grauen
Nach Vorbedeutungen und Wunderzeichen
In jeder Fährlichkeit umherzuschauen
Und, zeigt sich etwas, zitternd zu erbleichen.
  So seufzt die Göttin beim Geheul der Meute,
  Sie fürchtet, daß es seinen Tod bedeute.

"Hard-favour'd tyrant, ugly, meagre, lean,
Hateful divorce of love" – thus chides she Death –,
"Grim-grinning ghost, earth's worm, what dost thou mean
To stifle beauty, and to steal his breath,
  Who when he liv'd, his breath and beauty set
  Gloss on the rose, smell to the violet?

If he be dead – O no, it cannot be,
Seeing his beauty, thou shouldst strike at it.
O yes, it may; thou hast no eyes to see,
But hatefully at random dost thou hit.
  Thy mark is feeble age; but thy false dart
  Mistakes that aim and cleaves an infant's heart.

Hadst thou but bid beware, then he had spoke,
And hearing him thy power had lost his power.
The Destinies will curse thee for this stroke:
They bid thee crop a weed; thou pluck'st a flower.
  Love's golden arrow at him should have fled,
  And not Death's ebon dart, to strike him dead.

Dost thou drink tears, that thou provok'st such weeping?
What may a heavy groan advantage thee?
Why hast thou cast into eternal sleeping
Those eyes that taught all other eyes to see?
  Now Nature cares not for thy mortal vigour,
  Since her best work is ruin'd with thy rigour."

Here overcome, as one full of despair,
She vail'd her eyelids, who, like sluices, stopp'd
The crystal tide that from her two cheeks fair
In the sweet channel of her bosom dropp'd;
  But through the floodgates breaks the silver rain,
  And with his strong course opens them again.

„Du grimmes Scheusal, das die Liebe scheidet“,
So schmäht sie nun den Tod, „du böser Geist,
Du Raupe, die vom Laub der Schönheit weidet
Und ihr den Atem räuberisch entreißt –
Auch ihn erschlugst du, dessen junges Leben
Den Rosen Schmuck, den Veilchen Duft gegeben?

Ist er dahin? Doch nein, so hart gesinnt
Ist niemand, solche Schönheit zu erschlagen.
Und doch – es könnte sein; denn du bist blind,
Und wen du treffest, pflegst du nicht zu fragen;
Dein Pfeil geht häufig seinem Ziel, den Alten,
Vorüber, um ein Kinderherz zu spalten.

Er gab dir Antwort, und du wurdest machtlos,
Wenn vor dem Schusse du nur ‚Achtung!‘ sprachst.
Nun fluchen dir die Parzen, weil du achtlos
Die schönste Blume statt ein Unkraut brachst.
Ihn durfte Liebe nur mit goldnen Pfeilen,
Doch nie der schwarze Todesspeer ereilen.

Sind Tränen dein Getränk, dein Labsal Kummer?
Was nutzt es dir, daß meine Zähren fließen?
Weswegen mußtest du zum ew'gen Schlummer
Die schönsten Augen dieser Erde schließen?
Was glaubst du, daß Natur noch ferner fürchte
Von dir, der ihr das liebste Kind erwürgte?“

Nun schließt sie, von Verzweiflung übermannt,
Die beiden Schleusen ihrer Augenlider
Und stopft den Quell, aus dem ein Bach gerannt
Zur süßen Rinne ihres Busens nieder;
Doch drückt der Silberstrom das Schleusentor
Noch einmal auf und flutet wie zuvor.

O, how her eyes and tears did lend and borrow!
Her eye seen in the tears, tears in her eye;
Both crystals, where they view'd each other's sorrow –
Sorrow that friendly sighs sought still to dry;
But like a stormy day, now wind, now rain,
Sighs dry her cheeks, tears make them wet again.

Variable passions throng her constant woe,
As striving who should best become her grief;
All entertain'd, each passion labours so
That every present sorrow seemeth chief,
But none is best. Then join they all together,
Like many clouds consulting for foul weather.

By this, far off she hears some huntsman hollow;
A nurse's song ne'er pleas'd her babe so well.
The dire imagination she did follow
This sound of hope doth labour to expel;
For now reviving joy bids her rejoice,
And flatters her it is Adonis' voice.

Whereat her tears began to turn their tide,
Being prison'd in her eye like pearls in glass;
Yet sometimes falls an orient drop beside,
Which her cheek melts, as scorning it should pass,
To wash the foul face of the sluttish ground,
Who is but drunken when she seemeth drown'd.

O hard-believing love, how strange it seems
Not to believe, and yet too credulous!
Thy weal and woe are both of them extremes;
Despair and hope makes thee ridiculous:
The one doth flatter thee in thoughts unlikely,
In likely thoughts the other kills thee quickly.

Wie Trän und Aug einander leihn und borgen!
Das Aug in Tränen, Tränen in den Augen,
Einander doppelt spiegelnd ihre Sorgen.
Ihr Seufzen sucht die Tränen aufzusaugen
Und will die nasse Wange trockenlegen –
So wechseln beim Gewitter Wind und Regen.

Der Leidenschaften wechselndes Gewühl
Umdrängt im Herzen ihr beständ'ges Leid,
Und jede sagt: „Das tiefste Schmerzgefühl
Bin ich", doch keine siegt in diesem Streit,
Bis sie, wie Wolken, wenn sie Sturm beschließen,
In einem großen Schmerz zusammenfließen.

Da hört sie einen Jagdruf in der Ferne;
So freut ein Kind der Amme Wiegenlied.
Ihr strahlen plötzlich neue Hoffnungssterne,
Die Furcht verschwindet, und der Kummer flieht,
Und schmeichelnd ruft die Freude: laß den Gram;
Adonis war es, den dein Ohr vernahm.

Nun ebbt der Tränen Flut zurück; gefangen
Im Auge hängen sie wie Perlen fest;
Nur ab und zu fällt eine auf die Wangen,
Die dann ihr Antlitz rasch verdampfen läßt,
Daß kein' aufs Schmutzgesicht der Erde sinkt,
Die trunken ist, wenn Venus hier ertrinkt.

Wie glaubt die Liebe doch zu gleicher Zeit
So grundlos leicht, so zweifelsüchtig schwer!
Verzweifelnd, hoffend zwischen Lust und Leid –
Zum Lachen ist es –, schwankt sie hin und her.
Grundlose Furcht kann ihr den Tod bereiten,
Und Hoffnung schmeichelt mit Unmöglichkeiten.

Now she unweaves the web that she hath wrought:
Adonis lives, and Death is not to blame;
It was not she that call'd him all to nought.
Now she adds honours to his hateful name:
  She clepes him king of graves, and grave for kings,
  Imperious supreme of all mortal things.

"No, no", quoth she, "sweet Death, I did but jest;
Yet pardon me I felt a kind of fear
Whenas I met the boar, that bloody beast
Which knows no pity but is still severe.
  Then, gentle shadow – truth I must confess –
  I rail'd on thee, fearing my love's decease.

'Tis not my fault; the boar provok'd my tongue;
Be wreak'd on him, invisible commander;
'Tis he, foul creature, that hath done thee wrong;
I did but act; he's author of thy slander.
  Grief hath two tongues, and never woman yet
  Could rule them both without ten women's wit."

Thus, hoping that Adonis is alive,
Her rash suspect she doth extenuate;
And that his beauty may the better thrive,
With Death she humbly doth insinuate;
  Tells him of trophies, statues, tombs, and stories
  His victories, his triumphs, and his glories.

"O Jove", quoth she, "how much a fool was I
To be of such a weak and silly mind
To wail his death who lives, and must not die
Till mutual overthrow of mortal kind!
  For he being dead, with him is beauty slain,
  And, beauty dead, black chaos comes again.

Sie trennt nun wieder auf, was sie gewoben.
Adonis lebt, sie darf den Tod nicht tadeln,
Im Gegenteil, sie selber muß ihn loben,
Mit allen Ehren seinen Namen adeln.
  Sie nennt ihn Fürst der Grüfte, Fürstengruft
  Und höchsten Herrscher in der Erdenluft.

„Nein“, ruft sie, „lieber Tod, ich scherzte nur,
Vergib es mir, denn meine Furcht war groß,
Als dieser Eber aus dem Dickicht fuhr;
Dies Ungetüm ist wild und mitleidlos,
  Mein Liebster, dacht ich, läge tot und kalt,
  Das, holder Schatten, war's, weshalb ich schalt.

Der Eber trägt die Schuld, nicht meine Lippe,
Den Eber mußt du der Verleumdung zeihn;
Ihn, Unsichtbarer, treffe deine Hippe;
Ich sprach das Unrecht aus, er gab es ein.
  Zwei Zungen hat der Schmerz, und beide lenken
  Kann kaum der Witz, mit dem zehn Weiber denken.“

In dieser Hoffnung, daß Adonis lebe,
Beschönigt sie den hastigen Verdacht;
Damit noch lange Frist der Tod ihm gebe,
Belobt sie diesen, preist sie seine Macht.
  Von seinen Gräbern, Tempeln, Marmorbildern
  Beginnend, weiß sie seinen Ruhm zu schildern.

„Wie töricht war ich doch und geistesschwach,
Um ihn zu trauern, der nicht sterben darf,
Bevor die Erdenwelt ihr jüngster Tag
In wilden Trümmern durcheinanderwarf;
  Denn sänke nicht mit ihm die Schönheit nieder?
  Und stürbe sie, so kehrt das Chaos wieder.

Fie, fie, fond love, thou art so full of fear
As one with treasure laden, hemm'd with thieves;
Trifles, unwitnessed with eye or ear,
Thy coward heart with false bethinking grieves."
  Even at this word she hears a merry horn,
  Whereat she leaps that was but late forlorn.

As falcons to the lure, away she flies;
The grass stoops not, she treads on it so light;
And in her haste unfortunately spies
The foul boar's conquest on her fair delight;
  Which seen, her eyes, as murder'd with the view,
  Like stars asham'd of day, themselves withdrew;

Or as the snail, whose tender horns being hit,
Shrinks backward in his shelly cave with pain,
And there, all smother'd up, in shade doth sit,
Long after fearing to creep forth again;
  So at his bloody view her eyes are fled
  Into the deep-dark cabins of her head;

Where they resign their office and their light
To the disposing of her troubled brain;
Who bids them still consort with ugly night,
And never wound the heart with looks again;
  Who, like a king perplexed in his throne,
  By their suggestion gives a deadly groan.

Whereat each tributary subject quakes;
As when the wind, imprison'd in the ground,
Struggling for passage, earth's foundation shakes,
Which with cold terror doth men's minds confound.
  This mutiny each part doth so surprise
  That from their dark beds once more leap her eyes;

Pfui, schäme dich, so feig zu sein, o Liebe,
Daß falsches Bangen deine Seele beugt,
Wie Reiche stets in Furcht sind vor dem Diebe,
Wo noch kein Blick und Laut Gefahr bezeugt."
  So spricht sie, als ein lustig Horn erklingt,
  Bei dessen Ton sie froh von dannen springt.

Sie folgt dem Ton, dem raschen Falken gleich,
Daß ihre Tritte keinen Grashalm biegen.
Da sieht sie plötzlich blutend, todesbleich,
Zerfleischt vom Eber ihren Liebling liegen.
  Um ihre Augen ziehn sich finstre Decken,
  Wie, wenn es tagt, die Sterne sich verstecken.

Wie, hart berührt, erschrocken in die Schale
Zurück die Schnecke ihre Fühler schmiegt
Und hier, versteckt vor jedem Sonnenstrahle,
Noch lange kauert, eh sie weiterkriecht,
  So flieht beim Anblick seiner blut'gen Stirn
  Ihr Augenpaar tief rückwärts zum Gehirn.

Das Auge steht beim Hirn in Dienst und Pflicht
Und legt sein Amt für jetzt vor diesem nieder
Und dies befiehlt: Verwunde nicht mit Licht
Das arme Herz, verschließe deine Lider;
  Ein kranker König ist dies arme Herz,
  Bei jedem Blicke seufzt es auf in Schmerz

Und stöhnt, daß alle Untertanen beben,
Der Erde gleich, wenn unten eingezwängt
Die Binnendämpfe nach der Höhe streben,
Daß Todesangst den Menschengeist bedrängt.
  Ergriffen von dem Aufruhr aller Glieder,
  Erhebt das Auge die geschloßnen Lider.

And, being open'd, threw unwilling light
Upon the wide wound that the boar had trench'd
In his soft flank; whose wonted lily white
With purple tears that his wound wept was drench'd.
  No flow'r was nigh, no grass, herb, leaf, or weed,
  But stole his blood and seem'd with him to bleed.

This solemn sympathy poor Venus noteth.
Over one shoulder doth she hang her head;
Dumbly she passions, franticly she doteth;
She thinks he could not die, he is not dead.
  Her voice is stopp'd, her joints forget to bow;
  Her eyes are mad that they have wept till now.

Upon his hurt she looks so steadfastly
That her sight dazzling makes the wound seem three;
And then she reprehends her mangling eye
That makes more gashes where no breach should be.
  His face seems twain, each several limb is doubled;
  For oft the eye mistakes, the brain being troubled.

"My tongue cannot express my grief for one,
And yet", quoth she, "behold two Adons dead.
My sighs are blown away, my salt tears gone,
Mine eyes are turn'd to fire, my heart to lead;
  Heavy heart's lead melt at mine eyes' red fire!
  So shall I die by drops of hot desire.

Alas, poor world, what treasure hast thou lost!
What face remains alive that's worth the viewing?
Whose tongue is music now? What canst thou boast
Of things long since, or any thing ensuing?
  The flowers are sweet, their colours fresh and trim;
  But true-sweet beauty liv'd and died with him.

So müssen sie nun wider Willen schauen
Die tiefe Blutspur von des Ebers Zähnen;
Die sonst so weiße Lilienbrust betauen
Der weiten Wunde dunkelrote Tränen;
  Was ringsumher von Gras und Blumen sprießt,
  Sieht aus, als ob es gleichfalls Blut vergießt.

Wie mitleidvoll die Blumen, also neigt
Auch Venus auf die Schultern nun ihr Haupt;
Ihr stummes Weh zu wildem Wahnsinn steigt,
Bis sie den Toten dennoch lebend glaubt.
  Die Stimme stockt, und jedes Glied erstarrt,
  Ihr Aug ist tränenlos und marmorhart.

Indem es, allzu starr, sich müde schaut,
Beginnt es ihr drei Wunden vorzutäuschen.
„Wie", schilt sie, „statt mir unversehrte Haut
Zu zeigen, hilfst du sie noch mehr zerfleischen?"
  Zwei Köpfe hat er, zwiefach jedes Glied –
  Ihr Hirn verdoppelt, was das Auge sieht.

„Mein Mund erlahmt, den einen zu beklagen,
Und nun erblick ich hier der Toten zwei!
Mein Atem stockt, die Tränen selbst versagen,
Mein Auge glüht, mein Herz wird schwer wie Blei.
  O schmölze doch der Augen Glut dies Herz,
  Statt Giftes tränk ich dies geschmolzne Erz.

O Welt, du hast den reichsten Schatz verloren!
Wo bleibt ein Antlitz noch betrachtenswert?
Wer spricht hinfort Musik in unsre Ohren?
Vergangenheit wie Zukunft sind verheert.
  Die Blumen blühen frisch und duftig fort,
  Die wahre Schönheit ist mit ihm verdorrt.

Bonnet nor veil henceforth no creature wear;
Nor sun nor wind will ever strive to kiss you:
Having no fair to lose, you need not fear;
The sun doth scorn you, and the wind doth hiss you.
  But when Adonis liv'd, sun and sharp air
  Lurk'd like two thieves to rob him of his fair;

And therefore would be put his bonnet on,
Under whose brim the gaudy sun would peep;
The wind would blow it off, and, being gone,
Play with his locks. Then would Adonis weep;
  And straight, in pity of his tender years,
  They both would strive who first should dry his tears.

To see his face the lion walk'd along
Behind some hedge, because he would not fear him.
To recreate himself when he hath sung,
The tiger would be tame and gently hear him.
  If he had spoke, the wolf would leave his prey,
  And never fright the silly lamb that day.

When he beheld his shadow in the brook,
The fishes spread on it their golden gills;
When he was by, the birds such pleasure took
That some would sing, some other in their bills
  Would bring him mulberries and ripe-red cherries;
  He fed them with his sight, they him with berries.

But this foul, grim, and urchin-snouted boar,
Whose downward eye still looketh for a grave,
Ne'er saw the beauteous livery that he wore:
Witness the entertainment that he gave.
  If he did see his face, why then I know
  He thought to kiss him, and hath kill'd him so.

Hinfort hat niemand nötig Hut und Schleier,
Denn Wind und Sonne küssen nur die Schönen;
Nun drohen keinem diese beiden Freier,
Was jetzt noch lebt, das werden sie verhöhnen;
  Doch auf der Lauer lagen sie beständig
  Wie Räuber, als Adonis noch lebendig.

Er trug ein Hütchen, unter dessen Rand
Die Sonne gar zu gern hinunterschielte;
Adonis weinte, wenn der Wind gewandt
Es fortriß und mit seinen Locken spielte;
  Dann kamen beide mitleidvoll erschrocken
  Und küßten ihm die Augen wieder trocken.

In ein Gebüsch am Waldpfad schlich sich leise
Der Leu, um ihn zu sehn und nicht zu stören,
Und sang Adonis rastend eine Weise,
So kam der Tiger, friedlich zuzuhören.
  Ein Wort von ihm, so ließ der Wolf die Beute,
  Und sicher war das schwache Lamm für heute.

Die goldnen Kiemen füllte die Forelle
So gern im Schatten seiner Wohlgestalt,
Die Vögel folgten ihm als Leibkapelle
Mit ihren Liedern durch den ganzen Wald,
  Ihm süße Beeren von den Sträuchern pickend
  Und sich an seinem Angesicht erquickend.

Nur dieses Tier, das wie ein Totengräber
Hinab zur Erde stets die Augen richtet,
Nur dieser grimme stachelschnauz'ge Eber
Ist blind für Schönheit, hat ihn blind vernichtet.
  Doch nein – er war vielleicht nur ungeschickt
  Und wollt ihn küssen, als er ihn erblickt.

'Tis true, 'tis true; thus was Adonis slain:
He ran upon the boar with his sharp spear,
Who did not whet his teeth at him again,
But by a kiss thought to persuade him there;
And nuzzling in his flank, the loving swine
Sheath'd unaware the tusk in his soft groin.

Had I been tooth'd like him, I must confess,
With kissing him I should have kill'd him first;
But he is dead, and never did he bless
My youth with his; the more am I accurst."
With this, she falleth in the place she stood,
And stains her face with his congealed blood.

She looks upon his lips, and they are pale;
She takes him by the hand, and that is cold;
She whispers in his ears a heavy tale,
As if they heard the woeful words she told;
She lifts the coffer-lids that close his eyes,
Where, lo, two lamps burnt out in darkness lies;

Two glasses where herself herself beheld
A thousand times, and now no more reflect,
Their virtue lost wherein they late excell'd,
And every beauty robb'd of his effect.
"Wonder of time", quoth she, "this is my spite,
That, thou being dead, the day should yet be light.

Since thou art dead, lo, here I prophesy
Sorrow on love hereafter shall attend:
It shall be waited on with jealousy,
Find sweet beginning but unsavoury end,
Ne'er settled equally, but high or low,
That all love's pleasure shall not match his woe.

Jawohl, so war's, so hat es kommen müssen.
Adonis griff ihn an mit scharfem Speer,
Der Eber wollte seine Seite küssen
Und dachte gar nicht mehr an Gegenwehr;
  Da drang sein Hauer in des Jünglings Weiche,
  Und wider Willen macht' er ihn zur Leiche.

Ach, wäre mir der Mund mit Eberzähnen
Besetzt, so starb er längst von meinem Kuß!
Nun ist er hin und unerfüllt mein Sehnen,
Nun ist mein Los ein ewiger Verdruß."
  Zur Erde sinkt sie, wo Adonis ruht,
  Und färbt ihr Angesicht mit seinem Blut.

Wie sind die Lippen bleich, die sie beschaut,
Wie ist die Hand, die sie ergreift, so kalt!
Sie flüstert ihm ins Ohr, in das der Laut
Der bangen Klage unvernommen schallt.
  Sie hebt die Lider auf – ach, schwarz verhangen
  Ist seiner Augen Licht und ausgegangen!

In diesen Spiegeln hat sie tausendmal
Sich selbst beschaut, verschönert und verklärt;
Nun sind sie blind und werfen keinen Strahl
Und zeigen keiner Schönheit ihren Wert.
  „Zum Spott nur", ruft sie, „leuchtet noch die Sonne,
  Mit ihm erblich die höchste Erdenwonne.

Weil du mir starbst, so soll für alle Zeiten
Der Kummer mit der Liebe sich vermählen
Und Eifersucht beständig sie begleiten;
Beginnend soll sie laben, schließlich quälen;
  Sie paare stets, was nicht zusammenpaßt,
  Und minder sei die Lust als ihre Last.

It shall be fickle, false, and full of fraud,
Bud and be blasted in a breathing while,
The bottom poison, and the top o'erstraw'd
With sweets that shall the truest sight beguile;
The strongest body shall it make most weak,
Strike the wise dumb, and teach the fool to speak.

It shall be sparing, and too full of riot,
Teaching decrepit age to tread the measures;
The staring ruffian shall it keep in quiet,
Pluck down the rich, enrich the poor with treasures;
It shall be raging mad, and silly mild,
Make the young old, the old become a child.

It shall suspect where is no cause of fear;
It shall not fear where it should most mistrust;
It shall be merciful, and too severe,
And most deceiving when it seems most just;
Perverse it shall be where it shows most toward,
Put fear to valour, courage to the coward.

It shall be cause of war and dire events,
And set dissension 'twixt the son and sire,
Subject and servile to all discontents,
As dry combustious matter is to fire.
Sith in his prime death doth my love destroy,
They that love best their loves shall not enjoy."

By this, the boy that by her side lay kill'd
Was melted like a vapour from her sight,
And in his blood that on the ground lay spill'd
A purple flow'r sprung up, chequer'd with white,
Resembling well his pale cheeks, and the blood
Which in round drops upon their whiteness stood.

Falsch sei sie, wetterwendisch und betrüglich,
Entstanden kaum, verwehe sie wie Hauch,
Von innen Gift, von außen süß vergnüglich
Für jeden Blick, ja für den schärfsten auch;
  Die Kraft der Stärksten möge sie verlachen,
  Die Weisen stumm, beredt die Toren machen.

Sie möge geizig sein und dennoch prassen,
Das schwach gewordne Alter tanzen lehren,
Den starren Blick des Schurken schmachten lassen,
Den Reichen plündern, Armen Gold bescheren;
  Sie mache rasend bald, bald feig gesinnt,
  Der Jüngling werde Greis, der Greis ein Kind.

Sie möge mit Verdacht die Unschuld kränken,
Vertrauen, wo man schmählich sie belügt,
Hier hart sein, dort sich unverdient verschenken,
Gerecht erscheinen, wo sie frech betrügt,
  Dem Kühnen Furcht und Mut dem Feigling leihn,
  Arglist verbergen durch der Treue Schein.

Um ihretwillen soll man Kriege führen,
Sie säe zwischen Sohn und Vater Zwist,
Sie möge dienstbar jeden Aufruhr schüren,
Ihm sei sie, was das Holz dem Feuer ist.
  Es bleibe, weil der Tod mein Glück zerstört,
  Die treuste Liebe stets nun unerhört."

Sie sieht den schönen Knaben, der getötet
Am Boden liegt, wie Nebeldunst zerfließen
Und aus dem Blute, das die Erde rötet,
Ein weißgestreiftes rotes Blümchen sprießen.
  Das Weiß entstand von seinen bleichen Wangen,
  Das Rote hat sein Herzblut aufgefangen.

She bows her head the new-sprung flow'r to smell,
Comparing it to her Adonis' breath;
And says within her bosom it shall dwell,
Since he himself is reft from her by death;
She crops the stalk, and in the breach appears
Green dropping sap, which she compares to tears.

"Poor flow'r", quoth she, "this was thy father's guise –
Sweet issue of a more sweet-smelling sire –
For every little grief to wet his eyes.
To grow unto himself was his desire,
And so 'tis thine; but know, it is as good
To wither in my breast as in his blood.

Here was thy father's bed, here in my breast;
Thou art the next of blood, and 'tis thy right.
Lo, in this hollow cradle take thy rest;
My throbbing heart shall rock thee day and night;
There shall not be one minute in an hour
Wherein I will not kiss my sweet love's flow'r."

Thus weary of the world, away she hies,
And yokes her silver doves; by whose swift aid
Their mistress, mounted, through the empty skies
In her light chariot quickly is convey'd,
Holding their course to Paphos, where their queen
Means to immure herself, and not be seen.

Sie muß sich nieder zu der Blume bücken,
Adonis' Atem scheint ihr süßer Duft.
„Dich", sagt sie, „will ich an den Busen drücken,
Denn er ist tot und aufgelöst in Luft."
  Sie bricht den Stengel ab – sogleich erscheint
  Ein Tröpfchen Saft; sie denkt, Adonis weint.

„Von deinem Vater hast du diesen Zug,
Sogleich zu weinen", sagt sie, „arme Blüte,
Der, leicht verletzt und sich allein genug,
Sich ganz wie du nur sich zu blühn bemühte;
  Doch glaub es mir, es welkt sich ganz so gut
  An meiner Brust wie hier in seinem Blut.

Denn diese Brust war deines Vaters Bette,
Dein Erbrecht ist es, ebenda zu liegen;
In dieser weichen, warmen Ruhestätte
Soll Tag und Nacht mein klopfend Herz dich wiegen,
  Und hundertmal in jeder Stunde müssen
  Adonis' Blümchen meine Lippen küssen."

Den Hain verläßt sie, müde dieser Welt,
Und schirrt die Silbertauben vor den Wagen.
Sie schweben leicht empor zum Himmelszelt,
Nach Paphos hin die Königin zu tragen,
  Denn dort, in ihres Heiligtumes Mauern,
  Gedenkt sie still und ungesehn zu trauern.

DIE SCHÄNDUNG DER LUCRETIA

THE RAPE OF LUCRECE

TO THE

RIGHT HONOURABLE HENRY WRIOTHESLEY,

EARL OF SOUTHAMPTON, AND BARON OF TICHFIELD.

The love I dedicate to your Lordship is without end: whereof this Pamphlet without beginning is but a superfluous moiety. The warrant I have of your Honourable disposition, not the worth of my untutored lines makes it assured of acceptance. What I have done is yours, what I have to do is yours, being part in all I have, devoted yours. Were my worth greater my duty would shew greater, meantime, as it is, it is bound to your Lordship; to whom I wish long life still lengthened with all happiness.

Your Lordship's in all duty,
William Shakespeare

DEM

HOCHGEBORNEN HERRN HEINRICH WRIOTHESLEY,

GRAFEN VON SOUTHAMPTON, BARON VON TICHFIELD.

Die Liebe, die ich Ew. Lordschaft widme, ist ohne Ende und diese Schrift ohne Anfang nur ein überflüssiger Teil derselben. Die sichern Beweise Ihrer gnädigen Gewogenheit, nicht der Wert meiner ungelehrten Verse sichern diesen die Annahme. Was ich geleistet habe, gehört Ihnen; was ich leisten werde, gehört Ihnen, da es nur einen Teil des Ganzen bildet, das ich Ihnen gewidmet. Wäre mein Wert größer, so würde auch der Zoll meiner Leistungen reicher ausfallen. Aber auch so ist er das Eigentum Ew. Lordschaft, der ich ein langes, durch Glück noch verlängertes Leben wünsche.

Ew. Lordschaft
in Ehrfurcht ergebener
William Shakespeare

From the besieged Ardea all in post,
Borne by the trustless wings of false desire,
Lust-breathed Tarquin leaves the Roman host,
And to Collatium bears the lightless fire
Which, in pale embers hid, lurks to aspire
  And girdle with embracing flames the waist
  Of Collatine's fair love, Lucrece the chaste.

Haply that name of "chaste" unhap'ly set
This bateless edge on his keen appetite;
When Collatine unwisely did not let
To praise the clear unmatched red and white
Which triumph'd in that sky of his delight,
  Where mortal stars, as bright as heaven's beauties,
  With pure aspects did him peculiar duties.

For he the night before, in Tarquin's tent,
Unlock'd the treasure of his happy state –
What priceless wealth the heavens had him lent
In the possession of his beauteous mate;
Reck'ning his fortune at such high-proud rate,
  That kings might be espoused to more fame,
  But king nor peer to such a peerless dame.

O happiness enjoy'd but of a few!
And, if possess'd, as soon decay'd and done
As is the morning's silver-melting dew
Against the golden splendour of the sun!
An expir'd date, cancell'd ere well begun:
  Honour and beauty, in the owner's arms,
  Are weakly fortress'd from a world of harms.

Das Römerheer, das Ardea berennt,
Verläßt Tarquin auf der Begierde Flügeln;
Ihn treibt ein Feuer, das er Liebe nennt,
Fort nach Collatium mit verhängten Zügeln;
Was jetzt noch düster, unter Asche brennt,
Dort soll es flammend in die Höhe züngeln,
Lucretia, die Keusche, zu umringeln.

Die „Keusche" – dieser Name schliff den Qualen
Der Leidenschaft die allerfeinste Schneide.
Warum auch mußte Collatinus prahlen
Mit ihrer Wangen zarter Augenweide,
Mit ihrer Blicke sternengleichen Strahlen,
Die nur für ihn am Schönheitshimmel blinkten,
Nur ihm als Zeichen seines Glückes winkten?

Die Nacht zuvor, im Zelte des Tarquin,
Verriet er diesem, wie sein Glück so reich sei;
Der Himmel hab ein Kleinod ihm verliehn
In einer Gattin, welcher keine gleich sei;
Dies höchste Los sei zweimal nicht zu ziehn;
Ein König könne größern Ruhm gewinnen,
Doch eine Frau wie diese niemals minnen.

O hohes Glück, das wenige genießen!
Denn wer es hat, der sieht es bald zerronnen.
Gleichwie des Taus Juwelen schnell zerfließen,
Sobald sie sich im heißen Strahle sonnen,
So geht verloren, was wir kaum gewonnen.
Stets will die Welt, daß Ehr und Schönheit falle,
Ihr Eigner schirmt sie nur mit schwachem Walle.

Beauty itself doth of itself persuade
The eyes of men without an orator;
What needeth then apologies be made
To set forth that which is so singular?
Or why is Collatine the publisher
   Of that rich jewel he should keep unknown
   From thievish ears, because it is his own?

Perchance his boast of Lucrece' sov'reignty
Suggested this proud issue of a king;
For by our ears our hearts oft tainted be.
Perchance that envy of so rich a thing,
Braving compare, disdainfully did sting
   His high-pitch'd thoughts that meaner men should vaunt
   That golden hap which their superiors want.

But some untimely thought did instigate
His all-too-timeless speed, if none of those.
His honour, his affairs, his friends, his state,
Neglected all, with swift intent he goes
To quench the coal which in his liver glows.
   O rash false heat, wrapp'd in repentant cold,
   Thy hasty spring still blasts and ne'er grows old!

When at Collatium this false lord arrived,
Well was he welcom'd by the Roman dame,
Within whose face beauty and virtue strived
Which of them both should underprop her fame:
When virtue bragg'd, beauty would blush for shame;
   When beauty boasted blushes, in despite
   Virtue would stain that o'er with silver white.

Die Schönheit ist des Anwalts überhoben,
Sie spricht für sich zum Auge laut genug.
Was einzig ist, mit Worten noch zu loben,
Bleibt bestenfalls ein müßiger Versuch.
O Collatin, du handeltest nicht klug;
Denn weiß man einen Edelstein sein eigen,
Soll man von ihm vor Diebesohren schweigen.

Sein Rühmen war es, was im Königssohn
Die wilde Leidenschaft zum Ausbruch brachte;
Denn oft betört das Herz ein Wort, ein Ton.
Der Neid auf solch ein köstlich Gut erwachte,
Und der Gedanke stachelt' ihn wie Hohn,
Daß ihm, dem Fürsten, das Geschick versage,
Womit ein Untertan zu prahlen wage.

Getrieben von Gedanken dieser Art,
Kann er den Weg nicht rasch genug durchmessen.
Der Ehr und Freundschaft macht ihn diese Fahrt,
Der Pflicht des Standes und des Staats vergessen.
Von wilden Gluten ist er wie besessen,
Dem Wollustsommer, welchem dicht dahinter
Die Reue folgt als eisig kalter Winter.

Sein Ziel erreicht der falsche Mann beizeiten,
Und gastlich nimmt ihn auf die Römerin.
In ihrem Antlitz scheint der Tugendsinn
Mit ihrer Schönheit um den Preis zu streiten,
Denn, ist die Tugend eben im Gewinn,
Errötet Schönheit – Tugend will nicht weichen
Und läßt noch reizender das Rot erbleichen.

But beauty, in that white intituled,
From Venus' doves doth challenge that fair field;
Then virtue claims from beauty beauty's red,
Which virtue gave the golden age to gild
Their silver cheeks, and call'd it then their shield;
  Teaching them thus to use it in the fight,
  When shame assail'd, the red should fence the white.

This heraldry in Lucrece' face was seen,
Argued by beauty's red and virtue's white;
Of either's colour was the other queen,
Proving from world's minority their right;
Yet their ambition makes them still to fight,
  The sovereignty of either being so great
  That oft they interchange each other's seat.

This silent war of lilies and of roses
Which Tarquin view'd in her fair face's field,
In their pure ranks his traitor eye encloses;
Where, lest between them both it should be kill'd,
The coward captive vanquished doth yield
  To those two armies that would let him go,
  Rather than triumph in so false a foe.

Now thinks he that her husband's shallow tongue –
The niggard prodigal that prais'd her so –
In that high task hath done her beauty wrong,
Which far exceeds his barren skill to show;
Therefore that praise which Collatine doth owe
  Enchanted Tarquin answers with surmise,
  In silent wonder of still-gazing eyes.

Doch Schönheit weiß von Venus' Taubenpaar
Ein Recht auf dieses Weiß auch herzuleiten,
Und Tugend sagt: der Schönheit Röte war
Einst mein; ich schenkte sie den goldnen Zeiten
Als Wangenschild bei nahender Gefahr;
  Wo Schande drohte, lehrt ich, das Erblassen
  Mit Zornesröte schirmend einzufassen.

So gleicht ihr Antlitz einem Erbprozesse
Um Wappenfarben. Jede Königin
Begehrt so Schönheitsrot als Tugendblässe,
Beweist ihr Anrecht von der Welt Beginn.
Ihr Ehrgeiz reißt sie stets zum Kampfe hin;
  Gleich mächtig sind sie – wechselnd thronen beide
  Im hermelinbesetzten Purpurkleide.

Den stummen Krieg der Lilien und Rosen
Erblickt Tarquin im Felde ihrer Wangen,
Und als Verräter so zu makellosen
Kriegsscharen drängt sich nun voll Todesbangen
Sein Aug hinzu und gibt sich feig gefangen;
  Gern ließen sie entfliehn den falschen Feind,
  Den zu besiegen wenig ruhmvoll scheint.

Er denkt: Mit geiziger Verschwendung pries
Dies schöne Weib der schale Mund des Gatten;
Der Umriß schon des Wunderbildes ließ
Die Kunst des Stümpers lügenhaft ermatten.
Was Collatin zur Hälfte kaum verhieß,
  Das schaut Tarquin, verstummt, entzückt, geblendet,
  Zwiefach erfüllt und wunderbar vollendet.

This earthly saint, adored by this devil,
Little suspecteth the false worshipper;
For unstain'd thoughts do seldom dream on evil;
Birds never lim'd no secret bushes fear.
So guiltless she securely gives good cheer
  And reverend welcome to her princely guest,
  Whose inward ill no outward harm express'd;

For that he colour'd with his high estate,
Hiding base sin in pleats of majesty;
That nothing in him seem'd inordinate,
Save sometime too much wonder of his eye,
Which, having all, all could not satisfy;
  But, poorly rich, so wanteth in his store
  That, cloy'd with much, he pineth still for more.

But she that never cop'd with stranger eyes
Could pick no meaning from their parling looks,
Nor read the subtle-shining secrecies
Writ in the glassy margents of such books.
She touch'd no unknown baits, nor fear'd no hooks;
  Nor could she moralize his wanton sight,
  More than his eyes were open'd to the light.

He stories to her ears her husband's fame,
Won in the fields of fruitful Italy;
And decks with praises Collatine's high name,
Made glorious by his manly chivalry,
With bruised arms and wreaths of victory.
  Her joy with heav'd-up hand she doth express,
  And, wordless, so greets heaven for his success.

Die Heilige, verehrt von diesem Teufel,
Hat keinen Argwohn seiner falschen Gluten;
In reine Seelen dringt kein böser Zweifel,
Nur schon geleimte Vögel scheun die Ruten.
Kein äußres Merkmal zeigt der Herzensguten
  Sein böses Herz, und würdevoll gefaßt,
  Empfängt sie höflich ihren hohen Gast.

Im stolzen Faltenwurf der Majestät
Verbirgt sein Stand der Wollust niedre Tücke;
Sein Auge nur, das hungrig suchend späht
Nach einem ungenoßnen Sinnenglücke,
Des Wüstlings reichtumarmes Herz verrät,
  Das, übersättigt, immer noch entbehrt
  Und, voll zum Überdruß, noch mehr begehrt.

Ihr Blick, der nie mit fremden Blicken stritt,
Versteht es nicht, was diese Augen sagen;
Für sie ist dieses Buch mit goldnem Schnitt
Wie Runenschrift vergebens aufgeschlagen.
Sein Auge, denkt sie, fühlt am Licht Behagen,
  Und weiter nichts. Von Ködern, Angelschnüren
  Vernahm sie nie – wie soll sie Arglist spüren?

Er füllt ihr Ohr mit ihres Gatten Ruhm,
Der längst erreicht Italiens letzte Grenze;
Sie hört, wie Collatinens Rittertum
Und Tapferkeit die Besten überglänze;
Er nennt die Taten, zählt die Siegeskränze,
  Sie dankt den Göttern für so reiche Spende,
  Und stumm gen Himmel hebt sie ihre Hände.

Far from the purpose of his coming thither
He makes excuses for his being there.
No cloudy show of stormy blust'ring weather
Doth yet in his fair welkin once appear;
Till sable Night, mother of Dread and Fear,
  Upon the world dim darkness doth display,
  And in her vaulty prison stows the Day.

For then is Tarquin brought unto his bed,
Intending weariness with heavy sprite;
For, after supper, long he questioned
With modest Lucrece, and wore out the night.
Now leaden slumber with life's strength doth fight;
  And every one to rest themselves betake,
  Save thieves, and cares, and troubled minds that wake.

As one of which doth Tarquin lie revolving
The sundry dangers of his will's obtaining;
Yet ever to obtain his will resolving,
Though weak-built hopes persuade him to abstaining;
Despair to gain doth traffic oft for gaining;
  And when great treasure is the meed proposed,
  Though death be adjunct, there's no death supposed.

Those that much covet are with gain so fond
That what they have not, that which they possess
They scatter and unloose it from their bond,
And so, by hoping more, they have but less;
Or, gaining more, the profit of excess
  Is but to surfeit, and such griefs sustain
  That they prove bankrupt in this poor-rich gain.

Er weiß den Zweck, zu dem er hier erschienen,
In einem Vorwand unschwer zu verstecken;
Kein Wölkchen läßt in seinen heitern Mienen
Den kommenden Gewittersturm entdecken,
Bis schwarze Nacht, die Mutter aller Schrecken,
  Den Tag in ihre dunkle Wölbung schließt
  Und um die Welt des Schattens Flut ergießt.

Nach Tisch geplaudert hat er mit der schlichten
Lucretia bis in die halbe Nacht;
Nun muß er Schlaf und Müdigkeit erdichten
Und wird zu seiner Lagerstatt gebracht.
Der Schlummer sinkt mit seinen Bleigewichten
  Auf jede Brust, es wachen nur die Diebe,
  Die Sorgen und die Leidenschaft der Liebe.

Umher im schlummerlosen Hirne wälzen
Muß auch Tarquin den wagnisvollen Plan.
Die Furcht vermag den Vorsatz nicht zu schmelzen,
So laut sie warnend ruft: auf dieser Bahn
Gewinn zu hoffen ist ein leerer Wahn.
  Der Räuber denkt: ich muß den Schatz gewinnen;
  Der Todesstrafe will ich schon entrinnen.

Wer viel begehrt, den läßt die Habsucht nimmer,
Was er besitzt, als Eigentum genießen;
Er streckt die Hand nach falschem Hoffnungsschimmer,
Läßt, was er hält, sich durch die Finger fließen;
Erlangt er mehr, so wird ihn nur verdrießen
  Sein Überfluß; er dünkt ihm nur ein Spott;
  Sein Reichtum macht ihn herzensbankerott.

The aim of all is but to nurse the life
With honour, wealth, and ease in waning age;
And in this aim there is such thwarting strife
That one for all or all for one we gage:
As life for honour in fell battle's rage;
  Honour for wealth; and oft that wealth doth cost
  The death of all, and all together lost.

So that in vent'ring ill we leave to be
The things we are for that which we expect;
And this ambitious foul infirmity,
In having much, torments us with defect
Of that we have; so then we do neglect
  The thing we have and, all for want of wit,
  Make something nothing by augmenting it.

Such hazard now must doting Tarquin make,
Pawning his honour to obtain his lust;
And for himself himself he must forsake –
Then where is truth if there be no self-trust?
When shall he think to find a stranger just,
  When he himself confounds, betrays
  To sland'rous tongues and wretched hateful days?

Now stole upon the time the dead of night,
When heavy sleep had clos'd up mortal eyes;
No comfortable star did lend his light,
No noise but owls' and wolves' death-boding cries;
Now serves the season that they may surprise
  The silly lambs. Pure thoughts are dead and still,
  While lust and murder wake to stain and kill.

Was ist das Ziel, nach dem wir alle jagen?
Im Alter ruhig, reich, geehrt zu leben.
Dies Ziel erregt ein Wetten und ein Wagen,
Bereit, für eines alles hinzugeben,
Das Leben in die Schanze selbst zu schlagen,
  Der Ehre willen, und aus Gier nach Schätzen
  Das Leben samt der Ehr aufs Spiel zu setzen.

Wir wagen Übel, hören auf zu sein
Das, was wir sind, für das, was wir erwarten;
Der falsche Ehrgeiz findet stets zu klein
Sein Eigentum und läßt in Habsuchtspein,
Was er besitzt, verkommen und entarten,
  Indes der Unverstand für vollgewichtig
  Erklärt, was völlig wertlos ist und nichtig.

Tarquin auch muß dies tolle Glücksspiel wagen;
Die Ehr ist Einsatz und Gewinn die Lust;
Sich selber muß er für sich selbst entsagen
Und sich betrügen, obendrein bewußt.
Nie darf sich über Unrecht der beklagen,
  Der wissentlich der Schande sich vermählt,
  Als Zukunft Haß und Elend frei erwählt.

Nun drückt der schwere Schlaf der Mitternacht
Den Menschen zu die müden Augenlider;
Kein Stern von guter Vorbedeutung lacht,
Der Eule Ruf nur gibt das Echo wieder,
Des Wolfs Geheul; sie ziehn auf ihre Jagd.
  Die reinen Seelen liegen todesstumm,
  Nach Blut und Schmach gehn Mord und Wollust um.

And now this lustful lord leap'd from his bed,
Throwing his mantle rudely o'er his arm;
Is madly toss'd between desire and dread;
Th' one sweetly flatters, th' other feareth harm;
But honest fear, bewitch'd with lust's foul charm,
Doth too too oft betake him to retire,
Beaten away by brain-sick rude desire.

His falchion on a flint he softly smiteth,
That from the cold stone sparks of fire do fly,
Whereat a waxen torch forthwith he lighteth,
Which must be lode-star to his lustful eye;
And to the flame thus speaks advisedly:
"As from this cold flint I enforc'd this fire,
So Lucrece must I force to my desire."

Here pale with fear he doth premeditate
The dangers of his loathsome enterprise,
And in his inward mind he doth debate
What following sorrow may on this arise;
Then, looking scornfully, he doth despise
His naked armour of still-slaughtered lust,
And justly thus controls his thoughts unjust:

"Fair torch, burn out thy light, and lend it not
To darken her whose light excelleth thine;
And die, unhallowed thoughts, before you blot
With your uncleanness that which is divine;
Offer pure incense to so pure a shrine:
Let fair humanity abhor the deed
That spots and stains love's modest snow-white weed.

Empor vom Lager treibt ihn sein Verlangen,
Den Mantel hat er hastig umgehangen;
Furcht und Begierde spielen mit ihm Ball:
Die schmeichelt, jene füllt sein Herz mit Bangen
Und warnt ihn ehrlich: fliehe deinen Fall!
  Doch wilde Reize zaubert seinen Sinnen
  Begierde vor und treibt die Furcht von hinnen.

Behutsam durch den Stahl des Dolches weckt
Er auf die Funken, die im Steine schlafen;
Gewachster Kien, am Zunder angesteckt,
Soll ihm ein Leitstern sein zum Wollusthafen.
Er denkt: Wie dieser Stahl die Glut entdeckt
  Im kalten Stein und sie hinausgetrieben,
  Will ich die Keusche zwingen, mich zu lieben.

Doch furchterbleichend muß er nun erwägen,
Gefährlich sei sein rasend Unterfangen.
Sein Ahnen spricht von schweren Schicksalsschlägen,
Die sicher drohn, wenn er die Tat begangen.
Wie waffenlos ist plötzlich sein Verlangen;
  Entgegen stellt er höchst gerechte Gründe
  Der ungerechtesten Gedankensünde.

„Erlisch, o Fackel, gib nicht her dein Licht,
Ein Licht zu trüben, heller als das deine!
Unheiliger Gedanke, schwärze nicht
Mit deinem Frevelschmutz die göttlich Reine;
Nur Weihrauch ziemt vor diesem Heil'genschreine!
  Empfinde menschlich; zu beflecken scheue
  Das makellose Schneegewand der Treue.

O shame to knighthood and to shining arms!
O foul dishonour to my household's grave!
O impious act including all foul harms!
A martial man to be soft fancy's slave!
True valour still a true respect should have;
  Then my digression is so vile, so base,
  That it will live engraven in my face.

Yea, though I die, the scandal will survive
And be an eyesore in my golden coat;
Some loathsome dash the herald will contrive
To cipher me how fondly I did dote;
That my posterity, sham'd with the note,
  Shall curse my bones, and hold it for no sin
  To wish that I their father had not been.

What win I if I gain the thing I seek?
A dream, a breath, a froth of fleeting joy.
Who buys a minute's mirth to wail a week?
Or sells eternity to get a toy?
For one sweet grape who will the vine destroy?
  Or what fond beggar, but to touch the crown,
  Would with the sceptre straight be strucken down?

If Collatinus dream of my intent,
Will he not wake, and in a desp'rate rage
Post hither, this vile purpose to prevent –
This siege that hath engirt his marriage,
This blur to youth, this sorrow to the sage,
  This dying virtue, this surviving shame,
  Whose crime will bear an ever-during blame?

Mein Schlachtenruhm und Waffenglanz erblindet,
Und Schmach bedeckt die Gräber meiner Ahnen;
Die Pflicht der Ehre, die den Krieger bindet,
Verbietet ihm, entweiht zum Untertanen
Der Lust, zu schreiten des Verbrechers Bahnen;
Der Greuel, solche Tat verübt zu haben,
Blieb' ewig meinem Antlitz eingegraben.

Auch nicht der Tod kann diese Schande bleichen,
Sie bleibt ein Fleck in meinem goldnen Schilde;
Des Lüstlings, des Verführers Wappenzeichen
Entnimmt ein jeder Herold meinem Bilde;
Umsonst versucht mein Sohn es auszustreichen;
Mein Grab belastet seines Fluches Schwere:
Daß dieser Vater nie geboren wäre!

Erfüllte sich mein Wunsch, was würde mein?
Ein Traum, ein Hauch, ein kurzer Freudenrausch.
Wer kauft Minutenlust mit Wochenpein?
Wer schlägt die Reb um eine Traube klein?
Wer gibt die Ewigkeit für Tand in Tausch?
Und welcher Bettler gern die Krone trüge,
Wenn gleich darauf das Zepter ihn erschlüge?

Muß Collatin nicht meinen Vorsatz träumen,
Vom Schlaf erwachen, in Verzweiflungswut
Nach Hause eilen, daß die Rosse schäumen,
Zu retten seiner Ehe höchstes Gut,
Zu hindern, daß am Brandfleck meiner Glut
Die Jugend welke und die Tugend sterbe,
Zu sorgen, daß ich selbst in Schmach verderbe?

O, what excuse can my invention make
When thou shalt charge me with so black a deed?
Will not my tongue be mute, my frail joints shake,
Mine eyes forgo their light, my false heart bleed?
The guilt being great, the fear doth still exceed;
   And extreme fear can neither fight nor fly,
   But coward-like with trembling terror die.

Had Collatinus kill'd my son or sire,
Or lain in ambush to betray my life,
Or were he not my dear friend, this desire
Might have excuse to work upon his wife,
As in revenge or quittal of such strife;
   But as he is my kinsman, my dear friend,
   The shame and fault finds no excuse nor end.

Shameful it is – ay, if the fact be known;
Hateful it is – there is no hate in loving;
I'll beg her love – but she is not her own –
The worst is but denial and reproving.
My will is strong, past reason's weak removing –
   Who fears a sentence or an old man's saw
   Shall by a painted cloth be kept in awe."

Thus, graceless, holds he disputation
'Tween frozen conscience and hot-burning will,
And with good thoughts makes dispensation,
Urging the worser sense for vantage still;
Which in a moment doth confound and kill
   All pure effects, and doth so far proceed
   That what is vile shows like a virtuous deed.

Was kann ich zur Entschuldigung ersinnen,
Wenn er mich darf so schwarzer Untat zeihn?
Im Herzen muß mein falsches Blut gerinnen,
Die Zunge stocken, zittern mein Gebein,
Mein offnes Auge Finsternis umspinnen!
  Ich muß, erdrückt von meines Frevels Wucht,
  Als Feigling sterben ohne Kampf und Flucht.

Ja, hätte Collatinus Blut vergossen,
Das mir verwandt, mir selber nachgestellt
Und keinen Freundesbund mit mir geschlossen,
So dürft ich sagen, daß ich als Entgelt,
Aus Rachsucht nur sein treues Weib genossen,
  Doch da wir Freund und einem Blut entstammen,
  So muß ich selbst mich mitleidlos verdammen.

Ja, Schande bleibt's – doch brauch ich sie zu zeigen?
Gehässig ist's. – Doch lieben ist nicht hassen!
Ich fordre Liebe – ist sie noch ihr eigen?
Nur eins ist schlimm: sie ungenossen lassen.
Mein Wille heißt die Überlegung schweigen.
  Wer Sprüche scheut und alte Redensarten,
  Den ängstigen – bepinselte Standarten."

So streitet frech sein glühendes Begehren
Mit des Gewissens kühlem, gutem Rat.
Gerechten Einwand weiß er abzuwehren,
Entschuldigung zu finden seiner Tat,
Sogar in Gründen, welche sie erschweren,
  So daß zuletzt das Niedrige, Gemeine
  Umflossen steht von hellem Tugendscheine.

Quoth he: "She took me kindly by the hand
And gaz'd for tidings in my eager eyes,
Fearing some hard news from the warlike band
Where her beloved Collatinus lies.
O how her fear did make her colour rise!
First red as roses that on lawn we lay,
Then white as lawn, the roses took away.

And how her hand, in my hand being lock'd,
Forc'd it to tremble with her loyal fear!
Which struck her sad, and then it faster rock'd
Until her husband's welfare she did hear;
Whereat she smiled with so sweet a cheer
That had Narcissus seen her as she stood,
Self-love had never drown'd him in the flood.

Why hunt I then for colour or excuses?
All orators are dumb when beauty pleadeth;
Poor wretches have remorse in poor abuses;
Love thrives not in the heart that shadows dreadeth;
Affection is my captain, and he leadeth;
And when his gaudy banner is display'd,
The coward fights and will not be dismay'd.

Then, childish fear, avaunt! debating, die!
Respect and reason wait on wrinkled age!
My heart shall never countermand mine eye;
Sad pause and deep regard beseems the sage;
My part is youth, and beats these from the stage:
Desire my pilot is, beauty my prize;
Then who fears sinking where such treasure lies?"

„Wie freundlich“, sprach er, „nahm sie meine Hand!
Wie frug ihr Auge meinen heißen Blick
Um Nachricht, ob auch nicht in Feindesland
Den teuren Gatten traf ein Mißgeschick!
Wie rasch die Furcht, indem sie kam und schwand,
  Auf ihren Wangen Rosenglut entfachte
  Und sie dann weiß wie zartes Linnen machte!

Wie meine Hand, als ihre Hand sie faßte,
Ihr treues Beben spürend, mitgebebt,
Und sie, das fühlend, bänger noch erblaßte!
Da ruf ich aus: ‚Er ist wohlauf, er lebt‘ –
Ein himmlisch Lächeln um ihr Antlitz schwebt –
  Narziß, der Selbstverliebte, spränge nimmer
  Ins Wasser, säh er dieses Lächelns Schimmer.

Wozu noch nach Entschuldigungen haschen?
Die Rede schweige, wo die Schönheit spricht.
Die Tröpfe mögen ihr Gewissen waschen,
Ein liebend Herz erbangt vor Schatten nicht.
Mein Feldherr ist die Neigung. Tapfer ficht
  Der Feigling selbst, ja Sieg erringen kann er,
  Wo diese wehen läßt ihr glorreich Banner.

Fort, kindisch Bangen! Stirb nun, Überlegung!
Vernunft und Rücksicht, dienet welken Greisen!
Mein Herz bekämpfe nie des Auges Regung;
Erwägen, Zaudern ist die Kost der Weisen,
Nicht Jugend ist so billig abzuspeisen.
  Lust, lotse du mein Raubschiff – ob’s versinkt,
  Wer fürchtet’s, wo die Beute Schönheit winkt?“

As corn o'ergrown by weeds, so heedful fear
Is almost chock'd by unresisted lust.
Away he steals with open list'ning ear,
Full of foul hope, and full of fond mistrust;
Both which, as servitors to the unjust,
So cross him with their opposite persuasion
That now he vows a league, and now invasion.

Within his thought her heavenly image sits,
And in the self-same seat sits Collatine.
That eye which looks on her confounds his wits;
That eye which him beholds, as more divine,
Unto a view so false will not incline;
But with a pure appeal seeks to the heart,
Which once corrupted takes the worser part;

And therein heartens up his servile powers,
Who, flatt'red by their leader's jocund show,
Stuff up his lust, as minutes fill up hours;
And as their captain, so their pride doth grow,
Paying more slavish tribute than they owe.
By reprobate desire thus madly led,
The Roman lord marcheth to Lucrece' bed.

The locks between her chamber and his will,
Each one by him enforc'd, retires his ward;
But, as they open, they all rate his ill,
Which drives the creeping thief to some regard.
The threshold grates the door to have him heard;
Night-wand'ring weasels shriek to see him there;
They fright him, yet he still pursues his fear.

Er schleicht sich lauschend fort. Das Böse siegt;
Verworfne Zuversicht zerreißt die Fesseln
Gerechter Scheu; der wilden Lust erliegt
Bedachte Furcht, wie Korn, erstickt von Nesseln;
Allein wie sehr der Frevel überwiegt,
  Noch immer zwischen friedlichen Gedanken
  Und Raublust muß er auf und nieder schwanken.

Er sieht ihr Himmelsbild, und dicht daneben
Sitzt Collatin und schaut sie liebend an;
Sein Auge läßt ihn eifersüchtig beben,
Ihr Auge blickt auf i h n, den falschen Mann,
Voll fester Gotteskraft; doch rühren kann
  Auch dieses Auge nicht den Lasterhaften,
  Der nur noch hört den Ruf der Leidenschaften.

Im Herzen lagert die Trabantenschar,
Die seiner Schönheit Fahnendienste tut;
Sie mästen, wie der Tage Zahl das Jahr,
Aus Lüsten auf den frechsten Übermut;
Lust ist ihr Sold und Lust auch ihr Tribut;
  Gedrängt vom tollen Schwarme, den er leitet,
  Der Herr von Rom zum Bett Lucretiens schreitet.

Die Schlösser zwischen ihrem Schlafgemach
Und seinem Willen ziehn die Riegel ein,
Von ihm gesprengt; doch dünkt ihm ihr Gekrach
Den Warnungsruf „Ein Dieb!“ ins Ohr zu schrein.
„Dieb!“ knarrt die Tür, „Dieb!“ ächzt die Schwell ihr nach;
  Ein Wiesel kreischt; ihn hier zu sehn erschrickt es,
  Ihn faßt ein Grauen, doch er unterdrückt es.

As each unwilling portal yields him way,
Through little vents and crannies of the place
The wind wars with his torch, to make him stay,
And blows the smoke of it into his face,
Extinguishing his conduct in this case;
But his hot heart, which fond desire doth scorch,
Puffs forth another wind that fires the torch;

And, being lighted, by the light he spies
Lucretia's glove, wherein her needle sticks;
He takes it from the rushes where it lies,
And griping it, the needle his finger pricks,
As who should say: "This glove to wanton tricks
Is not inur'd. Return again in haste;
Thou seest our mistress' ornaments are chaste."

But all these poor forbiddings could not stay him;
He in the worst sense construe their denial:
The doors, the wind, the glove that did delay him,
He takes for accidental things of trial;
Or as those bars which stop the hourly dial,
Who with a ling'ring stay his course doth let,
Till every minute pays the hour his debt.

"So, so", quoth he, "these lets attend the time,
Like little frosts that sometime threat the spring,
To add a more rejoicing to the prime,
And give the sneaped birds more cause to sing.
Pain pays the income of each precious thing:
Huge rocks, high winds, strong pirates, shelves and sands,
The merchant fears, ere rich at home he lands."

Die Türen weichen stöhnend der Gewalt;
Die Fackel überfällt mit scharfem Hauch
Ihr Feind, der Zug, aus einem Mauerspalt,
Zurück ins Antlitz schlägt er ihm den Rauch,
Weht aus ihr Licht und macht ihm Aufenthalt;
  Doch mit den Gluten, die sein Herz durchrasen,
  Versteht Tarquin sie wieder anzublasen.

Dicht vor ihm liegend auf der Binsenmatte
Gewahrt sein Blick im wieder hellen Licht
Lucretiens Handschuh. Ihre Nadel hatte
Sie selbst hineingesteckt. Er greift erpicht
Nach diesem Kleinod – in den Finger sticht
  Die Nadel ihn, als riefe sie: Zurück,
  Der keuschen Rose Dorn ersticht dein Glück.

Ihn hemmt kein vorbedeutend Hindernis,
Nur spornen kann ihn, was ihm widerfuhr;
Der Zug, die Türen, dieser Nadel Biß
Sind ihm ein prüfend Spiel des Zufalls nur;
Die Hemmung regelt nur den Gang der Uhr,
  Sekundenweise wird die Zeit zerschnitten
  Und doch vom Stundenzeiger auch durchschritten.

Der Zeiten Reiz ist ihr gehemmter Lauf;
Damit die Knospen desto schöner springen,
Die Vögel desto heller ihn besingen,
Hält leichter Frost des Frühlings Kommen auf.
Für Mühe nur steht uns Genuß zu Kauf;
  Der Kaufmann wagt's, um reich daheim zu landen,
  Verstürmt, beraubt zu werden und zu stranden.

Now is he come unto the chamber door
That shuts him from the heaven of his thought,
Which with a yielding latch, and with no more,
Hath barr'd him from the blessed thing he sought.
So from himself impiety hath wrought
  That for his prey to pray he doth begin,
  As if the heavens should countenance his sin.

But in the midst of his unfruitful prayer,
Having solicited th' eternal power,
That his foul thoughts might compass his fair fair,
And they would stand auspicious to the hour,
Even there he starts – quoth he: "I must deflow'r.
  The powers to whom I pray abhor this fact;
  How can they then assist me in the act?

Then Love and Fortune be my gods, my guide!
My will is back'd with resolution.
Thoughts are but dreams till their effects be tried;
The blackest sin is clear'd with absolution;
Against love's fire fear's frost hath dissolution.
  The eye of heaven is out, and misty night
  Covers the shame that follows sweet delight."

This said, his guilty hand pluck'd up the latch,
And with his knee the door he opens wide.
The dove sleeps fast that this night-owl will catch.
Thus treason works ere traitors be espied.
Who sees the lurking serpent steps aside;
  But she, sound sleeping, fearing no such thing,
  Lies at the mercy of his mortal sting.

Die Tür des Zimmers hat er nun erreicht,
Die ihn vom Himmel seiner Wünsche trennt.
Nur eine Klinke noch verschließt ihm leicht
Den höchsten Schatz, den seine Seele kennt.
So gottlos ist die Brunst, von der er brennt,
  Daß er vom Himmel Hilfe gar erfleht
  Und – Beutelust ergießt in ein Gebet.

Doch während seine Worte hohl und taub
Sich bittend an die ew'gen Mächte wenden,
Sie möchten ihm zu seinem schnöden Raub
Den Beistand einer guten Stunde senden,
Schrickt er empor und ruft: „Ich muß sie schänden!
Wie darf ich noch der Götter Beistand suchen
Zu einer Missetat, die sie verfluchen?

Als Gottheit soll mich Glück und Liebe leiten,
Des Willens Helfer ist entschloßner Mut,
Was Denken träumt, das soll die Tat erstreiten,
Vergebung macht die ärgste Sünde gut;
Das Eis der Furcht zerschmelze Liebesglut;
  Des Himmels Auge sieht mich nicht; die Nacht
  Bedeckt die Scham, die nach der Lust erwacht."

Die Klinke hebt er aus der Pfortensäule,
Dem Druck des Knies die Tür geräuschlos weicht;
Die Taube schläft und ahnt nicht, daß die Eule
Schon ihre Krallen reckt und näherschleicht.
Wir springen, wo sich eine Natter zeigt,
  Zur Seite rasch; doch schlummernd, ohne Beben
  Liegt sie, dem Biß des Giftzahns preisgegeben.

Into the chamber wickedly he stalks,
And gazeth on her yet unstained bed.
The curtains being close, about he walks,
Rolling his greedy eyeballs in his head.
By their high treason is his heart misled,
  Which gives the watchword to his hand full soon
  To draw the cloud that hides the silver moon.

Look as the fair and fiery-pointed sun,
Rushing from forth a cloud, bereaves our sight;
Even so, the curtain drawn, his eyes begun
To wink, being blinded with a greater light;
Whether it is that she reflects so bright
  That dazzleth them, or else some shame supposed;
  But blind they are, and keep themselves enclosed.

O, had they in that darksome prison died,
Then had they seen the period of their ill!
Then Collatine again by Lucrece' side
In his clear bed might have reposed still;
But they must ope, this blessed league to kill;
  And holy-thoughted Lucrece to their sight
  Must sell her joy, her life, her world's delight.

Her lily hand her rosy cheek lies under,
Coz'ning the pillow of a lawful kiss;
Who, therefore angry, seems to part in sunder,
Swelling on either side to want his bliss;
Between whose hills her head entombed is;
  Where, like a virtuous monument, she lies,
  To be admir'd of lewd unhallowed eyes.

Frech tritt er ein. Die Bettgardine hält
Ihr unentweihtes Lager dicht verhangen.
Er schleicht herum. Sein gierig Auge fällt
Auf diesen Vorhang, funkelnd von Verlangen.
Bald hat ihr Stichwort seine Hand empfangen,
  Hinwegzuziehn die Wolke dieser Falten,
  Die hier den Silbermond verborgen halten.

Wenn dunkle Wolken rasch vorüberflogen,
So macht uns blind der Sonne Strahlenfülle;
So blendet ihn die Schönheit, deren Hülle
Er nun mit raschem Griff hinweggezogen.
Wird doch vielleicht nicht völlig überwogen
  Sein Schamgefühl vom Drange zu genießen?
  Genug – er muß die Augenlider schließen.

O stürben in der Lider dunkler Haft
Die Augen hin, sein Elend nie zu schauen!
Dann bliebe, unbefleckt von Leidenschaft,
Dem Collatin die edelste der Frauen.
Doch ach, sie öffnen sich; der Abgrund klafft,
  In dem der Keuschen ganze Freudenwelt
  Ein jäher Sturz zertrümmert und zerschellt.

Die Lilienhand stützt ihre Rosenwangen,
Das Kissen um verdiente Küsse prellend;
Dies ist vor Ärger fast entzweigegangen,
Zu beiden Seiten eifersüchtig schwellend.
Im Tale dieses Hügelpaars gefangen,
  Ihr Antlitz ruht, ein Tugendmonument,
  Bei dessen Anblick Wollust nun entbrennt.

Without the bed her other fair hand was,
On the green coverlet; whose perfect white
Show'd like an April daisy on the grass,
With pearly sweat, resembling dew of night.
Her eyes, like marigolds, had sheath'd their light,
  And canopied in darkness sweetly lay,
  Till they might open to adorn the day.

Her breasts, like ivory globes circled with blue,
O modest wantons! wanton modesty! –
Showing life's triumph in the map of death,
And death's dim look in life's mortality.
Each in her sleep themselves so beautify,
  As if between them twain there were no strife,
  But that life liv'd in death, and death in life.

Her breasts, like ivory globes circled with blue,
A pair of maiden worlds unconquered,
Save of their lord no bearing yoke they knew,
And him by oath they truly honoured.
These worlds in Tarquin new ambition bred,
  Who like a foul usurper went about
  From this fair throne to heave the owner out.

What could he see but mightily he noted?
What did he note but strongly he desired?
What he beheld, on that he firmly doted,
And in his will his wilful eye he tired.
With more than admiration he admired
  Her azure veins, her alabaster skin,
  Her coral lips, her snow-white dimpled chin.

Die andre Hand liegt unverhüllt zur Schau,
Vollkommen weiß, auf dunkelgrüner Decke,
Wie leicht beperlt von Tröpfchen Himmelstau
Im Mai die weißen Blüten auf der Hecke,
Und wie die Ringelblumen im Verstecke
Der Knospen ihre goldnen Blütenkerne,
Verschließt das Augenlid die Augensterne.

Wie keusch und – lüstern, wenn ihr Atem quillt,
Die goldnen Locken auf und nieder beben!
Ist auch an ihr der Schlaf des Todes Bild,
So lebt der Tod, so haben Tod und Leben
In ihr durch Friedensschluß den Kampf gestillt
Und feiern, wenn sie schlummert, die Versöhnung,
Den Bund zu gegenseitiger Verschönung.

Erdgloben gleich vom reinsten Elfenbein
(Die blauen Adern sind der Flüsse Zeichen)
Sind ihre Brüste. Herr und König sein
Soll einer nur in diesen beiden Reichen.
Nun will Tarquin den Doppelthron erschleichen;
Als Usurpator ist er eingebrochen,
Gewalttat soll dies Reich ihm unterjochen.

Sein Auge schwelgt in staunendem Betrachten;
Was er betrachtet, muß er heiß begehren,
Und sein Begehren läßt ihn lechzen, schmachten;
Zu lange dünkt das Schauen ihm zu währen;
Nicht nur bewundern muß er, nein, verzehren
Dies Grübchenkinn, der Lippen Rot, die Haut,
Durch deren Schnee das Netz der Adern blaut.

As the grim lion fawneth o'er his prey,
Sharp hunger by the conquest satisfied,
So o'er this sleeping soul doth Tarquin stay,
His rage of lust by gazing qualified;
Slack'd, not suppress'd; for standing by her side,
  His eye, which late this mutiny restrains,
  Unto a greater uproar tempts his veins;

And they, like straggling slaves for pillage fighting,
Obdurate vassals, fell exploits effecting,
In bloody death and ravishment delighting,
Nor children's tears nor mothers' groans respecting,
Swell in their pride, the onset still expecting.
  Anon his beating heart, alarum striking,
  Gives the hot charge and bids them do their liking.

His drumming heart cheers up his burning eye,
His eye commends the leading to his hand;
His hand, as proud of such a dignity,
Smoking with pride, march'd on to make his stand
On her bare breast, the heart of all her land;
  Whose ranks of blue veins, as his hand did scale,
  Left their round turrets destitute and pale.

They, must'ring to the quiet cabinet
Where their dear governess and lady lies,
Do tell her she is dreadfully beset,
And fright her with confusion of their cries:
She, much amaz'd, breaks ope her lock'd-up eyes,
  Who, peeping forth this tumult to behold,
  Are by his flaming torch dimm'd and controll'd.

Dem Löwen gleich, der auf der Beute kauert
Und, siegbefriedigt, kaum noch Hunger fühlt,
Tarquin am Bett der Schlafumfangnen lauert;
Im Schauen wird ein wenig abgekühlt
Die Gier, die fieberglühend ihn durchschauert,
  Um gleich darauf, zu Flammen angeblasen,
  Als Aufruhr durch die Adern hinzurasen.

Sein Blut ist eine Schar empörter Knechte,
Die nur nach Raub und Plünderung begehren;
Mordgier und Wollust treibt sie zum Gefechte;
Der Mütter Jammern und der Kinder Zähren
Sind ihre Lust. Das Zeichen zum Verheeren
  Erwarten sie. Mit einem Trommelschlage
  Ruft sie das Herz zum blutigen Gelage.

Der Herzenstrommelschlag zum Sturm erklingt,
Der Feldherr Auge schickt voran die Hand,
Die, stolz auf diese Sendung, vorwärts dringt
Und hohe Stellung wählt in Feindesland;
Die Brüste nimmt sie ohne Widerstand;
  Das Blut, Besatzung in den runden Türmen,
  Erblaßt und flieht, indem die Finger stürmen.

Sie sammelt sich im stillen Schlafgemach,
In dem die teure Fürstin Seele liegt,
Und schreit sie mit der Schreckensmeldung wach,
Sie sei belagert, sei bereits besiegt.
Sie staunt, sie forscht dem Grund des Lärmes nach –
  Das Auge blinzelt – voll Entsetzen wendet
  Sich's wieder ab, vom Fackelglanz geblendet.

Imagine her as one in dead of night
From forth dull sleep by dreadful fancy waking,
That thinks she hath beheld some ghastly sprite
Whose grim aspect sets every joint a-shaking –
What terror 'tis! but she, in worser taking,
From sleep disturbed, heedfully doth view
The sight which makes supposed terror true.

Wrapp'd and confounded in a thousand fears,
Like to a new-kill'd bird she trembling lies;
She dares not look; yet, winking, there appears
Quick-shifting antics, ugly in her eyes.
Such shadows are the weak brain's forgeries,
Who, angry that the eyes fly from their lights,
In darkness daunts them with more dreadful sights.

His hand, that yet remains upon her breast –
Rude ram, to batter such an ivory wall! –
May feel her heart, poor citizen, distress'd,
Wounding itself to death, rise up and fall,
Beating her bulk, that his hand shakes withal.
This moves in him more rage and lesser pity,
To make the breach and enter this sweet city.

First like a trumpet doth his tongue begin
To sound a parley to his heartless foe,
Who o'er the white sheet peers her whiter chin,
The reason of this rash alarm to know,
Which he by dumb demeanour seeks to show;
But she with vehement prayers urgeth still
Under what colour he commits this ill.

Nun denket euch ein Weib, um Mitternacht
Aus bösen Träumen plötzlich aufgeschreckt.
Ein Höllengeist, hat sie zuerst gedacht,
Von grauser Mißgestalt hat mich erweckt;
Doch ihr Entsetzen steigt, da sie erwacht:
  Das Auge zeigt ihr das geträumte Leid
  In Fleisch und Blut als grause Wirklichkeit.

Sie zuckt, von tausend Ängsten wie zerrissen,
Dem aus der Luft geschoßnen Vogel gleich;
Sie drückt die Augen zu, sie will nichts wissen
Und muß doch blinzeln. In des Blicks Bereich
Gelangt dabei von ihres Lagers Kissen
  Ein grausig Schattenspiel, wie Truggestalten,
  Die nachts im Traum den Geist in Banden halten.

Die Hand Tarquins, die nicht vom Busen weicht,
Erstürmt als Widder dessen Marmorwall;
Sie fühlt das Herz, fühlt, wie es fällt und steigt
Im Todesschmerz um seiner Festung Fall,
Und zittert mit; doch das Erbarmen schweigt,
  Nur wilder schreit die Lust mit tausend Stimmen:
  Ich muß, ich muß die süße Burg erklimmen.

Die Zunge schickt er als Trompeterin
Ans Tor und fordert auf zur Übergabe.
Aus weißer Decke taucht ihr weißres Kinn,
Fragt, was dies Lärmen zu bedeuten habe.
Nur mit Gebärden sagt er ihr den Sinn;
  Sie will die Fahne, will die Farbe kennen,
  Darin er kommt, ihr Schlößchen zu berennen.

Thus he replies: "The colour in thy face,
That even for anger makes the lily pale
And the red rose blush at her own disgrace,
Shall plead for me and tell my loving tale.
Under that colour am I come to scale
Thy never-conquered fort. The fault is thine,
For those thine eyes betray thee unto mine.

Thus I forestall thee, if thou mean to chide:
Thy beauty hath ensnar'd thee to this night,
Where thou with patience must my will abide,
My will that marks thee for my earth's delight,
Which I to conquer sought with all my might;
But as reproof and reason beat it dead,
By thy bright beauty was it newly bred.

I see what crosses my attempt will bring;
I know what thorns the growing rose defends;
I think the honey guarded with a sting:
All this beforehand counsel comprehends.
But will is deaf and hears on heedful friends;
Only he hath an eye to gaze on beauty,
And dotes on what he looks, 'gainst law or duty.

I have debated, even in my soul,
What wrong, what shame, what sorrow I shall breed;
But nothing can affection's course control,
Or stop the headlong fury of his speed.
I know repentant tears ensue the deed,
Reproach, disdain, and deadly enmity;
Yet strive I to embrace mine infamy."

Und er versetzt: „Mit dir verglichen, darben
Die Rosen und der zarte Flaum am Schwane;
Auf meinem Helme trag ich deine Farben,
Und deine Schönheit nenn ich meine Fahne,
Indem ich mir den Weg gewaltsam bahne
  Zu deiner Burg. Dein Aug hat dich verraten,
  Durch meines warb es mich zu solchen Taten.

Vergebens ist dein Grollen. Dich berücken
Die eignen Reize nur in dieser Nacht;
Gewähren mußt du sinnliches Entzücken,
Dazu erkor dich meines Willens Macht.
Umsonst versucht ich ihn zu unterdrücken;
  Schon gab er dem Gewissen sich verloren,
  Doch deine Schönheit hat ihn neu geboren.

Ich weiß, mein Wagnis wird mir Unheil bringen,
Und Dornen birgt der Rose zartes Laub;
Ich weiß, es wird ein scharfer Stachel dringen
In meine Hand für diesen Honigraub;
Trotz aller Einsicht bleibt der Wille taub,
  Nur sehn die Schönheit kann er und begehren,
  Was ihm Vernunft, Gesetz und Pflicht verwehren.

Erwogen hab ich es in tiefster Seele,
Daß Schmach und Unglück dieser Tat entspringt,
Doch achtlos trotzt die Neigung dem Befehle
Der Klugheit selbst und fordert unbedingt,
Was, wie sie weiß, nur Reuetränen bringt.
  Mir droht Verfolgung, Haß im ganzen Lande –
  Erstreben muß ich dennoch meine Schande."

This said, he shakes aloft his Roman blade,
Which, like a falcon tow'ring in the skies,
Coucheth the fowl below with his wings' shade,
Whose crooked beak threats if he mount he dies.
So under his insulting falchion lies
  Harmless Lucretia, marking what he tells
  With trembling fear, as fowl hear falcon's bells.

"Lucrece", quoth he, "this night I must enjoy thee.
If thou deny, then force must work my way,
For in thy bed I purpose to destroy thee;
That done, some worthless slave of thine I'll slay,
To kill thine honour with thy life's decay;
  And in thy dead arms do I mean to place him,
  Swearing I slew him, seeing thee embrace him.

So thy surviving husband shall remain
The scornful mark of every open eye;
Thy kinsmen hang their heads at this disdain,
Thy issue blurr'd with nameless bastardy;
And thou, the author of their obloquy,
  Shalt have thy trespass cited up in rhymes,
  And sung by children in succeeding times.

But if thou yield, I rest thy secret friend:
The fault unknown is as a thought unacted;
A little harm done to a great good end
For lawful policy remains enacted.
The poisonous simple sometimes is compacted
  In a pure compound; being so applied,
  His venom in effect is purified.

Die Römerklinge reißt er von der Hüfte
Und schwingt sie über ihrem Haupt. So steigt
Der Falke losgelassen in die Lüfte;
Das Rebhuhn duckt sich, das sein Schatten streicht,
Dem nahen Tod sein krummer Schnabel zeigt;
  Sein Wort vernimmt Lucretia erschrocken,
  Gleichwie das Huhn des Falken Halsbandglocken.

„Lucretia, sei mein in dieser Nacht,
Gib, was ich will, sonst nehm ich's mit Gewalt!
Nachdem ich dich im Bett hier umgebracht,
Erliegt dein Ruf gleich deiner Huldgestalt:
Von deinen Sklaven mach ich einen kalt,
  Leg ihn zu dir und schwöre dann, ich hätte
  Ihn hier erdolcht, bei dir, in deinem Bette.

Dein Gatte wird in Schmach dich überleben,
Mit Blicken wird ihn jedes Auge höhnen;
Kein Blutsverwandter darf sein Haupt erheben,
Der Bastardname hängt an deinen Söhnen;
Des Volkes Spottlied hör ich schon ertönen,
  Die Kinder singen es auf allen Gassen –
  Die Nachwelt noch soll deine Schande hassen.

Doch gibst du nach, so bleibt dein Freund verschwiegen;
Was niemand weiß, das ist wie nicht getan;
Zu großem Zweck ein wenig seitwärts biegen
Heißt noch nicht weichen von der Tugendbahn.
Die stärksten Gifte können wir besiegen:
  Mit reinem Stoff, gemischt mit Gegengiften,
  Vermögen sie kein Unheil anzustiften.

Then, for thy husband and thy children's sake,
Tender my suit; bequeath not to their lot
The shame that from them no device can take,
The blemish that will never be forgot;
Worse than a slavish wipe or birth-hour's blot;
  For marks descried in men's nativity
  Are nature's faults, not their own infamy."

Here with a cockatrice' dead-killing eye
He rouseth up himself, and makes a pause;
While she, the picture of pure piety,
Like a white hind under the gripe's sharp claws,
Pleads, in a wilderness where are no laws,
  To the rough beast that knows no gentle right,
  Nor aught obeys but his foul appetite.

But when a black-fac'd cloud the world doth threat,
In his dim mist th' aspiring mountains hiding,
From earth's dark womb some gentle gust doth get,
Which blows these pitchy vapours from their biding,
Hind'ring their present fall by this dividing;
  So his unhallowed haste her words delays,
  And moody Pluto winks while Orpheus plays.

Yet, foul night-waking cat, he doth but dally,
While in his hold-fast foot the weak mouse panteth;
Her sad behaviour feeds his vulture folly,
A swallowing gulf that even in plenty wanteth;
His ear her prayers admits, but his heart granteth
  No penetrable entrance to her plaining.
  Tears harden lust, though marble wear with raining.

Der Kinder eingedenk wie des Gemahles,
Erhöre mich, sonst ist es ihr Verderben,
Und nichts entledigt sie des Muttermales,
Das sie von dir, von deiner Schmach ererben;
Mehr unauslöschlich wird sie diese färben
  Als Sklavenmarken, angeborne Mäler –
  Wer kann für die Natur und ihre Fehler?"

Er schweigt. Des Basilisken Blicke schauen
Voll Gier auf sie, das reine Tugendbildnis;
Die weiße Hindin sieht sich in den Klauen
Des Greifen, hilflos wie in öder Wildnis;
Sie fleht, als ob vom zarten Recht der Frauen
  Auch solch ein Ungeheuer etwas wüßte,
  Das nur gehorcht dem Drange seiner Lüste.

Wenn vom Gebirge, drohend schwarz wie Rauch,
Hinaus ins flache Land die Wolken eilen,
Entsteigt der Erde hier ein warmer Hauch
Und weiß die finstern Dünste zu zerteilen,
Daß Sturm und Regen länger fern verweilen.
  So hemmt ihr Wort in ihm den wilden Drang –
  Wie Pluto nickt', als Orpheus spielt' und sang.

Ein wüster Abgrund ist sein Geierherz.
Schon schwelgen dürft er im ersehnten Schatze,
Doch an sich haltend, treibt er grausam Scherz
Und läßt sein Mäuschen wie die falsche Katze
Ein wenig zappeln unter seiner Tatze.
  Den Stein erweicht der Regen; ihre Zähren
  Verhärten nur sein sündiges Begehren.

Her pity-pleading eyes are sadly fixed
In the remorseless wrinkles of his face;
Her modest eloquence with sighs is mixed,
Which to her oratory adds more grace.
She puts the period often from his place,
And midst the sentence so her accent breaks
That twice she doth begin ere once she speaks.

She conjures him by high almighty Jove,
By knighthood, gentry, and sweet friendship's oath,
By her untimely tears, her husband's love,
By holy human law, and common troth,
By heaven and earth, and all the power of both,
That to his borrowed bed he make retire,
And stoop to honour, not to foul desire.

Quoth she: "Reward not hospitality
With such black payment as thou hast pretended;
Mud not the fountain that gave drink to thee;
Mar not the thing that cannot be amended;
End thy ill aim before thy shoot be ended.
He is no woodman that doth bend his bow
To strike a poor unseasonable doe.

My husband is thy friend – for his sake spare me;
Thyself art mighty – for thine own sake leave me;
Myself a weakling – do not then ensnare me;
Thou look'st not like deceit – do not deceive me.
My sighs like whirlwinds labour hence to heave thee.
If ever man were mov'd with woman's moans,
Be moved with my tears, my sighs, my groans;

Ihr mitleidflehend Auge ruht erschrocken
Auf seinem mitleidlosen Angesicht;
Oft läßt ein Schluchzen ihre Rede stocken,
Und Seufzer mehren ihres Worts Gewicht;
Des Satzes Faden reißt ihr ab vom Rocken,
  So daß der bange Mund für einen Schluß
  Das Vorderende zweimal spinnen muß.

Beim höchsten Zeus und bei den Freundschaftseiden,
Mit welchen ihn ihr treuer Gatte band,
Beim Himmel, bei der Erde, bei den Leiden
Der treuen Liebe, seinem hohen Stand
Beschwört sie ihn, den Treuebruch zu meiden,
  Als Gast in sein Gemach zurückzukehren
  Und nicht mit ihr sich selber zu entehren.

„O trübe nicht die Quelle, die dich tränkt;
Bezahl es nicht mit diesem schwarzen Lohn,
Daß ich Vertrauen meinem Gast geschenkt!
Der Bogen sei, bevor der Pfeil entflohn,
Vom Ziel, das keinen Ruhm bringt, abgelenkt.
  Ein echter Jäger muß darauf verzichten,
  Den Schuß auf eine arme Geiß zu richten.

Befreundet ist mein Gatte dir. Verschone
Mich seinetwegen; fliehe, handle klug!
Dem schwachen Vöglein stelle keine Dohne;
Dein Antlitz sieht nicht aus, als ob Betrug
Und Arglist nur in deinem Herzen wohne;
  Laß meine Tränen deine Seele rühren,
  Laß meine Seufzer dich von hinnen führen.

All which together, like a troubled ocean,
Beat at thy rocky and wrack-threat'ning heart;
To soften it with their continual motion;
For stones dissolv'd to water do convert.
O, if no harder than a stone thou art,
  Melt at my tears, and be compassionate!
  Soft pity enters at an iron gate.

In Tarquin's likeness I did entertain thee;
Hast thou put on his shape to do him shame?
To all the host of heaven I complain me,
Thou wrong'st his honour, wound'st his princely name.
Thou art not what thou seem'st; and if the same,
  Thou seem'st not what thou art, a god, a king;
  For kings like gods should govern everything.

How will thy shame be seeded in thine age,
When thus thy vices bud before thy spring!
If in thy hope thou dar'st do such outrage,
What dar'st thou not when once thou art a king?
O, be rememb'red, no outrageous thing
  From vassal actors can be wip'd away;
  Then kings' misdeeds cannot be hid in clay.

This deed will make thee only lov'd for fear,
But happy monarchs still are fear'd for love;
With foul offenders thou perforce must bear,
When they in thee the like offences prove.
If but for fear of this, thy will remove;
  For princes are the glass, the school, the book,
  Where subjects' eyes do learn, do read, do look.

Dein Herz, den Felsen, der mir Schiffbruch droht,
Umbrandet meines Jammers Ozean;
Auch den Granit zernagt ja Lot um Lot
Zu Sand zuletzt des Wassers weicher Zahn,
Und sanftes Mitleid bricht sich eine Bahn
Durch Eisentore: Schmilz denn, weil ich weine,
Und sei nicht härter noch als Erz und Steine.

Du hast dich nur verkleidet als Tarquin,
Tarquin zu schänden ist dein schnöder Zweck!
Ihr Götter, wird auch das von euch verziehn?
Wascht von des Prinzen Ehre diesen Fleck!
Nein, dieser Frevler ist nicht, was er schien;
Ein Königssohn, dereinst des Thrones Zierde,
Ist König, niemals Sklave der Begierde.

Wenn deine Laster schon in Frühlingstagen
So wuchernd knospen, welche Schmach als Ernte
Muß dann dein Leben erst im Herbst tragen!
Wenn so des Thrones Anwart freveln lernte,
Was alles wird dann erst der König wagen!
Am Untertanen hängt nur lebenslänglich
Sein Schimpf, doch Königsschimpf ist unvergänglich.

Die Furcht nur huldigt dir nach solcher Tat;
Dem guten Herrscher huldigt Furcht aus Liebe;
In Gnaden dulden müßtest du im Staat
Als deinesgleichen Räuber, Mörder, Diebe;
Aus Scheu davor bezwinge deine Triebe!
Bedenke, daß dem Volk des Fürsten Bild
Als Muster, Schule, Buch und Spiegel gilt.

And wilt thou be the school where Lust shall learn?
Must he in thee read lectures of such shame?
Wilt thou be glass wherein it shall discern
Authority for sin, warrant for blame,
To privilege dishonour in thy name?
  Thou back'st reproach against long-living laud,
  And mak'st fair reputation but a bawd.

Hast thou command? By him that gave it thee,
From a pure heart command thy rebel will;
Draw not thy sword to guard iniquity,
For it was lent thee all that brood to kill.
Thy princely office how canst thou fulfil,
  When, pattern'd by thy fault, foul Sin may say
  He learn'd to sin and thou didst teach the way?

Think but how vile a spectacle it were
To view thy present trespass in another.
Men's faults do seldom to themselves appear;
Their own transgressions partially they smother:
This guilt would seem death-worthy in thy brother.
  O, how are they wrapp'd in with infamies
  That from their own misdeeds askance their eyes!

To thee, to thee, my heav'd-up hands appeal,
Not to seducing lust, thy rash relier;
I sue for exil'd majesty's repeal;
Let him return and flatt'ring thoughts retire:
His true respect will prison false desire,
  And wipe the dim mist from thy doting eyne,
  That thou shalt see thy state, and pity mine."

Sprich, willst du sitzen auf dem Lehrerstuhle
Der Wollust? Willst du für das Handbuch gelten
Der edlen Kunst, wie man erfolgreich buhle?
Soll dich die Welt den Unzuchtspiegel schelten,
Das Musterbild der Schmach, des Lasters Schule?
  Die Schande wählst du dir zur Zier der Stirne
  Und machst den guten Ruf zur feilen Dirne.

Bei jenem, welcher dir die Macht gewährte,
Bezwinge deinen Willen, den Rebellen;
Beliehen wurdest du mit deinem Schwerte
Zum Schutz der Unschuld, nicht, ihr nachzustellen;
So schwing es nun, der Laster Brut zu fällen,
  Und, statt ermutigt, sehe sich verdammt
  Von dir die Lust – das ist des Fürsten Amt.

Bedenke, wie gemein der Anblick wäre,
Wenn einen andern so du sähest fehlen!
Parteiisch weiß des eignen Fehltritts Schwere
Sich selbst des Menschen Urteil zu verhehlen:
Dein Bruder stürbe hier von deinem Speere!
  Es zeigt, daß wir der tiefsten Schmach verfielen,
  Wenn eigner Sünde wir vorüberschielen.

Dein Wesen ist's, zu dem Lucretia fleht,
Nicht deine Lust, dein täuschendes Verlangen;
Zurück beruf ich deine Majestät,
Die nur aus Irrtum, von Begier gefangen,
Vom Thron der Hoheit ins Exil gegangen;
  Der Nebel weicht – schon blickt dein Auge reiner;
  Erkenne dich – und du erbarmst dich meiner."

"Have done", quoth he, "my uncontrolled tide
Turns not, but swells the higher by this let.
Small lights are soon blown out; huge fires abide,
And with the wind in greater fury fret.
The petty streams that pay a daily debt
  To their salt sovereign, with their fresh falls' haste,
  Add to his flow, but alter not his taste."

"Thou art", quoth she, "a sea, a sovereign king;
And lo, there falls into thy boundless flood
Black lust, dishonour, shame, misgoverning,
Who seek to stain the ocean of thy blood.
If all these petty ills shall change thy good,
  Thy sea within a puddle's womb is hearsed,
  And not the puddle in thy sea dispersed.

So shall these slaves be king, and thou their slave;
Thou nobly base, they basely dignified;
Thou their fair life, and they thy fouler grave;
Thou loathed in their shame, they in thy pride.
The lesser thing should not the greater hide;
  The cedar stoops not to the base shrub's foot,
  But low shrubs wither at the cedar's root.

So let thy thoughts, low vassals to thy state" –
"No more", quoth he, "by heaven, I will not hear thee!
Yield to my love; if not, enforced hate,
Instead of love's coy touch, shall rudely tear thee;
That done, despitefully I mean to bear thee
  Unto the base bed of some rascal groom,
  To be thy partner in this shameful doom."

„Genug!“ versetzt er. „Ungestüme Flut
Schwillt höher nur empor an solchem Damme;
Ein Lichtchen bläst man aus, die große Glut
Erstarkt im Sturm zur himmelhohen Flamme.
Das Land erfüllt mit täglichem Tribut
Den Ozean aus kleinen süßen Bächen,
Doch dessen Salzgehalt wird's nimmer schwächen.“

„Jawohl, du bist ein königliches Meer;
Was aber fließt in seinem Schoß zusammen?
Schmach, Schwelgerei und Wollust sind ein Heer
Von Strömen, Bächen, alle schwarz wie Teer,
Die deines Blutes Ozean verschlammen;
Vor dieses trüben Pfuhles Zufluß schütze
Den Ozean, sonst wird er eine Pfütze.

Ja, sei der Untertan der Sklavenbande
Der Sinne! Der Begierden Lebensluft
Sei dein Verwesen, deine ärgste Schande
Ihr höchster Ruhm, sie selber deine Gruft! –
Die Zeder läßt an ihrem Fuß im Sande
Die Disteln welken, hoch gen Himmel steigt sie,
Und nicht ihr Haupt hinab ins Unkraut neigt sie.

Mach's umgekehrt; dein knechtisch Denken laß –“
„Beim Himmel“, schreit er, „mehr mag ich nicht hören!
Gib meiner Liebe nach, sonst soll mein Haß,
Was Liebe sanft umschlösse, wild zerstören
Und ärger vor der Nachwelt dich entehren:
Es fällt ein Knecht von meines Schwertes Streiche;
Ins Bett zu diesem leg ich deine Leiche.“

This said, he sets his foot upon the light,
For light and lust are deadly enemies;
Shame folded up in blind concealing night,
When most unseen, then most doth tyrannize.
The wolf hath seiz'd his prey; the poor lamb cries
Till with her own white fleece her voice controll'd
Entombs her outcry in her lips' sweet fold;

For with the nightly linen that she wears
He pens her piteous clamours in her head,
Cooling his hot face in the chastest tears
That ever modest eyes with sorrow shed.
O, that prone lust should stain so pure a bed!
The spots whereof could weeping purify,
Her tears should drop on them perpetually.

But she hath lost a dearer thing than life,
And he hath won what he would lose again.
This forced league doth force a further strife,
This momentary joy breeds months of pain,
This hot desire converts to cold disdain;
Pure Chastity is rifled of her store,
And Lust, the thief, far poorer than before.

Look! as the full-fed hound or gorged hawk,
Unapt for tender smell or speedy flight,
Make slow pursuit, or altogether balk
The prey wherein by nature they delight;
So surfeit-taking Tarquin fares this night:
His taste delicious, in digestion souring,
Devours his will, that liv'd by foul devouring.

Die Fackel tritt er aus; denn Lust und Licht
Sind auf den Tod entzweit. Doch im Gewande
Der Nacht entzieht die Wollust ihr Gesicht
Dem Späherblick der Scham und schwelgt erpicht
Und ungezügelt im Genuß der Schande.
  Nun hat der Wolf das Lamm in seinen Krallen,
  Der Lippen Angstruf muß erdrückt verhallen.

Ihr Nachtkleid muß dem Ruf um Hilfe wehren,
Mit seinen Falten ihre Lippen schließen.
Sein Antlitz kühlt er in den keuschen Zähren,
Die schmerzenreich aus ihren Augen fließen.
Darf so die Lust das reinste Glück verheeren?
  Oh, wiche dieser Fleck der Tränenlauge,
  Zur steten Quelle würde dann ihr Auge.

Ihr höchstes Kleinod hat sie nun verloren,
Und er verlöre gern, was er gewonnen.
Erzwungner Bund hat stets nur Fluch geboren
Und Monde Schmerz minutenlange Wonnen.
Zum Abscheu ist die heiße Gier geronnen;
  Die Keuschheit ist nun ihres Schatzes bar,
  Der Dieb, die Lust, noch ärmer, als er war.

Der Hund, der Falke werden ungeschickt
Zum Jagen und zum Beizen, sind sie satt,
Was ihr Beruf ist, was sie sonst entzückt,
Das treiben sie nur lässig noch und matt.
So fühlt Tarquin sich voll und schwer bedrückt:
  Er wollte sich an süßer Speise stillen –
  Verschlungen, schlingt sie selbst hinab den Willen.

O, deeper sin than bottomless conceit
Can comprehend in still imagination!
Drunken Desire must vomit his receipt,
Ere he can see his own abomination.
While Lust is in his pride, no exclamation
Can curb his heat or rein his rash desire,
Till, like a jade, Self-will himself doth tire.

And then with lank and lean discolour'd cheek,
With heavy eye, knit brow, and strengthless pace,
Feeble Desire, all recreant, poor, and meek,
Like to a bankrupt beggar wails his case.
The flesh being proud, Desire doth fight with Grace,
For there it revels; and when that decays,
The guilty rebel for remission prays.

So fares it with this faultful lord of Rome,
Who this accomplishment so hotly chased;
For now against himself he sounds this doom,
That through the length of times he stands disgraced;
Besides, his soul's fair temple is defaced
To whose weak ruins muster troops of cares,
To ask the spotted princess how she fares.

She says her subjects with foul insurrection
Have batter'd down her consecrated wall,
And by their mortal fault brought in subjection
Her immortality, and made her thrall
To living death and pain perpetual;
Which in her prescience she controlled still,
But her foresight could not forestall their will.

O Sündentiefe, nimmer auszusprechen
Noch zu durchleuchten mit des Denkens Strahl!
Die trunkne Gier muß sich der Lust erbrechen,
Noch eh sie merkt, sie sei ein Greuelmahl.
Kein Zaum, kein Zuruf kann ihr Toben schwächen;
  Kaum durchgegangen, muß sie zahm verschnaufen
  Gleich einem Gaule, der sich lahm gelaufen.

Dann steht gleich einem, der Bankrott erlitten,
In tiefster Demut jammernd das Verlangen;
Es geht betrübt einher mit matten Schritten,
Mit abgehärmten, blaß entfärbten Wangen;
Den Raub der Schönheit hat es stolz erstritten,
  Doch wird die Kraft des Fleisches matt und fade,
  So fleht der schuldige Rebell um Gnade.

So geht es nun dem schuld'gen Königssohn;
Er hat erreicht, was er so heiß begehrt,
Und kennt nun selber seiner Sünde Lohn,
Er weiß, er ist für alle Zeit entehrt;
Der Tempel seiner Seele ward zerstört,
  In seinen Trümmern lagern sich die Rotten,
  Die Sorgen, um die Göttin zu verspotten.

Sie klagt: „Lebend'ger Tod und ew'ges Leid
Sind nun mein Los; empörte Knechte haben
Mein Heiligtum zertrümmert und entweiht.
Die Sünden meiner Sterblichkeit begraben
Im Schutt der Schande die Unsterblichkeit;
  Das alles hab ich klar vorhergewußt
  Und wurde doch das Opfer dieser Lust."

Ev'n in this thought through the dark night he stealeth,
A captive victor that hath lost in gain;
Bearing away the wound that nothing healeth,
The scar that will despite of cure remain,
Leaving his spoil perplex'd in greater pain.
She bears the load of lust he left behind,
And he the burthen of a guilty mind.

He like a thievish dog creeps sadly thence,
She like a wearied lamb lies panting there;
He scowls and hates himself for his offence,
She, desperate, with her nails her flesh doth tear.
He faintly flies, sweating with guilty fear;
She stays, exclaiming on the direful night;
He runs, and chides his vanish'd loath'd delight.

He thence departs a heavy convertite,
She there remains a hopeless castaway;
He in his speed looks for the morning light;
She prays she never may behold the day.
"For day", quoth she, "night's scapes doth open lay;
And my true eyes have never practis'd how
To cloak offences with a cunning brow.

They think not but that every eye can see
The same disgrace which they themselves behold;
And therefore would they still in darkness be,
To have their unseen sin remain untold;
For they their guilt with weeping will unfold,
And grave, like water that doth eat in steel,
Upon my cheeks what helpless shame I feel."

So muß er durch die Nacht von hinnen eilen,
Ein Sieger, der sich nur Verlust gewann,
Im Herzen eine Wunde, die nicht heilen,
Durch keine Kunst auch nur vernarben kann.
Es lastet auch auf ihr ein schwerer Bann;
  Von seiner Wollust ward ihr Glück zerrissen,
  Doch ihn erdrückt ein schuldiges Gewissen.

Er schleicht sich fort gleich einem dieb'schen Hunde,
Sie bleibt, ein müdes Lämmchen, zitternd liegen;
Er haßt sich selbst, er flucht der bösen Stunde,
Sie gräbt sich mit den Nägeln manche Wunde
Ins Angesicht; er wünscht, er könnte fliegen,
  Er schwitzt vor Angst; wie sie die Schreckensnacht
  Verwünscht er jetzt, was ihn hierhergebracht.

Er flieht, bekehrt zu Schmerz und bangen Sorgen,
Sie, die zurückbleibt, fühlt sich ganz verloren;
Er sehnt sich, eilend, nach dem lichten Morgen,
Sie fleht: „O würde nie der Tag geboren,
Denn was die Schleier dieser Nacht umfloren,
  Deckt auf der Tag; verhehlen kann ich nimmer
  Den Fleck der Schmach mit gleisnerischem Schimmer.

Die Schande, welche meine Augen sahen,
Muß jedes Auge, welches mich sieht, wissen;
O möchte nie das Licht des Morgens nahen,
Sie würde nimmer dann der Nacht entrissen.
Verraten werd ich sie in Tränengüssen;
  In meine Wangen ätzen sie das Mal
  Des Schimpfs, wie Scheidewasser ätzt den Stahl.“

Here she exclaims against repose and rest,
And bids her eyes hereafter still be blind.
She wakes her heart by beating on her breast,
And bids it leap from thence, where it may find
Some purer chest to close so pure a mind.
  Frantic with grief thus breathes she forth her spite
  Against the unseen secrecy of night:

"O comfort-killing Night, image of hell!
Dim register and notary of shame!
Black stage for tragedies and murders fell!
Vast sin-concealing chaos! nurse of blame!
Blind muffled bawd! dark harbour for defame!
  Grim cave of death! whisp'ring conspirator,
  With close-tongu'd treason and the ravisher!

O hateful, vaporous, and foggy night!
Since thou art guilty of my cureless crime,
Muster thy mists to meet the eastern light,
Make war against proportion'd course of time;
Or if thou wilt permit the sun to climb
  His wonted height, yet ere he go to bed,
  Knit poisonous clouds about his golden head.

With rotten damps ravish the morning air;
Let their exhal'd unwholesome breaths make sick
The life of purity, the supreme fair,
Ere he arrive his weary noontide prick;
And let thy musty vapours march so thick
  That in their smoky ranks his smoth'red light
  May set at noon and make perpetual night.

In ihrem Schmerz verwünscht sie Ruh und Rast,
Gebietet ihren Augen zu erblinden,
Schlägt sich die Brust und ruft: „Nicht länger Gast
Sei hier, mein Herz; du mußt von hier verschwinden,
Ein reiner Obdach deiner Treue finden."
  Zum Rasen steigert sich ihr Herzeleid,
  Sie flucht der Nacht und ihrer Heimlichkeit:

„O grimme Nacht, du Bild der Höllengründe,
Verzeichnis jeder Schmach und Advokat,
Du Laster-Amme, Chaos aller Sünde,
Du schwarze Bühne jeder Missetat,
Du blinde Metze, Hafen für Verrat,
  Du Todeshöhle, Aufruhrschürerin,
  Du leise zischelnde Verführerin!

Verhaßte, nebeldampferfüllte Nacht,
Da du verschuldet mein unheilbar Leid,
So führe deiner Dünste Schar zur Schlacht;
Dem Morgenlicht aus Ost, dem Lauf der Zeit
Entgegen stelle deine finstre Macht,
  Und will die Sonne doch gen Himmel klimmen,
  Laß Giftgewölk ihr goldnes Haupt umglimmen.

Laß faulen Brodem allen Morgenlüften
Die Reinheit rauben, einen Pestgestank
Den Lebensquell, das reine Licht vergiften,
Die Sonne selber werde todeskrank;
So dick umqualme sie mit bösen Düften,
  Als ob der Abend mittags schon begänne
  Und Ewigkeit die Finsternis gewänne.

Were Tarquin Night, as he is but Night's child,
The silver-shining queen he would distain;
Her twinkling handmaids too, by him defil'd,
Through Night's black bosom should not peep again;
So should I have co-partners in my pain;
  And fellowship in woe doth woe assuage,
  As palmers' chat makes short their pilgrimage.

Where now I have no one to blush with me,
To cross their arms and hang their heads with mine,
To mask their brows and hide their infamy;
But I alone alone must sit and pine,
Seasoning the earth with show'rs of silver brine,
  Mingling my talk with tears, my grief with groans,
  Poor wasting monuments of lasting moans.

O Night, thou furnace of foul reeking smoke,
Let not the jealous Day behold that face
Which underneath thy black all-hiding cloak
Immodestly lies martyr'd with disgrace!
Keep still possession of thy gloomy place,
  That all the faults which in thy reign are made
  May likewise be sepulcher'd in thy shade.

Make me not object to the tell-tale Day.
The light will show, character'd in my brow,
The story of sweet chastity's decay,
The impious breach of holy wedlock vow;
Yea, the illiterate, that know not how
  To cipher what is writ in learned books,
  Will quote my loathsome trespass in my looks.

O wäre *Nacht*, nicht nur ihr *Sohn*, Tarquin!
Er würde Lunas Silberglanz verdunkeln,
Ihr strahlendes Gefolge würde fliehn,
Nicht mehr als Schmuck am schwarzen Busen funkeln;
Genossen wären meinem Schmerz verliehn,
  Und wie den Weg Gefährten plaudernd mindern,
  So würde Mitgefühl mein Leiden lindern.

Nun hab ich niemand, mit mir zu erröten,
Mit mir zugleich das Haupt betrübt zu senken;
Ich bin allein in meines Herzens Nöten
Und muß allein mein tiefes Weh durchdenken,
Mit meiner Tränen Flut den Boden tränken! –
  Ein bald verschwindend Denkmal sind die Zähren,
  Gesetzt den Leiden, welche ewig währen.

Verhülle, Nacht, mit schwarzem Rauchgewande,
Das alles deckt, dem Tage dies Gesicht,
Und laß ihn nimmer schauen, wie die Schande
Mein armes Herz in tausend Martern bricht.
Verharre fest auf deinem finstern Stande,
  Daß alle Sünden, die durch dich gedeihen,
  In deinem Schatten auch begraben seien.

Gib nicht dem Tage mich, dem Schwätzer, preis;
Denn allzu deutlich steht in seinem Lichte,
So daß ein jeder sie zu lesen weiß,
Geschrieben sonst in meinem Angesichte
Von meinem Ehebruch die Schmachgeschichte;
  Selbst wer noch niemals las in einem Buch,
  Liest leicht in meinen Augen meinen Fluch.

The nurse, to still her child, will tell my story,
And fright her crying babe with Tarquin's name;
The orator, to deck his oratory,
Will couple my reproach to Tarquin's shame;
Feast-finding minstrels, tuning my defame,
  Will tie the hearers to attend each line,
  How Tarquin wronged me, I Collatine.

Let my good name, that senseless reputation,
For Collatine's dear love be kept unspotted;
If that be made a theme for disputation,
The branches of another root are rotted,
And undeserv'd reproach to him allotted
  That is as clear from this attaint of mine,
  As I ere this was pure to Collatine.

O unseen shame! invisible disgrace!
O unfelt sore! crest-wounding, private scar!
Reproach is stamp'd in Collatinus' face,
And Tarquin's eye may read the mot afar,
How he in peace is wounded, not in war.
  Alas, how many bear such shameful blows,
  Which not themselves, but he that gives them knows.

If, Collatine, thine honour lay in me,
From me by strong assault it es bereft.
My honey lost, and I, a drone-like bee,
Have no perfection of my summer left,
But robb'd and ransack'd by injurious theft.
  In thy weak hive a wand'ring wasp hath crept,
  And suck'd the honey which thy chaste bee kept.

Ich bin hinfort ein Märchen aller Ammen,
Der Kinderpopanz heißt hinfort Tarquin;
Mit seinem Frevel meine Schmach zusammen
Zu einem Bilde wird der Redner ziehn,
Und wenn ein Sänger wo zum Fest erschien,
  So wird kein Lied dem Liede vorgezogen,
  Wie mich Tarquin, ich Collatin betrogen.

O bliebe meines Namens stille Weihe
Des treuen Gatten wegen unbefleckt!
Sonst stellt man ihn mit mir in eine Reihe,
Sein Baum wird auch von Fäulnis angesteckt,
Sein Ruf mit unverdienter Schmach bedeckt;
  Doch er ist rein vom Schimpf, den ich erlitten,
  Wie bis zu diesem Tage meine Sitten.

Nicht sehen wird die Schande, der sie trägt,
Nicht fühlen der Verletzte seine Wunde;
Auf Collatins Gesicht ist Schmach geprägt,
Doch nur Tarquin entziffert ihre Kunde:
Das ist die Narbe, die der Frieden schlägt.
  Ach, viele müssen solche Narben tragen,
  Die niemand kennt als der, der sie geschlagen.

Ich, Collatin, trug deine Ehrenkrone;
Ein frecher Räuber nahm sie, mein Gemahl!
Nun bin ich, gleich der ausgestoßnen Drohne,
Die Biene, der man ihren Honig stahl;
Dein schlecht verwahrter Stock ist leer und kahl,
  Die Wespe hat ihn diebisch überrascht,
  Der keuschen Biene Honig fortgenascht.

Yet am I guilty of thy honour's wrack –
Yet for thy honour did I entertain him;
Coming from thee, I could not put him back,
For it had been dishonour to disdain him;
Besides of weariness he did complain him,
  And talk'd of virtue – O unlook'd-for evil,
  When virtue is profan'd in such a devil!

Why should the worm intrude the maiden bud?
Or hateful cuckoos hatch in sparrows' nests?
Or toads infect fair founts with venom mud?
Or tyrant folly lurk in gentle breasts?
Or kings be breakers of their own behests?
  But no perfection is so absolute
  That some impurity doth not pollute.

The aged man that coffers up his gold
Is plagu'd with cramps and gouts and painful fits,
And scarce hath eyes his treasure to behold,
But like still-pining Tantalus he sits,
And useless barns the harvest of his wits,
  Having no other pleasure of his gain
  But torment that it cannot cure his pain.

So then he hath it, when he cannot use it,
And leaves it to be master'd by his young;
Who in their pride do presently abuse it.
Their father was too weak, and they too strong,
To hold their cursed-blessed fortune long.
  The sweets we wish for turn to loathed sours
  Even in the moment that we call them ours.

Ja, deine Ehre ließ ich Schiffbruch leiden,
Doch ohne Schuld. Er war von dir gekommen,
Ich hab ihn deinetwegen aufgenommen
Als edlen Gast, ich konnt es nicht vermeiden.
Er tat ermüdet, wußte sich zu kleiden
  In Tugendschein – wer kann vermummt in Flittern
  Von solchem Glanz den ärgsten Teufel wittern?

Wer sucht in zarter Knospe das Insekt?
Wer kann sich denken, daß im Sperlingsnest
Ein arger Kuckuck seine Eier heckt?
Wer ahnt im Quell die Kröte, giftgefleckt,
In eines Prinzen Brust der Wollust Pest?
  Ach, nichts auf Erden ist so ganz vollendet,
  Das nicht ein Makel doch beschmutzt und schändet!

Zu Häufchen türmt der Greis das Gold im Kasten;
Ihn plagen Krämpfe, Zipperlein und Fluß,
Kaum kann er seinen Schatz noch sehn und tasten,
Und dennoch sitzt er wie ein Tantalus
Davor und sucht noch mehr sich abzufasten.
  Was ist sein Glück? Er kann mit allen Schätzen,
  Was er verlor, Gesundheit, nicht ersetzen.

Was *ihm* nichts nutzt, das hat er nun in Händen;
Bald wird sein Sohn mit seinem Golde schalten,
Es rasch in stolzem Übermut verschwenden,
Weil Maß ihm fehlt, wie Lebenskraft dem Alten,
Die fluchbeladnen Schätze zu erhalten.
  Versauern muß das Süße und verderben
  Im Augenblick, da wir es uns erwerben.

Unruly blasts wait on the tender spring;
Unwholesome weeds take root with precious flow'rs;
The adder hisses where the sweet birds sing;
What virtue breeds iniquity devours.
We have no good that we can say is ours,
  But ill-annexed Opportunity
  Or kills his life or else his quality.

O Opportunity, thy guilt is great!
'Tis thou that execut'st the traitor's treason;
Thou sets the wolf where he the lamb may get;
Whoever plots the sin, thou point'st the season;
'Tis thou that spurn'st at right, at law, at reason;
  And in thy shady cell, where none may spy him,
  Sits Sin, to seize the souls that wander by him.

Thou makest the vestal violate her oath;
Thou blowest the fire when temperance is thaw'd;
Thou smother's honesty, thou murth'rest troth;
Thou foul abettor! thou notorious bawd!
Thou plantest scandal and displacest laud.
  Thou ravisher, thou traitor, thou false thief,
  Thy honey turns to gall, thy joy to grief!

Thy secret pleasure turns to open shame,
Thy private feasting to a public fast,
Thy smoothing titles to a ragged name,
Thy sugar'd tongue to bitter wormwood taste;
Thy violent vanities can never last.
  How comes it then, vile Opportunity,
  Being so bad, such numbers seek for thee?

Im holden Frühling wehen rauhe Stürme,
Der Schierling wuchert bei der duft'gen Blüte;
Wo Vögel singen, zischen Giftgewürme,
Die Bosheit schlingt hinab die Frucht der Güte;
Kein Glück besteht, wie sehr der Mensch es hüte;
  Der Zufall, die Gelegenheit bedroht
  Das Beste mit Verringerung und Tod.

Ja, deine Schuld, Gelegenheit, ist groß;
Denn du nur hilfst Verrätern zum Verrat,
Du stellst das Lamm dem Zahn des Wolfes bloß,
Du machst des Sünders Absicht erst zur Tat,
Du zeigst dem Dieb und Räuber seinen Pfad;
  Die Sünde springt aus deinem Hinterhalt
  Auf jede Seele, die vorüberwallt.

Durch dich bricht die Vestalin ihren Eid,
Du schürst die Glut, an der die Scham zertaut,
Du schändest Treue, mordest Redlichkeit,
Beschimpft, verkuppelt ist, wer dir vertraut,
Durch dich wird stumm das Lob, die Schande laut,
  Durch dich verwandelt Honig sich in Galle,
  Die Lust in Schmach, der Reiz in eine Falle.

Zur Schande wird dein heimlich Lustgelag,
Zum Fasten deine stillen Schwelgerfeste;
Mit Schmeichelworten lockst du nur zur Schmach;
Was Zucker schien, sind bittre Hefenreste.
Was bleibt von deinen Eitelkeiten nach?
  Wie kommt es nur, daß dich so viele suchen,
  Die dich nachher als grundgemein verfluchen?

When wilt thou be the humble suppliant's friend,
And bring him where his suit may be obtained?
When wilt thou sort an hour great strifes to end?
Or free that soul which wretchedness hath chained?
Give physic to the sick, ease to the pained?
  The poor, lame, blind, halt, creep, cry out for thee;
  But they ne'er meet with Opportunity.

The patient dies while the physician sleeps;
The orphan pines while the oppressor feeds;
Justice is feasting while the widow weeps;
Advice is sporting while infection breeds;
Thou grant'st no time for charitable deeds;
  Wrath, envy, treason, rape, and murder's rages,
  Thy heinous hours wait on them as their pages.

When Truth and Virtue have to do with thee,
A thousand crosses keep them from thy aid;
They buy thy help, but Sin ne'er gives a fee;
He gratis comes, and thou art well appaid
As well to hear as grant what he hath said.
  My Collatine would else have come to me
  When Tarquin did, but he was stay'd by thee.

Guilty thou art of murder and of theft,
Guilty of perjury and subornation,
Guilty of treason, forgery, and shift,
Guilty of incest, that abomination:
An accessary by thine inclination
  To all sins past, and all that are to come,
  From the creation to the general doom.

Wann bist du mit dem Armen wohl im Bunde
Und zeigst ihm, wo sein Flehn Erhörung finde?
Wann schlichtest du wohl Streit zu guter Stunde?
Wann legst du rasch den Balsam auf die Wunde?
Wo nahmst du Freien ab die Sklavenbinde?
  Wer arm und krank, wer lahm, wer blind ist, schreit
  Nach dir und trifft dich nie, Gelegenheit!

Der Apotheker schläft – man stirbt indessen;
Der Schurke mästet sich, es darbt die Waise;
Die Witwe weint – der Richter sitzt beim Essen;
Die Seuche wächst – der Arzt macht eine Reise;
Zu guter Tat wird stets die Zeit vergessen,
  Verführung aber, Mord, Verräterei
  Bedienst du trefflich als ihr Leiblakei.

Berufen Treu und Tugend dich herbei
Mit Opfern selbst, so halten tausend Gründe
Dich stets zurück; doch rasch und sportelfrei
Zu Rat und Tat erscheinst du bei der Sünde.
Du hieltest meinen Collatin zurück! Er stünde
  Sonst längst schon hier als Retter meines Lebens.
  Und kam Tarquin, so kam er doch vergebens.

Ja, deine Schuld, Gelegenheit, sind Mord,
Sind Raub und Diebstahl, Fälschung und Entwendung;
Gebrochner Eid, vergeßnes Ehrenwort,
Verpönte Fleischeslust, Verführung, Schändung;
Gehilfin bist du jeglicher Verblendung
  Und aller Sünden in der Weltgeschichte
  Vom Tag der Schöpfung bis zum Weltgerichte.

Mis-shapen Time, copesmate of ugly Night,
Swift subtle post, carrier of grisly care,
Eater of youth, false slave to false delight,
Base watch of woes, sin's packhorse, virtue's snare;
Thou nursest all, and murder'st all that are.
O hear me then, injurious, shifting Time!
Be guilty of my death, since of my crime.

Why hath thy servant Opportunity
Betray'd the hours thou gav'st me to repose?
Cancell'd my fortunes and enchained me
To endless date of never-ending woes?
Time's office is to fine the hate of foes,
To eat up errors by opinion bred,
Not spend the dowry of a lawful bed.

Time's glory is to calm contending kings,
To unmask falsehood, and bring truth to light,
To stamp the seal of time in aged things,
To wake the morn, and sentinel the night,
To wrong the wronger till he render right,
To ruinate proud buildings with thy hours,
And smear with dust their glitt'ring golden tow'rs;

To fill with worm-holes stately monuments,
To feed oblivion with decay of things,
To blot old books and alter their contents,
To pluck the quills from ancient ravens' wings,
To dry the old oak's sap, and cherish springs,
To spoil antiquities of hammer'd steel,
And turn the giddy round of Fortune's wheel;

Du Spießgesell der Nacht, du Scheusal *Zeit,*
Der Sorge Botin, grausen Unheils Schwinge,
Du Jugendfraß, Sklavin der Eitelkeit,
Der Sünden Packpferd und der Tugend Schlinge,
Du, die gebiert und mordet alle Dinge,
  Du launisch Wechselbalg, erhöre mich
  Und, da du mich befleckt – zerstöre mich!

Verraten hat Gelegenheit, die Magd
In deinem Dienste, meine Ruhestunden,
Mein Glück zerstört, ein Leid, das ewig nagt,
Mit Ketten meinem Herzen aufgebunden.
Zu *sühnen,* was aus Irrtum sich verklagt
  Und haßt, o Zeit, durch deinen Richterspruch,
  Das ist dein Amt, nicht schnöder Ehebruch.

Dein Ruhm ist: Fürstenzwietracht beizulegen;
Verrat und Trug entlarvt ans Licht zu bringen;
Des Alters Stempel richtig aufzuprägen;
Zum Wechselwachdienst Tag und Nacht zu dingen;
Das Recht dem Ungerechten abzuzwingen;
  Den Bau des Stolzes langsam zu erstürmen,
  Mit Staub das Gold zu fressen von den Türmen.

Das schönste Schnitzwerk laß den Wurm zerfressen;
Verwesen laß die letzte Spur der Dinge;
Verstocke Bücher, mache sie vergessen;
Dem alten Raben rupfe kahl die Schwinge;
Den Eichbaum dörre, doch den Lenz verjünge;
  Laß blanken Stahl sogar in Rost vergehen,
  Das Rad des Glücks im steten Wirbel drehen;

To show the beldam daughters of her daughter,
To make the child a man, the man a child,
To slay the tiger that doth live by slaughter,
To tame the unicorn and lion wild,
To mock the subtle in themselves beguil'd,
  To cheer the ploughman with increaseful crops,
  And waste huge stones with little water drops.

Why work'st thou mischief in thy pilgrimage,
Unless thou couldst return to make amends?
One poor retiring minute in an age
Would purchase thee a thousand thousand friends,
Lending him wit that to bad debtors lends.
  O, this dread night, wouldst thou one hour come back,
  I could prevent this storm, and shun thy wrack!

Thou ceaseless lackey to Eternity,
With some mischance cross Tarquin in his flight;
Devise extremes beyond extremity
To make him curse this cursed crimeful night;
Let ghastly shadows his lewd eyes affright,
  And the dire thought of his committed evil
  Shape every bush a hideous shapeless devil.

Disturb his hours of rest with restless trances,
Afflict him in his bed with bedrid groans;
Let there bechance him pitiful mischances
To make him moan, but pity not his moans.
Stone him with harden'd hearts, harder than stones;
  And let mild women to him lose their mildness,
  Wilder to him than tigers in their wildness.

Mit Tochtertöchtern eitle Fraun beschäme;
Zum Manne mach das Kind, den Mann zum Kinde;
Das Einhorn und den wilden Löwen zähme,
Des grimmen Tigers starke Krallen lähme;
Umstricke List im eignen Truggewinde;
  Des Landmanns Erntefelder laß gedeihn;
  Mit kleinen Tröpfchen höhle harten Stein.

Mit jedem Schritt zertrittst du nur ein Glück
Und kannst doch nimmer sühnend rückwärts laufen.
Ach, ein zurückgegebner Augenblick
Genügte, tausend Freunde dir zu kaufen;
Gewitzigt miede man das Mißgeschick.
  Gib mir zurück nur eine kurze Stunde
  Von dieser Nacht, so ging ich nicht zugrunde.

Laß, atemlose Magd der Ewigkeit,
Tarquin, den flücht'gen, heim ein Unglück suchen;
Für ihn ersinn ein ungeheures Leid,
Laß ihn die Schandtat dieser Nacht verfluchen,
Und gib ihm Schreckgespenster zum Geleit.
  Ein grausenhafter Rachedämon husche
  An seinem Weg hervor aus jedem Busche.

Mit bösen Träumen raub ihm Ruh und Rast,
Laß Zerrgestalten ihn im Bett verhöhnen;
Mißlingen laß ihm, was er auch erfaßt,
Erbarmungslos laß ihn erbärmlich stöhnen;
Mach ihm sein eignes Herz zur Felsenlast;
  Selbst Frauenherzen, noch so sanft und gut,
  Erfülle gegen ihn mit Tigerwut.

Let him have time to tear his curled hair,
Let him have time against himself to rave,
Let him have time of Time's help to despair,
Let him have time to live a loathed slave,
Let him have time a beggar's orts to crave;
And time to see one that by alms doth live
Disdain to him disdained scraps to give.

Let him have time to see his friends his foes,
And merry fools to mock at him resort;
Let him have time to mark how slow time goes
In time of sorrow, and how swift and short
His time of folly and his time of sport;
And ever let his unrecalling crime
Have time to wail th' abusing of his time.

O Time, thou tutor both to good and bad,
Teach me to curse him that thou taught'st this ill!
At his own shadow let the thief run mad,
Himself himself seek every hour to kill!
Such wretched hands such wretched blood should spill;
For who so base would such an office have
As sland'rous death's-man to so base a slave?

The baser is he, coming from a king,
To shame his hope with deeds degenerate.
The mightier man, the mightier is the thing
That makes him honour'd or begets him hate;
For greatest scandal waits on greatest state.
The moon being clouded presently is miss'd,
But little stars may hide them when they list.

Ihm gönne Zeit, zu raufen seine Locken,
Ihm gönne Zeit, sich selber zu zerfleischen,
Ihm gönne Zeit, verzweifelnd zu verstocken,
Als Sklav zu leben, bettelnd Brot zu heischen,
Ihm gönne Zeit, wenn er nach Abfallbrocken
Aus eines andern Bettlers Ranzen schmachtet,
Zu sehn, wie der ihn mitleidlos verachtet.

Ihm gönne Zeit, bis ihn die Freunde hassen,
Bis ihn der Witz zu seiner Scheibe wählt;
Ihm gönne Zeit, zu merken, wie gelassen
Die Stunde schlendert, die mit Sorgen quält,
Wenn wir betört die Zeit des Glücks verprassen.
Laß ewig lang sein Schuldgedächtnis dauern
Und um den Mißbrauch seiner Zeit sein Trauern.

Du Lehrerin des Guten wie des Schlechten,
Mich lehre, deinem Sündenzögling fluchen.
Er möge, toll, mit seinem Schatten fechten
Und sich allstündlich selbst zu morden suchen;
Zu seinem Henker darf sich niemand ächten:
Das Schurkenblut in seinen Adern schände
Nur seine eignen selbstentehrten Hände.

Und dieses Schurkenblut ist Königsblut!
Das macht des Frevels Maß erst voll zum Rande.
Der Grund, worauf Schmach oder Ehre ruht
Des Mannes, wächst mit ihm und seinem Stande;
Den Größesten betrifft die ärgste Schande.
Den Mond, der hinter Wolken tritt, vermißt man,
Den kleinen Stern, der sich verbirgt, vergißt man.

The crow may bathe his coal-black wings in mire
And unperceiv'd fly with the filth away;
But if the like the snow-white swan desire,
The stain upon his silver down will stay.
Poor grooms are sightless night, kings glorious day.
  Gnats are unnoted wheresoe'er they fly,
  But eagles gaz'd upon with every eye.

Out, idle words, servants to shallow fools!
Unprofitable sounds, weak arbitrators!
Busy yourselves in skill-contending schools,
Debate where leisure serves with dull debaters;
To trembling clients be you mediators.
  For me, I force not argument a straw,
  Since that my case is past the help of law.

In vain I rail at Opportunity,
At Time, at Tarquin, and uncheerful Night;
In vain I cavil with mine infamy,
In vain I spurn at my confirm'd despite:
This helpless smoke of words doth me no right.
  The remedy indeed to do me good
  Is to let forth my foul defiled blood.

Poor hand, why quiver'st thou at this decree?
Honour thyself to rid me of this shame;
For if I die my honour lives in thee,
But if I live thou liv'st in my defame.
Since thou couldst not defend thy loyal dame,
  And wast afeard to scratch her wicked foe,
  Kill both thyself and her for yielding so."

Der schwarze Rabe darf im Schlamm sich baden,
Auf seinen Flügeln merkt man nichts vom Schmutze,
Doch ist ein Silberschwan mit Kot beladen,
So paßt es schlecht zum weißen Federputze.
Wie Tag erscheint ein Fürst von Gottes Gnaden,
  Wie Nacht ein Knecht; es folgen alle Blicke
  Dem Flug des Adlers, keiner dem der Mücke.

Hinweg, ihr Worte, Narrheits-Leibgesinde,
Dient zitternden Klienten als Vermittler,
Im Schulen-Wettlauf jagt in alle Winde,
Mit Klingklangarzenei verpflegt als Spittler
Den lahmen Geist; vermietet euch dem Krittler –
  Mir seid ihr leere Spreu; in meinem Falle
  Wird nichts erreicht mit euerm hohlen Schalle.

Vergebens fluch ich der Gelegenheit,
Vergebens dem Tarquin, der Unglücksnacht,
Vergebens fluch ich auch der Schmach, der Zeit,
Dem Zufall, denn das Unheil ist vollbracht;
Mein hilflos Wort hat nichts als Rauch gemacht.
  Von allen Mitteln ist nur eines gut:
  Vergießen muß ich mein entehrtes Blut.

Wie, Hand, bei diesem Spruch erbebst du feig?
Dich ehrend, rette mich aus meiner Schmach,
Der Ehre Leben ist dein Todesstreich
Und deine Schande jeder künft'ge Tag.
Nicht schirmen konntest du mein Tugendreich;
  Der Feind fiel ein und durft es keck verheeren,
  So töte dich mit mir für dies Gewähren."

This said, from her betumbled couch she starteth
To find some desp'rate instrument of death,
But this no slaughterhouse no tool imparteth
To make more vent for passage of her breath,
Which thronging through her lips so vanisheth
  As smoke from Ætna, that in air consumes,
  Or that which from discharged cannon fumes.

"In vain", quoth she, "I live, and seek in vain
Some happy mean to end a hapless life.
I fear'd by Tarquin's falchion to be slain,
Yet for the self-same purpose seek a knife;
But when I fear'd I was a loyal wife;
  So am I now – O no, that cannot be;
  Of that true type hath Tarquin rifled me.

O, that is gone for which I sought to live,
And therefore now I need not fear to die.
To clear this spot by death, at least I give
A badge of fame to slander's livery;
A dying life to living infamy.
  Poor helpless help, the treasure stol'n away,
  To burn the guiltless casket where it lay!

Well, well, dear Collatine, thou shalt not know
The stained taste of violated troth;
I will not wrong thy true affection so
To flatter thee with an infringed oath;
This bastard graff shall never come to growth;
  He shall not boast who did thy stock pollute
  That thou art doting father of his fruit.

Sie springt empor aus den zerwühlten Kissen
Und sucht umher nach einer Todeswaffe,
Doch dieses Haus scheint nichts von Mord zu wissen;
Sie sucht umsonst, was eine Öffnung schaffe,
Die weiter als das Tor der Lippen klaffe,
  Rasch auszuströmen ihren Lebenshauch
  Wie Qualm des Ätna, wie Kanonenrauch.

„Es ist umsonst! Noch länger soll ich leben,
Kein Pfad ist frei zum stygischen Gewässer.
Das Schwert Tarquins erfüllte mich mit Beben,
Zu gleichem Zwecke such ich nun ein Messer.
Ach, als mein Herz erbebte, war's noch besser,
  Doch jetzt – geraubt ist ihm die schönste Zierde
  Seitdem, die Treue, durch Tarquins Begierde.

Was mir das Leben wert gemacht, ist hin;
Muß nicht zugleich die Furcht des Todes weichen?
Der Tod sei meines Rufes Rückgewinn
Und schmücke Schmach mit einem Ehrenzeichen;
Die Sünde sterbe mit der Sünderin,
  So schlecht der Trost ist, schuldlos in die Kohlen
  Den Schrank zu werfen, weil der Schatz gestohlen.

Doch nimmer sollst du, teurer Collatin,
Den bittern Kuß entweihter Lippen schmecken;
Nicht mit hinein in meine Schande ziehn
Den Treuen darf ich und vor ihm verstecken
Den Ehebruch. Nie deinen Stamm beflecken
  Wird, was als Keim in meinem Schoße ruht,
  Nie soll dich Vater schmähn des Kuckucks Brut.

Nor shall he smile at thee in secret thought,
Nor laugh with his companions at thy state;
But thou shalt know thy interest was not bought
Basely with gold, but stol'n from forth thy gate.
For me, I am the mistress of my fate,
And with my trespass never will dispense,
Till life to death acquit my forc'd offence.

I will not poison thee with my attaint,
Nor fold my fault in cleanly coin'd excuses;
My sable ground of sin I will not paint
To hide the truth of this false night's abuses.
My tongue shall utter all; mine eyes, like sluices,
As from a mountain-spring that feeds a dale,
Shall gush pure streams to purge my impure tale."

By this, lamenting Philomel had ended
The well-tun'd warble of her nightly sorrow,
And solemn night with slow sad gait descended
To ugly hell; when, lo, the blushing morrow
Lends light to all fair eyes that light will borrow;
But cloudy Lucrece shames herself to see,
And therefore still in night would cloister'd be.

Revealing day through every cranny spies,
And seems to point her out where she sits weeping;
To whom she sobbing speaks: "O eye of eyes,
Why pry'st thou through my window? Leave thy peeping;
Mock with thy tickling beams eyes that are sleeping;
Brand not my forehead with thy piercing light,
For day hath nought to do what's done by night."

Nie soll er heimlich kichernd dein gedenken
Noch mit den Freunden spotten deiner Lage.
Ich wurde nicht verführt mit Goldgeschenken,
Entrissen ward ich dir aus festem Hage.
Doch ich allein bin Herrin meiner Tage
Und will mir nimmer meine Schuld vergeben,
Bis daß ich sie gesühnt mit meinem Leben.

Was ich verbrach, dich soll es nicht vergiften,
Dir will ich nicht die falsche Münze zahlen
Der klugen Ausflucht, nicht die schwarzen Triften
Der Sünde grün und sonnenhell bemalen.
Von dieser Nacht und ihren Höllenqualen
Erzähl ich alles unter heißen Zähren,
Die meinen Geist vom Schlamm des Frevels klären."

Verstummen ließ den flötenden Gesang
Die Nachtigall, die Sängerin der Sorgen.
Die Nacht, in feierlichem Trauergang,
Zog höllenwärts; errötend kam der Morgen,
Um holden Augen holdes Licht zu borgen;
Lucretia nur, voll Scham, sich selbst zu schauen,
Verbärge gern sich noch in Nacht und Grauen.

Durch alle Spalten aber dringt ins Haus
Der helle Tag und sieht sie weinend sitzen.
„O Weltenauge", ruft sie schluchzend aus,
„Warum nur willst du mir ins Fenster blitzen?
Die Schläfer kitzle mit den Strahlenspitzen,
Die mir ein Brandmal in die Stirne stechen;
Das Licht hat nichts zu tun mit Nachtverbrechen."

Thus cavils she with every thing she sees.
True grief is fond and testy as a child,
Who wayward once, his mood with nought agrees.
Old woes, not infant sorrows, bear them mild:
Continuance tames the one; the other wild,
  Like an unpractis'd swimmer plunging still,
  With too much labour drowns for want of skill.

So she, deep-drenched in a sea of care,
Holds disputation with each thing she views,
And to herself all sorrow doth compare;
No object but her passion's strength renews,
And as one shifts, another straight ensues.
  Sometime her grief is dumb and hath no words;
  Sometime 'tis mad and too much talk affords.

The little birds that tune their morning's joy
Make her moans mad with their sweet melody;
For mirth doth search the bottom of annoy;
Sad souls are slain in merry company;
Grief best is pleas'd with grief's society.
  True sorrow then is feelingly suffic'd
  When with like semblance it is sympathiz'd.

'Tis double death to drown in ken of shore;
He ten times pines that pines beholding food;
To see the salve doth make the wound ache more;
Great grief grieves most at that would do it good;
Deep woes roll forward like a gentle flood,
  Who, being stopp'd, the bounding banks o'erflows;
  Grief dallied with nor law nor limit knows.

So hadert sie mit allem, was sie sieht,
Denn tiefer Gram ist mürrisch wie ein Kind,
Dem, wenn es schmollt, nichts mehr zu Dank geschieht.
Kein junger Schmerz, nur alter trägt sich lind;
Der junge tobt, der alte zähmt, erzieht.
  Wer schwimmen will, der fürchte nie zu sinken;
  Wer hastig zappelt, wird gewiß ertrinken.

Mit eines Kummermeeres Wogen ringt sie,
Und alles, was sich ihren Blicken beut,
Mit ihren Schmerzen in ein Gleichnis bringt sie,
Daß jeder Gegenstand ihr Leid erneut,
Und wenn sie jetzt das kleinste Wörtchen scheut,
  So muß sie gleich darauf in einem Schwall
  Von Worten klagen ihren tiefen Fall.

Daß sie die Vögel munter singen hört,
Erfüllt mit Grimm ihr schwer betrübtes Herz;
Des Kummers tiefster Grund wird aufgestört
Und Trauer todeswund durch Lust und Scherz.
Der beste Schmerzgenosse bleibt der Schmerz.
  Getröstet, lernt das Weh sich mild verwinden,
  Indem es trifft ein ähnliches Empfinden.

Den Hunger steigert ein erblicktes Mahl,
Der Salbe Nahn den Schmerz im wunden Glied,
Die nahe Küste des Ertrinkens Qual,
Den tiefsten Gram die Heilung, die er sieht.
Er gleicht dem Bache, welcher still ins Tal
  Die *freie* Flut ergießt, doch *eingedämmt*
  Gesetzlos rast und alles überschwemmt.

"You mocking birds", quoth she, "your tunes entomb
Within your hollow-swelling feathered breasts,
And in my hearing be you mute and dumb.
My restless discord loves no stops nor rests;
A woeful hostess brooks not merry guests.
  Relish your nimble notes to pleasing ears;
  Distress likes dumps when time is kept with tears.

Come, Philomel, that sing'st of ravishment,
Make thy sad grove in my dishevell'd hair.
As the dank earth weeps at thy languishment,
So I at each sad strain will strain a tear,
And with deep groans the diapason bear;
  For burthen-wise I'll hum on Tarquin still,
  While thou on Tereus descant'st better skill.

And whiles against a thorn thou bear'st thy part
To keep thy sharp woes waking, wretched I,
To imitate thee well, against my heart
Will fix a sharp knife to affright mine eye;
Who, if it wink, shall thereon fall and die.
  These means, as frets upon an instrument,
  Shall tune our heartstrings to true languishment.

And for, poor bird, thou sing'st not in the day,
As shaming any eye should thee behold,
Some dark deep desert, seated from the way,
That knows not parching heat nor freezing cold,
Will we find out; and there we will unfold
  To creatures stern sad tunes, to change their kinds:
  Since men prove beasts, let beasts bear gentle minds."

„Begrabt, ihr Vögel, euern Spottgesang
In der von Federn dicht umhüllten Brust;
Für mein Gehör verstumme Lied und Klang,
Ich weiß nichts mehr von Harmonienlust;
Der trüben Wirtin singt ihr nicht zu Dank;
  Erfreut ein frohes Ohr mit euern Tönen,
  Mein Takt ist Seufzen, meine Tonart Stöhnen.

Komm, Philomele, von Entehrung singe;
Dein Trauerhain sei mein verwirrtes Haar;
Bei jeder deiner Trauerstrophen bringe
Dir Tränenbeifallszoll mein Augenpaar.
Mein Schluchzen als des Liedes Grundbaß klinge;
  Dem Tereus gelten deine Melodien;
  Begleitend summen will ich: O Tarquin!

Man sagt, du drückest, um dein Weh zu wecken,
Die Brust an einen Dorn, daß er sie ritze;
So will auch ich, mein Auge zu erschrecken,
Aufs Herz mir setzen eines Messers Spitze
Und, blinzt mein Lid, mich blutend niederstrecken;
  Es soll der Steg sein, welcher stimmverwandt
  Mit dir die Saiten meines Herzens spannt.

Am Tage, trauter Vogel, schweigst du blöde,
Dich sehn zu lassen hindert dich die Scham;
So laß uns denn in eines Dickichts Öde
Den Waldgeschöpfen klagen unsern Gram.
Die wilden Tiere werden sanft und zahm
  Vor Rührung lauschen unsern Leidakkorden,
  Seitdem die Menschen Bestien geworden.“

As the poor frighted deer, that stands at gaze,
Wildly determining which way to fly,
Or one encompass'd with a winding maze
That cannot tread the way out readily;
So with herself is she in mutiny,
  To live or die which of the twain were better,
  When life is sham'd, and death reproach's debtor.

"To kill myself", quoth she, "alack, what were it,
But with my body my poor soul's pollution?
They that lose half with greater patience bear it
Than they whose whole is swallowed in confusion.
That mother tries a merciless conclusion
  Who, having two sweet babes, when death takes one,
  Will slay the other and be nurse to none.

My body or my soul, which was the dearer,
When the one pure, the other made divine?
Whose love of either to myself was nearer,
When both were kept for heaven and Collatine?
Ay me! the bark peel'd from the lofty pine,
  His leaves will wither and his sap decay;
  So must my soul, her bark being peel'd away.

Her house is sack'd, her quiet interrupted,
Her mansion batter'd by the enemy;
Her sacred temple spotted, spoil'd, corrupted.
Grossly engirt with daring infamy;
Then let it not be call'd impiety,
  If in this blemish'd fort I make some hole
  Through which I may convey this troubled soul.

Wie scheu das Reh ein Weilchen steht und sinnt,
Wohin es, aufgeschreckt, sich flüchtend wende;
Wie wir, verirrt in einem Labyrinth,
Nicht wissen, welcher Pfad uns führt ans Ende,
So schwenkt ihr Fühlen jetzt ein Wirbelwind.
  Sie fragt sich, ob sie dennoch leben soll,
  Denn auch der Tod erscheint ihr vorwurfsvoll.

„Mit eigner Hand durchbohren meine Brust,
Das hieße meine Seele mit beflecken.
Erträglich bleibt des halben Guts Verlust;
Wer alles hingibt, wählt sich Angst und Schrecken.
Die Mutter will die Rachegeister wecken,
  Die, wenn man ihr das eine Kind begraben,
  Das zweite tötet, um nun keins zu haben.

Leib oder Seele, was hat mehr gegolten?
Er Collatins – sie Himmels Eigentum;
Sie gottgeschaffen – jener unbescholten;
Zusammen waren sie mein Lebensruhm.
Es scheint, daß sie zusammen welken sollten,
  Gleichwie der Pinie Schmuck und Saft verschwindet,
  Sobald man ihren stolzen Stamm entrindet.

Der Seele Haus und stiller Aufenthalt
Hat Plünderung von Feindeshand erlitten;
Ihr Heiligtum befleckte die Gewalt,
Ihr höchstes Kleinod hat die Schmach erstritten.
Nicht gottlos nennt es, wenn ich einen Spalt
  In den bereits erstürmten Burgwall schlage
  Und frei hinaus die arme Seele trage.

Yet die I will not till my Collatine
Have heard the cause of my untimely death;
That he may vow, in that sad hour of mine,
Revenge on him that made me stop my breath.
My stained blood to Tarquin I'll bequeath,
  Which by him tainted shall for him be spent,
  And as his due writ in my testament.

My honour I'll bequeath unto the knife
That wounds my body so dishonoured.
'Tis honour to deprive dishonour'd life:
The one will live, the other being dead.
So of shame's ashes shall my fame be bred;
  For in my death I murder shameful scorn.
  My shame so dead, mine honour is new born.

Dear lord of that dear jewel I have lost,
What legacy shall I bequeath to thee?
My resolution, love, shall be thy boast,
By whose example thou reveng'd mayst be.
How Tarquin must be us'd, read it in me:
  Myself, thy friend, will kill myself, thy foe;
  And for my sake serve thou false Tarquin so.

This brief abridgment of my will I make:
My soul and body to the skies and ground;
My resolution, husband, do thou take;
Mine honour be the knife's that make my wound;
My shame be his that did my fame confound;
  And all my fame that lives disbursed be
  To those that live and think no shame of me.

Zuvor jedoch soll Collatin die Kunde
Von meinem Fall und was mich tötet hören,
Er wird mir dann in meiner letzten Stunde
An meinem Mörder mich zu rächen schwören.
Es soll das Blut aus meiner Todeswunde
  Ein Erbteil sein, das ich Tarquin vermache:
  Er hat's befleckt, ihm hinterläßt es Rache.

Doch meine Ehre soll das Messer erben,
Das vom entehrten Körper mich befreit,
Denn wieder bringt's die Ehr, entehrt – zu sterben,
Der Ehre gibt der Tod Unsterblichkeit.
Aus meiner Schande Asche, neu geweiht
  In reinem Glanz zu stetem Jugendleben,
  Soll sich der Ruf Lucretiens erheben.

Was ist es, das ich dir vermachen muß,
Du Herr des Kleinods, das man mir gestohlen?
Dein rühmlich Erbteil werde mein *Entschluß*.
Sei stolz auf mich. Im letzten Atemholen
Sei dir die Pflicht der Rache anbefohlen;
  Ich sterbe, weil ich treulos dir geworden,
  Ich morde mich – du sollst Tarquin ermorden.

So soll denn kurz mein letzter Wille lauten:
Den Geist dem Himmel und den Leib der Erde,
Der Tat Entschluß und Kühnheit meinem Trauten,
Den Ruhm dem Stahl, dem Ender der Beschwerde,
Die Schmach dem Frevler, der dem Freundesherde
  Als Dieb genaht, den guten Nachruf allen,
  Die mich verehren, ob ich auch gefallen.

Thou, Collatine, shalt oversee this will.
How was I overseen that thou shalt see it!
My blood shall wash the slander of mine ill;
My life's foul deed, my life's fair end shall free it.
Faint not, faint heart, but stoutly say: 'So be it.'
  Yield to my hand; my hand shall conquer thee;
  Thou dead, both die, and both shall victors be."

This plot of death when sadly she had laid
And wip'd the brinish pearl from her bright eyes,
With untun'd tongue she hoarsely calls her maid,
Whose swift obedience to her mistress hies;
For fleet-wing'd duty with thought's feathers flies.
  Poor Lucrece' cheeks unto her maid seem so
  As winter meads when sun doth melt their snow.

Her mistress she doth give demure good-morrow
With soft-slow tongue, true mark of modesty,
And sorts a sad look to her lady's sorrow,
For why her face wore sorrow's livery;
But durst not ask of her audaciously
  Why her two suns were cloud-eclipsed so,
  Nor why her fair cheeks over-wash'd with woe.

But as the earth doth weep, the sun being set,
Each flower moisten'd like a melting eye;
Even so the maid with swelling drops 'gan wet
Her circled eyne, enforc'd by sympathy
Of those fair suns set in her mistress' sky,
  Who in a salt-wav'd ocean quench their light,
  Which makes the maid weep like the dewy night.

Dies Testament soll Collatin vollstrecken,
Nicht länger kann sein Inhalt mich erschrecken.
Mein Dasein ist beschimpft; mein Blut befrei es
Als läuternd Bad von meiner Sünde Flecken.
Ermanne dich, mein Herz, und sprich: so sei es.
  Gib nach der Hand, ihr mußt du nun erliegen,
  Sie fällt mit dir, doch beide sollt ihr siegen."

Beschlossen hat sie nun im festen Sinn
Den Todesplan; die Tränen sind versiegt;
Matt, klanglos ruft sie ihre Dienerin,
Die rasch herbei zur teuern Herrin fliegt.
Der Wiese gleich, auf der der Schnee noch liegt,
  Doch die zu schmelzen eben angefangen,
  Erscheinen ihr Lucretiens bleiche Wangen.

Der Herrin sagt sie sittsam guten Morgen
Im schlichten Tone der Bescheidenheit,
Sogleich bemerkend ihre schweren Sorgen
An ihres Angesichtes Trauerkleid;
Doch wagt sie nicht zu fragen, welches Leid
  Mit Tränen ihre Wangen überronnen
  Und so verfinstert ihre Augensonnen.

Die Erde weint, indem die Sonne sinkt,
Daß jede Blum ein feuchtes Auge scheint;
Der treue Augenstern der Zofe blinkt
Von Zähren, jenem Sonnenpaar geweint,
Das nun in salz'ger Tränenflut ertrinkt;
  Erloschen ist die helle Himmelspracht,
  Des Mädchens Auge netzt der Tau der Nacht.

A pretty while these pretty creatures stand,
Like ivory conduits coral cisterns filling:
One justly weeps; the other takes in hand
No cause but company of her drops spilling.
Their gentle sex to weep are often willing;
  Grieving themselves to guess at others' smarts,
  And then they drown their eyes, or break their hearts.

For men have marble, women waxen minds,
And therefore are they form'd as marble will;
The weak oppress'd, th' impression of strange kinds
Is form'd in them by force, by fraud, or skill.
Then call them not the authors of their ill,
  No more than wax shall be accounted evil
  Wherein is stamp'd the semblance of a devil.

Their smoothness, like a goodly champaign plain,
Lays open all the little worms that creep;
In men, as in a rough-grown grove, remain
Cave-keeping evils that obscurely sleep.
Through crystal walls each little mote will peep.
  Though men can cover crimes with bold stern looks,
  Poor women's faces are their own faults' books.

No man inveigh against the withered flow'r,
But chide rough winter that the flow'r hath kill'd.
Not that devour'd, but that which doth devour,
Is worthy blame. O, let it not be hild
Poor women's faults that they are so fulfill'd
  With men's abuses! those proud lords to blame
  Make weak-made women tenants to their shame.

So standen da die lieblichen Gestalten,
Springbrunnenbildern gleich von Elfenbein;
Der einen Zähren wahrstem Schmerze galten,
Die andre denkt: sie weine nicht allein!
Denn fremdem Schmerz gar oft und willig leihn
  Die Frauen ihrer Augen Tränenbäche,
  Als ob ihr Herz von gleichem Kummer breche.

Der Mann ist Marmor, weiches Wachs die Frau;
Der Form des Marmors muß das Wachs sich fügen.
Gleich falschen Münzen trägt das Weib zur Schau
Die Prägung mit des fremden Königs Zügen;
Nicht das Metall, die Stempel nur betrügen.
  Was kann das Wachs dafür, das aufgeprägt
  Das Bildnis eines argen Teufels trägt?

Das Frauenherz ist wie ein offnes Feld,
Du siehst den kleinsten Wurm, der drüberkriecht.
Des Mannes wild verwachsnes Dickicht hält
Verborgen, was in ihm von Bösem liegt.
Das Stäubchen, das im Sonnenstrahle fliegt,
  Befleckt Kristall; der Mann sinnt Missetaten
  Und – lacht; die Frau wird ihr Gesicht verraten.

Nicht die verwelkte Blume wollet schelten,
Dem Winter grollet, der sie welken macht;
Nur dem Zerstörer darf der Tadel gelten,
Nicht dem Zerstörten. Tut in Bann und Acht
Den, der die Sünderin zu Fall gebracht;
  Denn was die zartgeschaffne Frau beschimpft,
  Hat ihr des Mannes Hochmut eingeimpft.

The precedent whereof in Lucrece view,
Assail'd by night with circumstances strong
Of present death and shame that might ensue
By that her death, to do her husband wrong.
Such danger to resistance did belong
  That dying fear through all her body spread;
  And who cannot abuse a body dead?

By this, mild patience bid fair Lucrece speak
To the poor counterfeit of her complaining.
"My girl", quoth she, "on what occasion break
Those tears from thee that down thy cheeks are raining?
If thou dost weep for grief of my sustaining,
  Know, gentle wench, it small avails my mood;
  If tears could help, mine own would do me good.

But tell me, girl, when went" – and there she stay'd
Till after a deep groan – "Tarquin from hence?"
"Madam, ere I was up", replied the maid,
"The more to blame my sluggard negligence.
Yet with the fault I thus far can dispense:
  Myself was stirring ere the break of day,
  And ere I rose was Tarquin gone away.

But, lady, if your maid may be so bold,
She would request to know your heaviness."
"O, peace!" quoth Lucrece. "If it should be told,
The repetition cannot make it less,
For more it is than I can well express;
  And that deep torture may be call'd a hell,
  When more is felt than one hath power to tell.

Das hat Lucretiens Geschick bewährt.
Entsetzt erwachend, hört sie das Gebot
Des frechen Räubers und erblickt sein Schwert,
Doch mehr noch ängstigt sie als jäher Tod
Die Schmach, mit der er ihrer Leiche droht,
  Und, todesstarr aus Furcht vor Tod und Schande,
  Verliert sie jede Kraft zum Widerstande.

„Was ist dir, Kind?“ begann voll hoher Milde
Lucretia zur Dienerin zu sprechen,
Die vor ihr stand gleich einem schwachen Bilde
Des eignen Grams; „was ist dir, daß in Bächen
Aus deinen Augen diese Tränen brechen?
  Genesen wahrlich müßt ich durch die meinen,
  Wenn Tränen frommten, doch mir hilft kein Weinen.

Doch sage mir, wann zog Tarquin von hinnen?“
Die Stimme stockt ihr, da sie dieses fragt.
„Verzeih der trägsten aller Dienerinnen:
Lang eh ich aufgewacht“, versetzt die Magd,
„Obwohl ich, meine Arbeit zu beginnen,
  Mein Bett verließ in frühen Dämmerstunden,
  War doch Tarquin weit früher noch verschwunden.

Doch, teure Herrin, darf die Magd es wagen
Zu forschen, was dein Herz betrübt und quält?“
„Still!“ ruft Lucretia, „dürft ich's dir auch sagen,
Es blieb', auch mitgeteilt, gleich schwer zu tragen,
Es ist ein Leiden, das kein Mund erzählt,
  Und Qual, für die wir keine Worte kennen,
  Die dürfen wir wohl Höllenmarter nennen.

Go, get me hither paper, ink, and pen –
Yet save that labour, for I have them here.
What should I say? – One of my husband's men
Bid thou be ready, by and by, to bear
A letter to my lord, my love, my dear.
  Bid him with speed prepare to carry it;
  The cause craves haste, and it will soon be writ."

Her maid is gone, and she prepares to write,
First hovering o'er the paper with her quill.
Conceit and grief an eager combat fight;
What wit sets down is blotted straight with will;
This is too curious-good, this blunt and ill:
  Much like a press of people at a door,
  Throng her inventions, which shall go before.

At last she thus begins: "Thou worthy lord
Of that unworthy wife that greeteth thee,
Health to thy person! Next vouchsafe t' afford –
If ever, love, thy Lucrece thou wilt see –
Some present speed to come and visit me.
  So I commend me from our house in grief;
  My woes are tedious, though my words are brief."

Here folds she up the tenour of her woe,
Her certain sorrow writ uncertainly.
By this short schedule Collatine may know
Her grief, but not her grief's true quality;
She dares not thereof make discovery,
  Lest he should hold it her own gross abuse,
  Ere she with blood had stain'd her stain'd excuse.

Geh, hole mir Papier und Tintenfaß –
Doch nein, ich hab es hier – du magst verweilen –
Was wollt ich sagen? – Einen Diener laß
Bereit sich halten, rasch mit meinen Zeilen
Zu meinem teuern Gatten hinzueilen;
  Er soll sich rüsten ohne Aufenthalt,
  Die Sache drängt – geschrieben hab ich bald.“

Die Magd gehorcht; sie setzt sich hin zum Schreiben,
Doch widerspenstig stockt der Federkiel;
Im Kampfe miteinander liegend, treiben
Mit ihm Verstand und Schmerz ein müßig Spiel;
Der Wille streicht, was ihrem Geist gefiel,
  Und wie die Menge vor des Tores Schranken,
  So streiten um den Vortritt die Gedanken.

Doch endlich schreibt sie: „Stetes Wohlergehn
Wünsch ich Unwürdige dem werten Gatten.
Willst du Lucretien noch einmal sehn,
So wolle mir die Bitte jetzt gestatten,
Um eiligsten Besuch dich anzuflehn;
  Aus unserm Trauerhause kurz empfehle
  Ich deiner Huld die schwer betrübte Seele.“

Sie schließt den Brief, der ihr gewisses Wehe
In ungewissen Worten offenbart,
Daß ihren Kummer Collatin ersehe,
Doch nicht erkenne ihres Kummers Art.
Die volle Kunde bleibt ihm aufgespart,
  Bis ihm ihr selbstvergoßnes Blut erzählt,
  Sie habe nicht aus eigner Schuld gefehlt.

Besides, the life and feeling of her passion
She hoards, to spend when he is by to hear her;
When sighs and groans and tears may grace the fashion
Of her disgrace, the better so to clear her
From that suspicion which the world might bear her.
  To shun this blot, she would not blot the letter
  With words, till action might become them better.

To see sad sights moves more than hear them told;
For then the eye interprets to the ear
The heavy motion that it doth behold,
When every part a part of woe doth bear.
'Tis but a part of sorrow that we hear:
  Deep sounds make lesser noise than shallow fords,
  And sorrow ebbs, being blown with wind of words.

Her letter now is seal'd, and on it writ:
"At Ardea to my lord with more than haste."
The post attends, and she delivers it
Charging the sour-fac'd groom to hie as fast
As lagging fowls before the northern blast.
  Speed more than speed but dull and slow she deems:
  Extremity still urgeth such extremes.

The homely villain curtsies to her low
And, blushing on her, with a steadfast eye
Receives the scroll without or yea or no,
And forth with bashful innocence doth hie.
But they whose guilt within their bosoms lie
  Imagine every eye beholds their blame;
  For Lucrece thought he blush'd to see her shame.

Sie hält des Schmerzes Leidenschaft zurück,
Erst wenn der Gatte kommt, sich auszuweinen.
Wer stöhnt und jammert um sein Mißgeschick,
Das ihn betroffen hat, der wird den Seinen,
Der wird der Welt nicht selber schuldig scheinen.
  Nicht Worte dürfen ihren Brief beflecken,
  Bis Taten sühnend diese Worte decken.

Leidanblick rührt uns mehr als Leidbericht;
Das Auge kann dem Ohre dann erzählen,
Wie von des Kummers drückendem Gewicht
Die Glieder jedes seinen Teil sich wählen;
Den Schmerz nur schildern heißt ihn halb verhehlen.
  Still strömt der tiefe Sund, laut rauscht der seichte Fjord,
  Ein Ebbewind der Trübsal ist das Wort.

Gesiegelt ist der Brief und überschrieben:
„Dem Herrn in Ardea, in höchster Schnelle."
Dem trägen Huhn, vom Nordwind fortgetrieben,
Vergleichbar ist der mürrische Geselle,
Der ihn empfängt, daß er ihn rasch bestelle.
  In solcher Not erscheint der schnellste Flug
  Dem Ungeduldigen nicht schnell genug.

Der unbeholfne Bursch verneigt sich tief,
Errötet blöde, starrt die Herrin an,
Erwidert nichts, empfängt von ihr den Brief
Und nimmt sich vor zu eilen, was er kann.
Sie denkt: um mich errötet dieser Mann!
  Denn wer sich schuldig fühlt, hegt stets den Wahn,
  Es merke jedermann, was er getan.

When, silly groom! God wot, it was defect
Of spirit, life, and bold audacity.
Such harmless creatures have a true respect
To talk in deeds, while others saucily
Promise more speed but do it leisurely.
  Even so, this pattern of the worn-out age
  Pawn'd honest looks, but laid no words to gage.

His kindled duty kindled her mistrust,
That two red fires in both their faces blazed;
She thought he blush'd as knowing Tarquin's lust,
And, blushing with him, wistly on him gazed;
Her earnest eye did make him more amazed;
  The more she saw the blood his cheeks replenish,
  The more she thought he spied in her some blemish.

But long she thinks till he return again,
And yet the duteous vassal scarce is gone.
The weary time she cannot entertain,
For now 'tis stale to sigh, to weep, and groan,
So woe hath wearied woe, moan tired moan,
  That she her plaints a little while doth stay,
  Pausing for means to mourn some newer way.

At last she calls to mind where hangs a piece
Of skilful painting, made for Priam's Troy;
Before the which is drawn the power of Greece
For Helen's rape the city to destroy,
Threat'ning cloud-kissing Ilion with annoy;
  Which the conceited painter drew so proud,
  As heaven, it seem'd, to kiss the turrets bow'd.

Es war nur Blödigkeit bei diesem Knechte;
In Worten seine Treue zu beweisen
Verstand er nicht. Sein Eifer war der echte:
Wenn andre ihren guten Willen preisen
Und wenig tun, er schwieg – und tat das Rechte:
Ein Muster aus der alten guten Zeit,
Nicht zungenfertig, aber dienstbereit.

Des Eifers Röte weckt in ihr Verdacht;
Der treibt auch ihr das Schamrot in die Wangen.
Sie glaubt, er wisse, was Tarquin vollbracht,
Und blickt ihn schärfer an: er wird befangen
Und röter noch, und was sich selbst entfacht
Durch ihren Blick, das dünkt ihr nun ein Zeichen,
Daß er sie such auf Sünden zu beschleichen.

Kaum ist er fort, so denkt sie schon: Wie lange
Nur dauert meines Boten Wiederkehr!
Die Zeit scheint stillzustehn in ihrem Gange;
Auch weinen, schluchzen kann sie jetzt nicht mehr;
Ihr Herz ist matt, ihr Auge tränenleer;
Für eine Weile schweigt ihr banges Stöhnen,
Als suche sie nach neuen Trauertönen.

In einem Zimmer ihres Hauses hängt
Ein altes Bild, naturgetreu zum Sprechen.
Es zeigt, vom Heere Griechenlands bedrängt,
Die Priamsburg; den Frauenraub zu rächen,
Will dies die wolkenhohen Zinnen brechen.
Wie stolz im Hintergrund die Türme steigen!
Sie küssend, scheint der Himmel sich zu neigen.

A thousand lamentable objects there,
In scorn of nature, art gave lifeless life;
Many a dry drop seem'd a weeping tear
Shed for the slaughter'd husband by the wife;
The red blood reek'd to show the painter's strife,
   And dying eyes gleam'd forth their ashy lights,
   Like dying coals burnt out in tedious nights.

There might you see the labouring pioneer
Begrim'd with sweat and smeared all with dust;
And from the towers of Troy there would appear
The very eyes of men through loopholes thrust,
Gazing upon the Greeks with little lust.
   Such sweet observance in this work was had
   That one might see those far-off eyes look sad.

In great commanders grace and majesty
You might behold, triumphing in their faces;
In youth, quick bearing and dexterity;
And here and there the painter interlaces
Pale cowards marching on with trembling paces,
   Which heartless peasants did so well resemble
   That one would swear he saw them quake and tremble.

In Ajax and Ulysses, o what art
Of physiognomy might one behold!
The face of either cipher'd either's heart;
Their face their manners most expressly told:
In Ajax' eyes blunt rage and rigour roll'd;
   But the mild glance that sly Ulysses lent
   Show'd deep regard and smiling government.

Der Künstler wußte tausend Gegenständen
Den Schein des Lebens rührend einzuhauchen:
Ein Tröpfchen Weiß genügte seinen Händen,
Dies Weib in eine Schmerzensflut zu tauchen;
Man sieht des teuren Gatten Herzblut rauchen;
  Sein Auge, das im Todeskampfe bricht,
  Glimmt noch vom letzten aschenhaften Licht.

Hier schanzt der Grieche staub- und schweißbedeckt,
Dort in den Scharten, in den Mauerfugen
Erblickt man Troeraugen, die erschreckt,
Hinüber auf das Werk des Feindes lugen.
In jedem Strich ist hohe Kunst versteckt;
  Gewahren wird der suchende Beschauer
  In solcher Ferne selbst den Blick der Trauer.

Wie stehn die Führer da so stolz bewußt!
Ihr Auge sagt: Die Feste muß uns weichen.
Wie schwellt der Mut des jungen Kriegers Brust!
Wie hier und da die Feiglinge mit bleichen
Verstörten Zügen zitternd vorwärts schleichen!
  Das ist der Bauer, wie er leibt und lebt;
  Man schwört, man sehe, wie er bangt und bebt.

Das dort ist Ajax, das Laertes' Sohn.
Wer könnte treffender die Züge wählen?
Das Herz, die Seele liegt im Farbenton,
Der Maler weiß ihr Wesen zu erzählen.
Dort Kraft und Trotz voll Übermut und Hohn,
  Hier feine Milde, Schlauheit, rasches Denken,
  Die Kunst, die Menschen lächelnd fest zu lenken.

There pleading might you see grave Nestor stand,
As 'twere encouraging the Greeks to fight,
Making such sober action with his hand
That it beguil'd attention, charm'd the sight.
In speech, it seem'd, his beard all silver white
  Wagg'd up and down, and from his lips did fly
  Thin winding breath, which purl'd up to the sky.

About him were a press of gaping faces,
Which seem'd to swallow up his sound advice,
All jointly list'ning, but with several graces,
As if some mermaid did their ears entice;
Some high, some low – the painter was so nice –
  The scalps of many, almost hid behind,
  To jump up higher seem'd to mock the mind.

Here one man's hand lean'd on another's head,
His nose being shadowed by his neighbour's ear;
Here one being throng'd bears back, all boll'n and red;
Another smother'd seems to pelt and swear;
And in their rage such signs of rage they bear,
  As, but for loss of Nestor's golden words,
  It seem'd they would debate with angry swords.

For much imaginary work was there;
Conceit deceitful, so compact, so kind,
That for Achilles' image stood his spear,
Grip'd in an armed hand; himself, behind
Was left unseen, save to the eye of mind:
  A hand, a foot, a face, a leg, a head,
  Stood for the whole to be imagined.

Hier hält der greise Nestor eine Rede.
Wie sicher streckt sich seine Hand empor!
Er spornt die Griechen an zur tapfern Fehde
Und fesselt jedes Auge, jedes Ohr.
Sein langer Bart, ein weißer Silberflor,
Scheint mit dem Kinn sich auf und ab zu neigen;
Sogar sein Atemwölkchen siehst du steigen.

Sieh der Gesichter gaffendes Gedränge:
Es scheint, sie wollen seinen Rat verschlingen.
Nicht zwei sind gleich in dieser Lauscher Menge;
Sie stehn, als hörten sie Sirenen singen,
Hier hoch, da tief; um halbe Kopfeslänge
Ragt mancher Mann empor aus dieser Schar,
Von andern sieht man kaum das Scheitelhaar.

Der legt die Hand auf eines andern Haupt,
Dem deckt die Nase seines Nachbarn Ohr,
Der ist erstickend rot gedrückt und schnaubt,
Der drängt sich pustend, fluchend weiter vor;
So wütend scheinen viele, daß man glaubt,
Die Schwerter müßten aus den Scheiden fliegen,
Sobald nur Nestors goldne Worte schwiegen.

Der Phantasie bleibt vieles überlassen,
Sinnreich versteckt, knapp, doch bedeutungsschwer.
So fehlt Achill; doch sieht man seinen Speer
Und eine Hand in Harnisch ihn umfassen:
Des Geistes Auge stellt den Helden her.
Versinnlichen, wie diese Hand und Lanze,
Muß oft ein Glied, ein kleiner Teil das Ganze.

And from the walls of strong-besieged Troy
When their brave hope, bold Hector, march'd to field,
Stood many Troyan mothers, sharing joy
To see their youthful sons bright weapons wield;
And to their hope they such odd action yield
That through their light joy seemed to appear,
Like bright things stain'd, a kind of heavy fear.

And from strand of Dardan where they fought,
To Simois' reedy banks, the red blood ran,
Whose waves to imitate the battle sought
With swelling ridges; and their ranks began
To break upon the galled shore, and than
Retire again, till meeting greater ranks
They join, and shoot their foam at Simois' banks.

To this well-painted piece is Lucrece come,
To find a face where all distress is stell'd.
Many she sees where cares have carved some,
But none where all distress and dolour dwell'd,
Till she despairing Hecuba beheld,
Staring on Priam's wounds with her old eyes,
Which bleeding under Pyrrhus' proud foot lies.

In her the painter had anatomiz'd
Time's ruin, beauty's wrack, and grim care's reign;
Her cheeks with chaps and wrinkles were disguis'd;
Of what she was no semblance did remain:
Her blue blood chang'd to black in every vein,
Wanting the spring that those shrunk pipes had fed,
Show'd life imprison'd in a body dead.

Der kühne Hektor ist ins Feld gerückt;
Nun schaut von Trojas schwer bedrängten Wällen
So manche Mutter und erkennt entzückt
Den Sohn am blanken Harnisch, der ihn schmückt;
Doch scheint auch Hoffnung ihre Brust zu schwellen,
  So spürt man doch daneben ein Verzagen,
  Wie Flecken Rost am Stahl des Spiegels nagen.

Und von der Walstatt, dem Dardanerstrande,
Ergießt sich breit des Blutes roter Bach
Zum Simoïs, zu seinem Binsenrande.
Mit seiner Fluten schwellendem Gebrande
Ahmt dieser Fluß den Kampf der Menschen nach:
  Die Wogen stürmen, fliehen, wollen säumen,
  Um wutgedrängt am Ufer zu verschäumen.

Zu diesem Bilde trat Lucretia,
Des Kummers tiefsten Ausdruck anzuschauen.
Wie leidgefurcht sie manches Antlitz sah,
Keins zeigt so ganz den vollsten Schmerz der Frauen
Wie das der gramgebeugten Hekuba,
  Die starren Blicks des Pyrrhus Fuß betrachtet,
  Denn unter ihm liegt Priamus geschlachtet.

Hier stellt der Maler wie zergliedert dar
Der Schönheit Untergang durch Zeit und Sorgen.
So gänzlich haben, was sie weiland war,
Die Runzeln ihres Angesichts verborgen.
Sieh diese Adern, vormals blau und klar –
  Nun sind sie schwarz – ihr Springquell ist verdorben,
  Noch lebt der Geist, der Körper ist gestorben.

On this sad shadow Lucrece spends her eyes,
And shapes her sorrow to the beldam's woes,
Who nothing wants to answer her but cries,
And bitter words to ban her cruel foes:
The painter was no god to lend her those;
And therefore Lucrece swears he did her wrong
To give her so much grief and not a tongue.

"Poor instrument", quoth she, "without a sound,
I'll tune thy woes with my lamenting tongue,
And drop sweet balm in Priam's painted wound,
And rail on Pyrrhus that hath done him wrong,
And with my tears quench Troy that burns so long;
And with my knife scratch out the angry eyes
Of all the Greeks that are thine enemies.

Show me the strumpet that began this stir,
That with my nails her beauty I may tear.
Thy heat of lust, fond Paris, did incur
This load of wrath that burning Troy doth bear.
Thy eye kindled the fire that burneth here;
And here in Troy, for trespass of thine eye,
The sire, the son, the dame, and daughter die.

Why should the private pleasure of some one
Become the public plague of many moe?
Let sin, alone committed, light alone
Upon his head that hath transgressed so;
Let guiltless souls be freed from guilty woe.
For one's offence why should so many fall,
To plague a private sin in general?

Lucretia beschaut dies Schattenbild,
Darin ein Gleichnis ihrer Qual zu suchen.
Ihm fehlt nur eins: kein Laut, kein Wort entquillt
Den Lippen, ihre Feinde zu verfluchen.
Der Künstler war kein – Gott; Lucretia schilt
  Es ungerecht, zum Weh in diesen Zügen
  Nicht auch die Sprache noch hinzuzufügen.

„Du arme Laute“, ruft sie, „ohne Ton!
Ich will die Zunge leihn zu deinen Klagen,
Die Wunde salben, die Achilleus' Sohn
Fluchwürdig deinem Priamus geschlagen,
Die Flammen, die um Trojas Zinnen lohn,
  Mit Tränen löschen und, um dich zu rächen,
  Den Griechen aus die bösen Augen stechen.

O zeige mir des Leids Begründerin,
Zerfleischen will ich sie mit meinen Nägeln
Samt ihrem Paris, der die Sünderin
Aus Brunst verführt, mit ihm hierherzusegeln
Als dieser Feuersbrunst Entzünderin.
  Zum Opfer fällt nun einem schönen Weibe
  Der Greis, der Mann, das Kind im Mutterleibe!

Warum nur wird des einen Lustgelag
Durch solches Unglück heimgesucht an allen?
Auf dessen Haupt nur, der die Satzung brach,
Soll auch die Strafe des Vergehens fallen.
Wer schuldlos ist, der bleibe frei von Schmach;
  Was einer nur in böser Lust verbrochen,
  Sei nicht an einem ganzen Volk gerochen.

Lo, here weeps Hecuba, here Priam dies,
Here manly Hector faints, here Troilus swounds;
Here friend by friend in bloody channel lies,
And friend to friend gives unadvised wounds,
And one man's lust these many lives confounds.
Had doting Priam check'd his son's desire,
Troy had been bright with fame, and not with fire."

Here feelingly she weeps Troy's painted woes.
For sorrow, like a heavy-hanging bell,
Once set on ringing, with his own weight goes;
Then little strength rings out the doleful knell;
So Lucrece set a-work sad tales doth tell
To pencill'd pensiveness and colour'd sorrow;
She lends them words, and she their looks doth borrow.

She throws her eyes about the painting round,
And who she finds forlorn she doth lament.
At last she sees a wretched image bound
That piteous looks to Phrygian shepherds lent;
His face, though full of cares, yet show'd content:
Onward to Troy with the blunt swains he goes,
So mild that Patience seem'd to scorn his woes.

In him the painter labour'd with his skill
To hide deceit, and give the harmless show
An humble gait, calm looks, eyes wailing still,
A brow unbent, that seem'd to welcome woe;
Cheeks neither red nor pale, but mingled so
That blushing red no guilty instance gave,
Nor ashy pale the fear that false hearts have;

Da weint nun Hekuba und Priam fällt,
Aus Troilus', aus Hektors Heldenbrust
Verströmt das Blut und tränkt das weite Feld;
Ein Freund erschlägt den andern unbewußt,
Und – alles das um eines Mannes Lust!
  Hielt Priamus nur diesen Sohn in Zügeln,
  So strahlte Ruhm, nicht Brand von Trojas Hügeln."

Gefühlvoll weint sie um gemalten Schmerz.
Ein tiefes Leid ist ähnlich schweren Glocken:
Einmal in Schwung gesetzt, erklingt das Erz
Von selber fort und braucht, um nicht zu stocken,
Nur schwachen Anstoß, wie Lucretiens Herz.
  Vom Werk des Malers borgt sie nur die Blicke
  Und leiht ihr Wort erfundnem Mißgeschicke.

Indem sie so des ganzen Bildes Rund
Durchforscht, hat sie für jedes Leid auch Klagen.
Dort steht bei Hirten, fern im Hintergrund,
Ein Wicht in Fesseln; scheint er auch zu zagen,
So merkt man doch sein heimliches Behagen;
  Wie schmerzlich ihn die festen Bande schnüren,
  Geduldig läßt er sich gen Troja führen.

Hier steht des Malers Meisterschaft bezeugt,
Der Arglist einen Unschuldsblick zu leihn,
Den Gang der Demut, Augen, tränenfeucht,
Die sanfte Dulderstirn, die jeder Pein
Zu sagen scheint: du sollst willkommen sein,
  Und mittelfarb'ge Wangen, die gelassen,
  Nie schamrot werden, nie vor Furcht erblassen.

But, like a constant and confirmed devil,
He entertain'd a show so seeming just,
And therein so ensconc'd his secret evil,
That jealousy itself could not mistrust
False-creeping craft and perjury should thrust
Into so bright a day such black-fac'd storms,
Or blot with hell-born sin such saint-like forms.

The well-skill'd workman this mild image drew
For perjur'd Sinon, whose enchanting story
The credulous old Priam after slew;
Whose words, like wildfire, burnt the shining glory
Of rich-built Ilion, that the skies were sorry,
And little stars shot from their fixed places,
When their glass fell wherein they view'd their faces.

This picture she advisedly perus'd,
And chid the painter for his wondrous skill;
Saying, some shape in Sinon's was abus'd,
So fair a form lodg'd not a mind so ill;
And still on him she gaz'd, and gazing still
Such signs of truth in his plain face she spied
That she concludes the picture was belied.

"It cannot be", quoth she, "that so much guile" –
She would have said: "can lurk in such a look",
But Tarquin's shape came in her mind the while,
And from her tongue "can lurk" from "cannot" took;
"It cannot be", she in that sense forsook,
And turn'd it thus: "It cannot be, I find,
But such a face should bear a wicked mind;

Das ist ein eingefleischter Bösewicht.
So wohlverborgen liegt in ihm das Schlechte,
So täuschend heuchelt dieses Angesicht,
Daß jeder meint, so blicke der Gerechte,
Daß auch der Argwohn selber niemals dächte,
  Die Höllentücke eines Teufels trüge
  Als Maske diese engelmilden Züge.

Es ist der Schurke, der mit falschem Eide,
Mit kluger Mär den Priamus betörte,
Der Sinon, der des Himmels Augenweide,
Die Troerstadt, mit Mord und Brand zerstörte,
Daß, mitergriffen von so großem Leide,
  Die kleinen Sterne von der Stelle wichen,
  Weil unten ihres Spiegels Glanz erblichen.

Genau beschaut Lucretia die Gestalt,
Doch für den Maler hat sie nichts als Tadel:
Ein Leib, geschmückt mit solchem Formenadel,
Sei nie so schwarzer Seele Aufenthalt;
Hier sei, mit überzeugender Gewalt,
  Der Wahrheit Kleid der Lüge angezogen,
  Den Künstler habe seine Kunst betrogen.

„Das soll der Blick versteckter Tücke sein?" –
Sie will „das ist unmöglich" eben sagen,
Da fällt Tarquins Gestalt ihr plötzlich ein,
Und von der Zunge gleichsam fortgeschlagen
Ist ihr das Wort. „Man braucht nicht erst zu fragen",
  So fährt sie fort, jetzt plötzlich andrer Meinung,
  „Das ist der Tücke leibliche Erscheinung.

For even as subtle Sinon here is painted,
So sober-sad, so weary, and so mild,
As if with grief or travail he had fainted,
To me came Tarquin armed; so beguil'd
With outward honesty, but yet defil'd
With inward vice. As Priam him did cherish,
So did I Tarquin; so my Troy did perish.

Look, look, how list'ning Priam wets his eyes,
To see those borrowed tears that Sinon sheds.
Priam, why art thou old, and yet not wise?
For every tear he falls a Troyan bleeds;
His eye drops fire, no water thence proceeds;
Those round clear pearls of his that move thy pity
Are balls of quenchless fire to burn thy city.

Such devils steal effects from lightless hell;
For Sinon in his fire doth quake with cold,
And in that cold hot burning fire doth dwell;
These contraries such unity do hold
Only to flatter fools, and make them bold;
So Priam's trust false Sinon's tears doth flatter
That he finds means to burn his Troy with water."

Here, all enrag'd, such passion her assails
That patience is quite beaten from her breast.
She tears the senseless Sinon with her nails,
Comparing him to that unhappy guest
Whose deed hath made herself herself detest.
At last she smilingly with this gives o'er:
"Fool! fool!", quoth she, "his wounds will not be sore."

So traurig still, wie Sinon hier im Bilde,
So kam zu mir voll arger List Tarquin,
So wußt er Kummer, Müdigkeit und Milde
Als Maske seiner Bosheit anzuziehn;
Sein Laster, das als Ehrbarkeit erschien,
Hat mich, wie Sinon Priamus, betört
Und, ach, auch mir mein Ilion zerstört.

O sieh nur, wie zu Sinons falschen Zähren
Auch Priamus, in Rührung lauschend, weint,
Der alte Tor! Zum Troermord gebären
Ihm dieser Tränen jede einen Feind,
Und Flammen, welche seine Stadt verzehren,
Empor aus jedem dieser Tropfen lecken,
Die, klaren Perlen gleich, sein Mitleid wecken.

Aus einer eiserstarrten Hölle stehlen
Die Teufel ihre Macht; denn Sinon bebt
Vor Kälte, während Flammen in ihm schwelen;
Er weiß die Gegensätze zu vermählen,
Daß Frost und Glut in ihm in Eintracht lebt;
So kann er Toren blenden und verführen,
Durch Tränen*wasser* Trojas *Flammen* schüren."

Von wilder Leidenschaft ergriffen, faßt
Lucretia das Bild und will's verletzen;
Sie sieht in Sinon ihren Unglücksgast,
Um dessentwillen sie sich selber haßt;
Ihr Nagel soll das Antlitz ihm zerfetzen –
Doch schmerzlich lächelnd, hält sie ein und spricht:
„Ich Törin! Der da fühlt die Wunde nicht!"

Thus ebbs and flows the current of her sorrow,
And time doth weary time with her complaining.
She looks for night, and then she longs for morrow,
And both she thinks too long with her remaining.
Short time seems long in sorrow's sharp sustaining;
  Though woe be heavy, yet it seldom sleeps;
  And they that watch see time how slow it creeps.

Which all this time hath overslipp'd her thought,
That she with painted images hath spent,
Being from the feeling of her own grief brought
By deep surmise of others' detriment,
Losing her woes in shows of discontent.
  It easeth some, though none it ever cured,
  To think their dolour others have endured.

But now the mindful messenger, come back,
Brings home his lord and other company;
Who finds his Lucrece clad in mourning black,
And round about her tear-distained eye
Blue circles stream'd, like rainbows in the sky.
  These water-galls in her dim element
  Foretell new storms to those already spent.

Which when her sad-beholding husband saw,
Amazedly in her sad face he stares:
Her eyes, though sod in tears, look'd red and raw,
Her lively colour kill'd with deadly cares.
He hath no power to ask her how she fares;
  Both stood like old acquaintance in a trance,
  Met far from home, wond'ring each other's chance.

So flutet, ebbt die Strömung ihrer Sorgen;
Sie spornt die müde Zeit mit ihren Klagen,
Sie wünscht die Nacht herbei und dann den Morgen,
Und beide scheinen ihr gedehnt zu Tagen.
Die Zeit wird endlos, wenn wir Schmerz ertragen;
 Wir messen sie an unserm schweren Kummer,
 Der uns darniederwirft, doch ohne Schlummer.

Doch sie verbrachte diese ganze Zeit
Gedankenvoll im Anschaun jener Bilder.
Indem sie sich versetzt in fremdes Leid,
Empfand sie doch ihr eignes etwas milder
Und, wo sie schalt, ihr Herz vom Gram befreit.
 Nicht heilen kann's, doch lindern unsre Wunden,
 Daß andere den gleichen Schmerz empfunden.

Doch endlich kehrt der treue Bote wieder,
Mit ihm der Herr in anderer Geleit.
Sie sehn, Lucretia trägt ein Trauerkleid;
Ein blauer Kreis um ihre feuchten Lider,
Dem Regenbogen gleich, verrät ihr Leid,
 Und deutlich sagen diese Wassergallen:
 In Kürze werden neue Schauer fallen.

Ins Antlitz starrt ihr Collatin erschrocken:
Wie blaß die Wangen sind, wie bleich der Mund;
Die Augen, noch nicht völlig tränentrocken,
Sonst lebenstrahlend, sind jetzt rot und wund.
Er fragt sie nicht nach dieses Kummers Grund.
 Er steht verdutzt, wie wenn in ferner Landschaft
 Wir jemand sehn aus unserer Bekanntschaft.

At last he takes her by the bloodless hand,
And thus begins: "What uncouth ill event
Hath thee befall'n, that thou dost trembling stand?
Sweet love, what spite hath thy fair colour spent?
Why art thou thus attir'd in discontent?
  Unmask, dear dear, this moody heaviness,
  And tell thy grief, that we may give redress."

Three times with sighs she gives her sorrow fire
Ere once she can discharge one word of woe;
At length address'd to answer his desire,
She modestly prepares to let them know
Her honour is ta'en prisoner by the foe;
  While Collatine and his consorted lords
  With sad attention long to hear her words.

And now this pale swan in her wat'ry nest
Begins the sad dirge of her certain ending.
"Few words", quoth she, "shall fit the trespass best,
Where no excuse can give the fault amending:
In me moe woes than words are now depending;
  And my laments would be drawn out too long
  To tell them all with one poor tired tongue.

Then be this all the task it hath to say:
Dear husband, in the interest of thy bed
A stranger came and on that pillow lay
Where thou wast wont to rest thy weary head;
And what wrong else may be imagined
  By foul enforcement might be done to me
  From that, alas, thy Lucrece is not free.

Doch endlich nimmt er ihre weiße Hand;
„Geliebte“, hebt er an, „verkünd es offen,
Weshalb die Farbe deiner Wangen schwand.
Aus welchem Grunde trägst du dies Gewand?
Wie heißt das Unheil, welches dich betroffen?
  Bekenne deines Schmerzes Ursach frei,
  Daß wir erfahren, wie zu helfen sei.“

Sie soll zu Worten ihren Gram bezwingen
Und muß wohl dreimal schluchzend Atem holen.
Auf Antwort hört sie ihren Gatten dringen
Und schickt sich an, es schlicht herauszubringen,
Daß ihr ein Feind die Ehre hat gestohlen.
  In ernster Spannung lauschen ihr der Gatte
  Und die Gefährten, die er um sich hatte.

Und wie der Schwan im tränenfeuchten Neste
Das letzte Lied beginnt vor seinem Ende,
So ruft sie: „Kurz zu sein ist da das Beste,
Wo doch der Fehltritt nimmer Sühnung fände,
Wie viele Worte man dazu verschwende,
  Und meine müde Zunge würde lahm,
  Erzählte sie zur Hälfte meinen Gram.

Drum läßt sie dich nur dieses eine wissen:
Es kam ein Fremdling, der dein Bett bestahl;
Gelegen hat sein Haupt auf diesen Kissen,
Auf deinem Platz, mein teuerster Gemahl.
Was dir gehört, das hat er mir entrissen;
  Das Ärgste mußte deine Gattin dulden,
  Nur durch Gewalt, nicht eigenes Verschulden.

For in the dreadful dead of dark midnight,
With shining falchion in my chamber came
A creeping creature, with a flaming light,
And softly cried: 'Awake, thou Roman dame,
And entertain my love; else lasting shame
  On thee and thine this night I will inflict,
  If thou my love's desire do contradict.

For some hard-favour'd groom of thine', quoth he,
'Unless thou yoke thy liking to my will,
I'll murder straight, and then I'll slaughter thee,
And swear I found you where you did fulfil
The loathsome act of lust, and so did kill
  The lechers in their deed: this act will be
  My fame, and thy perpetual infamy.'

With this I did begin to start and cry,
And then against my heart he set his sword,
Swearing, unless I took all patiently,
I should not live to speak another word.
So should my shame still rest upon record,
  And never be forgot in mighty Rome
  Th' adulterate death of Lucrece and her groom.

Mine enemy was strong, my poor self weak,
And far the weaker with so strong a fear.
My bloody judge forbade my tongue to speak;
No rightful plea might plead for justice there.
His scarlet lust came evidence to swear
  That my poor beauty had purloin'd his eyes,
  And when the judge is robb'd, the prisoner dies.

Es schlich ein Unmensch – nein, ein gift'ger Molch
Um Mitternacht sich in mein Schlafgemach
Mit einer Fackel und gezücktem Dolch;
‚Auf, Römerin', so rief er, ‚werde wach
Und gib dem Drange meiner Liebe nach;
  Dich samt den Deinen, willst du widerstreben,
  Gedenk ich steter Schande preiszugeben.

Wenn du dich nicht ergibst an meine Lust,
Dann werd ich irgendeinen Knecht erstechen;
Als Leiche leg ich dich an seine Brust
Und schwöre, daß ich mitten im Verbrechen
Dies Paar erschlug, um solchen Schimpf zu rächen;
  Zum Ruhme würde mir die Tat gereichen,
  Von deinem Namen nie die Schande weichen.'

Als ich empor mit lautem Schreien fuhr,
Setzt' er aufs Herz mir seines Schwertes Schneide.
‚Beim nächsten Wort erfüll ich meinen Schwur,
Der kalte Stahl durchbohrt dein Eingeweide',
So rief er. ‚Rom vernimmt es, wie ihr beide,
  Dein Knecht und du, in einem Bett gefunden,
  Von meinem Schwert empfingt die Todeswunden.'

Mein Feind war stark; ich mußte, angstgeschwächt,
Mich sprachlos vor dem blut'gen Richter beugen;
Entzogen wurden mir Verhör und Recht,
Im Scharlach rief er auf die Lust zum Zeugen,
Daß meine Schönheit ihn entweiht zum Knecht;
  Und kommt zum Spruch der Richter im Talar,
  Dann ist der Angeklagte in Gefahr.

O, teach me how to make mine own excuse!
Or, at the least, this refuge let me find:
Though my gross blood be stain'd with this abuse,
Immaculate and spotless is my mind;
That was not forc'd; that never was inclin'd
To accessary yieldings, but still pure
Doth in her poison'd closet yet endure."

Lo, here, the hopeless merchant of this loss,
With head declin'd and voice damm'd up with woe,
With sad-set eyes and wretched arms across,
From lips new-waxen pale begins to blow
The grief away that stops his answer so;
But wretched as he is he strives in vain;
What he breathes out his breath drinks up again.

As through an arch the violent roaring tide
Outruns the eye that doth behold his haste,
Yet in the eddy boundeth in his pride
Back to the strait that forc'd him on so fast,
In rage sent out, recall'd in rage, being past;
Even so his sighs, his sorrows, make a saw,
To push grief on, and back the same grief draw.

Which speechless woe of his poor she attendeth,
And his untimely frenzy thus awaketh:
"Dear lord, thy sorrow to my sorrow lendeth
Another power; no flood by raining slaketh.
My woe too sensible thy passion maketh
More feeling-painful. Let it then suffice
To drown one woe, one pair of weeping eyes.

Hilf du mir nun Entschuldigung entdecken;
Das wenigstens laß meine Zuflucht sein:
Mein Blut vermochte Schande zu beflecken,
Die Seele hielt sich makellos und rein;
Sie zwang er nicht, sie blieb in Treue *dein*,
Sie hat der Unschuld fleckenlose Helle
Bewahrt in ihrer giftbeschmutzten Zelle."

Er gleicht dem Kaufmann, welchem *ein* Verlust
Zerstört, woran er jahrelang gebaut;
Sein Auge starr und lichtlos vor sich schaut,
Gesenkten Hauptes kreuzt er auf der Brust
Die Arme, Schmerz erstickt der Kehle Laut,
Tief atmend ringt nach Worten seine Zunge,
Umsonst – denn alle Luft verbraucht die Lunge.

Wie sich ein Strom durch einen Brückenbogen,
Den Augen unbegleitbar hastig, drängt,
Um kreiselnd gleich darauf zurückzuwogen
Zum engen Tor, durch das er sich gezwängt,
Von seiner Wut hinab-, hinaufgezogen:
So geht sein Schluchzen auf demselben Wege
Nur immer hin und her, gleich einer Säge.

Ihr Auge sieht des Gatten sprachlos Leid;
Sie weckt ihn auf aus des Bewußtseins Schlummer.
„Wie der geschwollne Strom zur Regenzeit,
So", sagt sie, „steigt mein Schmerz durch deinen Kummer;
Anstatt zu schluchzen, sei zur Tat bereit;
Mein bittrer Tränenstrom, mein Schmerz genüge,
Und *ein* vom Weh gebrochnes Herz genüge.

And for my sake, when I might charm thee so,
For she that was thy Lucrece, now attend me:
Be suddenly revenged on my foe,
Thine, mine, his own; suppose thou dost defend me
From what is past. The help that thou shalt lend me
  Comes all too late, yet let the traitor die;
  For sparing justice feeds iniquity.

But ere I name him, you, fair lords", quoth she,
Speaking to those that came with Collatine,
"Shall plight your honourable faiths to me
With swift pursuit to venge this wrong of mine;
For 'tis a meritorious fair design
  To chase injustice with revengeful arms:
  Knights, by their oaths, should right poor ladies' harms."

At this request, with noble disposition
Each present lord began to promise aid,
As bound in knighthood to her imposition,
Longing to hear the hateful foe bewray'd.
But she, that yet her sad task hath not said,
  The protestation stops. "O speak", quoth she,
  "How may this forced stain be wip'd from me?

What is the quality of my offence,
Being constrain'd with dreadful circumstance?
May my pure mind with the foul act dispense,
My low-declined honour to advance?
May any terms acquit me from this chance?
  The poisoned fountain clears itself again;
  And why not I from this compelled stain?"

Als Gattin war Lucretia dir vereint;
Verfechte nun deswegen ihre Sache
Und nimm an ihm, an meinem, deinem Feind,
Der auch sein eigner Feind ist, schnelle Rache;
Du könntest *helfen,* hast du wohl gemeint –
  Es ist zu spät; nun sterbe der Verräter;
  Ein mild Gericht vermehrt die Missetäter.

Nicht nennen darf ich euch den Bösewicht,
Ihr edlen Herrn, bis mir's mit heil'gem Eide
Von euch ein jeder in die Hand verspricht,
Daß er durch euch verdiente Strafe leide;
Das ist des Ritters Ruhm und edle Pflicht,
  Dem Frevler folgend mit der Rache Waffen,
  Der schwachen Frau Gerechtigkeit zu schaffen."

Voll edeln Eifers sind sie rasch bereit,
Ihr Beistand zu geloben. Alle schwören
In ihre Hand den auferlegten Eid
Und wollen dann des Frevlers Namen hören.
Sie stockt. „Wie bin ich rettungslos entweiht!"
  Ruft sie noch einmal aus, „o gebt mir an,
  Womit ich meine Schande löschen kann!

Was ist der Frevel, welchen ich begangen?
Kann je mein reiner Geist die Schmach vergeben?
Daß Zufall, Umstand ihn von mir erzwangen,
Kann das vom tiefen Fall die Ehre heben?
Ein Brunnen, welcher trübes Gift empfangen,
  Wird bald nachher in alter Klarheit quillen:
  Macht nichts mich frei vom Fehltritt wider Willen?"

With this, they all at once began to say
Her body's stain her mind untainted clears;
While with a joyless smile she turns away
The face, that map which deep impression bears
Of hard misfortune, carv'd in it with tears.
  "No, no", quoth she, "no dame hereafter living
  By my excuse shall claim excuse's giving."

Here with a sigh, as if her heart would break,
She throws forth Tarquin's name: "He, he", she says,
But more than "he" her poor tongue could not speak;
Till after many accents and delays,
Untimely breathings, sick and short assays,
  She utters this: "He, he, fair lords, 'tis he.
  That guides this hand to give this wound to me."

Even here she sheathed in her harmless breast
A harmful knife, that thence her soul unsheathed.
That blow did bail it from the deep unrest
Of that polluted prison where it breathed.
Her contrite sighs unto the clouds bequeathed
  Her winged sprite, and through her wounds doth fly
  Life's lasting date from cancell'd destiny.

Stone-still, astonish'd with this deadly deed,
Stood Collatine and all his lordly crew;
Till Lucrece' father, that beholds her bleed,
Himself on her self-slaughter'd body threw,
And from the purple fountain Brutus drew
  The murd'rous knife, and, as it left the place,
  Her blood, in poor revenge, held it in chase;

„Ja“, rufen alle, „was den Leib geschändet,
Das spült die reingebliebne Seele fort!“
Mit freudlos mattem Lächeln aber wendet
Sie weg ihr Angesicht bei diesem Wort.
„Nein“, ruft sie, „nein, der Trost ist hier verschwendet;
  Ich darf den Frauen, welche nach mir leben,
  Kein Beispiel leicht gesühnter Sünde geben.“

Sie seufzt, als müsse nun das Herz ihr brechen,
Und nennt Tarquin. „Er, er“, so ruft sie, „er ...“
Nichts weiter kann die arme Zunge sprechen
Als dieses Er. Sie atmet tief und schwer.
„An ihm“, so ruft sie endlich, „wollet rächen,
  Ihr edlen Herrn, Lucretiens Trauerlos,
  Er leitet diese Hand zum Todesstoß.“

Bei diesem Worte zückt sie rasch den Stahl,
Der tödlich ihre reine Brust durchstößt
Und schleunigst endet ihre tiefe Qual.
Aus des befleckten Kerkers Haft erlöst,
Veratmend aufwärts in den Himmelssaal,
  Auf leichten Flügeln aus der Wunde schwebt,
  Was, frei vom Erdenschicksal, ewig lebt.

Versteinert stehn bei diesem Todesstreiche
Ihr Gatte Collatin und die Genossen.
Lucrez, der Vater, wirft sich auf die Leiche
Und hält sie mit den Armen fest umschlossen;
Da zieht das Messer Brutus aus der Weiche,
  Und machtlos Rache sprudelnd, schießt dem Stahl
  Verfolgend nach des Blutes roter Strahl.

And bubbling from her breast, it doth divide
In two slow rivers, that the crimson blood
Circles her body in on every side,
Who like a late-sack'd island vastly stood
Bare and unpeopled in this fearful flood.
  Some of her blood still pure and red remain'd,
  And some look'd black, and that false Tarquin stain'd.

About the mourning and congealed face
Of that black blood a wat'ry rigol goes,
Which seems to weep upon the tainted place
And ever since, as pitying Lucrece' woes,
Corrupted blood some watery token shows;
  And blood untainted still doth red abide,
  Blushing at that which is so putrified.

"Daughter, dear daughter", old Lucretius cries,
"That life was mine which thou hast here deprived.
If in the child the father's image lies,
Where shall I live now Lucrece is unlived?
Thou wast not to this end from me derived.
  If children predecease progenitors,
  We are their offspring, and they none of ours.

Poor broken glass, I often did behold
In thy sweet semblance my old age new born;
But now that fair fresh mirror, dim and old,
Shows me a bare-bon'd death by time outworn;
O, from thy cheeks my image thou hast torn,
  And shiver'd all the beauty of my glass,
  That I no more can see what once I was!

Zwei träge Ströme, ihrer Brust entspringend,
Erzeugt der Wundenquelle Purpurblut,
Zu beiden Seiten ihren Leib umringend,
Der leblos nun inmitten dieser Flut
Wie ein verheertes wüstes Eiland ruht.
  Ein Teil des Bluts noch rot und lauter sprudelt,
  Das *schwarze* wurde von Tarquin besudelt!

Ihr Schmerzensantlitz, todeskalt und steif,
Umzirkelt, als ein dunkles Trauermal,
Dies schwarze Blut mit einem Wasserreif.
Seitdem, zum Angedenken ihrer Qual,
Wird das verdorbne Blut stets wäßrig fahl,
  Und scharlachrot bleibt nur das unbefleckte,
  Von Scham ergriffen um das angesteckte.

„O Tochter, teure Tochter", ruft der alte
Lucrez, „du raubtest mir mein eignes Leben.
Der Vater hofft, daß er sich neu gestalte
In Kind und Enkel; um es aufzuheben,
Nicht hierzu hab ich dir mein Ich gegeben!
  Soll die Natur aus ihren Angeln weichen,
  Daß Väter stehn vor ihrer Kinder Leichen?

Du zeigtest mir, zerbrochner Spiegel, oft
Mein Ebenbild, zum zweitenmal geboren;
In dir hat sich mein Alter jung gehofft –
Nun ging mir dieses Ebenbild verloren.
Zur Beute haben's Tod und Zeit erkoren –
  In Scherben liegt mein Spiegel ganz und gar,
  Und nimmer seh ich, was ich weiland war.

O time, cease thou thy course and last no longer,
If they surcease to be that should survive.
Shall rotten death make conquest of the stronger,
And leave the falt'ring feeble souls alive?
The old bees die, the young possess their hive.
  Then live, sweet Lucrece, live again, and see
  Thy father die, and not thy father thee."

By this starts Collatine as from a dream,
And bids Lucretius give his sorrow place;
And then in key-cold Lucrece' bleeding stream
He falls, and bathes the pale fear in his face,
And counterfeits to die with her a space;
  Till manly shame bids him possess his breath,
  And live, to be revenged on her death.

The deep vexation of his inward soul
Hath serv'd a dumb arrest upon his tongue;
Who, mad that sorrow should his use control,
Or keep him from heart-easing words so long,
Begins to talk; but through his lips do throng
  Weak words, so thick come, in his poor heart's aid,
  That no man could distinguish what he said.

Yet sometime "Tarquin" was pronounced plain,
But through his teeth, as if the name he tore.
This windy tempest, till it blow up rain,
Held back his sorrow's tide, to make it more;
At last it rains, and busy winds give o'er;
  Then son and father weep with equal strife,
  Who should weep most for daughter or for wife.

O Zeit, nun ende deine Wanderschaft!
Was leben soll, das hat der Tod verschlungen,
Der Jugend grüne Stärke hingerafft,
Den welken Greis vergessen, übersprungen!
Die alte Biene räumt den Stock der jungen:
  Leb auf, mein Kind, an meiner Gruft zu klagen,
  Den Vater laß dein Todesschicksal tragen."

Empor fährt Collatin vom Schmerzenstraum,
Verlangt, daß ihm der alte Vater weiche,
Und wild sein Antlitz mit dem roten Schaum
Benetzend, sinkt er auf der Gattin Leiche;
Fast scheint's, als ob auch er mit ihr erbleiche;
  Da ruft ihm zu sein Schamgefühl: Erwache,
  Sei Mann und lebe nun der Pflicht der Rache.

Geraume Zeit hat seine Seelenpein
Die Zunge stumm in schwerer Haft gehalten;
In wildem Ringen will sie sich befrein,
Das Herz erleichtern und versucht zu schrein,
Allein die Lippe will kein Wort gestalten;
  Sie sprudelt einen wirren Schwall von Lauten,
  Doch keinen Sinn vernehmen die Vertrauten.

Verständlich sprach er nur den einen Namen:
„Tarquin", doch wie zerbissen von den Zähnen,
Bis mit dem Sturm die Regenschauer kamen
Und seinem Wehn die ärgste Wut benahmen,
Bis die Verzweiflung schmolz in heißen Tränen.
  Da weinten Mann und Vater um die Wette
  An ihrer Gattin – Tochter Sterbebette.

The one doth call her his, the other his,
Yet neither may possess the claim they lay.
The father says: "She's mine." "O, mine she is!"
Replies her husband. "Do not take away
My sorrow's interest; let no mourner say
He weeps for her, for she was only mine,
And only must be wail'd by Collatine."

"O", quoth Lucretius. "I did give that life
Which she too early and too late hath spill'd."
"Woe, woe", quoth Collatine, "she was my wife,
I owed her, and 'tis mine that she hath kill'd."
"My daughter!" and "My wife!" with clamours fill'd
The dispers'd air, who, holding Lucrece' life,
Answer'd their cries, "My daugter!" and "My wife!"

Brutus, who pluck'd the knife from Lucrece' side,
Seeing such emulation in their woe,
Began to clothe his wit in state and pride,
Burying in Lucrece' wound his folly's show.
He with the Romans was esteemed so
As silly-jeering idiots are with kings,
For sportive words and utt'ring foolish things.

But now he throws that shallow habit by
Wherein deep policy did him disguise,
And arm'd his long-hid wits advisedly
To check the tears in Collatinus' eyes.
"Thou wronged lord of Rome", quoth he, "arise.
Let my unsounded self, suppos'd a fool,
Now set thy long-experienc'd wit to school.

Es nennt sie jeder ganz und einzig sein
Und will des andern Anspruch nicht ertragen.
„Mein eigen ist sie!" ruft der Vater. „Nein",
Versetzt der Gatte, „niemand soll es wagen
Als Collatin, zu trauern und zu klagen
    Um dies mein Weib! Ich war mit ihr vereint,
    Sie wird von mir und niemand sonst beweint."

„Ich", ruft Lucrez, „ich gab ihr diesen Leib,
Den sie zu früh und doch zu spät zerstört."
„Weh mir!" seufzt Collatin, „sie war mein Weib,
Ermordet hat sie, was nur mir gehört."
So streiten sie, von ihrem Schmerz betört.
    „Mein Weib, mein Kind" – von diesem Echo bebt
    Die Luft, in der Lucretiens Geist verschwebt.

Bei dieser Trauereifersucht der beiden
Beginnt sich Brutus geistig umzukleiden:
Hinunter in Lucretiens blutig Mal,
Aus welchem seine Hand entfernt den Stahl,
Senkt er die Maske seiner freien Wahl;
    Nicht länger will er nun der Hofnarr heißen,
    Dem König zum Ergötzen Possen reißen.

Nun wirft er ab dies lästige Gewand,
Das er in kluger Vorsicht angezogen,
Nun leuchtet sein verleugneter Verstand.
„Auf, Collatin, die Träne sei verbannt,
Auf", ruft er, „Römer, den man schwer betrogen,
    Vernimm des unerforschten Toren Rat,
    Dich Weisen lehrt er jetzt die rechte Tat.

Why, Collatine, is woe the cure for woe?
Do wounds help wounds, or grief help grievous deeds?
Is it revenge to give thyself a blow,
For his foul act by whom thy fair wife bleeds?
Such childish humour from weak minds proceeds.
  Thy wretched wife mistook the matter so,
  To slay herself that should have slain her foe.

Courageous Roman, do not steep thy heart
In such relenting dew of lamentations,
But kneel with me, and help to bear thy part
To rouse our Roman gods with invocations
That they will suffer these abominations –
  Since Rome herself in them doth stand disgraced –
  By our strong arms from forth her fair streets chased.

Now by the Capitol that we adore,
And by this chaste blood so unjustly stained,
By heaven's fair sun that breeds the fat earth's store,
By all our country rights in Rome maintained,
And by chaste Lucrece' soul that late complained
  Her wrongs to us, and by this bloody knife,
  We will revenge the death of this true wife."

This said, he struck his hand upon his breast,
And kiss'd the fatal knife to end his vow:
And to his protestation urg'd the rest
Who, wond'ring at him, did his words allow;
Then jointly to the ground their knees they bow;
  And that deep vow which Brutus made before,
  He doth again repeat, and that they swore.

Wer, Collatin, wird Schmerz durch Schmerzen heilen?
Was hilft der Kummer gegen ein Verbrechen?
Dich selbst verwunden, Schläge dir erteilen,
Das hieße kindisch deine Mannheit schwächen
Und nicht das Blut des teuern Weibes rächen,
  Das leider selbst in schwerem Irrtum fehlte
  Und statt des Feindes *sich* zum Opfer wählte.

Fort mit dem Tränentau! mit matten Klagen
Erweiche nicht dein tapfres Römerherz;
In Taten sollst du dein Geschick ertragen.
Gebete sende knieend himmelwärts,
Daß uns die Götter beistehn, wenn wir's wagen,
  Was Rom entehrt, in Trümmer zu zerschlagen,
  Mit starkem Arm die Schänder zu verjagen.

Beim Sonnenlicht, bei jedem Erdengute,
Beim Capitol, das wir in Ehren halten,
Bei diesem reinen, frech entweihten Blute,
Bei allen Rechten, die für heilig galten,
Seit Rom besteht; beim keuschen Todesmute
  Lucretiens laßt eidlich uns versprechen
  Auf ihren Dolch, dies treue Weib zu rächen."

Er spricht den Schwur, die Hand aufs Herz gelegt,
Und küßt den Dolch als seines Eides Zeugen.
Vom hohen Geiste wunderbar bewegt,
Der sich in Brutus unerwartet regt,
Mit ihm zugleich ihr Knie die andern beugen.
  Zum zweiten Male sagt' er ihnen vor
  Des Eides Formel, und ein jeder schwor.

When they had sworn to this advised doom,
They did conclude to bear dead Lucrece thence,
To show her bleeding body thorough Rome,
And so to publish Tarquin's foul offence;
Which being done with speedy diligence,
  The Romans plausibly did give consent
  To Tarquin's everlasting banishment.

Durch solchen Eid zum Strafgericht verbunden,
Beschließen sie, den Leichnam aufzubahren,
Mit ihm durch alle Straßen Roms zu fahren
Und so den Römern durch Lucretiens Wunden
Die Schändlichkeit Tarquins zu offenbaren. –
  Bald war das ganze Volk von Wut entbrannt,
  Tarquin auf ew'ge Zeit aus Rom verbannt.

NACHWORT

Dem dramatischen Schaffen William Shakespeares (1564–1616) steht seine lyrische Dichtung zwar nicht quantitativ, aber aufgrund der thematischen Vielfalt, der Fülle poetischer Ausdrucksformen sowie des einzigartigen Bilderreichtums qualitativ ebenbürtig gegenüber. Dennoch haben bis in die Gegenwart nur die Sonette eine dem Dramenwerk vergleichbare Resonanz beim Publikum ausgelöst, obwohl sie zu Lebzeiten Shakespeares nicht an die Popularität seiner zuvor veröffentlichten Epen heranreichten. Die Vernachlässigung der umfänglichen Lyrik abseits der Sonette ist in Anbetracht der beachtlichen Qualität, der Originalität und der unverminderten Aktualität sowohl der epischen als auch der kleineren Dichtungen bedauerlich, zumal sich zahlreiche Verbindungen zwischen dem dramatischen und dem lyrischen Werk herstellen lassen. Eine unübersehbare Gemeinsamkeit besteht in dem für das Zeitalter von Renaissance und Humanismus kennzeichnenden Bemühen, die aus der antiken Mythologie und Historiographie überlieferten Stoffe nach dem Vorbild italienischer Literaturmodelle so zu verarbeiten, daß sie sich mit der englischen Dichtungstradition seit Geoffrey Chaucer, aber auch mit den Vorlieben der elisabethanischen Leserschaft harmonisieren ließen.

Venus und Adonis

Shakespeares Schaffen beginnt vermutlich ab 1590 mit seinem Wirken als Dramatiker, das ihm zu erster literarischer Geltung und gesellschaftlicher Anerkennung verhilft. In diese Frühphase fallen die drei Dramen über Heinrich VI., welche die späteren Historienzyklen begründen, das Römerdrama *Titus Andronicus*, sowie die italianisierten Komödien

Der Widerspenstigen Zähmung, *Die Komödie der Irrungen*, *Die beiden Veroneser* und *Liebes Leid und Lust*. Die Mehrzahl dieser Dramentexte wird erst viele Jahre nach der Uraufführung veröffentlicht, zudem in oft hastig gedruckten, fehlerhaften Fassungen, und einige erscheinen sogar erstmalig in der postumen Folio-Ausgabe von 1623. Es ist daher bemerkenswert, daß am 18. April 1593 der Londoner Drucker Richard Field, ein alter Bekannter Shakespeares aus Stratford, im Register der Londoner Drucker- und Buchhändlergilde *Venus und Adonis* (*Venus and Adonis*) eintragen läßt. Die Quarto-Ausgabe ist mit ungewöhnlicher Sorgfalt hergestellt, so daß in den zahlreichen späteren Nachdrucken, die im übrigen die große Popularität des Werkes belegen, nur mehr geringfügige Korrekturen erforderlich waren. Während Dramentexte als Eigentum der Schauspieltruppen betrachtet wurden und zudem im damaligen Kunstverständnis noch nicht als Literatur galten, legt Shakespeare hier offenbar größten Wert auf eine vorzeigbare und seine dichterische Reputation legitimierende Druckfassung. Bestätigt wird diese Vermutung durch das vorangestellte Widmungsschreiben an Henry Wriothesley, Graf von Southampton. Zum Zeitpunkt der Veröffentlichung war Southampton zwar erst neunzehn Jahre alt, hatte sich aber bereits als aristokratischer Gönner und Kunstförderer erwiesen, dessen Patronage Shakespeare mit der Veröffentlichung suchte und in Form finanzieller Zuwendungen auch erfolgreich fand. Im Vorspruch bezeichnet er *Venus und Adonis* als „dieser erstgeborne Sprößling meiner Erfindung“ (S. 217), da es sich um sein erstes im Druck erschienenes Werk handelt, das vermutlich 1592 verfaßt wurde, als die Theater wegen einer Pestepidemie geschlossen waren und Shakespeare Zeit für die Niederschrift des Kleinepos fand. Dem apologetischen Charakter der öffentlichen Zueignung folgend, entschuldigt er sich bei seinem Gönner, aber auch bei seinem Publikum, für seine dichterischen Unzulänglichkeiten und gelobt, „alle meine Mußestunden zu nutzen, bis ich Ihnen ein Werk von größerer Bedeutung bewiesen habe“ (S. 217).

Gleichwohl deutet schon das aus Ovids *Amores* entliehene Motto, in dem die inspirierende Kraft des Dichtergottes Apollon beschworen wird, darauf hin, daß sich Shakespeares ‚Sprößling‘ an einem der großen Meisterwerke der lateinischen Antike als Vorbild orientiert, nämlich an Ovids *Metamorphosen*. Gebildeten Zeitgenossen war der Text im lateinischen Original bekannt, da es häufig als Schullektüre verwendet wurde, und als Arthur Golding 1567 eine englische Übersetzung in den Druck gab, wurden die etwa 250 in den *Metamorphosen* gesammelten Mythen einer breiten Öffentlichkeit zugänglich gemacht. Der Einfluß des Buches auf die englische Dichtung des 16. Jahrhunderts war so gewaltig, daß man ohne Übertreibung von einem geradezu Ovidischen Zeitalter in England sprechen kann. Der Erfolg von Thomas Lodges *Scilla's Metamorphosis* (1589) ermutigte zeitgenössische Dichter wie Edmund Spenser, Christopher Marlowe, Michael Drayton und Thomas Heywood zu einer intensiven Beschäftigung mit Ovid, dessen Spuren deutlich in die Texte dieser Autoren eingeschrieben sind. Shakespeares *Venus und Adonis* kann daher als charakteristisches Beispiel sowohl für die Ovid-Begeisterung als auch für den italianisierten Zeitgeschmack des ausgehenden 16. Jahrhunderts gelten. Die beinahe magische Anziehungskraft, die von den *Metamorphosen* ausging, erklärt sich zum einen aus dem Reichtum literarischer Stoffe, die Ovid in seinem Hauptwerk ausbreitet, die aber häufig nur in gedrängter Form gestaltet werden, so daß sich den Renaissance-Dichtern große Freiräume zur imaginativen Ausschmückung der mythologischen Erzählungen erschlossen. Zum anderen besaß die von Ovid entfaltete organische Philosophie größte Attraktivität, da alles Leben als Prozeß einer fortwährenden Verwandlung, einer Metamorphose, verstanden wurde. Dieses Prinzip war dem noch jungen Medium Theater wesensverwandt, das ebenfalls Verwandlungen in Form von Rollenspiel und Rollentausch, von Sein und Schein inszenierte. Jedoch waren dramatischen Darstellungen von Metamorphosen auf der Bühne schon aufgrund der geringen technischen Ausstattung enge Grenzen gesteckt, die für die erzählende Dichtung aber aufgehoben waren.

Venus und Adonis arbeitet mit den dramatischen Präsentationstechniken von Dialog und Rollentausch, nutzt aber zugleich das epische Format, um nach der Zuspitzung des Konflikts und der gescheiterten Lösung die Metamorphose des vom Eber getöteten Adonis in eine Anemone als Höhepunkt des Epos erzählerisch vorzuführen. Die Geschichte um die liebende Göttin der Liebe und den jugendlichen Adonis ist dem zehnten Buch der *Metamorphosen* entliehen und durch Anklänge an die Episode um Salamacis-Hermaphroditus sowie an die Narcissus-Episode aus den Büchern III und IV bereichert. Die entscheidenden Hinzufügungen, welche die Ausweitung der kaum mehr als 80 Verse des lateinischen Originals auf 1200 Verse erklären, stammen jedoch von Shakespeare selbst und dienen vornehmlich der knisternden Erotisierung der mythologischen Vorlage. Das für die Renaissance-Dichtung maßgebliche Modell erotischer Lyrik hatte schon im 14. Jahrhundert Francesco Petrarca mit seinen Gedichten an Laura geliefert, die insbesondere auf die Entwicklung des englischen Sonetts großen Einfluß ausübten. Im Mittelpunkt der petrarkistischen Liebeslyrik steht ein in glühender Liebe entbrannter Mann, der die Geliebte eloquent umwirbt und jedes Detail ihrer Schönheit – ihre Stimme, ihr Haar, die Augen, die Lippen, die Hände – bilderreich beschreibt und geradezu vergöttert. Petrarcas Liebesdichtung beruht auf der ästhetischen Wirkungsformel, wonach das erotische Verlangen des Mannes durch die ausbleibende sexuelle Erfüllung emotional gesteigert wird, da sich die Geliebte der Werbung widersetzt und den schmachtenden Galan an den Rand der Verzweiflung treibt.

Durch den Rückgriff auf Ovids Vorlage kommt es bei Shakespeare allerdings zu einer parodistischen Umkehr der petrarkistischen Ästhetik, da sich die göttliche Venus vergeblich um die Liebe des sterblichen Adonis bemüht. Waren es in der antiken Mythologie ausnahmslos männliche Götter wie Jupiter, Neptun und Pluto, die junge Frauen zu verführen oder zu vergewaltigen suchten, so ist es hier eine weibliche Gottheit, die einen jungen Mann umwirbt. Diese Umkehr der geschlechtsspezifischen Verhaltensweisen verleiht dem Gedicht seine besondere erotische Spannung, zumal Shakespeare mit bewundernswerter Konsequenz die zeittypischen Standards von Liebeswerben und sexueller Verweigerung auf die beiden Figuren umverteilt. Während Adonis durch seine Schüchternheit und Passivität weiblich und beinahe jungfräulich wirkt, ist Venus eindeutig durch männliche Eigenschaften und Topoi gekennzeichnet: Sie ist in Liebesbelangen erfahren, zudem ungewöhnlich kräftig und offenbar höher gewachsen als der junge Geliebte, den sie nach seiner anfänglichen Weigerung vom Pferd reißt und unter ihrem Arm davonträgt. Trotz ihrer physischen Überlegenheit ist jedoch Venus im Gegensatz zu Jupiter nicht zu einer Vergewaltigung des Mannes fähig, so daß sie Shakespeare in die Rolle des unerhörten männlichen Werbers der petrarkistischen Dichtung kleidet.

Dieser Rollentausch ermöglicht das Spiel mit lyrischen Konventionen und verhilft dem Genre der erotischen Lyrik zu neuen, mitunter komischen Gestaltungsmöglichkeiten. Wenn in Petrarcas Liebeslyrik der verliebte Mann die Schönheiten der angebeteten Frau in höchsten Tönen besingt, so muß bei Shakespeare Venus die Initiative ergreifen und ihre physischen Vorzüge selbst anpreisen, weil der unerfahrene Adonis dazu nicht in der Lage ist:

> Ich bin ja nicht vergilbt und mißgestaltet,
> Verwachsen, plump, engbrüstig oder heiser;
> Das Alter hat mein Antlitz nicht gefaltet,
> Noch bin ich saftlos wie verdorrte Reiser.
> Ich würde dann zu dir mitnichten passen;
> Doch bin ich makellos – weshalb mich hassen?
>
> Ein Fältchen zeigt dir meine Stirne schwerlich,
> Mein blaues Auge funkelt strahlenreich,
> Mein Reiz erneut sich wie der Frühling jährlich,
> Mein Mark ist heiß, mein Fleisch ist voll und weich,
> Und nimmst du meine Hände in die deinen,
> So werden sie dir feucht zu schmelzen scheinen. (S. 227)

Für die Göttin der Liebe, Inbegriff männlicher Sexualphantasien, ist es völlig unbegreiflich, wie ein Mann ihrer erotischen Anziehungskraft widerstehen kann. Sie belehrt Adonis, daß selbst der Kriegsgott Mars vor ihrem Charme die Waffen streckte, will wissen, ob er ein selbstverliebter Narziß sei oder sich gar überhaupt nicht für Frauen interessiert. Als er darauf erwidert, sein einziges Begehren sei die Jagd, kontert sie mit einer wundervollen metaphorischen Wendung, in der sie ihren Körper als Park- und Jagdlandschaft anbietet. Die Passage ist nicht nur gespickt mit erotischen Untertönen, sondern zeigt auch, wie die antike Vorlage geschickt an das englische Landleben des 16. Jahrhunderts angebunden wird:

> „Mein Schatz, mit diesem Zaun von Elfenbein
> Umheg ich dich und hindre deine Flucht,
> Du sollst der Hirsch in meinem Wildpark sein,
> Sollst äsen auf den Höhn, in tiefer Schlucht;
> Erst grase diese Lippenhügel kahl,
> Dann lösche deinen Durst im Quellental.

Das freiste Spiel in diesem Raum gestatt ich,
Da kannst du dich an süßer Weide pflegen;
Gewölbte Hügel, Büsche, dicht und schattig,
Beschirmen dich vor jedem Sturm und Regen;
  Ja, sei der Hirsch auf diesem Weidegrunde,
  Da stört dich nirgends das Gebell der Hunde.“ (S. 233)

Der Liebeskonflikt zwischen Venus und Adonis nährt sich aus mehreren Gegensätzen. Venus repräsentiert die heidnisch-vorchristliche Ordnung einer Welt, die sich auf die jahreszeitlichen Zyklen der Erneuerung gründet, weshalb Fruchtbarkeit und Reproduktion, aber auch Lieben und Sterben wesentliche Kennzeichen dieser Ordnung sind. Die erfahrene und unsterbliche Venus nimmt die Welt daher als eine Kette von Momenten auch sexueller Erfüllung wahr. Für den sterblichen Jüngling Adonis hingegen stellt die Welt einen Kontext der Bewährung dar, in den er erst hineinwachsen und in dem er sich später als Mann noch behaupten will. Seine Sterblichkeit und sein früher Tod erweisen diesen Wunsch jedoch als Irrglauben. Zudem wird Adonis zum Opfer eines sexuellen Übergriffs, auf den er nicht vorbereitet ist. Obwohl die Göttin der Liebe von allen Männern begehrt wird, weist Adonis ihre Zärtlichkeiten, um die er nie gebeten hat, zurück. Die sexuelle Verbindung von Frau und Mann, die in der vorchristlichen Mythologie noch als selbstverständlich gelten mochte, findet ihre Kontinuität nur noch in der Tierwelt, wie das triebhaft bestimmte Verhalten von Adonis' Hengst und der wilden Stute nahelegt (S. 234–239). Dagegen erscheint eine animalische Sexualität in der höfischen Vorstellungswelt nicht mehr zwingend, sondern stellt sich lediglich als eine Handlungsmöglichkeit dar, der sich männliche Protagonisten wie Adonis zu entziehen wünschen. Zugleich ist der jugendliche, unerfahrene und androgyn gezeichnete Adonis eine Projektionsfläche für das sexuelle Begehren männlicher wie weiblicher Erwachsener, für heterosexuelle wie für homoerotische Phantasien, die sich auch in der späteren Sonettdichtung wiederfinden und im dramatischen Werk in der Erschaffung von selbstbewußten Frauenfiguren sowie unerfahrenen Jünglingen Gestalt gewinnen.

Der Rollentausch erweist sich damit als poetisches Mittel zur Korrektur geschlechtsspezifischer Abweichungen von traditionellen Verhaltensnormen. Indem der Wunsch der Venus, den Geliebten körperlich zu besitzen, ins Absurde geführt wird und andererseits die standhafte Liebesweigerung des Adonis dessen Tod heraufbeschwört, wird die „Natürlichkeit" männlicher und weiblicher Rollendispositionen implizit bekräftigt. Da beide Figuren von den geschlechtstypischen Rollenmustern abweichen, erweist sich der Liebeskonflikt als unlösbar. Dies äußert sich auch in der lyrischen Stimmung des Textes, denn die offenherzige Komödie des Anfangs verkehrt sich schließlich zur Tragödie, die mit dem unsinnigen Tod des Jünglings und der untröstlichen Trauer der Liebesgöttin in der Katastrophe endet. Während Adonis zu keinerlei Einsicht fähig ist und als Figur in seiner hartnäckigen Weigerung konstant bleibt, verwandelt sich Venus von einer aggressiven Nymphomanin zur geläuterten Liebenden im zweiten Teil, bis sie am Ende eine schützende Mutterliebe für den jungen Mann empfindet. Obwohl ihre Selbstwerbung am Ende erfolglos bleibt, ist die für die Entstehungszeit ungewöhnlich offene Rede der Venus über weibliches Begehren im Hinblick auf den Publikumsgeschmack eine geschickte und sicherlich wohlkalkulierte Wendung des Rollenspiels. Das Kleinepos verrät bereits deutlich das poetische Potential des jungen Shakespeare und deutet, insbesondere durch die gelungene Verbindung von Mythologischem und volkshaft Derbem, auf seine späteren Glanzleistungen wie etwa *Ein Sommernachtstraum* hin.

Die Schändung der Lucretia

Hatte Shakespeare dem Grafen von Southampton zugesichert, alsbald „ein Werk von größerer Bedeutung“ vorzulegen, so löste er dieses Versprechen mit der Veröffentlichung von *Die Schändung der Lucretia* (*The Rape of Lucrece*) ein, das ebenfalls seinem aristokratischen Gönner zugeeignet ist. Wieder war es Richard Field, der eine sorgfältige Druckfassung des Werkes erstellte, das am 9. Mai 1594 im Gildenregister eingetragen wurde. Die offenkundige Gemeinsamkeit zwischen beiden Verserzählungen besteht in der erneuten Verwendung des Motivs einseitiger, unerwiderter Liebe, die nun jedoch, völlig von komischen Elementen befreit, deutlicher ins Tragische gewendet und formal den Konventionen des Klagegedichts angepaßt wird. Die Geschichte der Lucretia, der bezaubernd schönen Gattin des Collatinus, und ihre brutale Vergewaltigung durch den Prinzen Tarquin ist in Livius' *Römischer Geschichte* sowie in Ovids *Fasti* überliefert. Für die römische Geschichtsschreibung war der Vorfall von besonderem Interesse, da er einen Wendepunkt in der politischen Entwicklung des römischen Staates markierte: Der Selbstmord der entehrten Lucretia führte zu einer öffentlichen Revolte gegen das Herrscherhaus der Tarquinier, die ins Exil flohen, woraufhin in Rom unter der Führung des Lucius Junius Brutus die Republik ausgerufen wurde. Im Vergleich zu *Venus und Adonis* wird der Themenkreis von Sexualität und Gewalt hier somit um eine politische Komponente erweitert und in das Spannungsfeld von Privatem und Öffentlichem, von Ordnung und Chaos, von Tyrannei und legitimem Widerstand gerückt.

In Shakespeares Bearbeitung wird der brisante und für den Autor vermutlich riskante Herrschaftsaspekt zugunsten einer stärkeren Konzentration auf die Psychologisierung der beiden Hauptfiguren zurückgedrängt. Indem der eigentliche Akt der Vergewaltigung ausgespart bleibt, lenkt Shakespeare das Interesse auf die Phasen vor und nach der Tat, nämlich auf die gedankliche Vorbereitung des männlichen Aggressors und auf die seelische Verarbeitung des Verbrechens durch das weibliche Opfer. Durch die im Gedicht leitmotivisch verwendete Metapher des blutrünstigen Wolfs und des unschuldigen Schafs wird die Täter-Opfer-Relation sinnfällig gestaltet und zudem mit einer animalischen Sexualität gekoppelt, die auf Tarquins eigentliche Triebkraft verweist. Sein langer innerer Monolog zu Beginn der Erzählung verrät deutlich die emotionale Gespaltenheit der Figur, die zwischen Pflicht und Neigung schwankt, dabei aber in aller Klarheit die privaten wie auch die politischen Konsequenzen der geplanten Tat voraussieht:

> Mein Schlachtenruhm und Waffenglanz erblindet,
> Und Schmach bedeckt die Gräber meiner Ahnen;
> Die Pflicht der Ehre, die den Krieger bindet,
> Verbietet ihm, entweiht zum Untertanen
> Der Lust, zu schreiten des Verbrechers Bahnen;
> Der Greuel, solche Tat verübt zu haben,
> Blieb' ewig meinem Antlitz eingegraben. (S. 317)

Im Konflikt zwischen Vernunft und Leidenschaft gewinnt sein sexuelles Verlangen zunehmend die Oberhand, werden alle guten Argumente verworfen und sämtliche Boshaftigkeiten entschuldigt: „So daß zuletzt das Niedrige, Gemeine / Umflossen steht von hellem Tugendscheine“ (S. 319). Die fadenscheinig gestrickte Rechtfertigung gipfelt in der selbsterdachten Verwandlung des tapferen Kriegers zum feigen Liebesritter, der das unterlegene Objekt seiner Begierde zu belagern, zu bestürmen und zu erobern wünscht:

Der Herzenstrommelschlag zum Sturm erklingt,
Der Feldherr Auge schickt voran die Hand,
Die, stolz auf diese Sendung, vorwärts dringt
Und hohe Stellung wählt im Feindesland;
Die Brüste nimmt sie ohne Widerstand;
  Das Blut, Besatzung in den runden Türmen,
  Erblaßt und flieht, indem die Finger stürmen. (S. 333)

Lucretias Appelle an seine Standesehre prallen von Tarquin ab, dessen sexueller Wahn ihn längst gegenüber allen rationalen Argumenten immunisiert hat. Sein Opfer stellt er vor die Wahl, sich entweder gefügig zu zeigen oder als Ehebrecherin, die er mit einem Sklaven im Bett erwischt haben will, von ihm erschlagen zu werden. Er bedroht Lucretia mit seinem Dolch und setzt seinen Willen ohne ihre Billigung gewaltsam durch, kommt aber unmittelbar nach der Tat wieder zu Verstand und flüchtet überstürzt und in Erkenntnis seines Frevels aus ihrem Schlafgemach.

Im Mittelpunkt des zweiten Teils steht der innere Monolog der Lucretia, in dem sie versucht, die emotionalen Folgen der Vergewaltigung zu verarbeiten. Da in ihrer Werteskala weibliche Keuschheit und eheliche Treue den größten Stellenwert besitzen, ist der sexuelle Angriff auf ihren Körper gleichbedeutend mit einem tiefgreifenden Ehrverlust, der nicht nur sie allein, sondern auch ihren Mann und die gesamte Familie ereilt. Obwohl sie die Schuldfrage ausführlich zu ergründen sucht und sich selbst schließlich als unschuldig erachtet, bleibt ein überwältigendes Gefühl der Scham, das nach Überwindung durch den Tod verlangt. In ihrer Klage greift sie das von Tarquin konstruierte Bild des weiblichen Körpers als einer zu erobernden Festung wieder auf, betrachtet es nun aber aus der Perspektive des Opfers, um ihre psychische Befindlichkeit zu beschreiben:

Der Seele Haus und stiller Aufenthalt
Hat Plünderung von Feindeshand erlitten;
Ihr Heiligtum befleckte die Gewalt,
Ihr höchstes Kleinod hat die Schmach erstritten.
Nicht gottlos nennt es, wenn ich einen Spalt
  In den bereits erstürmten Burgwall schlage
  Und frei hinaus die arme Seele trage. (S. 385)

Durch die ausführliche Betrachtung eines Bildes, auf dem die Eroberung und der Fall Trojas dargestellt sind und das den bildhaften Vergleich zwischen Frauenkörper und belagerter Stadt um eine historische Analogie erweitert, gelangt Lucretia zu einem tieferen Verständnis ihrer eigenen Situation: Wenn Troja der schönen Helena wegen belagert wurde und schließlich in feindliche Hände fiel, so hat der arglistige Angriff Tarquins „auch mir mein Ilion zerstört" (S. 413). Aufgrund dieser Analogie ist ihr Wunsch durchaus nachvollziehbar, die physische Schändung vollkommen zu machen, indem sie ihre Seele aus dem geplünderten Haus ihres Körpers befreit und somit das Werk der Zerstörung vollbringt, das Tarquin begonnen hat. Daß ihr Selbstmord zudem von politischen Folgen begleitet sein wird, ist Shakespeares Lucretia nicht bewußt, auch wenn sie Collatinus und seinen Gefolgsleuten vor ihrem Tod den Schwur auferlegt, ihre Schändung zu rächen.

Die Figur der Lucretia galt lange Zeit als ambivalent und war daher äußerst umstritten. Einerseits wurde sie als prinzipientreue, ihrem Mann gehorsame Ehefrau verehrt, die keine Schuld an ihrer Vergewaltigung trifft. Andererseits wurde sie aus christlicher Sicht als unbeherrschte Selbstmörderin getadelt, die sich aus Stolz und Hochmut das Leben nahm. Die zeitgenössische Kritik sieht sie gelegentlich als blasse, eindimensionale Figur, deren langgezogene Klage und tiefe Verzweiflung im Mißverhältnis zum tatsächlich Erlittenen stehen. Allerdings unterschätzt ein solcher Vorwurf die sozialen Folgen einer Vergewaltigung für eine patrizische, aber auch für eine elisabethanische Aristokratin. Zudem darf man nicht übersehen, daß die Wirkungsästhetik des Textes auf dem Prinzip weiblicher Unberührbarkeit beruht, die von männlicher, aggressiver Sexualität zerstört wird. Daher muß Lucretia als Opfer vergleichsweise blaß bleiben, damit die Figur des Schurken um so abstoßender wirkt. Diese Gegenüberstellung verrät die Hand des erfahrenen Dramatikers und findet sich in vielen Bühnenwerken Shakespeares. Tarquin ist deshalb die interessantere Figur, und der von ihm durchlittene Konflikt zwischen Ehrenhaftigkeit und Eigensinn, zwischen Prinzipientreue und Boshaftigkeit weist bereits voraus auf die späteren Tragödien, insbesondere auf *Macbeth* und *Hamlet*.

Der verliebte Pilger

Die Veröffentlichung von *Der verliebte Pilger* (*The Passionate Pilgrim*) im Jahre 1599 ist für die Forschung vor allem deshalb von Interesse, weil sie einen Beleg für Shakespeares Ansehen als Dichter um die Jahrhundertwende liefert. Es handelt sich hier um eine Sammlung von zwanzig Gedichten verschiedener Autoren, die von William Jaggard in einem sehr fehlerhaften und wahrscheinlich nicht autorisierten Raubdruck publiziert wurde. Als 1612 eine dritte Auflage erschien, die Jaggard um neun Gedichte von Thomas Heywood erweitert hatte, protestierte Heywood öffentlich gegen den Mißbrauch seines Werkes und wies zudem darauf hin, daß mit dem Namen William Shakespeare, der in allen Editionen das Titelblatt geziert hatte, von Anfang an Schindluder getrieben worden sei. Tatsächlich sind nur fünf der in der Anthologie abgedruckten Texte eindeutig Shakespeare zuzuordnen. Die Gedichte 1 und 2 sind sinnentstellte Fassungen der Sonette 138 und 144 aus dem später veröffentlichten Zyklus, während die Texte 3, 5 und 16 aus dem vierten Akt von *Liebes Leid und Lust* stammen. Von den verbleibenden fünfzehn Texten können vier eindeutig anderen Autoren zugeschrieben werden, nämlich Richard Barnfield (8 und 20), Christopher Marlowe (19) und Bartholomew Griffin (11). Die Gedichte 4, 6 und 9 sind, ebenso wie 11, Bearbeitungen des Venus-und-Adonis Stoffes, und es wurde lange Zeit als denkbar angenommen, daß es sich um Fingerübungen Shakespeares für sein Kleinepos handelt. Diese Vermutung ist mittlerweile verworfen worden, und die Forschung neigt nun eher dazu, diese Textgruppe Griffin zuzuschreiben. Besonders umstritten ist die Autorschaft von Text 12. Das Thema von Jugend und Alter findet sich in vielen Varianten in Shakespeares Dramen und auch in den Sonetten, jedoch reicht die literarische Qualität des Gedichts bei weitem nicht an das Niveau seiner übrigen Dichtung heran. Eine eindeutige Zuordnung von 12 zu seinem Werk ist somit nicht möglich. Der Text wurde zudem 1631 in einer postum veröffentlichten Ausgabe von Thomas Deloneys *Garland of Good Will* wiederabgedruckt, die aber auch Gedichte enthält, die eindeutig nicht von Deloney stammen, womit eine klare Zuschreibung zusätzlich erschwert wird. Besonders bemerkenswert an *Der verliebte Pilger* ist daher einzig die Tatsache, daß sich um 1600 mit dem Markenzeichen William Shakespeare offenbar einträgliche Umsätze erzielen ließen.

Phönix und Taube

Die Themen von unstillbarer Leidenschaft und unerfüllter Liebe, mit denen sich Shakespeare in *Venus und Adonis*, in *Die Schändung der Lucretia* sowie auch in einigen Gedichten aus *Der verliebte Pilger* befaßt, werden in *Phönix und*

Taube (*The Phoenix and the Turtle*) zu einem glanzvollen gedanklichen Höhepunkt geführt. Die Elisabethaner waren von der Geschichte des ursprünglich aus der ägyptischen Mythologie stammenden Vogels Phönix fasziniert, der in einem Nest aus duftenden Kräutern lebte, bis er darin verbrannte, nur um danach wieder unversehrt aus seiner eigenen Asche aufzuerstehen. Der Phönix galt daher als Sinnbild von Werden und Vergehen, von jahreszeitlichen Zyklen und natürlicher Erneuerung. In Shakespeares dramatischem Werk finden sich zahlreiche Verweise auf den sagenumwobenen Vogel, aber sie sind insgesamt von einem völlig anderen gestalterischen Zuschnitt als die Bearbeitung des Stoffes in dem Gedicht *Phönix und Taube*.

Gedruckt wurde der Text im Jahr 1601 als Anhang zu Robert Chesters seltsam unstrukturiertem Gedicht *Love's Martyr, or Rosalin's Complaint*, einer allegorischen Darstellung von Liebe und Treue anhand der beiden emblematischen Vogelfiguren. Über die im Anhang versammelten Texte heißt es, sie seien „poetische Versuche über das vorausgehende Thema, nämlich Taube und Phönix, von unseren besten und hervorragendsten modernen Schriftstellern". Die beiden ersten Gedichte des Anhangs sind mit dem enigmatischen Alias „Vatum Chorus" gezeichnet, so als sprächen die Texte für alle Beiträger, und der nächstfolgende stammt aus der Feder eines nicht minder rätselhaften „Ignoto". Dem schließt sich Shakespeares *Phönix und Taube* an, dann folgen drei weitere Gedichte von John Marston, George Chapman und Ben Jonson. Da die Namen dieser Verfasser ihren Texten eindeutig zugeordnet sind, bestehen in der Forschung kaum Zweifel an Shakespeares Autorschaft, obwohl der Text innerhalb seines Gesamtwerks höchst ungewöhnlich und beinahe so einzigartig ist wie der Vogel Phönix selbst.

Diese Ungewöhnlichkeit beginnt damit, daß der in der mythologischen Überlieferung geschlechtslose, in Einsamkeit lebende und sich daher ständig selbst erneuernde Phönix nun einem Liebespartner in Gestalt der Taube zur Seite gestellt wird. Ungewöhnlich ist ferner, daß Shakespeare mit der Vorlage bricht, da es sich um ein Klagegedicht handelt, in dem der Tod der beiden Vögel betrauert wird. Da die Sammlung zudem als Allegorie zu verstehen ist, erhebt sich heute die schwer zu beantwortende Frage, auf welche zeitgenössischen Persönlichkeiten sich das Schicksal der beiden Vögel bezieht. Denkbare Anwärter sind Sir John Salusbury, dem der Band zugeeignet ist, und seine Gattin sowie der Graf und die Gräfin von Bedford. Darüber hinaus ist gemutmaßt worden, daß die keusche Liebe von Phönix und Taube als allegorische Darstellung der Liebschaft Königin Elisabeths mit dem Grafen von Essex zu verstehen sei. Da Essex kurz vor der Veröffentlichung wegen Hochverrats hingerichtet worden war, bot eine allegorische Verschlüsselung in Anbetracht des riskanten Themas dem Autor möglicherweise Schutz vor rechtlichen Konsequenzen. Für diese Theorie spricht auch der Umstand, daß in der zeitgenössischen Literatur die Monarchin mehrfach mit dem mythologischen Vogel assoziiert wird, dem dadurch seinerseits das weibliche Geschlecht zugeordnet wird. Wenn in einem Vers des Gedichts von „this turtle and his queen“ (S. 210) die Rede ist, so wird offenbar, daß die Taube als männlich, der Phönix hingegen als weiblich und königlich gedacht ist. Ebenso könnte der Hinweis darauf, daß die beiden liebenden Vögel „Co-supremes and stars of love“ (S. 210) seien, als weiterer Beleg für die literarische Verschlüsselung von Elisabeth und Essex gelten. Darüber hinaus lassen sich jedoch kaum Textstellen finden, die einen wirklich überzeugenden Beweis dieser Theorie zuließen.

Phönix und Taube ist eine auf äußerst anspruchsvollem Abstraktionsniveau vorgetragene Totenklage, in die symbolische, philosophisch-scholastische und der Volksüberlieferung entliehene Elemente Eingang gefunden haben. Das Gedicht, das in drei Abschnitte gegliedert ist, beginnt mit der Einberufung eines Vogelparlaments, wie es schon in der mittelalterlichen Dichtung konventionell zur allegorischen Diskussion der Liebe, wie beispielsweise in der Vogelhochzeit, Verwendung fand. Dieses Motiv wird nun ins Elegische gewendet, da die Vögel einberufen werden, um den Tod von Phönix und Taube zu betrauern. Dem feierlichen Anlaß entsprechend bleibt die Trauergemeinde exklusiv, denn „jeder Vogel rauh und arg“ (S. 209) wird aus dem Kreis verbannt. Nur der Adler als König der Lüfte, der bei seinem Tode singende Schwan und die dem Volksglauben nach sich durch Austausch ihres Atems fortpflanzende Krähe dürfen in den Trauerchor einstimmen, der im Mittelpunkt des zweiten Abschnitts steht. Der Choral beginnt mit der Feststellung, daß Phönix und Taube einen gemeinsamen Flammentod gestorben sind und daß daher Liebe und Treue, die sie allegorisch verkörpern, mit ihrem Untergang der Welt abhanden gekommen sind. Die verbleibenden sieben Strophen des Chorals erläutern das Mysterium dieses Todes, wobei die Differenz der beiden Wesen in ihrer symbolischen Einheit aufgehoben ist, die erst durch ihr Sterben ermöglicht wird. Zwar mögen die beiden Vögel unterschiedliche Namen besitzen und auch verschieden aussehen, aber ihrer Essenz nach sind sie wesensverwandt und erkennen ihre Identität in den Augen des jeweils anderen. Ihre Verschmelzung im Todesfeuer ist somit ein paradox anmutender Prozeß der Einswerdung, bei der Liebe und Treue erst nach dem gemeinsamen Sterben für immer und unlöslich miteinander verbunden sind.

Die allegorischen Verkörperungen des menschlichen Geistes stehen ratlos vor diesem Paradoxon: Das mathematische Denken, das auf dem Prinzip von Gleichungen basiert, fühlt sich entmachtet, weil aus zwei unterschiedlichen Objekten nun ein einziges und somit eine unerklärliche Ungleichung entstanden ist. Auch die Proprietas, in der scholastischen Philosophie zuständig für die Beschreibung der Eigentümlichkeit eines jeden Objekts, vermag den Vorgang nicht zu erfassen: „Daß im Selbst das Selbst verschwand, / Einzelwesen, zwiebenannt, / Weder zwei noch eines hieß“ (S. 211). Schließlich muß die Vernunft insgesamt kapitulieren, da die vollständige Einswerdung von zwei verschiedenen Dingen jenseits der Grenzen menschlicher Vorstellungskraft liegt. Die besiegte Ratio kann zum Abschluß nurmehr die Totenklage (*„Threnos“*, S. 212) anstimmen und den Verlust von Phönix und Taube, von Liebe und Treue, beweinen. Da die beiden allegorischen Vögel in vollkommener Keuschheit lebten, haben sie keine Nachkommen gezeugt, so daß mit ihrem Tod wahre Liebe und wahre Treue aus der Welt verschwunden sind. Zwar mögen Menschen noch auf Liebe und Treue hoffen, aber sie werden nur noch deren Schein wahrnehmen, weil deren Sein im Flammentod der liebenden Vögel für immer verbrannt ist.

Sonette

Mit *Phönix und Taube* hatte Shakespeare literarisches Neuland betreten. Die ungewöhnlich abstrakten Reflexionen, die Verbindung von antiker Mythologie und abendländischer Philosophie, insbesondere aber das Spiel mit Identitäten und deren Doppelungen, die Suche nach dem Ähnlichen im scheinbar so Unähnlichen nehmen bereits zentrale Aspekte der sog. metaphysischen Lyrik vorweg, die in der nachfolgenden Generation von Dichtern wie John Donne, George Herbert, Henry Vaughan und Andrew Marvell zur bedeutendsten poetischen Ausdrucksform während der ersten Hälfte des 17. Jahrhunderts wird. Demgegenüber bildet die

Veröffentlichung des Sonettkranzes den glanzvollen Abschluß englischer Sonettdichtung im Zeitalter der Renaissance. Es waren zunächst Aristokraten wie Sir Thomas Wyatt, die während ihrer Reisen auf dem europäischen Festland, häufig in diplomatischer Mission, mit der von Petrarca entwickelten Sonettform Bekanntschaft schlossen und die Intensität des erotischen Verlangens, aber auch die poetische Leistungsfähigkeit dieser kleinen lyrischen Klangform bewunderten. Schon bei der Übersetzung von Petrarcas Gedichten stellten sich jedoch erhebliche Probleme ein, da die variable Syntax und der Wohlklang der vokalreichen italienischen Sprache sich nicht mühelos im Englischen wiedergeben ließen. Bereits Wyatt sah sich daher zu Modifikationen des italienischen Vorbilds gezwungen. Er bewahrte die Länge von vierzehn Zeilen und übernahm von Petrarca auch die Aufteilung in zwei Quartette mit verschränkten Reimen (abba) und zwei Terzette, bei denen jedoch das Muster alternierender Reime (cdc – cdc) aufgegeben wurde zugunsten der Reimfolge cdd – cee. Die Einführung des gereimten Zweizeilers zum Abschluß ermöglichte es, den gedanklichen Gehalt des Gedichts noch einmal pointiert zusammenzufassen oder aber, oft in Form einer Koda, das Thema aus einer verblüffenden und erfrischend neuen Perspektive zu präsentieren. Diese Neuerung setzte sich in der englischen Sonettdichtung rasch durch, was zur Folge hatte, daß die Konzentration auf das Schlußcouplet die petrarkistische Terzettgliederung auflöste. Schon Henry Howard, Graf von Surrey, schuf um die Mitte des 16. Jahrhunderts eine Sonettform, die aus drei Quartetten mit Kreuzreim und einem paarweise gereimten Zweizeiler bestand, wobei jeder Vers in gleichmäßigen, fünfhebigen Jamben gefaßt war. Dieses Organisationsmuster besaß den Vorteil, daß es eine gedanklich klare, dreigliedrige Argumentationsstruktur begünstigte, die im abschließenden Zweizeiler zum rhetorischen Höhepunkt geführt werden konnte. Zur Unterscheidung vom italienischen Original wird dieses Modell als „englisches Sonett" oder auch als „Shakespeare-Sonett" bezeichnet, obwohl Shakespeare nicht der Erfinder dieser Form war, die er vielmehr von Surrey übernahm.

In den achtziger Jahren des 16. Jahrhunderts kam es zu einer wahren Blüte der englischen Sonettdichtung, weshalb der Begriff „Goldenes Zeitalter" in jeder Hinsicht gerechtfertigt erscheint. Der Durchbruch bestand zum einen in der Überwindung der galanten Liebeständelei nach petrarkistischem Vorbild, an deren Stelle eine sehr viel persönlichere, bisweilen auch derbe und selbstironische, in jedem Fall aber weniger verklärte Darstellungsweise erotischer Beziehungen trat. Zum anderen gelang es, das Sonett aus seiner Isolation zu befreien und in Zyklen einzugliedern, so daß die einzelnen Gedichte einander kommentieren konnten. Sir Philip Sidneys *Astrophel and Stella*, in den Jahren 1581–1583 entstanden und 1591 veröffentlicht, lieferte das grundständige Modell des englischen Sonettkranzes, dem Samuel Daniels *Delia* (1592) und Edmund Spensers *Amoretti* (1595) erfolgreich nacheiferten.

Wie Jaggards unlizensierte Raubdrucke in *Der Verliebte Pilger* beweisen, verfaßte auch Shakespeare in den neunziger Jahren Sonette, die teilweise Eingang in die Dramen fanden, teilweise in Manuskripten zirkulierten. Im Jahre 1609, als sich Shakespeare bereits aus dem Londoner Theaterleben zurückzog, erschien dann unter dem Titel *Shake-Speares Sonnets Neuer before Imprinted* jener Sonettzyklus, der seine Weltgeltung als lyrischer Dichter bis heute gesichert hat. Die Quarto-Ausgabe wurde von dem angesehenen Drucker Thomas Thorpe besorgt, der den Band im Gildenregister eintragen ließ. Gleichwohl besteht in der Forschung Uneinigkeit darüber, ob es sich um eine vom Autor lizensierte Ausgabe handelt. Als sicher kann gelten, daß Shakespeare, anders als bei *Venus und Adonis* und *Die Schändung der Lucretia*, die Drucklegung nicht selbst überwachte. Die zahlreichen Satzfehler, die uneinheitliche Interpunktion und die gelegentlichen Sinnentstellungen verweisen auf die Arbeit von mindestens zwei Schriftsetzern und nähren die Vermutung eines Raubdrucks. Andererseits war Thorpe zu eng mit Shakespeares Schauspieltruppe verbunden, als daß er die Schädigung seines guten Rufes sowie eine empfindliche Geldstrafe für die Veröffentlichung einer nicht-autorisierten Ausgabe riskiert hätte. Daher ist zu vermuten, daß Shakespeare seine Zustimmung erteilte, ohne die Druckfassung durchgesehen zu haben.

Das Rätsel um die Autorisierung des Textes wird bei weitem übertroffen durch den enigmatischen Widmungsspruch, der zahlreiche Fragen aufwirft. Während der „wohlmeinende Abenteurer, der sie herausgibt" mit „T. T." zeichnet und daher als Thomas Thorpe identifizierbar ist, bereitet der mehrdeutige Begriff „the only begetter" im Hinblick auf die Sonette Kopfzerbrechen. Ist damit jene Person gemeint, die das handschriftliche Manuskript für Thorpe ‚beschaffte' und damit die Voraussetzung für den Druck schuf? Ist die Ausgabe dann doch ohne Genehmigung des Autors veröffentlicht worden? Aber warum sollte Thorpe ausgerechnet dem illegalen Beschaffer mit der Widmung Dank sagen? Vielleicht ist mit dem „begetter" aber auch der Erzeuger der Texte, ihr geistiger Vater, also der Autor William Shakespeare gemeint? In diesem Fall wäre der Hinweis auf „Mr. W. H." in der dritten Zeile ein äußerst peinlicher Druckfehler, der die Initialen des Dichters („W. S.") entstellt. Ist daher nicht eher zu vermuten, daß sich hinter dem Kürzel ein aristokratischer Gönner verbirgt, der als Inspirator dem Dichter die schöpferische Kraft zur Abfassung dieser Sonette verlieh, dessen Identität aber nicht preisgegeben werden sollte? Bei der Suche nach geeigneten historischen Persönlichkeiten sind in der Forschung verschiedene Anwärter namhaft gemacht worden, ohne daß die Beweisführung überzeugen könnte. Shakespeare hatte schon seine frühen epischen Dichtungen Henry Wriothesley gewidmet, doch in seinem Fall wären die Anfangsbuchstaben vertauscht. In der gedruckten Reihung träfen sie zu auf William Herbert, Graf von Pembroke, aber sowohl Wriothesley wie auch Pembroke waren hochstehende Aristokraten, die über die Anrede „Mr." für Master schwerlich beglückt gewesen wären.

Das Widmungsrätsel darf bis heute als ungelöst gelten, wobei Thorpes Anteil an der Verwirrung nur schwer zu bemessen ist. Die mangelnde Sorgfalt der Quarto-Ausgabe hat zudem Zweifel geschürt, ob die Sonette wirklich in der von Shakespeare beabsichtigten Abfolge angeordnet wurden. Spätere Editoren haben daher verschiedentlich den Versuch unternommen, die 154 Gedichte neu zu gruppieren, um dem Zyklus zu größerer Kausalität und einer zwingenderen Logik der Handlung zu verhelfen. Die gewaltige Zahl denkbarer Kombinationsmöglichkeiten macht solche Rekonstruktionsversuche jedoch weitgehend aussichtslos. Sie sind auch deshalb zum Scheitern verurteilt, weil Sonettkränze im Gegensatz zu Epen nicht als Medium der erzählenden Vermittlung einer zusammenhängenden Geschichte konzipiert waren. Vielmehr zählte es zu den Konventionen elisabethanischer Sonettdichtung, die einzelnen Werke um das zentrale Thema der Liebe kreisen zu lassen und dieses aus verschiedensten Perspektiven zu erörtern, so daß sich die Texte in Sequenzen mit oft nur losen Zusammenhängen einreihen. Die Suche nach einer definitiven, vom Autor ursprünglich intendierten und letztgültigen Abfolge ist daher seit langem aufgegeben worden zugunsten des individuellen Lesevergnügens, an den entlegendsten Stellen Bekanntes wiederzufinden und sich den eigenen Weg durch das thematische Terrain der Sonette zu bahnen.

Die von Thorpe vorgenommene Sequenzierung und Numerierung der Gedichte, der alle modernen Ausgaben folgen, weist eine zwar lose, aber doch erkennbare Grobstruktur auf, wie sie auch für andere elisabethanische Sonettkränze kennzeichnend ist. Im Mittelpunkt der ersten Hauptgruppe, welche die Gedichte 1 bis 126 umfaßt, steht ein junger, attraktiver und blonder Aristokrat, an den sich der Sprecher voller Bewunderung wendet. Die zweite Hauptgruppe, bestehend aus den Sonetten 127 bis 152, wird beherrscht vom sexuellen Verlangen des Sprechers nach einer dunkelhaarigen Frau, der mysteriösen „Dark Lady". Den Abschluß bilden die Texte 153 und 154, in denen das erotische Begehren des Sprechers durch den Anruf des antiken Liebesgottes Amor auf eine überzeitliche und universelle Bedeutungsebene gerückt wird. Innerhalb der beiden Hauptgruppen lassen sich wiederum kleinere Sequenzen aus unterschiedlich eng miteinander verknüpften Gedichten erkennen. Besonders deutlich ist die Verbindung bei den Prokreationssonetten (1 bis 17) zu Beginn des Zyklus, in denen der bewunderte Adressat vom Sprecher ermahnt wird, seine jugendliche Schönheit nicht selbstschwelgend zu vertändeln, sondern durch das Zeugen von Kindern zu erneuern. Thematisch verbunden sind ebenfalls die Sonette 76 bis 86, in denen der Sprecher von einem Dichterrivalen berichtet und die Ermüdung seiner eigenen Inspiration beklagt, während die Sequenz 147 bis 152 durch seine Verzweiflung darüber, die rätselhafte Geliebte zu begehren und gleichzeitig von seiner Lust seelisch zerstört zu werden, zusammengehalten wird.

Darüber hinaus wird die Einheit des Zyklus durch die sogenannten „Liaison-Sonette" gesichert, mit denen einzelne Handlungssequenzen aufeinander bezogen werden und zudem das Verhältnis zwischen den angesprochenen Figuren erhellt wird, die sich in immer neuen Konfigurationsmustern, ähnlich wie in einem Tanz, begegnen. Die wichtigste

Gestalt zu Beginn ist der edle Freund, dessen vollkommene Schönheit der Sprecher wortgewaltig preist, ihn aber auch tadelt, weil er die Gaben der Natur verschleudert, seiner narzißtischen Neigung erliegt und die in ihn gesetzten Erwartungen enttäuscht. Bringt der Dichter dem aristokratischen Freund eine tiefempfundene, homoerotische Leidenschaft entgegen, so wird diese von dem jungen Mann nicht in gleicher Weise erwidert. Statt dessen erscheint der Freund als kühl, unnahbar, reserviert und zu wahrer zwischenmenschlicher Liebe unfähig. Daher kommt es wiederholt zu Mißstimmigkeiten zwischen beiden Männern, die sich in Trennungen, Schmähungen, Kränkungen und Momenten neuerlicher Versöhnung ausdrücken. Eine weitere Belastung kommt auf die Männerfreundschaft zu, als der junge Aristokrat die Geliebte des Dichters verführt, der sich zwar hintergangen fühlt, dem Freund aber die Eroberung gönnt und noch mehr die Geliebte um die sexuelle Erfüllung beneidet, die ihm als Mann mit dem Freund versagt blieb, nun aber alle drei miteinander verbindet: „Doch hier ist Glück! Da eins mein Freund und ich / – O süße Täuschung! – liebt sie einzig mich.“ (42, S. 49). Schwerwiegender als der Seitensprung der Geliebten wirkt die Abwendung des Freundes, der seine Gunst einem anderen Verseschmied schenkt und den Sprecher schmählich vernachlässigt, der sich um den Sinn seines Werkes betrogen sieht und zudem seine poetische Kraft schwinden fühlt. In aller Bescheidenheit wird der Dichterrivale zunächst ob seiner Eloquenz und technischen Raffinessen gelobt, die der Freund angeblich zu Recht bewundert, doch schließlich wird sein lyrisches Geschick als blanker „Phrasenschmuck“ (85, S. 93) entlarvt und die Rivalität abschließend überwunden, so daß der Konkurrent ab Sonett 86 keine Erwähnung mehr findet.

Über die wahre Identität des Rivalen sind, ebenso wie über die Figur des Freundes, zahlreiche Mutmaßungen angestellt worden. Als aussichtsreichste Kandidaten gelten Christopher Marlowe und George Chapman. Vielleicht hatte Shakespeare jedoch weniger einen konkreten Zeitgenossen im Auge und wollte vielmehr die Probleme seiner Zunft insgesamt thematisieren, die im Wettbewerb um eine wachsende Nachfrage nach Literatur unterschiedlichste Erwartungen erfüllen mußte: „Sollt unsrer Zeit mein schlichter Sang gefallen, / Sei mein die Müh, das Lob soll dir erschallen" (38, S. 45). Diese Überlegung trifft in ähnlicher Weise auch auf die Gestalt der Geliebten zu, über deren Identität in der Forschung bis heute gerätselt wird. Als Anwärterinnen kommen in Betracht: Mary Fitton, Mutter eines unehelichen Kindes mit William Herbert, dem die Sonette vielleicht zugeeignet sind, Emilia Lanier, die dunkelhäutige Geliebte von Lord Hunsdon, und Lucy Negro, eine Londoner Prostituierte, die vermutlich ebenfalls dunkelhäutig war. Im Jahre 1999 wurde gar das deutsche Bundeskriminalamt mit der kriminaltechnischen Untersuchung eines Gemäldes beauftragt, das die schwangere Lady Elizabeth Vernon zeigt, die zehn Wochen vor der Geburt ihrer Tochter Penelope ausgerechnet Henry Wriothesley heiratete, also Shakespeares frühen Gönner. Die Tochter, so wurde argumentiert, verrät auf allen späteren Porträts keine physiognomischen Ähnlichkeiten mit dem Grafen von Southampton, sondern trägt die Gesichtszüge Shakespeares. Da Penelope später in die Adelsfamilie der Spencers einheiratete, seien Lady Diana und der englische Thronfolger Prinz William späte Nachfahren Shakespeares.

Eine Argumentation wie diese geht freilich von der Voraussetzung aus, daß die Sonette einen autobiographischen Hintergrund besitzen. Nicht minder plausibel erscheint jedoch die Annahme, daß Shakespeare mit literarischen und modischen Konventionen seiner Zeit spielt, in der sich das Ideal petrarkistischer Liebesdichtung ebenso wandelte wie das der weiblichen Schönheit. Galt vormals blondes Haar als attraktiv, so werden nun schwarze Locken und tiefdunkle Augen begehrt:

In alter Zeit ward Schwarz nicht sehr geschätzt,
Zum mindesten galt's nicht für schön im Lande,
Doch Schwarz ist aller Schönheit Erbe jetzt,
Und Schönheit ward beschimpft durch Bastardschande; (127, S. 135)

Die Attraktivität der Geliebten liegt jedoch weniger in ihrer physischen Schönheit als vielmehr in der mysteriösen Anziehungskraft, die von ihrem dunklen, rätselhaften Wesen ausgeht. Daher verspottet der Sprecher in Sonett 130 den petrarkistischen Katalog weiblicher Reize, nur um im abschließenden Zweizeiler vor der dunklen Magie der Geliebten die Waffen strecken zu müssen:

In ihrem Aug glänzt nichts von Sonnenlust,
Korall ist röter als ihr Lippenpaar,
Wenn weiß der Schnee, ist bräunlich ihre Brust,
Wenn Haar Metall, ist schwarz Metall ihr Haar.
Oft sah ich Rosen rot und weiß erblühn,
Doch ihre Wangen sind kein Rosenstrauch,
Und Düfte gibt es, die berauschend glühn,
Weit süßer als der Herrin Atemhauch.
Hold ist die Stimme, doch ich muß gestehn,
Holde Musik tut größre Wonnen kund,
Ich sah noch niemals eine Göttin gehn,
Doch meiner Herrin Fuß berührt den Grund.
  Und doch kann keine sie an Reiz erreichen,
  Von der man lügt in schwülstigen Vergleichen. (130, S. 137)

Im Gegensatz zum petrarkistischen Weiblichkeitskult ist die Frau hier durchaus nicht unerreichbar, sondern praktiziert eine zwar diskrete, aber zugleich unverhohlene Promiskuität, indem sie ihre Gunst dem Dichter und dem Freund schenkt. Die Dunkelheit und Verborgenheit ihres Wesens machen die „Dark Lady" zur Repräsentantin moralischer Verwerflichkeit und beinahe sadistischer Grausamkeit, verleihen ihr aber auch die Aura des Undurchdringlichen, die den Sprecher sklavisch in ihren Bann zwingt und selbst moralisch zu korrumpieren droht. Noch schlimmer wiegt die Befürchtung, daß die bewunderte Reinheit des engelsgleichen, blonden Freundes durch dessen Liebschaft mit der diabolischen, schwarzen Dame vollends zerstört werden könnte. Wie in Sonett 144 eindringlich dargelegt wird, steht der Dichter innerhalb dieser Dreiecksbeziehung in einem tiefgreifenden seelischen Konflikt zwischen zwei Formen der Liebe: zwischen der heterosexuellen Begierde nach der teuflisch-verführerischen Frau und seiner homoerotischen Zuneigung zur unverbrauchten Reinheit des Jünglings. Das Schlußcouplet zeigt, daß eine Lösung des Konflikts nicht möglich ist: „In Zweifel leb ich so, bis ich's erkannt: / Mein Engel ist in Höllenglut verbrannt" (144, S. 151).

Im Schnittpunkt der Spekulationen um die Identität von Freund und schwarzer Dame steht freilich die Figur des Dichters selbst. Da nur sehr wenige und zudem spärliche Informationen über Shakespeares Leben erhalten sind, ist der Wunsch verständlich, die Vorfälle um die vier Figuren als Verarbeitung autobiographischer Erfahrungen zu deuten und den Sprecher der Sonette mit Shakespeare selbst zu identifizieren. Anhänger einer solchen biographischen Leseweise sehen sich in ihrer Vermutung bestärkt durch die Sonette 135 und 136, in denen der Sprecher mit unverhüllter Obszönität um die sexuelle Gunst der Geliebten buhlt und dabei alle Mehrdeutigkeiten ausspielt, die der Begriff „Will" beinhaltet, nämlich die Wollust, das männliche Glied und seinen eigenen Namen, William: „Gib meinem Namen nur dein Lieben still, / Dann liebst du mich – mein Name ist ja Will" (136, S. 143). Ebenfalls finden sich in den Sequenzen 27 bis 32 und 110 bis 112 einige versteckte Hinweise, die sich als Anspielungen auf Shakespeares dichterische Arbeit deuten lassen. Obwohl die Vermutung nicht ganz von der Hand zu weisen ist, daß es sich bei den im Zyklus ausgebreiteten Geschehnissen zwischen den Figuren um autobiographische Erlebnisse handelt, bleibt der Versuch einer vollständigen Ineinssetzung des lyrischen Sprechers in den Sonetten mit dem Autor William Shakespeare doch mit erheblichen Wagnissen befrachtet. Eine einseitig biographische Betrachtungsweise übersieht vor allem, daß in den Sonettkranz nicht nur zahlreiche Konventionen früherer Dichtungstraditionen eingegangen sind, sondern daß hier mit bisweilen unverhohlener Freude ein buntes Spiel mit eben diesen Konventionen praktiziert wird, wie das Beispiel von Sonett 130 belegt. Es spricht daher vieles für die These, daß der Autor von so phantasievoll entworfenen Theaterstücken wie *Ein Sommernachtstraum* und *Hamlet* auch in seinem Sonettzyklus die lyrische Fiktion einer vielleicht nicht ganz frei erfundenen, aber literarisch überzeugend durchformten Dreiecksbeziehung so welthaltig gestaltet hat, daß die Grenze zwischen Sein und Schein, zwischen Wirklichkeit und Kunst effektvoll verwischt worden ist. Die Forschung während der zweiten Hälfte des 20. Jahrhunderts hat sich deshalb weitgehend von der biographischen Leseweise der Gedichte verabschiedet und sich stärker auf die poetische Qualität der Sonette konzentriert. In ihrer ganz überwiegenden Zahl sind es Kleinode lyrischer Dichtung, in denen verschiedenste Bildbereiche wie Handel, Schiffahrt, Astronomie, Wissenschaft, Natur und Architektur in kühne Verbindungen gerückt werden, um die essentielle Beschaffenheit menschlichen Lebens und Sehnens zum Ausdruck zu bringen. Die Originalität von Shakespeares poetischer Aussagekraft sowie die Universalität und unverminderte Aktualität des von ihm entworfenen Menschenbildes erklären die Frische und die erstaunliche Unmittelbarkeit, mit der die Sonette auch nach vierhundert Jahren den heutigen Leser ansprechen.

Einer Liebenden Klage

Der Quarto-Ausgabe von 1609 ist ein längeres Gedicht mit dem Titel *Einer Liebenden Klage* (*A Lover's Complaint*) angefügt, das aus der Sicht einiger Kritiker schon aufgrund seiner archaischen Diktion nicht Shakespeare zugeschrieben werden kann. Dem ist entgegenzuhalten, daß sich in den englischen Sonettkränzen der neunziger Jahre die Gepflogenheit entwickelte, die Zyklen jeweils mit einem Klagegedicht enden zu lassen. Edmund Spensers *Complaints* (1591) war hier tonangebend für spätere Werke wie Samuel Daniels *Delia* (1592), Thomas Lodges *Phillis* (1593) und Richard Barnfields *Cynthia* (1595). Der Ausklang von Shakespeares Sonettzyklus mit *Einer Liebenden Klage* fügt sich somit nahtlos ein in die literarischen Konventionen der Entstehungszeit. Zudem ist der Zusammenhang zwischen der abschließenden Liebesklage und den vorangegangenen Gedichten kaum zu übersehen, da das Dreiecksverhältnis zwischen Dichter, Freund und Geliebten erneut aufgegriffen, aber in einer figuralen und perspektivischen Variante präsentiert wird. *Einer Liebenden Klage* berichtet von dem Seelenschmerz einer nicht mehr jungen, einst schönen, aber in Gram verblühten Frau, die weinend alte Liebesbriefe zerreißt und in einem Fluß verstreut. Zu ihr gesellt sich ein alter, lebenserfahrener Schäfer, dem sie ihr Liebesleid klagt, wobei der Dichter den Dialog zu belauschen und aufzuzeichnen scheint. Die namenlose Frau berichtet von ihrer Liebe zu einem verführerischen Jüngling, in dessen idealer Schönheit Männliches und Weibliches in vollkommener Harmonie vereint waren und dessen Attraktivität sich daher auf Männer wie Frauen gleichermaßen magisch auswirkte. Diese Beschreibung erinnert überdeutlich an die Figur des Freundes in den Sonetten, der in Gefahr gerät, von der schwarzen Dame moralisch korrumpiert zu werden. Im Klagegedicht wird diese Konstellation nun umgekehrt. Hier ist es der hübsche Jüngling, der sämtlichen Frauen den Kopf verdreht, während einzig die Liebende des Gedichts seinen amourösen Avancen zu widerstehen versucht. Ihre Keuschheit erlischt aber, als der junge Schönling alle Register der petrarkistischen Liebeswerbung zieht und in seinem vorgeheuchelten Liebesschmerz Tränen der Verzweiflung vergießt. Indem sie seinem und ihrem Verlangen nachgibt, beschwört sie ihren eigenen Untergang herauf, denn der physisch attraktive, aber charakterlich verrohte Liebhaber läßt sie im Stich, nachdem er zu seinem Willen gekommen ist. Wie Venus und auch wie Lucretia ist sie am Ende allein und verzweifelt, da sich die Prophezeiung aus *Phönix und Taube*, wonach wahre Liebe und wahre Treue aus der Welt entschwunden sind, in ihrem Schicksal bewahrheitet.

Einer Liebenden Klage liest sich fast wie eine Zusammenfassung von Shakespeares vorangegangener Dichtung. Zwar sind die Gestalten des Liebesdreiecks nicht mit denen aus dem Sonettzyklus identisch, aber das Konfigurationsmuster wirkt erstaunlich vertraut. Beinahe hat es den Eindruck, als wären die Figuren nur um Jahre gealtert und dabei auch zu einem tieferen, nüchternen, aber auch schwermütigeren Verständnis der Welt und des menschlichen Daseins gelangt. Die archaische Rhetorik, die düstere Metaphorik und der nostalgische Rückblick auf die heitere, sinnerfüllte Welt vergangener Jahre erheben die Liebesklage zu einem würdevollen Abschluß von Shakespeares lyrischem Schaffen.

Jürgen Kamm

Weiterführende Literatur:

Booth, Stephen, *An Essay on Shakespeare's Sonnets*, New Haven: Yale University Press, 1969.

Borgmeier, Raimund, *Shakespeares Sonett „When forty winters..." und die deutschen Übersetzer: Untersuchungen zum Problem der Shakespeare-Übertragung*, Amsterdam: Grüner, 1970.

Castrop, Helmut, „Die nicht-dramatischen Dichtungen", in: Ina Schabert, Hg., *Shakespeare-Handbuch*, Stuttgart: Kröner, 1978, 641–78.

Donaldson, Ian, *The Rapes of Lucretia: A Myth and Its Transformations*, Oxford: Oxford University Press, 1982.

Fineman, Joel, *Shakespeare's Perjured Eye: The Invention of Poetic Subjectivity in the Sonnets*, Berkeley: University of California Press, 1986.

Kranner, Georg, *Kraus Contra George: Kommentare zu den Übertragungen der Sonette Shakespeares*, Wien: WUV-Universitätsverlag, 1993.

Lengeler, Rainer, *Shakespeares Sonette in deutscher Übersetzung: Stefan George und Paul Celan*, Opladen: Westdeutscher Verlag, 1989.

Willen, Gerald und Victor B. Reed, Hgg., *A Casebook on Shakespeare's Sonnets*, New York: Crowell, 1964.

INHALT